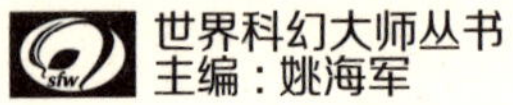
世界科幻大师丛书
主编：姚海军

[美] 恩斯特·克莱恩 著　虞北冥 译

四川科学技术出版社

图书在版编目(CIP)数据

玩家1号·图文注释版/(美)恩斯特·克莱恩 著;虞北冥 翻译.
--成都:四川科学技术出版社,2018.2
(世界科幻大师丛书/姚海军主编)

ISBN 978-7-5364-8974-5

Ⅰ.①玩… Ⅱ.①恩… ②虞… Ⅲ.①科学幻想小说–美国–现代 Ⅳ.① I712.45

中国版本图书馆 CIP 数据核字(2018)第 031392 号

图进字 21-2018-91 号

世界科幻大师丛书

玩家1号·图文注释版

出品人 钱丹凝
丛书主编 姚海军
著者 [美]恩斯特·克莱恩
译者 虞北冥
责任编辑 宋齐
特邀编辑 李克勤
封面授权 华纳兄弟影片公司
封面设计 李鑫
版面设计 李鑫
责任出版 欧晓春
出版发行 四川科学技术出版社
四川省成都市槐树街2号 出版大厦 邮政编码:610031
成品尺寸 176mm×245mm
印张 29
字数 290千
插页 2
印刷 成都市金雅迪彩色印刷有限公司
版次 2018年03月成都第一版
印次 2018年03月成都第一次印刷
定价 88.00元
ISBN 978-7-5364-8974-5

1

每个跟我差不多大的人，一定都还记得，得知那场比赛开始时，他们在哪里、正干着什么。我当时缩在我的秘密小屋里看动画片，一条讣告突然弹窗进来，说詹姆斯·哈利迪昨晚死了。

当然，我知道詹姆斯·哈利迪是谁。所有人都知道。作为一名伟大的游戏设计师，他创建了“绿洲”。这款大型多人在线游戏经过一步步的发展，已经成了联通全球的虚拟现实网络，是大多数人日常生活中必不可少的一部分。“绿洲”的成功前无古人，哈利迪也因此成了世界上最富有的人之一。

一开始，我觉得媒体有些小题大做。不过死了个亿万富翁，何必这样热炒。毕竟，人类目前的麻烦事多的是：能源危机，气候灾变，全球性的饥荒、贫穷和传染病，还有打不完的仗。嘿，真叫乱成一锅粥。所以正常情况下，新闻不会干扰你正在享受的交互式情景剧或者肥皂剧，除非发生了不得了的大事。比如某种新的致命病菌，或者哪个大城市消失在了蘑菇云里。哈利迪再出名，他的死也应该只是晚间新闻里的一段简讯。播报员大概会提到他的后代能继承多少多少巨额财富，让艰难度日的平头老百姓暗自艳羡一番。

然而问题就出在这儿：詹姆斯·哈利迪没有子女。

到死为止，他当了六十七年的单身汉。他没有任何亲戚。据说，他甚至连一个朋友都没有。到了生命的最后十五年，他一直与世隔绝。这段时间里——如果流言靠谱的话——他彻底疯了。

一月的那个早上，从多伦多到东京，每个人都被那个新闻弹窗惊得掉了下巴。哈利迪的遗愿，还有他庞大家产的最终归属，都写在了里面。

哈利迪留下了一段简短的视频，以及他一死，就把它向全球媒体发布的指令。那天清晨，同样的视频也发送到了每个"绿洲"用户的邮箱里。我记得很清楚，就在看到新闻的几秒钟后，邮箱传来了熟悉的滴答声。

视频实际上是部精心拍摄的短片，标题写着《安诺拉之邀》。哈利迪是个出名的怪人，对20世纪80年代极度痴迷。《安诺拉之邀》中充满了他青少年时代的流行文化元素。我第一眼看去，简直不知所云。

这个时长只有五分钟多一点的片子，在接下来的数天乃至几个礼拜里，成了史上被人反复研究次数最多的视频，连被人逐帧分析了无数遍的泽普鲁德录像[1]都比不上。我这代人，闭上眼就能把《安诺拉之邀》完整地在心里过上一遍，不差毫厘。

《安诺拉之邀》的开场是一段小号，取自《死者派对》[2]

1. 泽普鲁德录像：肯尼迪遇刺的画面正好被亚伯拉罕·泽普鲁德用家庭摄像机拍到。为查出刺杀真凶，该视频被反复分析过许多次。

2.《死者派对》：美国新浪潮摇滚乐队Oingo Boingo的成名曲，出自1985年的同名专辑。

的前奏。

音乐响起的几秒黑屏过后，吉他也加入进来，与此同时，哈利迪在银幕上现身。但不是那个六十七岁、被时间和疾病摧残的老人，而是2014年出现在《时代周刊》封面上的詹姆斯·哈利迪。一个又高又瘦、气色饱满、刚刚四十出头的壮龄男子。他头发蓬乱，戴着几乎成了他标志的牛角框眼镜，服装也跟杂志封面一样：褪色的牛仔裤，以及印着小蜜蜂[3]的T恤。

3. 小蜜蜂：原名《太空侵略者》，西角友宏于1978年开发的经典电子游戏。流入中国后讹传为《小蜜蜂》，多见于红白机。

他出现在一个大体育馆内，这里正在举行高中舞会。围绕在他身旁的年轻人，无论服饰、发型还是舞姿，都表明了那是在80年代末。（注：分析指出，哈利迪身边的人均是约翰·休斯[4]青年电影里的群众演员。）哈利迪也在跳舞。现实中，没人见他这么做过。但在这里，他开怀大笑、满面春风，随着乐曲的节奏旋转跃动，还摆出了好几个80年代的经典舞姿。不过他没有舞伴，完全是独舞。

4. 美国著名导演，代表作《小鬼当家》。

这时，屏幕左下角出现了几行短文，依次列出了乐队、歌曲、唱片公司的名称，还有发行年，仿佛它是MTV上播出的旧音乐视频：Oingo Boingo，《死者派对》，MCA Records，1985。

随后歌词出现，依旧旋转着的哈利迪，对上口形开始唱：“我盛装打扮没处去，肩扛死者向前走。别跑，别跑，就只有我……”

跳到半途，他猛地停下来，右手一挥，乐曲戛然而止。周围的体育馆和年轻人也消失不见，一切都变了。

现在，哈利迪站在殡仪馆里，身旁是一口没盖上的棺材。（注：这一幕来自 1989 年的电影《希德姐妹帮》[5]。哈利迪重构了殡仪馆的画面，把他自己插了进去。）棺材里躺着第二个哈利迪，那个被癌症折磨得形销骨立的他，两只闭起的眼睛上各摆着一枚硬币。（注：高清镜头显示，两枚硬币都铸造于 1984 年。）

5. 原名 *Heathers*。主演薇诺娜·瑞德和克里斯蒂安·斯莱特。

年轻的哈利迪注视着他老去后的尸体，脸上带着做作的悲伤表情。他随即望向前来悼念的人群。（这些哀悼者同样取材于《希德姐妹帮》。能清楚地看见薇诺娜·瑞德和克里斯蒂安·斯莱特坐在靠后的地方。）他打了个响指，右手出现了一副卷轴。他哗啦一挥，卷轴展开，一端落到了地面。他打破了第四面墙[6]，对着我们这些观众，开始朗读其中的文字。

“我，詹姆斯·多诺万·哈利迪，神志清醒，记忆正常，特以此视频作为我的最终遗嘱。我宣布，我之前的其他遗嘱及相关附件，均告废止。”他越读越快，报出一大堆法律术语，到后来都听不清他到底念了些什么。接着，他突然停了下来，“全他妈废话，”他说，“就算用这种速度，把那堆破玩意儿读完也得花上一个月。可惜啊，我的时间所剩无几。”他丢下卷轴，那东西化作了飞扬的金尘，“直接说重点吧。”

6. 第四面墙：传统舞台剧中，面向观众的一面虚拟的墙壁。象征着观众和故事之间，现实和虚拟之间的界限。

殡仪馆不见了，取而代之的是硕大的金库保险门。“我的所有财产，包括公司股份和虚拟社交系统，将交由第三方管理，直到有人达成遗嘱里的要求。达成我遗嘱要求的第一个人，会完全继承这份按照目前估价，超过两千四百亿美元的巨额遗产。”

金库大门向两侧敞开，哈利迪走了进去。里面大极了，金条堆得像座大宅子。“这些钱准备好了，就等你来拿。”他咧嘴大笑起来，“简直了，多得你拖都拖不走，是吧？”

他倚在金条堆上，拉近的镜头放大了他的脸。“我敢说，你现在肯定在想：到底该怎么做，才能搞到这座金山？嘿，别着急，孩子们。我正要告诉你们呢……”他故作神秘地顿了一下，像个准备透露大秘密的小孩子。

只见哈利迪打了个响指，金库旋即消失，而他身体缩小，变成了穿着棕色灯芯绒裤子和褪色芝麻街[7]T恤的小男孩。（注：这是哈利迪1980年的模样，那时他只有八岁。）小哈利迪所处的客厅杂乱无章，能看到橙色地毯上的焦痕、墙壁上镶着的护墙板，还有许多70年代的廉价饰品。他身旁的二十一寸真力时[8]电视机连着一台雅达利2600游戏机。

“这是我的第一台游戏机。”哈利迪的嗓音也变成了童声，“雅达利2600。它是我1979年的圣诞礼物。”他扑通一下坐在机器前，拿起手柄，开始玩游戏。“我最喜欢的游戏是这个。”他对着电视机点点头，屏幕里，一个小小的方块在一系列简单的迷宫里穿行，“它叫《冒险》。和很多早期电子游戏类似，开发者只有一个人。当时雅达利不愿让程序员在作品上署名，所以你翻遍游戏包装，也找不出开发者究竟是谁。”电视屏幕里，哈利迪用剑杀死了一条红龙。不过那个年代的游戏分辨率很低，看起来更像是那个方块用箭头戳死了一只古里古怪的鸭子。

7. 芝麻街：1976–1981年间的布偶电视节目。

8. 真力时：美国电子器材品牌，创建于1918年，1999年被韩国LG电子收购，目前产品重点转移，已不再生产电视。

“所以沃伦·罗宾奈特，就是开发了《冒险》的那哥们儿，决定自己动手，把名字藏进游戏。他在游戏里的一个迷宫里放了把钥匙，那东西其实是只占一个像素格的小灰点。拿上这把钥匙，你就能用它打开一个密室。罗宾奈特的大名就写在里面。”电视上，哈利迪操纵着的方块走进了密室，“沃伦·罗宾奈特开发”几个大字出现在了屏幕中央。

“这，”哈利迪指着那行字，语气虔诚无比，“就是史上第一个电子游戏彩蛋。罗宾奈特把它藏在了代码里，谁也没告诉。雅达利在全世界售卖《冒险》时，同样不知道还有这么一出。几个月后，全球各地陆续出现了发现这个秘密的玩家。我也那些孩子中的一个。找到罗宾奈特的彩蛋，是我这辈子最酷的游戏体验之一。”

小哈利迪丢下手柄，站起身。场景再度变化。现在，哈利迪站在一个光线昏暗的山洞里，身后的岩壁反射着火炬跃动的光。哈利迪的外表也变了，化身成了他在“绿洲”里的著名角色安诺拉，一个高瘦的巫师。安诺拉看起来比真人更耐看（至少没了眼镜），他穿着标志性的黑色法袍，两侧袖子绣有代表他身份的纹章（大写的花体字 A）。

“在死去之前，”安诺拉的嗓音远比真人低沉，“我创造了自己的彩蛋，把它藏在了‘绿洲’，我最受欢迎的电子游戏里。第一个找到他的人，将获得我的所有财产。”

他又故作神秘地顿了一下。

“彩蛋藏得很深，我不会把它随手搁在路边哪块岩石的下面。我想，你可以认为它被锁在了某个保险柜里，这个保险柜嘛，埋在哪间密室里，密室又位于某个迷宫中，而迷宫……”他点了点右太阳穴——“在这里。

“不过别担心，我会给大家留下一些线索方便寻宝。这是第一条……”安诺拉抬起右手画了个法阵，三把钥匙顿时出现在他面前，在空中悠悠地打转。它们似乎是由黄铜、翡翠和透明的水晶制成的。安诺拉开始背诵经文，他每说出一句话，对应的字幕都会从视频底部带着光焰现形：

三把密钥对应三扇密门
美德将于此地遭受考验
唯有乘风破浪，克服重重困难者
方是到达最后，获得累累财富人

他吟诵完毕，翡翠和水晶钥匙消失不见了，剩下的黄铜钥匙不知怎的挂在了安诺拉的脖子上。安诺拉转过身，镜头跟着他进入山洞更深处。几秒过后，他来到两扇厚重的对开木门前，大门钢铁镶边，雕着龙和盾牌，嵌在岩壁里。“我来不及调整数据了，所以我有些担心，彩蛋会不会被我埋得太好，到头来谁都找不到。这还真难说。不过嘛，反正我也没时间修改代码，我们只好走着瞧了。”

安诺拉推开那扇对开门，呈现在观众面前的，是一个堆满财宝的洞穴。无数金币和镶嵌珠宝的高脚杯在里面闪闪发光。（注：分析指出宝藏之中藏着许多古怪的东西，其中最显眼的是几台早期家用计算机，包括苹果二代E型、科莫多64型、雅达利800XL、TRS-80彩色电脑二代，还有各种主机的手柄，以及几百个早期桌上角色扮演游戏中才会用到的骰子。）

他迈步走进门内，转身面朝镜头，伸手撑住两扇大门。（注：这一幕的构图与1983年出版、杰夫·伊斯利所绘的《龙与地下城》[9]规则书封面极其相似。）

“废话到此为止。”安诺拉宣布道，“哈利迪彩蛋搜寻比赛，现在开始！”说完，他的身影便被一片光芒吞没，只剩下门内的财宝还在那里，闪烁着夺人心魄的光辉。

然后，画面暗了下来。

视频的最后，哈利迪留下了他个人网站的链接。网站在他去世后的那天早上完全变了样。之前几十年间，网站上只有一个简短的循环动画：中世纪风格的图书馆里，他的角色安诺拉，驼背弯腰地坐在残破老旧的工作台前，照着一本满是尘土的魔法书调配药剂。他身后的墙上，巨大的黑龙图案清晰可见。

但现在动画不见了。取代了它的，是一张常常出现在老式投币街机里的高分榜。榜单一共十行，每行都写着“JDH”——詹姆斯·多诺万·哈利迪的首字母缩写——后面跟着六个零。很快，这张榜单的另一个称呼“记分板”，便为人们所熟知。

记分板下面有个小图标，细看是本皮革封面的书，它是《安诺拉年鉴》的免费下载链接。《年鉴》是哈利迪好

9.《龙与地下城》：知名的桌面角色扮演游戏，许多著名电脑游戏例如《博德之门》，《无冬之夜》，《冰风谷》都应用了龙与地下城规则。

几百篇没标注时间的日志合辑，长达千页，但关于哈利迪个人和他日常生活的部分却只有寥寥数语。大多数日志，都是他对经典电子游戏、科幻奇幻小说、电影、漫画和80年代流行文化——从宗教到无糖汽水，无所不包——的深度评论。语调诙谐，常带冷嘲热讽。

寻宝比赛刚一出现，立刻成为横扫全球的文化现象。这个游戏看起来人人都能参与，搜寻方式也没有对错之分。无论男女，不分长幼，无数人幻想着能找到哈利迪的彩蛋，跟中了头彩那样一夜暴富。《年鉴》似乎只指明了一点：熟悉哈利迪的各种嗜好，是找到彩蛋的关键。于是乎，过去了整整五十年后，20世纪80年代的电影、音乐、游戏再度风靡世界。到了2041年，莫西干发型跟酸洗牛仔裤重现人间，音乐排行榜也被曾经的流行乐队统治。那些真的在80年代度过了青少年时代的人，如今都已步入暮年，看到孙子辈重新青睐起了自己当年的时尚，心情免不了五味杂陈。

随后，一种新的亚文化诞生了。数以百万计的人把他们生命中每一点能挤出来的时间，都投入了搜寻哈利迪的彩蛋之中。这些人起初被称为“猎蛋者”，后来简化成了“猎手”。

比赛开始的头一年，成为“猎蛋者”是一件非常时尚的事。几乎每个“绿洲”用户都把自己算作了其中一员。

但到了哈利迪逝世一周年之际，这股热潮开始逐渐消退。整整一年过去了，人们却毫无进展，钥匙和密室还是不知所踪。这多少得归因于“绿洲”过于庞大。钥匙可能藏身于上千个虚拟星球之中，哪怕彻底搜索其中的一个，都得耗去一个猎手数年光阴。

不管那些“专业的”猎手在他们的博客里怎么吹嘘，扯什么距离突破不过一步之遥，事实已经一点点明朗起来：根本没有人真正明白他们在找什么，或者到底该从哪儿开始寻找。

又一年过去了。

再一年。

一切依然如故。

终于，大众开始丧失对比赛的兴趣。有些人相信，这不过是一个阔佬死前跟世界开的玩笑。另有一些人则认为，即使彩蛋真的存在，世上也没人能够寻获。与此同时，“绿洲”继续发展壮大，暂时管理游戏的第三方公司，凭借哈利迪的遗嘱和他们庞大的律师团队，这片净土不曾受到无数收购企图和官司的影响。

后来，哈利迪的彩蛋逐步化为了都市神话，人数日渐减少的猎手也成了被嘲讽的对象。每逢哈利迪逝世的纪念日，新闻媒体都会把依旧原地踏步的猎手们当作笑料。越来越多的人宣布退出搜寻比赛，他们说，哈利迪确实埋下了彩蛋，但它藏得太深，无人能及。

年复一年。

年复一年。

到了 2045 年 2 月 11 日的晚上，一个角色的头像突然出现在了记分板榜首，令全世界为之一震。是的，比赛开始五年以后，一个住在俄克拉荷马城郊叠楼里的十八岁男孩，终于找到了黄铜钥匙。

那个男孩，就是我。

有几十部书籍、动画、电影和电视剧试图描述接下来发生的故事，可它们无一例外地臆想多过真实。所以我决定亲自动笔写下一切，还历史以本来面貌。

Level One

生活，意味着永无止境的折磨，

能减轻这种痛苦的，

唯有游戏。

——《安诺拉年鉴》，91 章，1-2 节

0001

附近哪栋楼里的一声枪响，把我从睡梦中惊醒。接下来的几分钟里，沉闷的哭喊和尖叫声不绝于耳。最后，一切重回寂静。

枪声在叠楼里并不鲜见，可我仍被吓得够呛。我知道自己大概再也睡不着了，于是决定干脆刷几把街机游戏直到天明。《小蜜蜂》《防卫者》《小行星》，在我出生以前，这些游戏就已经算是博物馆里的老古董了。但我是个猎手，从不觉得它们是低分辨率的过时玩意儿。正相反，在我的眼中，它们是圣物，是万神殿的支柱。玩这些游戏的时候，我总是心怀敬畏。

我蜷缩在活动板房小洗衣房角落的睡袋里，夹在墙壁和烘干机之间。姨妈的房间就在大厅对面，可她并不待见我。正好，我也宁可在洗衣房里过夜。这里不但暖和，多少还有点私人空间，无线信号也过得去。除此之外，洗衣液和柔顺剂的气味比房子其他部分的猫尿跟垃圾味道好得多。

大多数时间，我都在自己外面的小窝里睡觉，但这两天温度已经降至冰点以下，姨妈再讨人厌，也比活活冻死好些。

共有十五人住在这层楼里。姨妈睡三间卧室里最小的那间，戴普家住她边上的次卧，米勒一家则占了大厅尽头的主卧。他们一家六口子，付了租金的大头。相比叠楼里的其他不少单元，我们的板房大了近一倍，算不上拥挤，每个人都有足够的空间。

我拿出笔记本，开机。它又笨又重，差不多有十年历史。从高速公路对过一家废弃商场的垃圾堆里找到它以后，我又是换内存条又是重装石器时代的操作系统，总算让它活了回来。你当然不能苛求它的处理器运行速度达到目前的平均水准，不过用来满足我的需要，它还凑合。我把它当成可携带式的图书馆、游戏机和家庭影院，往硬盘里塞满了过去的书籍、电影、剧集、音乐专辑，还有 20 世纪的几乎所有的电子游戏。

我启动模拟器，开始运行《机器人战争：2084》[10]。它是我的最爱之一，简单而疯狂。你得仰仗本能做出极限反应，才能过掉一关又一关。玩这些老游戏总是能让我放空大脑，轻松下来。每当被生活压得无法喘息时，我都会敲下键盘，选定“玩家 1 号”，把烦心事抛到一边，全身心地投入屏幕里小像素无尽的征伐之中。在这些像素组成的二维宇宙里，生活很简单：世间只剩你和电脑。你用左手操控方向，右手射击，尽力求生，再无他物。

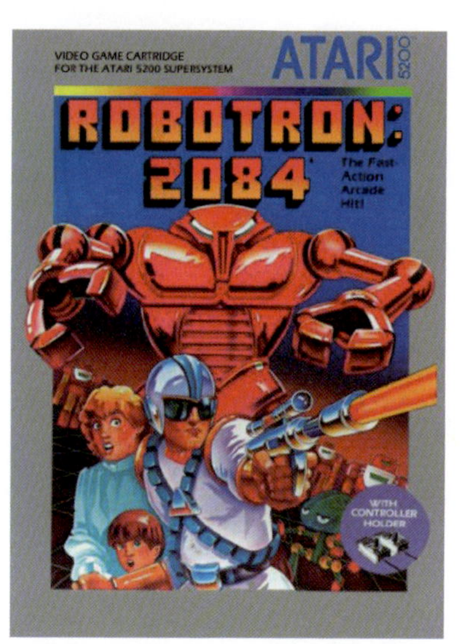

10.《机器人战争》：Vid Kidz 开发、Williams Electronics 于 1982 年发行的街机游戏。是一款 2D 射击游戏。游戏虚构了一个机器人统治世界的 2084 年，玩家需要击退一波又一波的机器人，拯救幸存的人类。

为了拯救最后的人类家庭，我开始跟一波又一波敌人鏖战。敌人造型各异，有些长得像大脑，有些呈球状，还有的体积庞大。几个小时悄然流逝，终于，酸痛的指关节打乱了我的节奏。到了这么后面的关卡，一切都发生得很快。几分钟之内，我就丢光了所有的命数，我最讨厌的几个字出现在屏幕上："游戏结束"。

我有些沮丧地关闭模拟器，打开视频文档。过去五年间，我下载了《安诺拉年鉴》提到的每一部电影、每一场 TV 秀、每一集动画。当然了，我没能把它们全部看完。真那么做的话，可能需要几十年。

我选了一集《家族的诞生》[11]，这部 80 年代的情景喜剧讲的是发生在俄亥俄州一个中产家庭里的各种趣事。我开始看它，纯粹因为它是哈利迪最喜欢的电视剧之一，可能包含了与彩蛋相关的线索。可我没想到，它一下就把我给迷住了。这长达一百八十集的电视剧我反复欣赏了好几遍，一点儿都没觉得腻味。

11.《家族的诞生》

坐在黑暗里，看着屏幕中人们的言行举止，我总是幻想自己也住在那个温暖敞亮的屋子里，家人都笑颜常驻、知情达理。在那个世界里，没什么麻烦是不能在一集结束前的半个小时里解决的。（偶有例外，但最多两集。）

我的家庭与电视剧相去甚远，可能这才是我喜欢《家族的诞生》的真正原因。我是一对青年男女的后代，他们都是难民，相遇在我长大的这片叠楼街区。我对我爸没有印象。我几个月大那会儿，他有次趁着停电去抢劫小店，结果挨了枪子儿。我对他的唯一了解是他痴迷漫画。从他留下来的一个盒子里，我翻出过几个U盘，里头有《超凡蜘蛛侠》《X战警》《绿灯侠》的全套漫画。我妈有次跟我说，我爸给我取名“韦德·沃兹”，是因为他觉得这名字很酷，像个超级英雄，比如彼得·帕克或者克拉克·肯特这种。凭这点，我就敢说他酷毙了，虽然死得窝囊了些。

我妈洛蕾塔独自把我拉扯大。那时候，我们住在同一街区的另一幢楼里。她在“绿洲”里有两份全职工作，一份是电话销售员，另一份是线上妓院的三陪小姐。她给了我一副耳塞，这样我就犯不着听到半夜里从边上房间传出的不堪入耳的话。问题是耳塞质量不太行，所以我常常靠把老电影的音量调大，来解决这个问题。

我妈把“绿洲”当作保姆，所以我早早地就接触了这个虚拟世界。刚长大到能戴上VR眼镜和触觉手套时，她就帮我建立了一个角色，然后把我丢进角落，忙着回去工作了。我则独自一人，开始探索这个全新世界。

“绿洲”的互动教育系统儿童免费。可以说，我是被这套系统带大的。我把童年的大部分时光都耗在了名叫“芝麻街”的虚拟社区中。那里有陪我唱歌的木偶，还有教我走路、说话、算数、读书、写字甚至如何与他人分享的交互式游戏。掌握这些最基础的技能以后，我很快就发现，“绿洲”还是世界上最大的公共图书馆。哪怕我这种穷屌丝，也能接触到人类自诞生以来创作的每一本书、每一首歌、每一部电影、每一集电视剧和每一款电子游戏。人类文明的知识、艺术、娱乐全在那儿等着我去挖掘。不过，了解这一切实际上喜忧参半。

因为就在那时，我发现了真相。

怎么说呢，你的感受可能跟我不一样。但在我看来，生于 21 世纪，是件让人备感沮丧的事。简直烂透了。

其中最糟糕的部分，在于从来没人跟我说实话，告诉我周遭的环境到底多不堪。实际上，成年人完全是反其道而行之。而我呢，还真信了他们，毕竟我只是个小屁孩。我的意思是，妈的，我连大脑都没发育完全，怎么分辨得出大人是不是在鬼扯淡？

好在后来我长大了些，逐渐意识到自打离开我妈的子宫，*一切的一切*，都不过是个巨大的谎言。

明白这一点令我十分震惊。

从此以后，我对生活本身也起了疑心。

能有这样的醒悟，多亏了“绿洲”这座大图书馆。真相一直就在那里，藏身在那些敢于直面世界的人所写的书里。这些艺术家、科学家、哲学家和诗人中的大多数已经作古，但他们留在身后的文字，让我对我所处的环境日渐清醒。我所处的环境，*我们*所处的环境，或者按照大多数人的说法，“人类生存状况”，根本就是泡屎。

这可不是什么好消息。

真希望有人能在我刚刚听得懂话的时候，就跑来告诉我：

“情况是这样的，韦德。你是一个人类，这是种非常聪明的动物。和这个星球上其他的物种一样，我们用了亿万年时光，才从单细胞生物一点点变化至此。这个过程叫作进化。你以后会学到更多的相关知识。相信我，有许许多多的化石都能证明这点。至于你听到的那些个故事？一个住在天上、法力无边、叫作上帝的神创造了一切？胡说八道。那就是个神话，人们口口相传了几千年而已。上帝也好，圣诞老人也好，复活节宾尼兔也好，全是我们人类编造出来的。

“是的……世上没有圣诞老人和复活节宾尼兔。不好意思，孩子，你得接受现实。

“你可能会好奇，在你出生之前，世上到底发生了些什么。哇哦，那可有得说了。我们进化成人类以后，事情就变得有趣了。我们种植粮食、驯养家畜，不再成天捕猎。我们的部落发展壮大，像流感一样遍及地球各处。接着，为了土地、为了资源，或者为了那些虚构出来的神，我们开始了大大小小的战争。到后来，我们终于联合起了各个部落，组成了‘全球文明’。不过实际上，联合并不彻底，也不见得有多么文明。我们还是彼此战争、征伐不休。与此同时，科学发展了起来，技术革命接踵而至。对一群无毛猿来说，我们还真是捣鼓出了好多不得了的东西：电脑、医药、激光、微波炉、人工心脏，还有核弹。我们甚至把一批人送上月球，又把他们接了回来。还有全球通信网络，它让我们能随时随地跟位于地球另一端的人联系。很酷，对吧？

“但这也是麻烦的开始。我们的全球文明开销太大了，想维持住它，得花掉大量的能源。其中最主要的化石能源——它们是深埋在地下的死去的植物和动物变成的——在你出生之前，就消耗了多半。也就是说，能源不够，我们没法像以前那样维持住文明了。所以，我们减少了能源的使用量。大大地减少。我们把这叫作全球能源危机。到目前为止，它已经持续好一阵子啦。

“另外，把这些化石能源全烧光还有些讨厌的副作用，比如全球暖化、环境完蛋大吉。现在极地冰盖融化，海平面上升，气候一团糟。许许多多的动植物都灭绝了，数不清的人饥肠辘辘、流离失所。为了所剩无多的资源，人类彼此之间还在大打出手。

“简而言之，孩子，我们的日子比过去要困难得多。那些好日子在你出生之前就过去了。曾经的灿烂辉煌，现在都破败凋零了。说实话，未来也不光明。你出生在一个非常黑暗的时代里，而且事情还在朝着更糟的方向发展。人类文明正在衰退，还有些人说它已经崩溃了。

“你也许在想，你以后会怎么样。答案很简单。因为你将要碰上的事，已经发生在每一个前人身上了。你会死。我们都会死。就是这样。

“死了以后，又会怎么样？这个问题没人给得出准确的答案。但各种迹象表明，什么也不会发生。你就这么死了，大脑停止工作，再也不问这问那的了。至于你听说过的‘天堂’，一个没有痛苦，也没有死亡，只有无尽欢愉的美丽地方？跟上帝一样，不过是瞎扯。从来没有任何证据能证明天堂的存在。它也是人类编造出的谎言，一个美好的幻想。所以你现在明白了，你终有一死，然后永远消失。

“抱歉。”

好吧，反思一下的话，也许告诉还在咿呀学语的儿童，他们身处的世界充斥着混乱、痛苦和饥饿，一切都在分崩离析——这大概不是最好的选择。我花了几年时间慢慢领悟这一切，都难过得想从桥上跳下去，更别说突然要接受这么多残酷真相的人了。

还好，我有“绿洲”。它就像世外桃源，让我获得了一些安宁。“绿洲”是我的游乐场、我的学前班，那是个一切皆有可能的梦幻之地。

我最快乐的童年记忆都和“绿洲”有关。当我妈不工作的时候，她会和我一起登录玩游戏，或者进行虚拟的冒险。那时候，她每晚都得逼着我下线，因为我实在不想返回肮脏的现实。

我从来没有因此抱怨过我妈。和其他人一样，她也是不公命运和残酷环境的受害者，而且还属于最惨的那一代人。她出生在一个繁荣昌盛的世界里，却眼睁睁地看着它一点点垮塌。她一直活得很压抑，只有嗑药的时候才能找到一点儿快乐。当然，正是那些药物最后要了她的命。我十一岁那年，她往胳膊里注射了超大剂量的某种鬼玩意儿，然后倒在了我们那张破破烂烂的折叠沙发床上，再也没有醒来。她死的时候，还在听我前一年圣诞节修好送给她当礼物的旧 MP3。

那以后，我不得不搬到我妈妈的妹妹家里。爱丽丝姨妈肯接纳我，不是因为她大发慈悲或者有责任心，她不过是贪图政府多发的粮食补助而已。多数时候，我得自己想办法弄吃的。这通常不是问题。我很有从垃圾堆里扒拉出旧电脑和破“绿洲”游戏主机、再修好它们的天赋。我拿那些机器在当铺换了不少食品券，非但饿不着，过得还比大多数邻居更滋润。

我妈去世后的头一年，我一度陷在深深的绝望和自怜里。我劝自己多看看光明的一面。哪怕成了孤儿，我过得依然比绝大多数非洲儿童更滋润。还有亚洲的，甚至北美本地的。我住的地方能遮风挡雨，也不至于挨饿。我还有“绿洲”。这样的生活真不算太糟。尽管我反复这么劝说自己，可巨大的孤独感丝毫没有减少。

就在那时，哈利迪彩蛋搜寻比赛开始了。它是一根救命稻草，我想。突然间，我的生命有了意义，有了值得追求的梦想。过去五年来，比赛给了我活下去的目标和动力，给我了早上起床的理由。

从开始寻找彩蛋的那刻起，我所见的未来，便不再那么黯淡了。

《家族的诞生》的第四集才看了一半，洗衣房的门突然嘎吱一声响，爱丽丝姨妈走了进来。她就像一只面容枯槁、穿着睡袍的鹰身女妖，提着一篮脏衣服。她比平常清醒点，这可不是好兆头。她亢奋的时候反而更容易对付。

她像平常那样斜瞥了我一眼，开始把衣服丢进洗衣机。突然间，那副神情变了。她绕过烘干机，更仔细地看了看我。瞧见我的笔记本后，那双眼睛顿时瞪得浑圆。我马上合上电脑，把它往背包里塞，但我知道，已经太迟了。

“交出来，韦德。”她伸出手，“我要拿它去抵房租。”

“不！”我挣扎着避开她，“拜托了，爱丽丝姨妈，我要用它上学。”

“你要的是懂得感恩！”她咆哮起来，“这儿的每个人都在付房租，我已经受够你这只吸血鬼了！”

“你把所有的食品券都拿走了，那比我的房租还要值钱。”

“他妈的才不是！”她抓住笔记本，想从我手上夺走，但我不肯。于是她跺着脚，愤愤地走回了自己的房间。我知道接下来会发生什么，立即加上键盘锁，同时格式化硬盘。

几秒过后，爱丽丝姨妈和她男朋友里克一道回来了。里克一副睡眼惺忪的模样。因为喜欢显摆那堆黑道文身，他从来不穿上衣。他一句话没说，走到我面前，威胁式地抬了抬拳头。我瑟缩一下，把笔记本交了出去，目送他和姨妈离开房间，讨论着这电脑能在当铺换几个钱。

少了台笔记本不是太大的问题，我在小窝里还放了两台备用的。但它们的速度没有被拿走的那台快，而且重新把媒体文件从备份硬盘里拷贝进去要花许多时间。真是麻烦。但这是咎由自取。我早就知道把值钱东西带去姨妈家会危险重重。

暗蓝色的晨光爬上了洗衣房的窗户。我想，也许今天该早点儿去上学。

我尽可能快而安静地套上旧灯芯绒裤子，换上松松垮垮的运动衫，还有大得恨不得塞满冬衣柜、显然不合身的外套，然后背起包，爬上洗衣机。戴好手套后，我推开了蒙霜的玻璃窗，在清晨刺骨的寒风中，注视着一排排叠楼的屋顶。它们起伏不平，犹如翻腾的波浪。

周围共有二十二栋叠楼[12]，姨妈这栋是最高的，比其他的高出了一两层，而她又住在顶层。所谓的叠楼，其实是吊挂在模块式强化脚手架上的活动板房，没有真正的地基。只有一楼的房车才在地面落脚，或者架在原来楼房的混凝土地基上。这些年来，叠楼一直在杂乱无章地加盖，慢慢向周围蔓延。

我们所住的波特兰大道叠楼区像一大堆生锈褪色的破锡盒，乱糟糟地堆放在四十号洲际公路旁。东边不远就是俄克拉荷马城正在腐烂的下城区。整个城市里共有五百多幢破破烂烂的叠楼，通过回收的管材、横梁、钢桁支架和步行桥连接在一起。叠楼群的外围是十多台老式起重机，仍在不断拓宽这片垃圾场。

叠楼的顶部，或者说“屋顶”，铺设着陈旧的太阳能电池板，给住户提供了一些电能。一束束皱巴巴的软管和螺纹管蔓缠在每栋楼中，带来自来水，带走各种污物(你别说，城市外头的那些个叠楼还真没这种待遇)。叠楼的底层(就是叫地面的地方)阳光罕至。楼与楼之间阴暗、狭窄的缝隙里，挤满了报废的汽车和卡车。它们的油箱

12. 叠楼，来自改编电影《头号玩家》。

空无一物，进出的道路也早就被堵死了。

我的邻居米勒先生有次对我说，像我们这样的叠楼，从前是规划整齐的房车停放区。但在石油枯竭、能源危机开始后，数不清的难民从四面八方涌入城市，造成了住房的极度短缺。这种情况下，把那些距离城市不远、可以步行抵达的地方留给房车，就显得有些过于浪费了。后来聪明人提出了一个最大化利用空间的好点子（用米勒先生的话来说，“把那些傻逼摞起来”）。这个提案不但很快得到实施，还普及了全国各地的房车停车场。叠楼实际上是贫民窟加上难民营的奇怪混合体，它们散落在各个大城市周围，住满了我爸妈那样的落魄鬼。他们为了得到工作、食物、电力和可靠的“绿洲”网络，用尽最后的汽油，开车（或者骑着他们的牲畜）逃离正在死去的故乡小镇，拖家带口迁往附近的大城市。

我们这个区域的叠楼最矮的也有十五层高（楼层里还夹杂着露营车、大众迷你巴士、海运和空运的集装箱）。近几年，不少楼房已经扩建到了二十层甚至更高。许多人对此忧心忡忡。叠楼倒塌的事故偶有发生，要是脚手架折断的方向不对，会像多米诺骨牌一样拉着周围四五栋楼一起完蛋。

姨妈的叠楼位于这片楼区的北沿，挨着老旧的高速公路。从洗衣房的窗户看出去，残破的沥青路面上有一道细细的车流。那是载着货物和工人进城的电动车。阴冷的地平线上，太阳露出了一线亮银色的光。我望着它，进入了冥思。无论何时看到太阳，我都会提醒自己：它只是一颗恒星。像这样的存在，银河系中还有千亿之多。而放眼已知的宇宙，我们的银河也仅仅是千亿星系中的微不足道的一个。这样的思绪能让人把目光放长远，从另一个角度来思考问题。我之所以会冒出这样的念头，得拜 80 年代一部叫作《宇宙》[13] 的科普片所赐。

13. 宇宙：1980 年由卡尔·萨根主持的系列科普片。

我尽量安静地爬到窗外，抓住窗框，爬下冰冷的活动板房外墙。金属平台只比活动板房多出一脚半的宽度，所以我必须小心翼翼地向下探。踩到边缘后，我抬手关上了窗户，然后抓住腰侧的绳索——那是我横在那儿，当作扶手用的——侧身沿壁架走向平台转角。那里的脚手架形状像梯子，是我进出姨妈家常走的路线。叠楼的一侧有条摇摇欲坠的楼梯，但它走起来哗啦响，谁都能听见。这可不是好事。在叠楼里，越低调，越不引起别人的注意，就越好。总有些危险分子或者被逼得走投无路的人会想着抢劫你、强奸你，或者到黑市上卖掉你的器官。

沿着金属架子上下爬老是让我想起《大金刚》和《汉堡时间》[14] 这样的老游戏。这想法几年前就有了。后来我专门编了个雅达利 2600 游戏（这是猎手的入门仪式，重要性不亚于绝地武士拿到他的第一把光剑），名字就叫《叠楼》。在那个游戏里，你得设法穿越叠楼的重重迷宫，收集旧电脑，抓住能提升能力的食品券，还要避开上学路上的瘾君子和恋童癖。哎呀，游戏可比现实有意思多了。

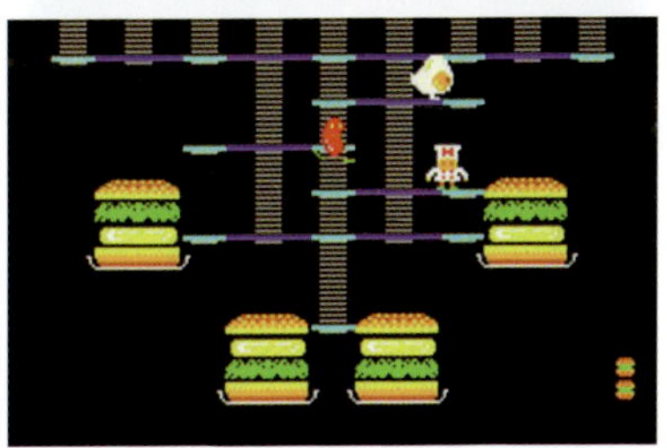

14.《大金刚》和《汉堡时间》：任天堂发售与 1981 年和 Data East 公司发售于 1982 年的动作游戏，玩家需要在建筑间不断攀爬。《大金刚》是“马里奥”系列的衍生游戏。

我在楼下三层的拖挂式房车外停了下来，这里住着吉尔摩女士，我为数不多的朋友之一。她是个可爱的老太太，七十多岁，总是早睡早起。我从窗口往里瞅，看到她在厨房里做早餐。几秒过后，她看见了我，眼神顿时明亮起来。

“韦德！”她打开窗户，“早上好呀，孩子。”

“早上好，吉婆婆，”我说，“希望我没吓到你。”

“没有的事，”冷风吹进屋内，她把袍子裹紧了些，“外头都结冰了！要不进来坐会儿吃点早饭？我烤了点素培根，蛋粉也不算太坏，只要多多地放盐……”

“谢谢，不过今天算了，吉婆婆，我还得去上学呢。”

“好吧。那当心下雨。”她亲了我一下，开始关窗，“小蜘蛛侠，爬架子的时候注意别把脖子摔折了，好吗？”

“我会留心的。回头见，婆婆。”我挥挥手，继续旅程。

吉婆婆古道热肠。她甚至同意我在她的沙发上借宿，不过那儿全是猫，我有些挤不下。她是个虔诚的信徒，每天都在“绿洲”的一座大教堂里唱赞美诗、听布道，要不就是去虚拟的圣地朝拜。我修好了她的旧“绿洲”游戏机，作为回报，她回答了我关于80年代无穷无尽的问题。她在那个年代长大，知道当时的每一件琐碎小事——都是你没法从书里或者电影里了解的知识。她还总是为我祈祷，希望我的灵魂能得到救赎。我一直不忍心告诉她，宗教在我眼里就是堆垃圾。结果这反而让她觉得我是个有希望的年轻人，祈祷得更加用力了。说实话，我为此相当困扰。引用《年鉴》里的话说，就是：“如果你玻璃心，就他妈的趁早闭嘴。”

眼看还差几英尺就要爬到底，我从脚手架上跳下去，听到橡胶靴嘎吱一声陷入了半冻结的雪泥。尽管楼上已经能看到天明，下边还是黑漆漆的一片。我拿出电筒，在黑暗的迷宫中向东走去，尽量不被购物车、发动机零件或者别的什么躺在叠楼之间小巷里的垃圾绊倒。这个早上，我一个行人也没见着。通勤车一天只跑几趟，那些撞了大运找到工作的人，早就去高速公路旁的巴士站点等着了。他们中能真正有稳定收入的人没几个，大多数都在城市外围的大工厂当钟点工。

走出半英里，我到了这个区域东侧一座由破旧汽车和卡车堆成的山包前。几十年前，为了腾出更多空地造叠楼，起重机把周围的废弃载具集中到了几个地方，形成了如今叠楼区外侧的几座小山。这些车堆体积庞大，有的高度都能赶上叠楼了。

我走到车堆旁扫了眼周围，确定没人跟踪后，往边上一闪，钻进两辆报废汽车间的缝隙。从这里开始，我躲闪着、攀爬着、侧行着，进入了这座看似摇摇欲坠的钢铁之山深处。终于，我到了一辆被埋在车堆里、只露出三分之一的货车后面。相比其他地方，这里还算开阔。两辆上下颠倒的皮卡斜斜压在车顶，不过它们的重量大多被边上的其他车垛承担了，结果形成了一个拱门的形状，保护了货车不被上头的车山压垮。

我摘下挂在脖子上的项链，它连着一把钥匙。找到这辆车时运气不错，我发现它的钥匙还插在点火开关上。其实，好多被抛弃的车子没有半点损坏，只是他们的主人负担不起汽油费罢了。

我收好电筒，打开货车后车厢的锁。我把右边门拉开一英尺半，挤进去，然后重新锁上车门。这辆货车的后门上没有窗，我在伸手不见五指的黑暗里待了一秒钟，才摸到我用胶带粘在顶棚上的电源开关。开关打开，一盏旧台灯亮了起来，照亮了周围有限的空间。

一辆皱到变了形的绿轿车压碎了货车的挡风玻璃，好在除了驾驶室，货车的其余部分依旧完好。车内的座椅被人拆走了（可能拿去当家具），留下一个高宽四乘四、长度九英尺的“房间”。

这就是我的小窝，我的密室。

四年前，我在找报废电脑的时候摸到了这个地方。打开车门，望见货车内部的那一刻，我知道自己找到了真正的无价之宝：隐私。这地方无人知晓，不用担心姨妈或者她新勾搭上的哪个男人来找我麻烦。我可以放心地把财物丢在这儿，反正也没人会来偷。最重要的是，在这里，我可以安心地登录“绿洲”。

可以说这辆货车是我的避难所、我的蝙蝠洞、我的孤独堡垒[15]。我在这里上学、做功课、读书、看电影、玩游戏。当然，还有寻找哈利迪的彩蛋。

为了防止声音外泄，整个房间里都铺着碎地毯和原本用来装鸡蛋的泡沫塑料。房间的一角有几个纸板箱，里头是回收来的破笔记本电脑，边上有个旧电瓶和动感单车[16]，那玩意儿被我改装成了充电器。屋内唯一的家具是把折叠草坪椅。

我放下背包，甩掉外套，开始踩单车充电。我基本上只有这一种锻炼方法。我不停地蹬踏，直到满电指示灯

15. 蝙蝠洞和孤独堡垒：蝙蝠侠和超人的秘密基地，分别位于哥谭市和北极。

16. 动感单车：健身器材，仿造自行车的构造，但底部被固定在地面。

亮起才坐回椅子，打开放在旁边的小型电加热器。我摘下手套，把双手放在加热器前摩挲，看着它发出橙色的光和热。加热器不能长时间开，否则电池撑不住。

接着，我打开自己的小食品贮藏室——那是一个防鼠金属盒——里头放着几瓶水和一罐奶粉。我冲了些奶粉，泡上水果麦片，狼吞虎咽下肚。之后，我从货车损坏的仪表盘下面掏出了一个旧午餐盒。印着“星际迷航”字样的盒盖下面，是学校发放的“绿洲”主机、触觉手套和VR眼镜。对我来说，这些东西全是无价之宝，绝不能冒险随身携带。

戴上弹性触觉手套，我活动了一下手指，确认没有关节卡住，随即拿起“绿洲”主机。它是个黑色的长方体，大小约等于一本简装书。主机内置无线网络，但货车毕竟埋在山一样的垃圾下面，所以我不得不在山巅上安了天线，又往下牵了根数据线到藏身处，穿过车顶开的小洞。我抓过数据线，插上主机一侧的接口，戴上眼镜。像游泳护目镜一样，它紧紧贴合着眼眶，阻挡了所有外部光线。微型耳塞从太阳穴那里挂下，伸入耳道。这套系统里还有两个内置的立体声麦克风，能接收我说出的每个词。

我开机登录游戏。面罩里发出一阵红光，扫描了我的视网膜。我清清喉咙，小声而清晰地念出登录密码：“你已经被星盟征召，前往前线对抗斯克和高丹的舰队。”[17]

密码正确，声纹无误，我进入了游戏。

一行文字出现在虚拟视野的中央：

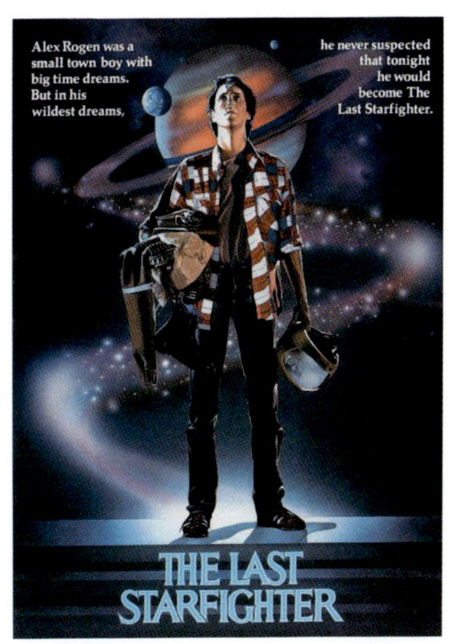

17. 该台词出自1984年科幻电影《最后的星空战士》。导演尼克·卡斯特尔。

账号验证成功。

欢迎来到“绿洲”，帕西法尔！

登陆时间：07:53:21 OST（“绿洲”系统时间）-2.10.2045

这段文字逐渐消隐，被另一行短句替代。它只有六个字，是詹姆斯·哈利迪在第一次运行“绿洲”时亲自设定的，意在向电子游戏产业的老祖宗、他年轻时代的投币街机致敬。这六个字，是每一个“绿洲”用户在离开现实、进入虚拟世界时，看到的最后一样东西：

玩家 1 号就绪

0002

我在高中二楼自己的储物柜前慢慢现身——就是我昨晚下线的地方。

我抬头望了眼走廊。包围着我的虚拟环境看起来几乎像是另一个现实(但并不完全是)。“绿洲”中的每样东西都是精细的三维建模，除非你凑近细看，否则转眼就会忘记这一切其实都是计算机生成的。我听说，如果用最新的沉浸式主机，那“绿洲”和现实的区别就根本不存在了。

我伸手摸了下储物柜，它伴着轻柔的金属咔嗒声弹开了。里头装饰不多：莉亚公主[18]手持光枪的照片、巨蟒剧团与在拍《巨蟒与圣杯》[19]时的团体照，以及詹姆斯·哈利迪在《时代》杂志上的封面照。我拿起储藏柜上格的一堆教科书——它们消失了，然后重新出现在我角色的物品栏里。

除了教科书，我账号上的资产少得可怜：火炬、铁短

18. 莉亚公主:《星球大战》三部曲的女主角，天行者卢克的妹妹。

19.《巨蟒与圣杯》：经典无厘头喜剧电影，由巨蟒剧团于1975年拍摄。

剑、小青铜盾，加上一套皮甲。都不是魔法装备，品质垃圾。不过，这已经是我所拥有的最好的玩意儿了。“绿洲”里面，东西的价格不比现实中便宜（有时候还更贵），再说你也没法拿食品券去换“绿洲”点。在这糟糕年头，“绿洲”信用点是世界上最稳定的货币之一，汇率比美元、英镑、欧元和日元还要高。

储物柜的门内装着一面小镜子，我关上柜门前，瞥了一眼自己在虚拟世界中的形象。我在捏人的时候，参考了本人的长相。相比真人，我角色的鼻子更小巧，个子更高更瘦，但肌肉更发达。另外，角色脸上没有青春痘。不过刨除这些细节，我们看起来还是挺像的。学校对代码做了限制，学生的角色造型必须是人类，而且性别和年龄得同真人一致，所以我不会碰上巨大的雌雄同体双头恶魔独角兽，或者类似的乱七八糟的角色。至少在学校里不会。

你可以给你“绿洲”角色起任何名字，只要不重复就行。换言之，你得选个还没人用的叫法。因为它也会成为你的邮箱地址和聊天 ID，所以大家都希望自己的角色名既酷又容易记。名人们常常会花天价，从 ID 黄牛那儿买下他们想要的名字。

刚拥有“绿洲”账户的时候，我建立的角色叫作巨人韦德。从那时起，我每隔几个月都会换个叫法。现在想来它们都挺可笑。但我角色现在的名称已经整整五年没变了。搜寻比赛开始那天，我决定当个猎手，于是把名字改成了帕西法尔[20]，亚瑟王传说中寻找圣杯的骑士。实

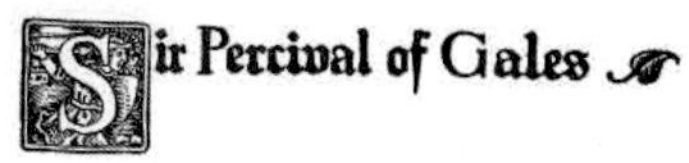

20. 帕西法尔

际上，这个人物更通常的叫法是帕西瓦尔或者帕西瓦，但它们早就被人占了。我更喜欢帕西法尔，这个名字挺好听的。

在线上，很难碰上愿意用真名的人。这算是“绿洲”最大的优点之一。在虚拟世界里，除非主动袒露，否则没人知道你是一条狗。在这个基础上，“绿洲”衍生出了许多独特的文化。你的真名实姓、指纹和视网膜特征都被储存在数据中心里，但社交模拟系统公司（GSS）保护着这些信息，GSS雇员也不能查看。哈利迪负责公司营运的时候，GSS通过了判决，连最高法院都无从过问用户的私密数据。

加入“绿洲”公立学校系统那会儿，他们要求我提交真实的姓名、“绿洲”角色名、邮寄地址和社保号码。这些数据储存在我的学生档案里，但只有校长能访问，我的老师和同学都不知道。反之亦然。

学校还禁止学生使用他们的角色名，以免出现老师喊“滑头皮条客，专心听讲！”或者“大王69，你能起来念一下你的读后感吗？”的尴尬场面。在学校，大家使用的都是真名，不过在后面加了个编号，用以区别同名者。我注册的时候，已经有两个韦德在学校里就读了，所以我分配到的ID叫作韦德3。在学校范围内活动时，这几个字一直飘在我头顶。

铃声响起，与此同时，视野的一角冒出提示，说四十分钟后第一节课开始。我用一系列轻微的手势控制角色走下大厅。如果忙得腾不出手，也可以声控角色前进。

我朝世界史教室方向走去，沿路遇到几个熟人，打了招呼。几个月后我就要毕业，到那时无疑我会想念这里。我不想离开高中。你瞧，我没钱上大学，哪怕是“绿洲”里的大学。我的成绩又不够好，混不到奖学金。我唯一的出路是离开学校后当一个全职猎手。想要离开叠楼，我别无选择，只能赢下比赛。其实我也可以去和一些公司签五年期的猎蛋合同，但那种事想想都硌得慌，还不如要我穿上洒满了碎玻璃的生日礼服呢。

到了楼下时，其他学生也纷纷在储物柜前现身，就像凭空浮现的幽灵。喧哗声开始在走廊里回荡。没过多久，我听到有人朝这里喊：

“嘿，嘿！不是韦德3嘛！”是托德13，我代数课的傻逼同学。他跟几个朋友站在一起。“这衣服真是帅啊。”他说，“你打哪儿弄来了这套神装？”

我角色身上的黑T恤和蓝牛仔裤是创号时系统送的免费皮肤。托德13跟他的暴发户朋友则穿着华服，大概是在哪家线上商城买的。

“是你妈送我的。”我继续向前走，步伐一点没放慢，“等你下次回家喝奶要零花钱的时候，代我谢谢她。”这很幼稚，我知道。但无论虚拟与否，这毕竟是一座高中——你骂人嘴巴越欠，效果就越好。

听到我的回答，他的朋友和附近的学生顿时爆发出一阵大笑。托德的脸一阵青一阵红——他显然忘了关闭实时表情系统，泄露了真人的表情和身体语言。终于，他骂了回来，但这时我早就把他拖进了屏蔽名单，只看到那张嘴一开一合，却听不到任何声音。我微笑着，继续向前走去。

屏蔽是我在学校里用得最爽的功能，几乎每天都派得上用场。我就喜欢别人气急败坏但又无可奈何的样子。学校里不能 PK，这是系统设置。实际上，整个卢德斯星球都是非 PVP[21] 区域。所以在学校里，唯一的武器就是语言，而就这项技艺而言，我算得上炉火纯青。

21. Player-versus-Player，“玩家对战”的意思。

六年级之前，我一直在现实中的学校读书。那段经历算不上愉快。我这人是个重度社恐，在生人面前总是很害羞、不知所措、毫无自信，话都说不利索。这可能跟从小泡在绿洲里有关。到了网上，我可以轻松地跟人谈话交友——特别是跟我年纪差不多大的，可在现实中的陌生人跟前，我总是不知道该说什么。勉强开了口，讲话也是语无伦次。

我的外表使恶况进一步加剧。我是个胖墩儿，不受欢迎。虽说政府救济粮里成分过重的糖和淀粉才是罪魁祸首，不过我本人也有责任。因为沉溺于“绿洲”，那时候我唯一的“体育运动”就是被学校里的恶霸追得满操场逃。更糟的是我的衣服，它们不是二手店里淘来的，就是别人捐赠的。穿那些破烂玩意儿上学，跟在额头画了只大王八一样招人嘲讽。

即使这样，我依然巴望着有人愿意做我朋友。一年年来，我都像 T-1000[22] 那样扫描着食堂，想找到能融入的小圈子。但哪怕是其他受到排挤的家伙，也认为我太

22. T-1000：《终结者 2》里的液态金属机器人。在《终结者：创世纪》中也有登场。

过怪异。至于女孩子？要我去跟女孩子搭话完全是天方夜谭。在我眼里，她们仿佛外星来客，既优雅又可怕。接近她们中的任何一个，我的冷汗都会止不住地往外冒，说话结结巴巴。

在我看来，学校就是达尔文的野蛮丛林，一个充斥着侮辱、欺凌、排斥异己，让人倍感孤独的地方。我熬到了六年级，一想还要再读六年才能高中毕业，就不由自主地担心起自己到毕业时会不会彻底发疯。

好在一切有了转机。那天，校长宣布说，任何修够学分的学生都可以申请去“绿洲”公立学校就读。政府的公立学校因为几十年来的资金短缺、人满为患，已经变成了一座座垃圾场。稍微有那么点脑子的人，都会选择待在家里读线上学校。一听到消息，我飞也似的冲进学校办公室提交了申请。再然后，我就转学到了“绿洲”公立学校 #1873 继续学业。

转学之前，我的角色从没离开过因西比奥。这个星球位于“绿洲”第一区的中心，也就是我们讲的“新手村”。除了跟其他菜鸟聊聊天，或者在覆盖整个星球的商城里购物，你没什么别的事好做。想去有点意思的地方，就得先掏一笔传送费。可惜呀，我是个穷逼。要不是学校发来的邮件里有一笔到卢德斯的传送费，我估计会困在那儿一辈子。

卢德斯是专门的教学星球，几百所学校散落各地。它们是同一套代码的拷贝，长得没有任何区别。不过，正因为学校是可以无限复制的数据模型，它们不受资金乃至物理法则的制约。每间学校都是恢宏的圣殿，拥有铺设着大理石的走廊、教堂般宽敞的教室、零重力体育馆，以及藏有人类一切书籍（只要不违反学校规定）的图书馆。

第一次走进1873学校时，我相信自己升上了天堂。我总算不用每天早上在上学路上躲避流氓和瘾君子了。只要溜进小窝，我就可以安全地待上一整天。“绿洲”里没人会笑我是个胖子，笑我长粉刺，或者笑我永远不换衣服，而且没有小混混会朝我丢纸团、扯我裤子，或放学时在自行车停放处追着我打。他们连碰都碰不到我。在这里，我是安全的。

我走进世界史教室。已经有几个同学坐在位置上了。他们闭着眼一动不动，名字前挂着代表“暂离”的标志，意即他们正在打电话、刷网页，或者去了聊天室。跟暂离的玩家对话，在绿洲里是种不太礼貌的行为。他们通常不会屌你，除了叫你滚开的自动回复。

我在自己桌前坐下，点选视野边缘的“暂离”。于是帕西法尔也闭上了眼睛，实际上我还是能看见周围的景象。我又点了另一个图标，拉出一张巨大的二维网页。网页只对我可见，别人没法站到我身后偷窥（除非我给了他们权限）。

我把主页设成了“母巢”，最出名的猎手论坛。这个网站的设计很硬派，像是互联网早期拨号上网的界面，登录时还能听到调制解调器[23]发出的300波特嘟嘟声。真是酷毙了。我花几分钟大致浏览最近的新闻和留言板。

23. 老式调制解调器

我是个潜水党，基本不发言，但我每天都会看看事情有没有进展。这个早上并没有什么新消息。无非又是猎手公会间的战争，对《年鉴》里一些不明不白的段落进行“正确”的解读，还有些高玩在炫耀他们新到手的魔法装备和道具。这些狗屎玩意儿我已经看了好几年。由于一直没有任何实质性的进展，猎手亚文化陷入了自我吹嘘、满纸废话、内斗不休的恶性循环。可悲呀，真的可悲。

所有消息里，我最喜欢六佬遭到攻击的那些。“六佬”是被创新网络公司雇用的彩蛋猎手的贬称。创新网络公司缩写 IOI，是世界上最大的通信集团和互联网供应商。它的一大块业务立足于“绿洲”，比如提供接入服务和销售虚拟商品。IOI 试过收购 GSS 好几次，但一直没成功。现在，他们想通过抓住哈利迪遗嘱里的漏洞，把 GSS 纳为己有。

IOI 为此新成立了一个部门，叫作“蛋卵研究部”（蛋卵研究原本是指对动物的蛋卵进行科研，但近两年，它有了第二重含义：用“科学”的方法去分析和寻找哈利迪的彩蛋。）这个部门只有一个存在目的：赢得哈利迪的彩蛋竞赛，夺走他的财产、他的公司，还有“绿洲”本身。

和大多数猎手一样，我打心底里恶心 IOI。这家公司的一系列举动，让他们的野心路人皆知：IOI 认为哈利迪的作品不够商品化，而他们能“帮助”他。他们要“绿洲”玩家按月缴费，在每个角落设置广告，让用户的隐私和言论自由成为过去式。一旦 IOI 接手这个游戏，那么“绿洲”将不再是我童年的乌托邦。它会成为垄断企业运营的反乌托邦世界，阔佬们才玩得起的主题公园。

IOI 规定它雇用的彩蛋猎手——正式的说法是“蛋卵研究员”——使用公司的员工编号作为“绿洲”角色名。编号一共六位，开头又是数字 6，于是所有人都开始叫他们“六佬”。到后来，大部分猎手转而叫他们“跪舔”，因为这帮人实在太他妈恶心了。

要当六佬，就得先签署一份合同。合同里头有几条写的是，如果你找到了哈利迪的彩蛋，所得将完全归于雇主。合同的其他部分包括双月制的工资、食物、住宿、保健福利和退休安排。公司还会配给你高端装甲、载具和武器，传送费用也全部报销。加入六佬跟参军没多大区别。

六佬不难辨认，因为他们都长得一个样。公司要求他们把角色都塑造成高大的人类男性（无论真人的性别是什么），留黑色短发，面部特征采用系统预设值，制服也是统一的海军蓝。他们之间唯一的区别，是右胸上 IOI 标志正下方的六位数员工编号。

绝大多数猎手和我一样，对六佬深恶痛绝。IOI 雇用了这么一大批猎手，无疑破坏了比赛的公平性。当然，你也可以说猎手公会干的也是这种破事。“绿洲”里有上百个猎手公会，有些会员人数多达几千，在搜寻彩蛋的过程中分工协作。每个公会的核心条例都差不多：无论哪个会员找到了彩蛋，其他成员都能分一杯羹。我这样的独行侠不大看得起公会，但再怎么样，他们依然是猎手——哪像六佬，他们要把“绿洲”交到邪恶的跨国集团手里，彻底毁了它。

我这一代人，根本不知道没有“绿洲”的世界是什么样子。对我们来说，“绿洲”不仅仅是游戏和娱乐的平台。从记事之日起，它就融进了我们的生活。“绿洲”是这悲惨世界里的一处美好避难所。一想到“绿洲”可能落入IOI之手，我们的心底就会涌起无限的恐惧和愤怒，这是上一辈人难以理解的。对我们来说，这就像有人威胁要拿走太阳，或者仰望天空都要被敲诈一笔一样。

六佬是猎手的公敌，嘲讽他们是我们在论坛和聊天室里最喜欢干的事。有不少高等级猎手只要看到六佬，就会全力追杀他们。甚至还有几个网站专门追踪他们的最新动态。我知道有些猎手，猎杀六佬的时间比寻找彩蛋的还要长。另外，那些比较大的公会每年都会联合举办“八十六跪舔”比赛，奖励杀六佬最多的公会。

看过另外几家猎手论坛后，我打开收藏夹，点开我最喜欢的博客网站：“阿忒的来信”。博主是个女猎手，名叫阿尔忒密丝[24]。自从三年前发现了这个博客后，我就成了最铁杆的读者。她写了一些很牛逼的文章，把它们叫作“狂野麦高芬”[25]，内容都跟彩蛋搜寻有关。她的文风幽默机智，充满巧妙的自嘲。看得出，她对《年鉴》有着异乎寻常的执念，总是会列出最近在琢磨的相关书籍、电影、TV秀和音乐的链接。我觉得，哪怕她对彩蛋的研究实际上跑偏了，文章本身也值得一读。

我对她的爱慕之情大概是不言自明了。

她偶尔会放两张角色截图到网上，我有时（说实话，

24. 阿尔忒弥斯是希腊神话中的月神和狩猎女神，而阿尔忒密丝写法略有不同。

25. 麦高芬：电影术语，指用来推动情节发展的人或物，典型形象就是被众人争夺的小物件。

总是）把它们保存到硬盘里。她的角色是个黑发姑娘，脸蛋很美，但不是那种刻意修饰过的漂亮。“绿洲”里到处可见美若天仙的玩家，她们过于标致，假得很，而阿尔忒密丝的脸既不像是从下拉菜单里选择的，也没套用别人的造型模板，倒像是用面部扫描工具创建的一般。她榛子色的大眼睛、圆颔骨、尖下巴，再加上那种得意扬扬、不可一世的笑容，让我无法抗拒。

她的身材也有那么些与众不同。“绿洲”里的女性角色，一般只有两种身材，不是纤细高挑型，就是丰乳肥臀的艳星型（在“绿洲”里看起来比现实中的更不自然），而阿尔忒密丝个子不高，带点儿婴儿肥，有种鲁本斯[26]画中人的感觉。

26. 鲁本斯（1577–1640），德国画家，巴洛克美术风格的代表人物之一。其画中的女子多显富态。

我很清楚这种单相思非常愚蠢。说实话，我真的知道她是谁吗？她从没透露过真实身份、年龄或者住址，也没有证据表明她长得和她的角色一个样。她可能十五岁，也可能五十岁。有些猎手还认为她未必是女性，这个我倒是没想过。天哪，妙龄少女其实是谢顶的抠脚大汉，这念头太他妈吓人了。

我开始读“阿忒的来信”以后，它逐渐成了互联网上点击率最高的博客之一，现在日均浏览量有数百万。阿尔忒密丝算是成了网红，至少在猎手圈子里挺出名。不过，她没有被名声冲昏头，写出的文章还是和以前一样有趣。她最新的博文起名《约翰·休斯的蓝调》，对她喜欢的六部约翰·休斯的电影做了深度分析。那些电影被她划分成了两类：“电波女幻想三部曲”（《十六支蜡烛》《红

27.《红粉佳人》

28.《妙不可言》

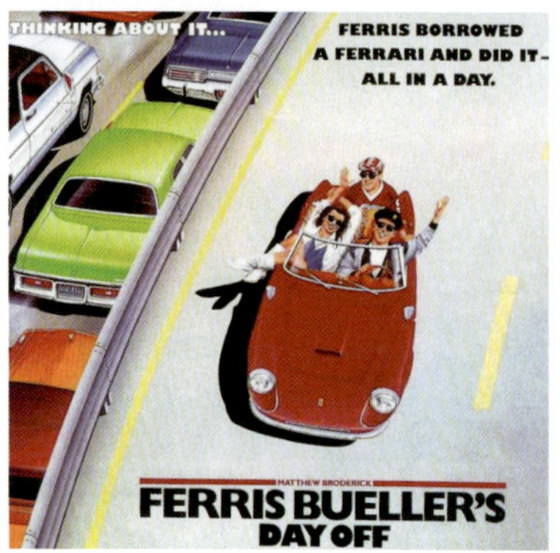

29.《春天不是读书天》

粉佳人》[27]《妙不可言》[28]）和“青春男幻想三部曲”（《早餐俱乐部》《摩登保姆》《春天不是读书天》[29]）。

我刚读完博客，有个私聊窗口突然跳了出来。是我最好的朋友，埃奇。（其实，他也是我唯一的朋友。不算吉尔摩女士的话。）

埃奇：早上好，哥们儿。

帕西法尔：好啊，老兄。

埃奇：你干吗呢？

帕西法尔：刚刷完网页。你呢？

埃奇：来地下室，蠢货。反正还没上课呢。

帕西法尔：好，这就来！

我关掉网页，扫了眼时间，离上课还有半个点。我笑着点击视野边缘的小门图标，从列表里选择了埃奇的聊天室。

0003

系统确认了我是聊天室白名单里的一员，于是放行。世界史教室瞬间缩小成了右下角的窗口，我依然能看到那里发生的事。现在占据我视野主要部分的是埃奇的聊天室。我正站在这个房间入口处一段覆盖地毯的楼梯顶。我身后的门不通向任何地方，实际上，因为地下室并非“绿洲”的一部分，它打都打不开。聊天室都是独立的虚拟实境——无论你在“绿洲”的哪里，都可以加入同一个聊天室中。也就是说，我的角色其实并不在聊天室里，只是看上去如此而已。韦德3/帕西法尔，依旧闭着眼坐在世界史教室中。加入聊天室，有点儿像用了分身术。

埃奇的聊天室和他起的那个名字一样，装修得像是80年代城郊的地下室。木镶板墙上贴着老电影和漫画的海报，美国无线电公司的老电视机放在屋子中央，和贝德曼录像机[30]、光碟播放机和几台化石级别的游戏机相连。屋子另一端有排书架，上面全是角色扮演游戏刊物和过

30. 贝德曼录像机：最早的盒式录像机。

31.《龙》杂志：龙与地下城官方杂志，第一期发售于1975年，已于2007年停刊。

32. 赛博格和瓦肯人：赛博格是一种半人半机器；瓦肯人是《星际迷航》中的外星种族。

33. 杜兰杜兰：80年代著名偶像乐队，《野孩子》是其名曲。

34. 因特维讯：Intellivision。Mattel（美泰）在1979年发售的游戏主机，雅达利2600的主要竞争对手之一。

35. 柴郡猫似的怪笑：英语习语，指神秘的、冷眼旁观式的笑容。形象出自《爱丽丝漫游仙境》。

期的《龙》[31]杂志。

这样一个大聊天室的运营费可不便宜，但埃奇付得起。靠着每周末的PVP竞技场，他赢了不少钱。他是"绿洲"里等级最高的战士之一，死亡竞技和夺旗赛的王者，也许比阿尔忒密丝更出名。

这两年来，地下室逐渐成了精英猎手的高级会所。埃奇只让他看得起的人进来，所以获邀进入地下室是种莫大的荣幸，更何况我只是个三级的菜鸡。

我走下楼梯，看到室内聚集着几十号玩家。他们的形象各异，包括人类、赛博格、恶魔、暗精灵、瓦肯人和几个血族[32]。大多数人眼下正聚在贴墙的那排旧街机旁，还有几人凑在老式点唱机边上（现在放的是杜兰杜兰的《野孩子》[33]）浏览埃奇海量的录像带收藏。

聊天室里有三张沙发，对着电视机摆成U型，埃奇本人就坐在其中一张上。这个战神是个白人男性，体格高大，长着黑色的头发和棕色的眼睛。我问过他，他的角色和他在现实中的模样是不是相似，他开玩笑似的回答："是的。不过没我真人帅。"

我走过去，看到他正在玩因特维讯[34]上的老游戏。他对着我露出了柴郡猫似的怪笑[35]，嘴角几乎咧到了耳根。"Z！"他喊道，"最近可好，哥们儿？"他伸出右手，我和他击了个掌，在他对面的沙发上坐下。认识没多久，他就开始叫我"Z"。他喜欢用字母给人起绰号，自称也用的"H"。

"咋的了，汉普丁？"我问。这是我俩之间的小游戏，我总是用 H 打头的名字称呼他，像是“哈利”“赫伯特”“亨利”或者“霍根”。他有次说过，他的真名是 H 打头，所以我一直拿这个跟他打趣。

我和埃奇认识了三年多点，他也在卢德斯读书，学校编号 1172，刚好在星球的另一面。一个周末，我们在公共猎手聊天室里偶遇，聊得投机后加了好友。他跟我有许多相同的兴趣，当然，这些兴趣可以归结成一个：对哈利迪和他彩蛋彻头彻尾的痴迷。聊了没两句，我就看出埃奇有真材实料。他不但打架功夫好，作为猎手，脑瓜也是一等一的。他对 80 年代的了解不仅局限在那些人云亦云的经典上，对许多冷僻知识也相当熟悉。他是个真正的哈利迪研究者。毫无疑问，他对我也做出了类似的评价，因为他不但加了我好友，还给了我进入地下室的永久许可。从那时起，我就有了最好的朋友。

后来的几年里，我们逐渐发展出了一种友好的竞争关系。我和他胡扯过好多次，争论先登上记分板的到底是他还是我。我们也常常拿没几个人知道的 80 年代细节去刁难对方。还有些时候，我们甚至会一道做研究。一般来说，这就是指在他的聊天室里欣赏那个年代的烂电影和破 TV 秀。当然，我们也玩游戏，特别是那些经典双人游戏，像是《魂斗罗》《战斧》《双截龙》《霹雳神兵》《怒》，还有《大混战》。我们都不知道自己已经花了多少时间在上头。不骗你们，埃奇是我遇到过的最强玩家，绝大多数游戏都能和我打得平分秋色，在某些门类，特别是第一人称射击游戏里，能把我虐得体无完肤。毕竟，那是他的特长嘛。

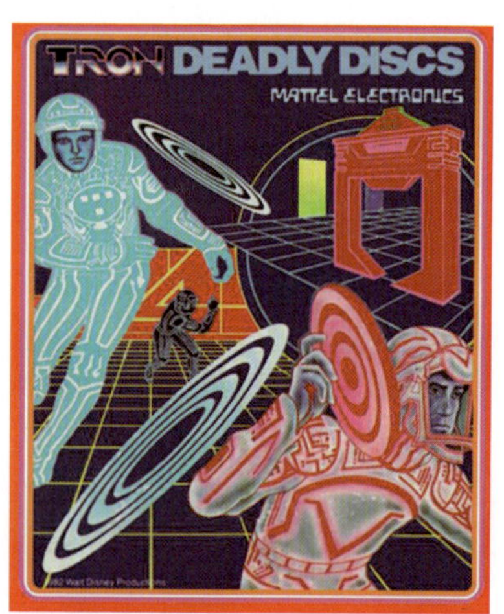

36.《创：死亡圆盘》：1982年美泰公司发行的游戏。取材于电影《创》（又名《电子世界争霸战》）。

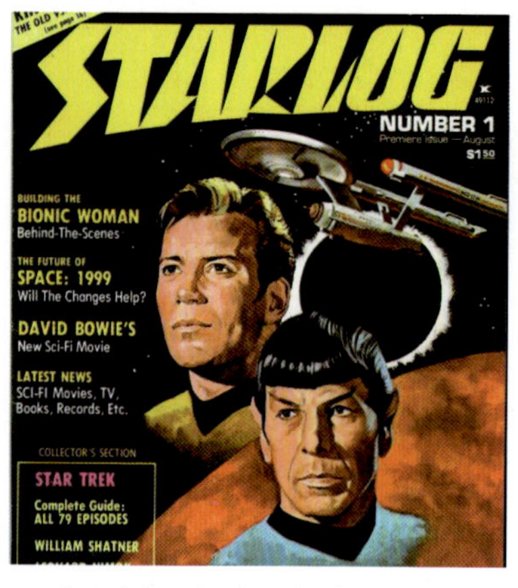

37.《星志》：老牌幻想杂志，创刊于1976，停刊于2008年。

38. 鲁特格尔·哈尔：好莱坞知名演员，参演过《银翼杀手》。《鹰狼传奇》是他于1985年拍摄的奇幻片。

我不知道埃奇在现实里是个什么样的人，但我有种感觉，他过得并不如意。和我类似，他也几乎把醒着的每一分钟都用在了“绿洲”里。还有，我们虽然从没见过面，可他不止一次地对我说，我是他最好的朋友。我猜他也跟我同样孤独。

“对了，你昨晚回去以后干了些啥？”他丢给我一个游戏手柄。昨天晚上，我们在聊天室里看了几个钟头的日本怪兽电影。

“没干什么。”我说，“回家以后就搓了几盘街机。”

“浪费时间。”

“是啊。可我不想干别的。”我没问埃奇他昨晚后来做了点什么，他也没说。我猜他去了吉盖克斯，或者其他跟吉盖克斯一样棒的地方，做几个任务，赚些经验值。他只是不想在我面前谈这个。埃奇有钱，他可以满“绿洲”跑着去寻找黄铜钥匙，但他从不讥笑我连离开新手村的传送费都出不起。可是，他不会主动借钱给我，因为那对我而言是种侮辱。猎手间有条不成文的规定：如果你选择单干，那就意味着不需要来自任何人的援手。如果你需要帮忙，那就找个公会加入。埃奇和我都觉得猎手公会里尽是些跟屁虫和半吊子，发誓要一直当自由猎手。没错，我们有时候还是会讨论彩蛋的事，不过话题总是点到为止，不涉及具体细节。

在《创：死亡圆盘》[36]里连着被我干掉三把后，埃奇沮丧地丢下因特维讯手柄，从地上捡起一本杂志。一本旧《星志》[37]，我认出了封面上的鲁特格尔·哈尔[38]和《鹰狼传奇》[39]背景照。

“《星志》，嗯？”我扬了扬下巴。

“嗯。我从母巢把它们都下载了下来，一期不落。最近就在研究它们。我刚刚读完这本的重头文章，它介绍了《伊渥克族：恩多之战》[40]。”

“电视剧。1985年放送。”我对《星球大战》系列熟得很，不假思索地说道，“垃圾电视剧。星战影史的污点。”

“也不能那么说，它还是有些闪光点的。”

“有个屁，”我摇着头，“它比《伊渥克族：勇敢行商》还要烂，那一部都该叫作《垃圾行商》了。”

埃奇翻了个白眼，继续读书，对我的挑衅置若罔闻。我看了看那本杂志的封面，“嘿，你看完了能给我瞜一眼吗？”

他咧嘴笑道：“怎么着？讲《鹰狼传奇》的玩意儿你也看得下去？”

“没准儿。”

“哥们儿，你就真这么喜欢那些垃圾吗？”

“滚犊子，埃奇。”

“你看这傻逼玩意儿到底几次了？光跟我在一起就有两遍了吧？”哎呀，轮到他攻击我了。他清楚《鹰狼传奇》是我的软肋，这片子我翻来覆去地看了二十多遍。

“让你看是为你好，贱货。”我朝游戏机里塞进一盘新卡带，开始玩起了《天崩地裂》[41]，“等着瞧，你总有一天会谢谢我的。《鹰狼传奇》可是极品。”

“极品”是猎手术语，专指哈利迪喜欢的电影、书籍、

39.《鹰狼传奇》

40.《伊渥克族：恩多之战》：《星球大战》电影的衍生科幻电视剧。编剧是乔治·卢卡斯。

41.《天崩地裂》：80年代经典游戏。

游戏、歌曲和电视节目。

“你肯定在搞笑。”埃奇说。

“不，我没开玩笑。”

他放下杂志，向前倾身，“哈利迪不可能是《鹰狼传奇》的粉丝，我敢保证。”

“证据呢？”

“那个人有品位。这就够了。”

“那你解释下为什么他有光碟和录像两个版本的《鹰狼传奇》？”哈利迪去世时，他所有的藏品都被收录进了《安诺拉年鉴》。我们都把那张列表记在了心底。

“那人是个亿万富翁！他的电影数以百万计，其中大部分他可能自己都没看过！他的 DVD 里还有《天降神兵》[42]和《国王与怪兽》呢，但这不代表他喜欢，更别说把它们当极品，傻子。”

“聪明人，你这话可站不住脚。”我说，“《鹰狼传奇》是 80 年代的经典。”

“扯鸡巴蛋！他们的剑一看就锡纸糊的，原声也烂得瘆人。几坨屎摞一起，起个名字叫‘艾伦·帕森斯计划’[43]就能翻天不成？《高地人》[44]的配乐一样是坨屎，《高地人 2》更没法看。”

“嘿！”我举起手柄，做出一副要揍他的架势，“你他妈血口喷人！《鹰狼传奇》成为极品，就是因为它的演职员！罗伊·巴蒂！福瑞斯·比勒！还有在《战争游戏》里演法尔肯教授的那哥们儿！我记起他名字了！约翰·伍德！这是他和马修·布罗德里克的第二次合作！”

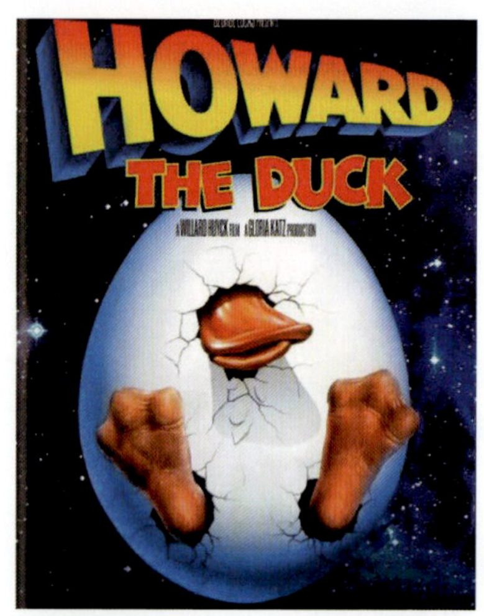

42.《天降神兵》：1986 年的科幻喜剧片，导演威拉德·赫依克。

43. 艾伦·帕森斯计划：1975-1990 年间，英国前卫摇滚乐团进行的合作运动，由艾伦·帕森斯发起。该计划从各个乐队里抽调出成员，曾为多部电影配乐。

44.《高地人》：系列电影。主角是一个永生的苏格兰高地人，他手持冷兵器出现在未来世界的形象非常出名。

“他俩的演艺事业低潮期凑一块儿了。”埃奇一脸贱笑。他比我更喜欢和人争论老电影。房间里的其他猎手这会儿在沙发边上慢慢聚成了一个圈。我俩的争论向来富有娱乐价值。

“你个榆木脑瓜！”我嚷嚷道，“《鹰狼传奇》的导演是他妈的理查德·唐纳！一个拍过《七宝奇谋》和《超人》的人，你说他是坨屎？”

“就算导演是斯皮尔伯格我一样骂。一部垃圾言情片，装鸡巴剑与魔法？这类型里头，比它还恶心的……我就只能想到日了狗的《黑魔王》[45]。那玩意儿，真不是美国农业部拍的？”

45.《黑魔王》：1985年上映的奇幻电影，导演雷德利·斯科特，主演汤姆·克鲁斯。

围观群众爆发出一阵哄笑。这可有点过分了。我很迷《黑魔王》，埃奇明明清楚这点。

“哦，这么说我是个傻子？我看你是被伊渥克迷得失了智吧！”我夺过他手中的《星志》，甩在墙上，那里贴着一张《星球大战3：西斯的复仇》海报。“你以为了解伊渥克族，就能找着彩蛋不成？”

“别提恩多人了，老兄，”他竖起食指，“再闹，我他妈就把你踢出去。我说真的。”我知道他只是随口一说，打算再扯远点，跟他好好聊聊“恩多人”。但就在这时，又有一个来访者出现在了楼梯顶。I-洛克。一个垃圾。我冷哼了一声。I-洛克和埃奇在同一所学校读书，有些课一起上，但我还是不明白埃奇怎么想的，居然把这厮放进了地下室。I-洛克觉得自己是个牛逼哄哄的猎手，可实际上，尽管他在“绿洲”各地刷任务、赚经验，但他屁都不懂。

这傻逼永远挥着一把大到跟雪橇摩托差不多的电浆步枪，哪怕在聊天室这种地方也不放下。我看他压根儿没听说过“礼貌”这个词。

“你们这些货色又在吵《星球大战》了？”他走下楼梯，加入围观人群。“呦，原来是这坨屎。”他对我说。

我转向埃奇，“不觉得是时候清理下白名单了吗？个人建议就从这个白痴开始。”我摁下游戏机上的重置按钮，换了盘游戏。

“给老子闭肛，鸡巴玩意儿！”I－洛克嚷嚷着他给我起的外号，“老子可是厉害角色，他不会踢我的。对吧，埃奇？”

“不对。”埃奇眼珠滴溜溜一转，“不过说到你有多厉害，我觉得吧，应该跟我奶奶差不多。你知道的，她已经过世了。”

“操你妈，埃奇！还有你奶奶！”

“哇奥，I－洛克，”我说，“你总是能提高我们谈话的姿势水平，整间屋子都因为您的莅临而蓬荜生辉。”

“不好意思吓到你了，穷逼。”I－洛克说，“你不是应该在因西比奥讨饭吗？”他去拿游戏机的另一个手柄，但我抢先一步丢给了埃奇。

他瞪着我，“鸡巴玩意儿。”

“装逼犯。”

“装逼？鸡巴玩意儿说我装逼？”他转向围观人群，“这傻逼得求人带他去灰鹰堡，这样子才能杀狗头人赚几个铜板！就这档次，敢说我装逼！”

人群中传来几声窃笑，我知道自己在VR眼镜后的脸红了。差不多一年前，我搭I-洛克的顺风车去了低级任务区灰鹰堡，结果铸成了大错。这狗娘养的居然跟踪了我。我那时只有一级，唯一安全的升级方法就只有反反复复地砍狗头人，然后等它们刷新。那天晚上，I-洛克偷截了好多图，起名“帕西法尔·鸡巴，威武的地精屠杀者”发上了母巢。一有机会，他就会去顶那个帖子。这傻逼就不想让我安生。

“没错，装逼犯。”我起身走到他面前，“十四级又怎么样？等级高，智商会跟着高不成？你脑子里屁都没有，真该好好补一补。”

“没错。”埃奇在一旁点点头。我俩碰了碰拳。人群中的窃笑声更多了，但这次是冲着I-洛克去的。

I-洛克瞪了我们一会儿，“行，那就让咱们来看看，谁才在装逼。瞧瞧这个，娘炮们。”他狞笑着从包裹里拿出一件东西。是还没拆封的雅达利2600游戏，他有意遮住标题，但我还是一眼就认出了封面图。画中的年轻男女身穿古希腊式的装束，挥着剑。他们的背后，可以看到米诺陶斯和戴着一只眼罩、满脸胡子的大汉。“装，继续装。知道这是什么吗，高玩？”他挑衅我，“让爷爷来给你点小提示……这个雅达利游戏，是某场大比赛的一部分。游戏里有不少迷宫，第一个解开它们的人能得到奖励。听着耳熟吗？”

I-洛克总是在我们面前卖弄一些大路货，还以为只有他才能发现。没错，猎手们都喜欢在同行面前显摆，以此证明比对方更厉害。但 I- 洛克嘛，可以说是很可怜了。

“你火星来的吧，” 我说，“到现在才发现《寻剑》系列？”

I- 洛克的脸色像霜打的茄子。

“你拿的是《寻剑：土元素界》[46]，这个系列的开山之作。1982 年发售。” 我的笑意更浓了，“你知道这游戏后面三作都叫什么吗？”

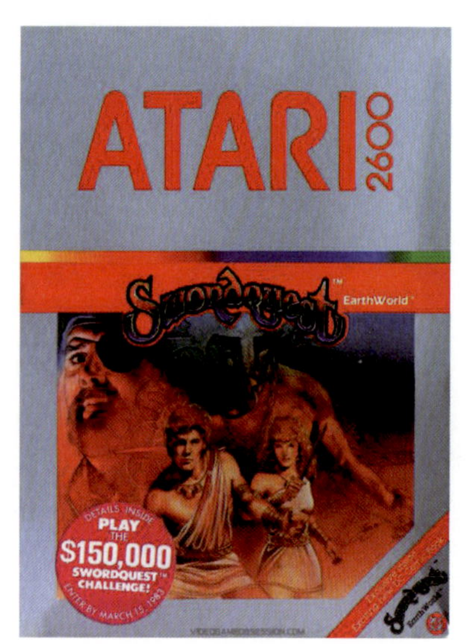

46.《寻剑：土元素界》

他眯起眼，显然被问倒了。我不是说过嘛，他脑子空的。

“有谁知道吗？” 我问聊天室里的其他人。猎手们相互对望，没人回话。

“《火元素界》《水元素界》《风元素界》。” 最后还是埃奇开了口。

“对头！” 我们又碰了碰拳，“但是风元素界没能完工，雅达利那会儿经营出了问题，没等比赛结束就把它取消了。”

I- 洛克一声不吭地把游戏收回包裹。

“你真该去加入 ‘跪舔’，I- 洛克。” 埃奇笑着说，“他们需要你洞见一切的智慧。”

I- 洛克竖起中指，“既然都知道《寻剑》，为什么从来没见你们俩基佬提过？”

“拜托，I- 洛克。” 埃奇摇着头，“《寻剑：土元素界》是雅达利《冒险》的非正式续作，每个称职的猎手都知道。这么显而易见，还用得着说？”

I- 洛克想挽回些颜面，“行，那你们这么牛逼，倒是说说《寻剑》的程序员是谁啊。”

“丹·希瑟和托德·弗雷。”我答道，“问题能不能有点儿难度啊。”

“我来考你一下吧。”埃奇插话道，“雅达利给每场比赛的赢家都准备了什么？”

“啊，这个有意思。我想想……《寻剑：土元素界》的奖品[47]是次级真言护符。那玩意儿可是真金白银造的，还镶了钻。没记错的话，拿奖的哥们儿把它熔了卖掉当大学学费了。”

“对，对，”埃奇催促道，“别拖时间。还有两个呢？”

“我没拖。火元素的奖品是光之圣杯，水元素是生命之冠。不过因为比赛取消，那奖品从没发出来过。至于风元素界，预设的是贤者之石。”

Swordquest!

You Can Win Fabulous Prizes by Solving the Mysteries of Four New Cartridges

47.《寻剑》系列的奖品

埃奇笑着，和我双手对击，补充道：“要是比赛继续，那第一轮的四个得主会参加最终的争夺，看谁能拿到终极魔剑。”

我点点头，“所有的奖品都在《寻剑》随游戏附赠的漫画书里提到了。顺带说一句，那些漫画书也出现在了安诺拉之邀的宝库里。”

围观人群爆发出一阵掌声。I- 洛克有些懊恼地低下了头。

刚成为猎人那会儿，我就发现哈利迪设计的彩蛋搜寻比赛，灵感由《寻剑》系列所激发。我不知道他有没有具体参考过游戏里的迷宫，不过为了安全起见，我仔细研究过那几个游戏。

“算你赢，行了吧。”I－洛克说，“但你们俩显然应该过点更充实的生活。”

“而你，”我说，“显然该换个兴趣去追求。你根本没有那个脑子和毅力去当猎手。”

“没错，”埃奇说，“研究下该搞点什么别的吧，I－洛克。我是说，你听说过维基百科没？免费的资料库，不花钱。”

I－洛克转过身，走向房间另一头的漫画书柜，失去了争辩的兴趣。“你们开心就好。”他回头道，“如果我下线和睡觉的时间没那么长，对那些垃圾的了解没准比你们还多。”

埃奇没搭理他，转向了我，“《寻剑》漫画书里出现的那对双胞胎，名字叫什么来着？”

“塔拉和托尔。”

“操，Z！真不愧是你。”

“谢了，埃奇。”

这时候，视野中又弹出一条消息，告诉我课前三分钟的预备铃已经打响。埃奇和I－洛克一定也看到了同样的告示，因为我们学校的时刻表是同一张。

“新一天的学校生涯开始喽。”埃奇站起身。

“烦死了，”I－洛克说，“回头再来找你们俩臭屌丝。”他对着我竖起中指，然后登出聊天室，身影消失。其他的猎手也开始离去，最后只剩下了埃奇和我。

“讲真的，埃奇，”我说，“你干吗不把那傻逼封掉？”

“在老游戏里血虐他很有趣。再说他的愚蠢给了我希望。”

“哦？”

“绝大多数的猎手都和I- 洛克一样没脑子——Z，相信我——也就是说，你和我很可能赢下比赛。”

我耸耸肩，“但愿吧。”

“放学以后来不？差不多七点。我有些活儿要干，不过接下来就能忙自己的了。我列了份表单，都是些应该看看的东西。怎么样，来场分段接力的马拉松？”

“噢，当然，”我说，“算我一个。”

上课铃声响起，我们同时离开了聊天室。

0004

帕西法尔睁开眼，我又回到了世界史教室里。周围的座位上坐满了同学，而我们的老师，阿万诺维奇先生，在讲桌面前现了形。老阿的角色形象是个心宽体胖、胡子拉碴的大学教授，笑容和蔼可亲。他的镜框由金属丝编成，外套肘部打着补丁。他讲起话来，你总会认为他在引用狄更斯的名言。我喜欢他。他是个好老师。

当然了，我们不知道阿万诺维奇先生到底长什么样、住在哪里、叫什么名字，甚至到底是“他”还是“她”都没法确定。没准她是个矮个子的因纽特人，住在阿拉斯加安克雷奇，之所以选用这么个外表，是为了让学生更容易接受。可说不上来为什么，我相信阿万诺维奇先生一直在本色出演。

学校的老师都很棒。跟现实里的同行相比，“绿洲”公立学校的大部分老师似乎更享受他们的工作，大概是因为他们犯不着把一半的时间用在当保姆维持课堂纪律上头。“绿洲”会确保学生在上课时安安静静地待在座位上，老师只用安心授课就行。

另外，在线教学也更容易吸引学生的注意力。“绿洲”是个虚拟世界，教师足不出户就可以带学生们游历各地。

拿那天上午的世界史课举例，阿万诺维奇先生为我们加载了一个独立的虚拟实境，重现了 1922 年考古学家在埃及发现图坦卡门法老陵墓时的场景（稍晚些时候，我们又回到了公元前 1334 年，目睹了图坦卡门王朝最辉煌时的盛景）。

第二节是生物课，我们在人类的心脏里旅行，从内部观察着它的跳动，就像老电影《神奇旅程》[48] 里演的那样。

48.《神奇旅程》：1966 年的科幻电影。导演理查德 · 弗莱彻。讲述了五个医生被微缩，进入病人血管进行手术的故事。

到了艺术课时，我们戴上傻气十足的贝雷帽，去了卢浮宫参观。

天文课上，我们又登上了木星的每一颗卫星。我站在木卫一遍布火山的地表，听老师介绍它们的形成过程。就在讲课的时候，木星从她背后缓缓升起，遮住了半边天空，而大红斑就在她的左肩处缓缓旋转。随后，老师打了个响指，我们便跳到了欧罗巴，开始讨论厚厚的冰层之下有没有可能存在生命。

我在学校一处开阔的绿地上吃了午餐。大嚼蛋白质棒的时候望着虚拟的风景，总归比摘下眼镜看着狭窄的车厢好。我是高年级学生，有权限在闲暇时去其他星球。可是，你懂的，我没那个钱。

你不用掏一个子儿就能登录“绿洲”，但旅行去其他星球是另一码事。传送到别的地方再返回卢德斯的开销

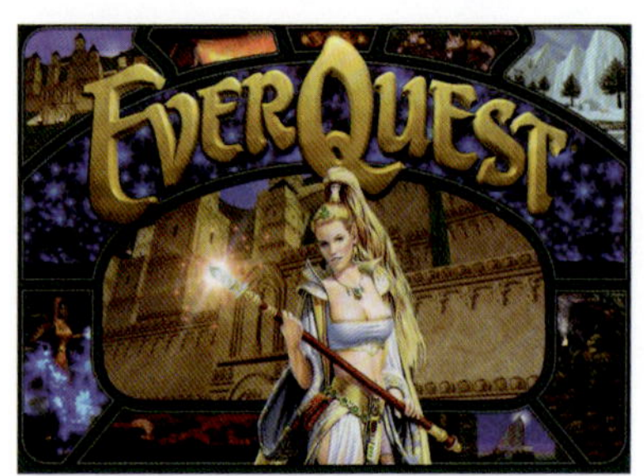

49.《无尽的任务》诞生于1999年的大型MMO游戏，里程碑式的网游。

50.《魔兽世界》对中国玩家来说，已不需要介绍，尽管已经发行十多年，但《魔兽世界》目前仍是全球玩家最多的网络游戏。

51.《虚拟实境》：出自斯蒂芬森1992年的小说《雪崩》。

我可承担不起。所以每天最后的下课铃声响起后，学生们要么现实里有事，直接登出消失，要么纷纷离开去了别的星球。有不少学生甚至还有自己的星际载具。卢德斯各个学校的停机坪上总是停满飞碟、钛战机、旧式NASA太空梭、《太空堡垒卡拉狄加》里的毒蛇战斗机，还有其他科幻作品里的各色太空船。每天下午，我都会站在学校前的草坪上，满怀妒忌地看着它们塞满天空，不断离开去探索无边无际、充满各种可能性的虚拟世界。那些自己没船的学生也会搭朋友的顺风车，或者通过最近的传送点，去参加哪个地下舞蹈俱乐部、竞技场战斗或者摇滚音乐会。只有我，哪儿也去不了，只能傻不拉叽地待在卢德斯，这颗全"绿洲"最他妈无聊的星球上。

这个以真实体感模拟系统为核心而建立的虚拟世界真是庞大得不可思议。

"绿洲"刚刚建起来的时候，只有GSS程序员和艺术家共同创造出来的上百个星球等着玩家去探索。星球的类型从剑与魔法的土地、行星级的赛博朋克城市到核战后僵尸横行的废土，算得上五花八门。有些星球精心设计过，有些套用一系列模板生成。NPC遍布每个星球——这些系统控制的人类、动物、怪兽、外星人和机器人，与"绿洲"玩家进行着充分的互动。

后来，GSS开始包容以往同类型的作品。像《无尽的任务》[49]和《魔兽世界》[50]，都被完整移植进了"绿洲"，越来越长的星球列表中出现了诺拉斯和艾泽拉斯的名字。其他的虚拟世界很快也加入了进来，不但有《虚拟实境》[51]

和《黑客帝国》，你还能看到《萤火虫》[52]宇宙被设置在了《星球大战》宇宙邻旁，另一边是《星际迷航》的诸多星球。中土、瓦肯星、波恩、阿拉吉斯、斯塔洛缪拉 β 星、环形世界，一个又一个晶壁系，一个又一个位面，一个又一个世界[53]等着被传送过去的玩家来探索。

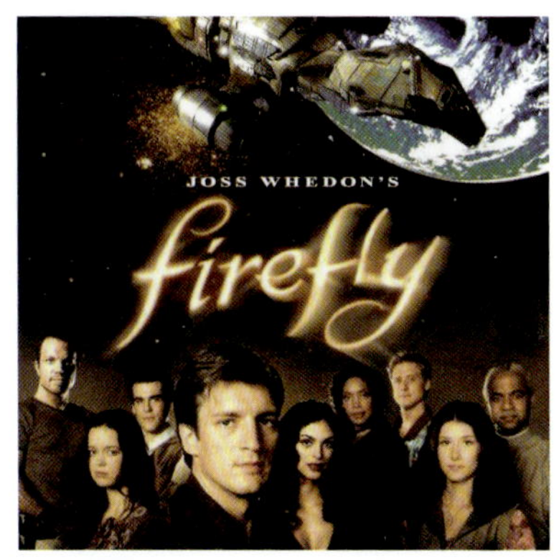

52.《萤火虫》：2002 年开播的科幻电视剧，导演和编剧是乔斯·韦登。2005 年上映的电影《冲出宁静号》为该剧集的后续和结局。

53. 分别出自《指环王》系列、《星际迷航》系列、《巨龙》系列(《龙飞》《龙的搜寻》《白龙》)、《沙丘》系列、《银河系漫游指南》系列、《环形世界》系列。

为了方便区分和导航，“绿洲”被划成了二十七个立方体形状的“分区”。每个分区都容纳了上百个不同的星球。(那张容纳了全部二十七个分区的三维地图造型，无疑参考了 80 年代一种叫魔方的玩具。和大多数猎手一样，我相信这并非巧合。)每个分区的长宽高都是十光时，或者说，一千零八十亿公里。如果你以光速进行旅行(这是绿洲里星际载具的速度上限)，想从一个分区的一边抵达另一边，需要正正好好十个钟头。这样的长途旅行可不便宜，再说很少有星舰能达到速度上限，就算达到了，燃料费用同样是个问题。“绿洲”本身不收费，GSS 总得想办法盈利，虚拟燃料补给就是其中之一。不过 GSS 的主要收入还是来自传送费。想抵达其他世界，传送无疑是最快、也最贵的方式。

在“绿洲”各地旅行来回穿梭不但得花钱，有时候还危险异常。每个分区的内部，都划分出了大小、形状不同的空间。有些空间大到能容纳几打星球，有些则只在一个星球的表面占地数公顷。每块空间的规则和参数各异。魔法在某些区域可以生效，另一些地方不能，科技也一样。打个比方，如果你的飞船误闯了一片禁止高科技的区域，那么引擎就会停转。这时候，你就得雇佣几个愚蠢的灰胡子巫师，用法术把你的屁股踢回高科技空间。

魔法、科技都被允许的区域也是存在的，我们把它叫作双重空间。两者都无法生效的地方，则叫作零空间。要是换种分类法，“绿洲”又能被分为安全区和 PVP 区。安全区里玩家无法自由对战，PVP 区里则人人自危。总之，每进入一块新的空间，你就得准备好面对各种挑战。

不过，我从不担心这些麻烦。你瞧，我没钱，只能待在学校里。

卢德斯被设计用来教学，整个星球上没有一个给任务的 NPC 或者一片刷怪区域。除了上千所一模一样的学校外，就是草地、公园、河流、绿化带和模板生成的破碎树林。这儿没有古堡，没有恶龙，当然也不可能有同温层堡垒供我攻打。这里找不到敌对 NPC，找不到怪物，更不可能有邪恶的外星人需要我对付。财宝、魔法装备想都不要想。

从许多角度来说，卢德斯真是逊透了。

我这样的低级角色，要赚经验和提升装备只能靠杀野怪、做任务。有了足够的经验，你就能提升等级，获得更强大的属性和技能。

但许多“绿洲”用户一点儿也不在乎他们的角色等级，或者跟游戏本身相关的那些机制。“绿洲”只是他们来娱乐、谈生意、购物和聊天的平台。这些人只有一级，从不冒险走进任何任务区或者 PVP 区。反正只要待在卢德斯这样的安全区里，就不用担心自己遭到抢劫、绑架或者击杀。

可我不愿被束缚在这种地方。

我很清楚，想找到哈利迪的彩蛋，我迟早得进入那些危险的空间。如果我没有强大的力量和优秀的装备，我在那种地方恐怕撑不了多久。

过去五年间，我设法慢慢地把等级提升到了三。这可不容易。我偶尔搭乘其他学生（通常是埃奇）的便车，让他们在路过低级任务区时把我放下来，去屠杀兽人、狗头人，或者其他那些弱到杀不死我的低级怪物。每个敌对 NPC 倒下，我都会增长一点点经验，再加上从尸体上摸出的几枚铜币。这些钱会立刻转为“绿洲”点，我就指着用它们支付传送费，赶着最后的上课铃返校。有时候，这些怪也会掉落点破烂。我的短剑、盾牌和护甲就是这么来的。

可从去年开始，我就不再搭埃奇的车了。因为他的等级已经到达了高不可攀的三十，去的地方随便一个野怪就能要了我的老命。他倒是不反对把我送到目的地附近的低级区域，可那样会离卢德斯太远，要是我打钱的速度不够快，就免不了缺课。刷怪升级错过上课可不是什么好理由。我已经有了一堆无故缺课的记录，再来上几次的话，估计会被勒令退学。这事儿要是真发生了，政府就会收回我的“绿洲”主机和眼镜。更可怕的是，我得去现实中的学校读完最后一年。这风险实在太大了。

所以这段日子我始终没离开过卢德斯，等级也一直没变，让人尴尬得要死。没有猎手会把三级的菜鸡当回事，你至少要十级才会让对方正眼相看。哪怕我实际上从第一天起就当上了猎手，大家仍旧会觉得我是个傻子。我讨厌这样。

绝望之中，我试着去找课后兼职，想至少赚点儿传送费。我申请了好多技术支持和编程的工作（就是那些最琐碎无聊的工作，像是为“绿洲”的商场和办公楼编写代码），但一直没有回应。有好几百万大学毕业生在和我抢名额呢。大衰退如今进入了第三个十年，失业率依然惊人。就连叠楼区快餐递送员这样的职位，你也要排上两年队才有面试的机会。

我被困在了学校。

站在世上最棒的游戏机房里，看着其他小孩快乐地玩耍，我却一个币都没有。

0005

54.《夺宝奇兵》：1981 年开始的系列冒险电影，主角印第安纳·琼斯。主演哈里森·福特。《夺宝奇兵 3：最后的十字军》讲述了主角寻找能让人不老的圣杯，与纳粹展开争夺的故事。

午饭过后是我最喜欢的课："高级'绿洲'学"。这门高三的选修课，讲的是《绿洲》和它创造者的历史。我闭着眼睛也能拿 A。

过去五年来，我把所有的空闲时间都用在了研究詹姆斯·哈利迪的生平、成就和兴趣上。他死后，市面上发行了十多本关于他的传记，我全读过。相关纪录片我也都看了。我研究过他写下的每一个字，玩过他提及的每一款游戏，在自己的笔记本上记下了任何可能与比赛相关的细节。（受《夺宝奇兵》[54] 第三部的影响，我管这本日记簿叫"圣杯日记"。）

对哈利迪了解得越多，我就越崇拜他。他简直是极客之神，和吉加克斯、盖瑞特、盖茨 [55] 一个级别。高中毕业后，他两手空空地离开家乡，凭他的智慧和想象力，逐渐赢得了无数的财富和名声。他创造的新世界成了如今大多数人心灵的避难所。但他干出的最登峰造极的事，

55. 加里·吉加克斯（1938–2008），D&D《龙与地下城》之父。理查·盖瑞特（1961– ），《创世纪》系列游戏之父。比尔·盖茨（1955– ），微软帝国缔造者。

还是在自己死后开始了一场史上最大的电子游戏比赛。

教“高级‘绿洲’学”的老师塞德斯先生恐怕不怎么喜欢我，因为我总是喜欢指出教科书上的错，并且补充几个（只有我认为）妙趣横生的哈利迪逸闻。这堂课开了没几个礼拜，塞德斯就被惹毛，不再接受我的举手回答了——除非其他人实在答不上来。

今天的课堂内容节选自《彩蛋王》，那是一本畅销的哈利迪传记，我看过整整四遍。我费了好大劲才压抑住打断讲课、补充书里遗漏的许多真正重要内容的冲动，只是在心里把它们过了一遍。当塞德斯先生讲到哈利迪的童年时，我的思绪也被带回了过去，开始思考他的这一生，和他在身后留下的那些古怪谜题，二者之间到底有什么关系。

詹姆斯·多诺万·哈利迪，俄亥俄州米德尔顿人，出生于 1972 年 6 月 12 日，是家中独子。他父亲是机械工，酗酒；母亲是招待，有躁郁症病史。

所有的传记都说詹姆斯是个聪明的孩子，但有社交障碍，难以和周围的人交流。他的智商无疑很高，然而学习成绩一塌糊涂，因为他把精力都放在了电脑、漫画、科幻奇幻小说、电影和游戏上。尤其是游戏。

初中的一天，哈利迪坐在学校餐厅里独自阅读《龙与地下城玩家手册》[56]。这游戏早就迷住了他，但因为没有朋友，他从未亲身参与过。他的同班同学奥格登·莫罗这时恰好路过，于是邀请哈利迪周末去他家，参加每周一

56.《龙与地下城玩家手册》

次的跑团[57]。就这样，在莫罗的地下室里，哈利迪认识了一群和他一样的“宅男”。他很快和他们打成一片，有了人生中第一个朋友圈。

奥格登·莫罗最终成了哈利迪的商业伙伴、合作者和他最亲密的朋友。后来，人们把他们比作乔布斯和沃兹尼克或者列侬和麦卡特尼。正是这些搭档组合，改变了人类的历史。

十五岁的时候，哈利迪制作了他的第一款电子游戏《安诺拉的任务》。他用 BASIC 语言，在 TRS-80 彩屏电脑（那是他前一年的圣诞节礼物，虽然他向爸妈要的是更贵的科莫多 64 型）上敲下了游戏代码。《安诺拉的任务》发生在查桑诺亚，跑团时他创造的世界。“安诺拉”这个名字，是一个来自英国的女交换生给他起的，哈利迪非常喜欢，不但用作了跑团时自己的角色名，后来更是以一个强大法师的形象，出现在他制作的许许多多游戏里。

哈利迪制作《安诺拉的任务》纯粹是出于好玩，想和跑团的伙伴分享这份快乐。结果大家都认为这游戏令人上瘾。他们花了无数时间在游戏里，试着解开一堆堆谜题，攻破一个个迷宫。奥格登·莫罗说服哈利迪，让他相信自己的作品比市面上绝大多数游戏棒得多，值得一卖。莫罗帮哈利迪设计了游戏的简陋封面，接着两人又一道把游戏拷贝进一打五英寸软盘[58]，加上复印的说明书，用塑料袋封装好，摆到当地电脑店的货架上开始销售。结果没多久，这款游戏就供不应求了。

于是莫罗和哈利迪决定建立自己的电子游戏公司

57. 跑团：指一群玩家聚在一起按照《龙与地下城》的规则进行游戏。

58. 五英寸软盘。

“社交”。这家公司最初就设在莫罗家的地下室里。哈利迪负责在雅达利 800XL、苹果二代，还有科莫多 64 型电脑上开发《安诺拉的任务》的新版，莫罗则在许多电脑杂志上为它打起了广告。半年之内，《安诺拉的任务》就登顶了国内游戏销售榜榜首。

因为整个高三基本都在捣鼓游戏，这对天才险些没能毕业。他们决定干脆放弃大学，把所有精力都投入公司的发展上。到那时，莫罗的地下室已经渐渐容纳不下发展壮大的“社交”公司了。1990 年，公司搬进了俄亥俄哥伦布市一家破产的商场，算是有了真正的办公室。

接下来的十年中，这家小小的公司在游戏业界掀起了大大的风暴。以哈利迪开发的第一人称图像引擎为基础，它制作了一系列异常畅销的动作和冒险游戏。可以说“社交”公司成了业内的标杆，它所发行的每一款游戏都反过来推动了计算机硬件的发展。

天生魅力四射的胖子奥格登·莫罗包揽了公司的业务和公关事务。每场游戏发布会上，戴着金属框眼镜、胡子拉碴的莫罗都能用那极富感染力的微笑调动起观众的情绪。而哈利迪和莫罗彻彻底底相反，他又高又瘦，异常羞涩，宁愿躲在聚光灯照不到的地方。

那段时间在“社交”游戏公司工作过的人透露说，哈利迪常常把自己反锁在办公室里，不吃不睡，一连几天甚至几个礼拜疯狂地敲代码。

从难得的几次采访来看，哈利迪是个非常怪的家伙——哪怕以游戏设计师的标准来看也是如此。他过于亢奋、待人冷淡、恐惧社交，给人留下了精神有问题的印象。即使开口说话，哈利迪也总是语速过快，内容难于理解，还时常发出令人不安的尖笑。至于笑点在哪儿，估计只有他自己明白。更糟糕的是，哈利迪一旦厌烦了采访（或者谈话），会突然站起来，一言不发地离开。

哈利迪迷恋许多东西，其中主要的是经典电子游戏、幻想小说和各种类型的电影。对 20 世纪 80 年代，他的青春年华，哈利迪有着强烈的偏爱。看起来哈利迪希望身边的每个人都跟他气味相投，甚至到了要非难他人的地步。他开掉过好些个老员工，仅仅因为他们不知道他引用的台词出自哪部不知名的电影，或者发现他们对他热衷的动画、漫画或者老游戏并不熟悉。（幸亏公司里还有莫罗，他总是把那些员工重新聘回来，反正这事哈利迪转眼就忘。）

随着岁月的流逝，哈利迪原本就稀烂的社交能力似乎恶化得更严重了。（在哈利迪死后，心理学家对此进行了详尽的分析，认为他对几个偏门领域矢志不渝的狂热，是罹患阿斯伯格综合征[59]或者其他更严重自闭症的体现。）

古怪虽古怪，但没人能质疑哈利迪的天才。他所创造的游戏总是令人沉迷、不可自拔。到 20 世纪末，哈利迪已经被奉为他那一代人里最优秀的游戏设计师了。更有甚者，说他是有史以来最棒的。

奥格登・莫罗也是一个杰出的码农，但他真正的天赋在于商业运作。他不但协助游戏的开发，更是包揽了

59. 阿斯伯格综合征：精神疾病的一种。患者在社交上有沟通障碍，但是智商可能优于他人。

公司早期发展所有的营销活动和对外合作。等到社交公司终于上市，他们的股价一飞冲天。

60. 德罗宁原型车：德罗宁汽车公司极富传奇色彩，因为它只出过一款车，即电影《回到未来》中登场的DMC-12.

哈利迪和莫罗在过他们三十岁生日时，已经成了百万富翁。他们在同一条街上为自己买下了豪宅。莫罗添置了一辆兰博基尼，给自己放了几个长长的假期，满世界转悠。哈利迪则买下了电影《回到未来》里出现的德罗宁原型车[60]，然后继续把脸埋进键盘。他的钱财几乎都花在了疯狂的御宅向购物上。那些经典电子游戏、“星战”玩偶、限量版午餐盒、漫画……越积越多，最后造就了史上最大的私人娱乐产品收藏库。

眼看如日中天，“社交”游戏公司却突然销声匿迹了数年，始终没有发售新的游戏。莫罗隐晦地提过公司正在开展一个雄心勃勃的项目，将开拓出一片新的天地。流言说，“社交”公司在他们的秘密项目里开发出了全新的游戏硬件，然而它耗资过大，让财政捉襟见肘。还有消息称，哈利迪和莫罗把他们的大部分个人资产也投入了这个无底洞。到后来，人们相信“社交”游戏公司已经到了破产的边缘。

接着，人们迎来了历史性的时刻。2012年12月，“社交”游戏公司更名为“社交”模拟系统公司，即GSS。同一天，他们推出了自己的第一款，也是迄今为止唯一一款旗舰产品：真实体感模拟系统。它的简称是：

“绿洲”[61]。

61. 真实体感模拟系统“Ontologically Anthropocentric Sensory Immersive Simulation”的缩写是“OASIS”（绿洲）。

“绿洲”彻底改变了全世界人们生活、工作和联系的方式。娱乐、社交、全球政治也因它而改观。这个大型多人在线游戏，很快演化成了生活本身。

在“绿洲”横空出世前，大型多人在线游戏（MMO）已经构建出了供不同玩家进行交互的虚拟环境。通过互联网，上千个玩家能够同处一个服务器、一个世界。这些游戏的可探索范围都相对较小，通常不过几个大陆，或者两三个星球。玩家只能透过摆在桌上的二维显示屏，窥见游戏所构造的另一个世界。而他们与之进行交互的工具，也不过是键盘、鼠标，以及其他原始的输入设备。

GSS把MMO的概念提升到了一个新的阶段。“绿洲”没有把玩家限制在狭小的地图里。它容纳了数以百计（如今是数以千计）的高精度3D世界供玩家探索，每颗星球的细节，从昆虫到草叶，从呼啸的风到变化的天气，无不栩栩如生。你游历再多的地方也见不到重复的地形。就算只看“绿洲”刚推出时的那个版本，玩家依然会被他们的所见震惊。

哈利迪和莫罗称“绿洲”为“开放式现实”。一个人人都能用他们现有的电脑或者游戏机，联上因特网登录，并且对它产生影响的在线世界。走进“绿洲”，就意味着你逃离了凄苦的现实。你可以从头设计自己的模样，不止外形，还有声音以及其他的一切。“绿洲”里，肥佬能变得纤瘦，丑八怪能变得漂亮，社恐能跟人侃侃而谈。反之亦然。你的姓名、年龄、性别、种族、身高、体重、嗓音、发色乃至骨骼结构，没有什么是不能重塑的。你完全可以不当人类，转而成为一个精灵、食人魔、外星人或者任何小说内、电影中、神话里才有的生物。

这么说吧，在“绿洲”里，你能够活出真实的自己。无论你在现实里是谁，这些信息都不会带进“绿洲”。

用户可以永久改变游戏里的事物，甚至着手创造新的。你能够在自己的星球上开疆拓土、安家落户，随心所欲地装饰屋子，然后邀请几千个朋友来场大派对。这些人可能来自任何时区，或者地球上的任何角落。受限于几个论坛或者社交网站的日子，从此一去不复返了。

“绿洲”之所以获得成功，最根本的原因在于玩家能获得沉浸式的虚拟世界体验。换言之，在于 GSS 开发的两种交互式硬件：“绿洲”VR 眼镜和触觉手套。

“绿洲”一体式 VR 眼镜仅比普通的太阳镜大一点，通过无线网络与主机相连。它朝视网膜投射对人体没有丝毫损害的低功率激光，让用户感觉自己真的置身另一个世界。相比其他基于 VR 技术的眼镜，GSS 的产品可以说在技术上领先了数代。触觉手套也是如此。它轻若无物，能把你手部的动作在“绿洲”里如实重现，进一步加深真实感。比方说，你在拾起物品、开门或者驾车时，手套会拉紧，朝皮肤施加压力，仿佛那些东西真的存在。正如电视广告里所说，触觉手套让你“伸手触摸‘绿洲’”。手套加眼镜的组合，让进入绿洲探索变成了一件无比诱人的事，而你一旦真的尝试过，便再也不愿回来了。

塑造出这个虚拟世界的工具，哈利迪的“绿洲”物理引擎，是另一项重大的技术突破。早期的 MMO 因为服务器运算能力有限，不得不限制虚拟世界的大小，一个服务器仅能容纳数千玩家。如果太多人同时登录，游戏就会变得又慢又卡，让玩家举步维艰。但“绿洲”克服了这些缺点。靠着新式的云引擎，每台连上游戏的主机和电脑，都成了服务器的一部分。“绿洲”刚发布的时候，就允许五百多万个用户同时在线，却不会产生卡顿现象。

巨额的广告投放也促进了“绿洲”的火爆。电视、公告牌，还有互联网上不断重复着同一则广告：荒芜寂寥的沙漠之中，有那么一片“绿洲”，棕榈树郁郁葱葱，湖水纯净透彻。

可以说，GSS 的尝试从一开始就获得了巨大的成功。“绿洲”是人们几十年来一直梦寐以求的东西。“虚拟现实”的口号喊了这么多年，现在，它终于出现了，而且比人们想象的更美好。“绿洲”，一个在线的乌托邦，一个全息的家园。而它最大的卖点呢？免费。

当时绝大多数的网络游戏都靠卖月卡赚钱。但你只要向 GSS 缴纳二十五美分的一次性注册费，就能获得永久的“绿洲”账户。所有的“绿洲”广告，标语都相同：“绿洲”——史上最好的游戏，只需二十五分钱。

那个时候社会已经开始了动荡，世界上大多数的人都想逃避现实，而“绿洲”为他们提供了便宜、合法、安全，又不会上瘾（医学界已经证实）的途径，可以说恰逢其时。后来，持续不断的能源危机极大地促进了“绿洲”的流行。随着汽油价格不断飙升，普通人乘不起飞机和汽车，“绿洲”成了他们逃离生活的唯一选择。能源廉价、丰富的时代已经终结，动荡如同传染病一般在大地上蔓延。每一天，都有更多的人投身哈利迪和莫罗的虚拟乌托邦，在这里寻求慰藉。

如果你想在“绿洲”经商，可以租借或者买下一块虚拟的地产（莫罗戏称为“超现实地产”）。预计到情况会这样发展的 GSS，一开始就把一号分区设计成了商业区，往外租售了数百万街区的虚拟地产。转眼之间，城市般大小的购物中心拔地而起，数不清的小商铺则像快镜头下橙子逐渐发霉的过程，在整个行星地表飞快地蔓延开来。从来没有任何城市建得如此轻松。

除了靠这些实际上并不存在的地产换来的几十亿美元，GSS 还通过销售虚拟物品和载具赚取真金白银。由于“绿洲”已成了日常生活密不可分的部分，人们很愿意给自己的角色添置各种各样的道具：衣服、家具、房产、飞车、魔剑还有重机枪。本质上，所有东西都不过是“绿洲”服务器里的一堆 0 和 1，然而它们代表了拥有者的身份和地位。大多数物品只用一点点“绿洲”点便能买到，但考虑到 GSS 是空手套白狼，利润就非常可观了。经济在持续衰退，但“绿洲”的存在，让美国人可以继续保持他们的优良传统：消费。

“绿洲”从诞生之日起没过多久，就成了互联网上人们使用最多的程序。到后来，““绿洲””和“上网”逐渐变成了同义词。游戏的内置 3D 系统简单易用到难以置信，又不需要玩家花一分钱，很快它就成了全球装机量最大的操作系统。

整整有数十亿人每天都在“绿洲”里工作和游玩。一些人在“绿洲”里相知相识，尽管从未相见，却相约走进了婚姻的殿堂。真实和虚幻世界之间的界限，正变得逐渐模糊。

这是新时代的黎明。一个崭新的、所有人都把时间投入同一款游戏的时代。

0006

那一天学校里剩下的时光过得飞快，除了最后一节拉丁文课。

多数学生都选修了别的外语，像是中文、印地语和西班牙语，没准哪天还能用上。我学拉丁语，纯粹是因为哈利迪也学了。他在早期的游戏里偶尔会飙两句拉丁台词。但即使如此，兰蔻女士的拉丁语课还是让我昏昏欲睡。她开始复习一些我早就记熟的动词时，我很自然地走了神。

为防止学生上课开小差看电影、玩游戏或者聊天，系统不允许学生上课时使用任何程序，除非事先得到了授课教师的允许。不过我高二那会儿，发现了学校在线图书馆里的一个小漏洞。有了它，我可以随意浏览群书，包括《安诺拉年鉴》。每当感觉到无聊的时候（比方说现在），我都会在视野里打开一个小窗口，靠读自己最喜欢的那些个文字来打发时间。

从五年前开始,《年鉴》就成了我的《圣经》。和如今的大多数书籍一样,它只有电子版本。不过叠楼这儿三天两头断电,我更希望能把它切切实实地拿在手里随时翻阅。我为此修好了一台破烂的激光打印机,把整本书打出来,装在旧三环活页夹里,塞进背包。这样我就能时刻研究它,尽早把每个字都烂熟于心。

《年鉴》提及的书籍、电视剧、电影、歌曲、漫画和游戏数以千计,其中大部分东西都有四十多年的历史,可以从“绿洲”里无偿下载。即使某些东西没有合法渠道能免费获得,“猎潮”里也肯定有。那是全世界猎手都在使用的共享软件。

做研究的时候,我从来不走捷径。五年来,猎手推荐的读物列表,我已经完完整整地过了一遍:道格拉斯·亚当斯、库尔特·冯内古特、尼尔·斯蒂芬森、理查德·摩根、斯蒂芬·金、奥森·斯科特·卡德、特里·普拉切特、贝斯特、布拉德伯里、霍尔德曼、海因莱因、托尔金、万斯、吉布森、盖曼、斯特林、莫考克、斯卡尔齐、泽拉兹尼[62]……我读过哈利迪喜欢的每一个作家的每一部作品。

而且我没有止步于此。

《年鉴》里提到的所有电影,我也全看了。哈利迪特别欣赏的那些,比如《战争游戏》《捉鬼敢死队》《天才反击》《再见人生》和《菜鸟大反攻》,我看了一遍又一遍,把每一帧都记在了心间。

但我最重视的还是哈利迪称为“神圣的三部曲”的那些作品:《星球大战》(外加前传的三部曲)、《魔戒》、《黑客

62. 这些作者的部分代表作:道格拉斯·亚当斯,《银河系漫游指南》。库尔特·冯内古特,《第五号屠宰场》。理查德·摩根,《副本》。斯蒂芬·金,《肖申克的救赎》。奥森·斯科特·卡德,《安德的游戏》。特里·普拉切特,《碟形世界》。贝斯特,《群星,我的归宿》。雷·布拉德伯里,《华氏451》。乔·霍尔德曼,《永恒的战争》。罗伯特·海因莱因,《异乡异客》。托尔金,《指环王》。杰克·万斯,《濒死的地球》。威廉·吉布森,《神经浪游者》。尼尔·盖曼,《美国众神》。布鲁斯·斯特林,《差分机》。迈克尔·莫考克,《瞧这个人》。约翰·斯卡尔齐,《垂暮之战》。罗杰·泽拉兹尼,《安珀志》。以上作品,几乎全部由科幻世界引入中国!

帝国》、《疯狂的麦克斯》[63]、《回到未来》，还有《夺宝奇兵》。（哈利迪说如果《夺宝奇兵》只拍到三，《夺宝奇兵 4：水晶骷髅王国》什么的不存在就好了。我喜欢这想法。）

他喜爱的导演，我同样没有忘记琢磨。卡梅伦、吉列姆、杰克逊、芬奇、库布里克、卢卡斯、斯皮尔伯格、德·托罗、塔伦蒂诺，以及，当然了，凯文·史密斯[64]。

约翰·休斯的青少年电影，我花了整三个月反复观赏，记下了所有的精彩对白。

怯懦者遭欺凌，唯勇者得生[65]。

我敢说我把基础打得扎实无比。

我研究了蒙提·派森[66]，不仅是《巨蟒与圣杯》，还有他们的每一部电影、每一张唱片、每一本书和每一个 BBC 节目。（还有给了德国电视台，但一直没播出的那两集。）

我脚踏实地。

我巨细靡遗。

但我怀疑自己有些过了头。

也许我，真的，开始变得有点不正常了。

我看过每一集《最强美国英雄》《飞狼突击队》《天龙特工队》《霹雳游侠》和《芝麻街》[67]。

那《辛普森一家》呢？你也许会问。

相比我所住的城市，我更了解斯普林菲尔德[68]。

《星际迷航》？这些功课我当然没落下。《原初》系列、《下一代》、《深空九号》，甚至包括《航海家号》和《企业号》，我全都看过。电影自然也不在话下。**相位炮已锁定目标**[69]。

80 年代每个周六的早间动画？我集中补习过。

63.《疯狂的麦克斯》

64. 均为美国著名导演。

65. 驯良者遭欺凌，唯勇者得生：出自美国乐队 Four Year Strong 的专辑 *In Some Way, Shape, Or Form*。

66. 蒙提·派森：又名巨蟒剧团、蒙提巨蟒，是英国的一个超现实主义幽默表演团体。

67. 均为 80 年代电视剧。

68. 斯普林菲尔德：《辛普森一家》的故事发生地。

69. 电影中的台词。

《百变雄狮》和《变形金刚》里的每一个角色，我都知道他们的尊姓大名。

《失落的大陆》《大地勇士桑达尔》《宇宙巨人希曼》《摇滚校园》《特种部队》。它们每一集的剧情我都可以说出个一二三四来，为了记下它们，我曾经废寝忘食。

谁是我患难见真情的朋友？魔法龙帕夫[70]。

70.《魔法龙帕夫》中的著名台词。

日本呢？我对日本的动漫电影有没有涉猎？

废话。动画也好，特摄也好，我全下过工夫。从《哥斯拉》《加美拉》《宇宙战舰大和号》[71]《宇宙怪兽》到《急速赛车》。**出发，急速赛车，出发！**

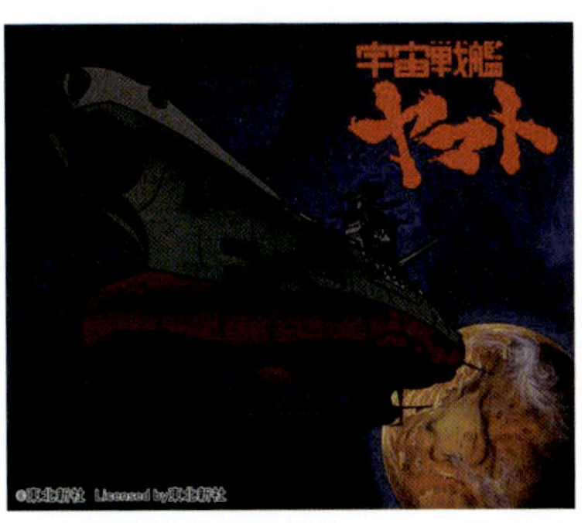

71.《宇宙战舰大和号》。1974年，导演松本零士。它开创了日后动画大发展的时代。

我不是什么半吊子。

我全力以赴。

我摸清了比尔·希克斯[72]式喜剧的所有套路。

72. 比尔·希克斯(1961–1994)，美国喜剧演员。

你问音乐？我得承认，想了解那个年代的所有音乐并不容易。

为此我花了些时间。

80年代可是整整十年。而哈利迪的品位好像不怎么专一，什么都听。我也照做不误。流行、摇滚、新浪潮、朋克、重金属。从“警察”到“快转眼球”再到“冲撞”[73]，我全盘接受。

73. 均为摇滚乐队。

两个礼拜内，我听完了明日巨星合唱团的所有作品。退化乐队花了更长点的时间。

我还在YouTube上看了不少姑娘弹着尤克里里[74]，翻唱80年代的老歌。老实说，这个其实算不得研究的一部分。但我就喜欢看抱着尤克里里的萌妹子。有些事情

74. 夏威夷小吉他。

不需要讲道理。

我记住了那些老歌的歌词。范·海伦、邦·乔维、威豹、平克·弗洛伊德。尽管其中一部分俗不可耐，但我还是背下了它们，一字不差。

我从不止步。

我不眠不休，总是折腾到午夜。

说到午夜，你知道午夜石油吗？那个澳洲乐队。你知道他们的单曲《燃烧的地球》吗？那可是 1987 年的热曲。

我已深陷过去，难以自拔。我的学业因此受到了影响，但我不在乎。

我看了哈利迪提过的每一本漫画。

是的，我无人能及。

特别是电子游戏方面。

那是我的天赋所在。

我的双巧手[75]专长。

我的《抢答！》[76]。

出现在《年鉴》里的每一款游戏，从《阿卡拉贝斯》[77]到《空间逃脱》[78]我都下载了。精通一个游戏后，我就把目光放到下一个，然后是再下一个。

你会惊讶，一旦全力以赴，人们能挤出多少时间。一天十二小时，一周七天。时间真的很多。

我研究了每个种类和每个平台的电子游戏。经典街机、家用电脑、主机、掌机；文字冒险、第一人称射击、第三人称角色扮演；上世纪古老的八位、十六位和三十二位

75. 双巧手：《龙与地下城》游戏规则中用来描述人物左右手一样灵活的技能术语。

76.《抢答！》：美国老牌智力问答节目。

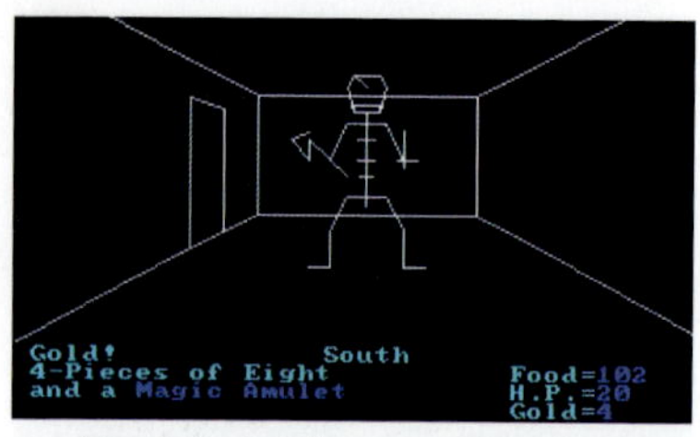

77.《阿卡拉贝斯》：1979 年加利福尼亚太平洋电脑公司发售的游戏，角色扮演电子游戏的始祖。

78.《空间逃脱》：1982 年世嘉游戏公司发售的游戏。一款斜 45 度视角的飞行射击游戏。

游戏。游戏越难，我越享受。夜复一夜、年复一年，随着对这些古老像素程序的了解不断深入，我发现自己这方面很有天赋。大多数动作类游戏，我几个小时就能完全熟稔。冒险和角色扮演也是易如反掌。攻略和作弊码对我来说没有任何意义，我所需要的只有自己的双手。不过所有游戏里，我最最拿手的还是街机。玩《防卫者》这种依赖高速反应能力的游戏时，我觉得自己就像振翅高飞的雄鹰，或者在海底梭巡的鲨鱼。我知道，这是我的本能、我的天赋。

不过，让我找到第一条彩蛋线索的，并非我对电影、漫画和游戏的专精。实际上，我当时在研究的是桌面角色扮演游戏。

《年鉴》的扉页上有四行字，正是哈利迪在“安诺拉之邀”里说过的那几句话。

三把密钥对应三扇密门

美德将于此地遭受考验

唯有乘风破浪，克服重重困难者

方是到达最后，获得累累财富人

初看起来，这似乎是整个《年鉴》里唯一和彩蛋比赛相关的部分。但我发现了隐藏的信息，就在《年鉴》那些堆积成山对流行文化评头论足的文章和日记里。

它化整为零，以字母的形式散落在整本《年鉴》里。

每个字母的外沿，都有一个小小的、难以察觉的破口。我第一次发现它们时，哈利迪去世才一年。当时我阅读的是纸质书，还以为是打印纸或者那台老印刷机搞出的小瑕疵。可是我打开电子版后，发现它们居然有同样的特征。如果你把图像放大，能看出缺口异常平整。显然，这是有人故意为之。

那个人无疑是哈利迪。他不会平白无故这么干。

全书里破口的文字共计一百一十二个。我把它们按顺序摘抄下来，于是，真相显现：它们是一段话。我欣喜若狂地把它们记在了圣杯日记里：

墓穴之中虽漫布恐怖，
黄铜之钥亦位于其中。
然事情绝非如此简单，
你仍需学习更多知识。
此乃获得钥匙之先决条件，
此乃积分登顶之第一要务。

肯定有别的猎手也找到了这条信息，但他们和我一样决定保密。差不多在我记下那些文字半年以后，终于有个大嘴巴同样发现了《年鉴》中的秘密。那哥们儿名叫斯蒂文·潘德贾斯，是麻省理工的一个学生。为了换来三分钟的热度，他把他的“发现”捅给了媒体。虽然这个白痴根本不理解这段话的意思，各大媒体还是追着他采访了一个多月。打那以后，把彩蛋线索告诉媒体的做法就被戏称成了"公布一条潘德贾斯"。

这条消息公之于众后，猎手们开始叫它"六行诗"。四年后的今天，它已是无人不知，然而似乎没有人明白它到底说的什么，黄铜钥匙依旧下落不明。

哈利迪常常在他早期的冒险游戏里设计类似的谜题，他留下的文字肯定意有所指。所以，在圣杯日记里，我对这些文字进行了逐句分析。

墓穴之中虽漫布恐怖，

黄铜之钥亦位于其中。

这句话的后半段写得很直白，不像有深意的样子，问题出在前半句上。看字面意思，它说的是钥匙被藏在某个墓穴里，周围还有许多瘆人玩意儿。但我在研究中，发现《龙与地下城》1978 年发行过一本增刊，名字就叫《恐怖之墓》[79]。看到刊物标题的那一刻，我就认定了它和谜题有关。哈利迪跟莫罗整个高中都玩 D&D 外加其他几款桌面游戏，比如《无界》《冠军》《汽车大战》和《规则大师》。

79.《龙与地下城》增刊，《恐怖之墓》。

《恐怖之墓》是本薄薄的册子，又被玩家叫作"模组"。它包括了完整的地图和地图中每个房间的细节。按照模组的描写，《恐怖之墓》是一个地下城，里面满是各种各样的不死生物。玩家需要操纵他们的角色按照主持人[80]的指引，一路穿越迷宫，破解书里描述的各种陷阱，战胜形形色色的不死生物。

80. 主持人：又叫地下城主。扮演包括怪物在内的非玩家角色，引导故事进行。

对那些早期角色扮演有所了解后，我发现 D&D 的模组正是"绿洲"里那些任务的原型。而 D&D 里的玩家角色，对应着“绿洲”里的我们。你甚至可以说,它是虚拟角色扮演类型游戏的始祖,只不过当时的电脑机能太差,无法模拟出另一个世界,一切都得靠玩家脑补。在那个年代,你只能靠自己去创造另一个世界。你得用上你的大脑、纸张、铅笔、骰子和几本规则手册。从意识到这点的那天起,我对哈利迪的彩蛋搜寻有了全新的看法。究其本质,这场比赛是一个精心设计的 D&D 模组,而哈利迪就是主持人。尽管已经死了,但他仍操控着游戏的进展。

从一个很有些年头的网盘里,我下到了那个有着六十七年历史的老册子《恐怖之墓》。阅读它的过程中,有个假说在我脑海里逐渐成形:“绿洲”的某个地方,哈利迪复刻了恐怖之墓,黄铜钥匙就藏在里面,

我用了几个月研究手册,记熟了地图和房间,相信终有一天派得上用场。问题是:对于钥匙的藏身处,六行诗里似乎没有任何线索,只除了那句“你仍需学习更多知识”。

我在脑海里一遍又一遍地重复着这句话,沮丧到快要哭出来。*仍需学习*。行,我认了,但他妈的我到底该去学什么?

“绿洲”里有上千个星球,恐怖之墓可能在其中任意一个里面。就算我愿意,一个个星球地搜过来,也要花不知多少年。

第二分区的吉加克斯星看起来最有希望。这颗星球不但是哈利迪亲手编辑的,名字也源于加里・吉加克斯。他是《龙与地下城》之父,恐怖之墓的创作者。猎基(一

个猎手维基百科）上说，吉加克斯上尽是些复刻的老模组，但恐怖之墓并不在里面。其他以 D&D 为主题的星球上，我也找不到同名的地点。说实话，猎手那么多，所有看起来有戏的星球早被翻了个底朝天。假如恐怖之墓确实在那里，它应该已经被人们所熟知了。

如此看来，墓地隐藏在别的地方。虽然毫无头绪，但我告诉自己，只要继续研究，我迟早会找出它来。没准这就是哈利迪那句“你仍需学习更多知识”的原意呢。

如果其他猎手中也有人认为六行诗指向了恐怖之墓，那他们算是聪明，迄今为止依旧保守着秘密，因为我从没在哪个论坛的留言板上见过跟这个模组相关的帖子。不过话又说回来，我兴许是钻了牛角尖，完全错估了谜题的意思。

无论如何，我还是要不断地看、读、听、学，为有朝一日找到黄铜钥匙做准备。

我只是没想到那一刻真的到来时，我正坐在拉丁文教室里做白日梦。

0007

我的老师兰蔻女士站在教室前面，慢悠悠地讲着拉丁文的动词合并。她先用英文说了遍，然后用拉丁文重复，所有词语都在她念出口时自动浮现在她身后的黑板上。每次碰上这种单调沉闷的课程，我都会想起《摇滚校园》[81] 里的歌词："跑、走、拿、给。动词！你真是无处不在！"

81.《摇滚校园！》：美国动画音乐教育短片，第一部于 1973–1985 年播出。1993–1999 年间播出了第二部。

她讲解着"学习"这个词，而我在脑海里重复那旋律。"学习。Discēre，"她说，"这个词很容易记，因为它和英文里的'理解'拼写差不多，'理解'也有'学习'的意思在里面。"[82]

82."学习"的拉丁语是"Discere"，"理解"在英文中是"discern"。两者同源。

听到"学习"这个词，我不由自主地想起了哈利迪的谜题。*你仍需学习更多知识。此乃获得钥匙之先决条件，此乃积分登顶之第一要务。*兰蔻女士继续讲课，一边用这词造了个句子。"我们来学校学习，"她说，又用拉丁文重复了一遍。"Petimus scholam ut litteras discamus。"

我突然醍醐灌顶，望了眼四周的同学。什么人需要“学习更多知识”？

学生。高校学生。

我所在的星球上，到处都是学生，他们全都要“学习更多知识”。

六行诗提到的墓地，会不会就在这卢德斯上？就在这个我待了整整五年的蛋疼地方？

这时候，我突然记起了卢德斯也是个拉丁文，意思是“学校”。我拿出拉丁文词典，发现这词还不止一个意思。卢德斯可以被理解为“学校”，但它也能说成“运动”或者“游戏”。

游戏。

我大喜过望，不小心从小窝的折叠椅上摔到了地上。“绿洲”主机捕捉了动作，想让韦德3也从拉丁文教室的椅子上摔落。但教学系统阻止了这个动作。我视野中闪现起一行告示：上课时请坐好！

我对自己说，别高兴得太早。“绿洲”里还有几百所中学和大学散落在其他星球上呢，六行诗可能指的是它们。但我内心深处并不这么觉得。相比其他星球，卢德斯更靠谱。詹姆斯·哈利迪在这里投入数十亿资金发展“绿洲”公立学校系统，证明了“绿洲”作为教育工具也具有巨大的潜力。在去世之前，他还建立了哈利迪求知基金会，保证了学校系统能够一直运行下去。基金会甚至免费为全球的贫困儿童提供了“绿洲”硬件和互联网接入服务，以便他们在“绿洲”里接受知识。

另外，卢德斯和它上面的学校全是GSS的人设计的。这个星球的名字完全可能是哈利迪起的，他无疑还拥有访问卢德斯核心代码的权限。如果要在这里藏什么东西，简直再合适不过。

这样的领悟在我脑海中不断出现，犹如一颗接着一颗引爆的核弹。

原版的模组设定里，恐怖之墓的入口位于“一座低矮、平顶、宽约两百码、长约三百码的丘陵”。山顶铺着一些黑色的巨石，俯瞰之下，它们如同人类头骨的眼窝、鼻窝和牙齿。

但如果卢德斯上真有这样一座丘陵，岂不是早就被人发现了？

还真不一定。卢德斯的数千所学校之间，散落着上百片大型森林。有些森林覆盖了数十平方英里的地表。几乎没有学生愿意去里面探索。因为卢德斯和其他星球不一样。这里的田野、河流、湖泊，还有森林，不过是系统生成的美化景观，仅仅用来填补大块的空白。

当然，在卢德斯闲得无所事事的我，还真去过几个从学校能步行到达的树林子。但那里除了随机生成的一棵棵树，就是偶尔可见的鸟、兔子、松鼠这类的小动物。（杀掉它们一点儿经验也不给，我试过了。）

所以，卢德斯广袤而人迹罕至的某个林地里，确实能藏下一座顶上石头铺成人类颅骨状的小山。

我试了试在视野中展开卢德斯的地图，却遭到了系统的阻止。这会儿距离下课还有段时间呢。那个在线图书馆的漏洞，并不适用于“绿洲”地图软件。

“操！”我不甘心地骂道。这个词同样被系统过滤了，无论兰蔻老师还是我的同学都没听到。但另一行字在眼前亮起：脏话过滤——行为不端警告！

我看了眼时间，距离最后这节课下课，还有十七分二十秒。我坐在位置上，咬紧牙关，思绪如飞。

卢德斯是一号分区里一个毫不起眼的星球，除了学校外，这里什么都没有。猎手们根本想不到黄铜钥匙会藏在这里，就连我之前也是这么认为的。这反过来证明了卢德斯是个多么完美的隐藏处。但哈利迪为什么要把钥匙藏在这里呢？除非……

除非他希望找到钥匙的是某个学生。

下课铃声响起时，我仍旧在思考这个可能。周围的其他学生陆续离开教室或者就地下线，兰蔻老师也消失了。最后，教室里只剩下了我独身一人。

我拉出了卢德斯的地图。它像一个三维的球体那样出现在我面前，我用手轻轻拨动它。按照“绿洲”标准，卢德斯不是一个大行星。它的体积约是月亮的三倍，周长正好一千公里。整个星球只有一块大陆，没有海洋，几个大湖散落各处。因为没必要遵守真实的物理法则，卢德斯上一直阳光明媚。不管你站在哪里，天空永远蔚蓝，万里无云。头顶的太阳，也只是固定在虚拟天空中的一处虚拟光源罢了。

地图里有许多带着不同编号的矩形，数以千计，自然是学校。他们被大块的绿地、河流、山岭还有森林所隔离。

森林形状各异，其中有许多和学校接壤。我在地图边打开《恐怖之墓》模组的说明书。翻开书的头几页，你就能找到一张粗略的图，绘着那个藏有墓地的小丘陵。我截下那张图，放在视野一角。

然后，我开始疯狂搜索我常去的几个盗版软件网站，找到了一款破解版的高端“绿洲”地图识别软件。拿猎潮把它下载到本地后，我花了几分钟研究怎么才能让它扫描卢德斯的地表，去找出模组说明图上那个黑石排列成颅骨状的小丘。

大约十分钟后，软件发出高亮提示，标示出了一个高匹配目标。

我屏住呼吸，把扫描到的地图细部放大，放在D&D模组说明书旁。它们！一模！一样！

我缩小地图，看到了丘陵北沿的悬崖和它上边摇摇欲坠的碎石。我敢打包票，那绝对是照着模组抄的。

我情不自禁地跳起身，在空荡荡的教室里发出欢呼，结果一下撞上了藏身处的墙。我做到了！我他妈真的找到了恐怖之墓！

等到好不容易冷静下来，我做了番快速计算。这座小丘位于卢德斯的另一面，一片阿米巴变形虫似的森林中央，距离我的学校四百公里。我的奔跑速度为每小时五公里，要不吃不喝跑上三天才能抵达。当然了，如果使用传送服务，到那里不过是几分钟的事。短途旅行的花销其实不算太高，大概几百“绿洲”点，但以我最近的财政水平恐怕无法承受。我的账户余额，显示的是一个又大又肥的“0”。

我盘算着还有没其他选择。问埃奇借这么点钱当然不是问题，可我不想让他帮忙。没办法凭自己的能力抵达目的地，那算个什么事。再说了，那样我得向埃奇撒谎。因为以前从没借过钱，他肯定会怀疑我的。

一想到埃奇，我就忍不住微笑起来。等他发现真相，肯定会傻掉的。墓地离他的学校才七十公里！简直就是他家的后花园！

想到这里，我突然一个激灵跳了起来，冲出教室，跑下大厅。

没钱传送到卢德斯的另一面不打紧，可以让学校帮我垫嘛。

跟现实中的一样，每个“绿洲”公立学校都有一堆运动队，像什么摔跤队、足球队、橄榄球队、棒球队和排球队。除了这些，“绿洲”里还存在几种现实里不存在的运动，比方说魁地奇[83]和零重力夺旗赛。学生们可以加入这些运动队为校争光。你只需要穿上一件触觉运动服，就能把跑、跳、踢或者诸如此类的动作如实反映到游戏里。运动队有夜训，也互相打比赛。学校愿意为想去客场看球，为1873校队加油呐喊的学生支付传送费用。我以前享受过一次免费服务，当时我们和埃奇的学校在争夺夺旗竞技高校杯冠军。

我跑进学校办公室，扫了眼活动表，找到了自己想要的东西。今天晚上，我们的橄榄球队会和0571学校打比赛，那里距离墓地只需要步行一个钟头。

83. 出自《哈利·波特》系列。是一种需要乘坐飞行扫把的竞技体育项目，最大得分点为抓住一只会飞的魔法球。

我伸出手选定这场比赛，一张往返 0571 学校的传送券就出现在了我的角色装备栏里。

我返回自己的储物柜，放进教科书，带上手电筒、剑、盾牌和皮甲，随即冲出学校大门，穿过门前开阔的绿地。

到了学校边界处，我四下张望，确定周围没有人，这才跨过那道红线。只见我头顶的“韦德 3”，瞬间变成了“帕西法尔”。一旦离开学校范围，玩家的角色名便又会出现。当然，你可以把角色名隐藏起来——我就是这么做的。现在我宁可行事低调一些。

最近的传送点只有几步之遥，就在一条卵石小径的尽头。它是个神殿式的建筑，由数十根象牙色石柱撑起，顶部半圆。每根石柱上都雕着“绿洲”传送标志：一个蓝色的六边形，正中央是个大写的“T”字。因为才放学，传送点里排满了人。神殿里面有数排传送间。它们的形状和颜色总是让我想起《神秘博士》里的 TARDIS[84]。我走进一个刚刚空出来的小传送间，门在我背后自动关上。因为带了传送券，我不用在触摸屏上手动选择目的地。我刷了一下那张券，卢德斯的星球地图立刻展现，从我的所在地拉出一道红线，直指一个绿点——那当然就是 0571 学校了。系统瞬间计算出了旅行的距离（462 公里）和我学校代缴的费用（103 点）。传送券消失，费用显示已缴纳，我的角色随即消失。

84. TARDIS：英国科幻电视剧《神秘博士》中的时间机器和宇宙飞船，因为出故障，原本可以自由改变的外形被定格在了 50 年代的警亭模样。

转瞬之间，我出现在了星球对面另一个造型相同的传送间里。传送点门外就是 0571 学校。除了边界外的地形，它和我的学校没有任何区别。我看到我们学校的几个学生正聊着天走向附近的球场，准备看接下来的比赛。说实话我不是很能理解他们。比赛什么的，在直播里看不就行了嘛。反正空座位会被生成的NPC球迷填满。那些A.I.不但会为球员加油呐喊，还会喝虚拟的苏打水，大嚼虚拟的热狗，甚至偶尔摆出人浪。

想着这些的时候，我已经朝着相反的方向，穿过了学校后面的一片绿草地。一座小山在远处若隐若现，山脚下就是那片变形虫状的森林。

我选择了自动奔跑模式，一边打开装备栏，点选里面的三件装备。于是，我立刻身穿皮甲、背挂盾牌、腰佩短剑。

抵达林区边缘时，有通信请求介入。是埃奇。可能是问我怎么还没去地下室。如果我接通了电话，他立刻就能看到我在全速奔跑，而身后是远去的0571学校。我当然可以在通话时不显示当前位置，但那只会让他起疑心。所以我什么也没做，等到呼叫被纳入留言信箱后，才在视野中打开了新窗口。电话是从竞技场里打来的，埃奇背后的那片空间里，障碍物和机关高低错落，几打玩家正在里头捉对厮杀。

“呦，Z！你干吗呢？对着《鹰狼传奇》撸管？”他又露出了那副柴郡猫似的笑，“给我回个话。我晚上准备整点儿爆米花，来场看片马拉松。你来不？”他抬起手，影像淡出。

我编辑了一条纯文字回复，说今晚课业多得要死，怕是没空。然后，我打开《恐怖之墓》模组说明书，逐页看

85. 半神巫妖：实际上直译为半巫妖，但因为半巫妖比普通的巫妖强大上太多，所以通常被译为半神巫妖，形象多为悬浮在空中的骷髅头。最著名的半神巫妖是《博德之门》中的康葛斯。

了一遍。这一回，我读得又慢又细，因为我知道，一会儿就该碰上里面的东西了。

“在世界的彼端，一座被人遗忘的孤独小丘里，藏着恐怖之墓。”书里这么写道，“那里迷宫曲折，满是恐怖的陷阱，扭曲而凶残的怪物。但那里也埋藏着许多魔法宝藏，还住着一个邪恶的半神巫妖[85]。”

最后这半句话让我有点儿担心。巫妖这种不死生物，往往是极其强大的法师死后复生而成的。他们用禁忌的黑暗魔法把灵魂束缚在腐烂的肉体上，尽管挺变态的，也算是得到了不朽。而半神巫妖又是巫妖中的佼佼者。我在无数游戏里和小说里见识过巫妖，它们棘手得要死，所有人都避之唯恐不及。

我研究过恐怖墓地的结构和里面不同的房间。墓地的入口埋在碎石悬崖一侧。那里有条隧道，通向下方的三十三个房间。房间不是凶残的怪物、致命的陷阱，就是宝藏（几乎都遭了诅咒）。等你想尽办法克服所有难关，到了迷宫的终点，还有半神巫妖在等着你。他的房间里尽是财宝，但只要你敢摸上一下，不死者之王阿瑟瑞拉克就会冒出来，召唤数不清的小弟，把你揍上天。假如奇迹发生，你干爆了巫妖，那就可以卷走他的宝藏，然后离开这地宫。任务达成，完美收工。

如果哈利迪真按着模组一丝不苟地重现了恐怖之墓，那我就麻烦大了。我一个三级的废物，没有魔法装备，血量只有二十七，迷宫里的任何陷阱和怪物都能要了我老命。就算我走狗屎运一路下到了最深处的地窖，那个变态巫妖只消瞪一眼，就能让我在几秒钟之内归西。

但是我也有几个优势。首先，我没什么好输的。如果我被干掉了，我会丢失我的短剑、盾牌、皮甲，还有这个三级角色本身。我将不得不新建一个一级的人物，他会出现在我最后一次登录的地点，换言之，我的学校储物柜旁。然后，我可以回到墓地来再试上一遍，又一遍。我可以每天晚上来偷点经验，提升等级，直到最终找出黄铜钥匙。（“绿洲”没有小号这个概念，你只能拥有一个角色，所以我没法让新建的角色先去墓穴里探个虚实。当然，黑客可以使用改装过的眼镜来伪造视网膜信息，建立其他账户。但只要被逮到一次，那就是永封。这样一来，也就等于失去了参与彩蛋比赛的资格。没有猎手愿意冒这么大的风险。）

我的另一个优势（但愿吧）在于我熟悉模组，对墓地非常了解。我知道每个陷阱的位置，如何解除或者避开它们。我也清楚哪个房间里都是怪物，哪里又藏着武器和宝物。当然，前提是哈利迪没挪动它们的位置，否则我就完蛋了。不过现在我激动都还来不及，没心思去担忧这那的。你瞧，我才刚刚做出了我这辈子最大、最重要的发现。我离黄铜钥匙，就只差几分钟的路了呀！

终于到了森林边缘，我毫不犹豫地一头扎了进去。林子里的枫树、橡树、云杉和落叶松成千上万，每一棵都渲染得栩栩如生。它们应该只是标准“绿洲”景观模板生成放置的，但细节依旧令人惊叹。我在一棵树前停下脚步，看到一群蚂蚁正沿着粗粝起伏的树皮爬行。但愿这预示了我走在正确的方向上。

林子里没有道路，于是我在视野一角打开地图，按着指引继续走向头骨丘陵。它真的就在地图标示的位置，林地的正中央。我走进这片林间空地，心脏突突狂跳，蹦到了嗓子眼。

我爬上小丘顶，如同走进了模组。哈利迪原封不动地再现了一切，那十二块巨大的黑石，摆放成了人类头骨的样子。

来到丘陵北沿，我沿着山崖往下爬。参照模组地图，我很快找到了被埋在土中的入口，于是以盾为铲，开始挖掘。几分钟过后，一个口子现出，能看到里面有条通往地下的隧道。隧道地板由花色的马赛克砌成，它蜿蜒绕转，和书里描写的一样。

恐怖之墓的地图被我移到视野右上角，半透明化。然后我收回盾牌，拿起电筒。最后看了眼周围，确定没人偷窥后，我抽出短剑，走下墓穴。

0008

通往墓穴的隧道墙壁上绘着怪异的画，仔细看，原来画的是被奴役的人类、兽人、精灵以及其他各种生物，每幅画的位置都符合模组的描述。以此类推，那些藏有暗门的平铺地砖，位置应该也没变。要是不慎踩上去，你就会落进满是浸毒铁刺的陷阱里。好在我给地图上所有的陷阱都标了记号，完美避开它们并不困难。

到目前为止，迷宫里的一切都是根据模组按部就班地来的。如果接下来的部分还是如此，我没准能活着找到黄铜钥匙。借着地图，我可以避免与怪物交手，包括石像鬼、骷髅、僵尸、毒蛇、木乃伊和那个半巫妖阿瑟瑞拉克——前提是它们没在保护黄铜钥匙。但这个可能性，老实说不太大，而且我大概猜得出保护黄铜钥匙的大兄弟是谁。

虽然早就对这个地方了如指掌，我依旧小心翼翼地前进。

86.《飞鹰神剑》：拍摄于 1981 年。导演是泰瑞·马歇尔。

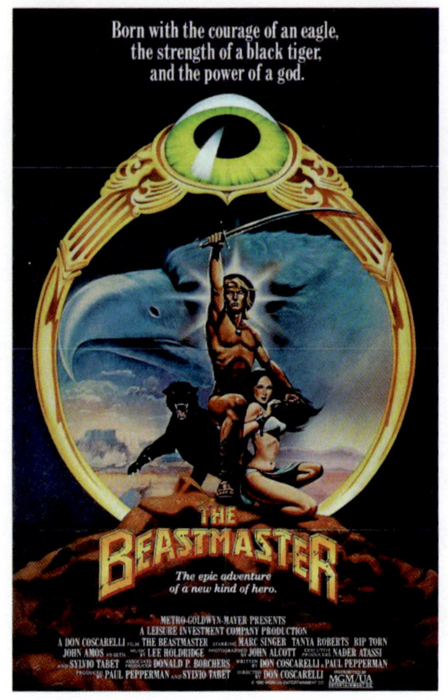

87.《兽王伏魔》：拍摄于 1982 年。导演是唐·柯斯卡莱利。

我避开隧道拐角处的毁灭之球，在那个陷坑旁找到了密门。门后有条小小的斜坡，我拿电筒照了照前方的黑暗，只看到了潮湿石墙的反光。周围的环境让我觉得自己身处某部低成本剑与魔法的电影里，像是《飞鹰神剑》[86] 或者《兽王伏魔》[87]。

我在地下城中穿行，经过了一个又一个房间。即使知道陷阱的位置，我依旧谨慎地和它们保持着距离。在一个叫作邪教圣堂的黑暗密室里，我按图索骥，从长椅底下摸出了上千枚金币和银币。这笔钱实在太多，我根本带不下，哪怕用附近找到的袋子也装不完。

我尽力拾取那些金币，看着它们出现在我的装备栏里，又自动转化为“绿洲”点，一路闯上两万大关。我这辈子从没见过这么多钱，大概这就叫一夜暴富吧。除了钱，我的角色还得到了跟“绿洲”点等额的经验。

随着不断深入墓地，我捡到了好几样魔法物品：+1 的火焰剑、真视宝石、+1 的保护之戒。我甚至还找到了一件 +3 的全身甲。以前我从来没见过魔法装备，现在突然拥有了这么多，顿时觉得自己牛逼烘烘，势不可挡了起来。

那件厚实的铠甲在穿上后自动缩小，完美贴合了我的身材。瞧这闪闪的银光，《黑暗时代》[88] 里那件漂亮铠甲，相比也不过如此了嘛。我切到第三人称视角，美滋滋地看了自己一会儿，简直不想继续以第一人称来冒险了。

走得越远，我就越自信。墓地的构造和各种设置甚至细节，都与模组里描写得毫无二致。然后，我终于来到了地宫的主殿。

殿堂高大雄伟，石柱重重耸立。殿堂的最深处，一道石梯通向硕大的平台。仔细看，你便能发现石台上的黑曜石王座里，镶嵌着数不清的银灰色人类颅骨。

一切都和模组里说过的一样，只除了一点：王座本该是空的。但现在，伟大的阿瑟瑞拉克坐在那里，冷冷地盯着我。尘迹斑斑的王冠在他头顶发着淡淡的金光。这个造型我认得，出自模组说明书封绘。可如果按照模组来，这大兄弟应该守在更深处的地窖里，而不是大殿里。

我下意识地打算跑路，最后却决定留下。哈利迪既然把这巫妖放在了这儿，那黄铜钥匙大概也跑不了。我得把它找出来。

我穿过大殿，走向平台。随着不断接近，巫妖的细节一点点露了出来。他的嘴唇早已腐烂殆尽，嘴巴向两颊咧去，露出钻石雕成的两排利牙，似笑非笑。他的两个眼眶里各镶着一颗巨大的红宝石，凶光闪烁。

自从进了墓地，我第一次不知该如何是好。

跟半巫妖单挑，我的胜算是零。我的垃圾 +1 火焰剑没法捅伤他，而他那对红宝石大眼可以瞬间吸干我的生命[89]。哪怕六七个高级玩家组队也很难扛住他的攻击，别说我这么个三级货色了。

我多么希望（已经不是头一次了）“绿洲”能像那种老式冒险游戏，可以随时存档，死了也不怕。但是没门儿，这个选项不存在。我一旦死在这里，就得再过一遍从零开始的异世界生活。但好在我没有理由过于畏惧。即使

88.《黑暗时代》：约翰·保曼拍摄的亚瑟王传奇故事，于 1981 年上映。

89.《龙与地下城》的设定中，半神巫妖拥有名为“捕捉灵魂”的特殊能力，可以吸收三十码内未通过坚韧豁免检定生物的灵魂。

被巫妖杀死，也不过是明天再来。反正“绿洲”服务器时间的午夜一过，所有地下城都将重置。解除的陷阱会恢复原样，财宝和魔法装备也会重现。

我很清楚，无论接下来遭遇什么，都值得反复重看进行研究。于是，我点选了视野边缘的录像按钮。出乎意料，系统居然跳出一条“禁止录像”的告示。看样子哈利迪不允许别人记录墓地里的一切。

我深深吸了口气，举起剑，右脚踏上最底下的台阶。伴着骨骼关节的咔嗒响，阿瑟瑞拉克慢慢抬起头，眼窝里的宝石闪烁着鲜艳的红光。我连着退开几步，等他发起攻击，但他没有离开王座，而是用冰冷的目光注视着我。“欢迎，帕西法尔。”他的嗓音嘶哑，“你在找什么？”

我有些猝不及防。模组里的巫妖可没心情废话，他上来就会发动进攻，让我别无选择：不是被杀，就是保命逃亡。

“我在寻找黄铜钥匙。”我答道。想起他在设定里是国王，我又低下头单膝跪地，加了个“陛下”。

“当然了。”阿瑟瑞拉克示意我起身，“你来对了地方。”他站了起来，木乃伊化的皮肤发出旧皮革撕裂的声音。我握紧手中剑，准备迎击。

“可我凭什么把钥匙给你？”他问。

操！我他妈怎么知道该怎么回答？如果他不满意答案呢？准备抽出我的灵魂，再把我的肉身烧成飞灰吗？

我绞尽脑汁，但我能想出的最好回答，不过是：“请给我机会来证明自己，尊贵的阿瑟瑞拉克。”

巫妖刺耳的笑声回荡在石壁之间。“很好！”他说，“那就来比试一下吧！我们坐骑上见高低！”

我从没听说过一个不死巫妖要和人比骑术，更别说在这样一个深埋地下的墓穴里了。“遵命。”我有些犹豫地说，“但是马在哪儿？”

“不是马，”他从王座上走下，“是鸟。”

他挥了挥干枯的胳膊。光芒闪过，乐声响起（我打包票那是《超级英雄战队》[90] 的片头曲），王座居然变成了一台投币式街机，它面板上的两根摇杆一根黄、一根蓝。当我看到荧黄色的游戏标题时，不由得笑了起来。

《鸟蛋之争》。威廉姆斯电子娱乐公司，1982。

“三局两胜，”阿瑟瑞拉克说，“你赢了，我就把你想要的东西给你。”

“你赢了呢？”我刚问出口，就料到了回答。

“如果我赢了，”巫妖眼里的红光变得更亮了，“那你的死期就到了！”他威胁似的抬起右手，掌心绽放出一团橙色的火焰。

“当然，当然，”我连忙说，“我也这么想，只是确认一下。”

阿瑟瑞拉克熄灭火焰，摊开干枯的手掌，上面躺着两枚二十五分的硬币。“我请客。”他走到游戏机旁，把硬币投了进去[91]。街机发出叮叮两声响，玩家数从“0”跳到了“2”。

半巫妖把手放在左边黄色的摇杆上，收拢只剩骨头的手指。“准备好了？”他咯咯笑道。

“嗯。”我长吸一口气，把指关节捏得噼啪作响，左手

90.《超级英雄战队》：美国 DC 漫画公司于 1973 年推出的正义联盟系列动画。导演加德纳·福克斯。

91. 投币式街机

抓住二号玩家的蓝色摇杆，右手放在按键上。

阿瑟瑞拉克从左到右扭扭脖子，颈骨的咔嚓声像是有人在折树枝。然后，他选择了双人模式。游戏开始。

就算在各种奇思妙想层出不穷的80年代游戏界，《鸟蛋之争》也算得上让人耳目一新。每个玩家操纵一位手执长枪的骑士：玩家一号骑鸵鸟，玩家二号坐鹳。你得驾驭坐骑，飞行着去攻击另一个玩家，以及电脑控制的秃鹫骑士。有玩家不幸被击落后，分高者就会取得该回合胜利，输家命数则减一。至于那些A.I.骑士，他们的秃鹰会生下绿色的鸟蛋，如果不快速清理干净，就会长成新的骑士。有时候，画面中还会冒出一只全屏攻击的翼龙，你必须及时躲闪。

我上次玩这游戏还是一年以前。《鸟蛋之争》是埃奇的最爱之一，他有段时间专门在聊天室里放了台街机玩这个。每当争论彩蛋或者80年代流行文化，又争不出个结果，我们都会去切磋一盘，谁赢就谁说了算。好几个月里我们天天打这个。一开始，埃奇比我稍微强点儿，赢了就可劲儿嘲讽我。我被他弄不爽了，于是自个儿天天跟电脑对练。后来，我渐渐赢过埃奇，反过来嘲笑他了。最后搓的那一把，他被我虐得体无完肤，发毒誓说再也不碰这破玩意儿了。于是从那天起，我们终结争端的工具变成了《街头霸王2》[92]。

有段时间没玩，我的技术生疏了许多，头五分钟一直尽力放松下来寻找感觉。在此期间，阿瑟瑞拉克设法干掉了我两次。他冲刺的轨迹完美无瑕，简直像机器般精

92.《街头霸王2》：CAPCOM于1992年发行的格斗游戏。该游戏的不同版本销量加起来破千万，被视为格斗类游戏的里程碑。

准。哦,对了,他本来就是机器——还是哈利迪本人设计的高端 A.I.。

第一局临近结束,我差不多找回了和埃奇没日没夜鏖战时的感觉。然而阿瑟瑞拉克不需要热身,他的开局太棒,我扳不回来。眼看就要拿下 30000 分时,我的最后一条命终于被击杀了。尴尬。

"一局结束,帕西法尔。"巫妖露出扭曲的笑容,"只剩一局了。"

他没浪费时间让我在边上瞎等,看着他打完剩下的游戏,而是去街机后面找到电闸,扳下,复位。屏幕上再次播放威廉姆斯电子娱乐公司的标志时,他又凭空变出两枚硬币,塞进投币口。

"准备好了?"他重新问了一遍,抓过摇杆。

我犹豫了一会儿,"呃,介意换个边吗?我比较习惯左边。"

这是真的。和埃奇在地下室玩的时候,我总选鸵鸟骑士。第一局在右边,多少影响了我的发挥。

阿瑟瑞拉克似乎考虑了一番我的提议,随后点点头,"没问题。"他往后退开一步,和我换了站位。我突然意识到这场景得有多荒谬:一个披盔戴甲的人类和一个不死者之王,在一台街机上切磋。正是那种只可能出现在《重金属》或者《龙》封面上的超现实场景。

阿瑟瑞拉克拍下选择玩家二号的按钮,我的视线聚焦在了屏幕上。

这盘依旧出师不利。我对手的动作精准狠毒,头几轮里，我用尽全力，只能勉强躲开他的攻击。骷髅手指咔嗒咔嗒地敲击按钮，让我心烦意乱。我晃晃脑袋，试着冷静下来，尽量不去想我在哪儿、在和谁对局，以及为什么要和他对局。我逼自己把这里想象成地下室，而身旁的对手是埃奇。

有效果了，我的状态回来了。风水轮流转，局势开始向着鸵鸟骑士这边逆转。我寻找着阿瑟瑞拉克的攻击模式，他行动时所露出的破绽。这种观察力，是我这些年来在上百款老游戏里跟 A.I. 对战时慢慢培养出来的。A.I. 对手再厉害，也总是存在致命的短板，天才玩家最后总是能胜过不懂变通的电脑。电脑一旦被抓住弱点，要么开始破绽百出的随机乱动，要么就遵循几种固定的反应模式。是的，没有不可战胜的电脑。因为那个年代，处理器机能有限，预编程的变量不可能太多。这种情况直到真正的人工智能诞生之后才得以改观。

新一局的比赛真叫一个惊心动魄，但我终于找出了巫妖的行动模式。只要在对冲的某一时刻改变鸵鸟方向，他就会不可避免地撞上迎面而来的秃鹫。就这样，我一点一点地磨掉了他剩下的生命。尝试期间，我也死过几回，好在刷到第十轮怪的时候，我终于拿下了他。到那个时候，我自己也已经命悬一线了。

这局结束，我气喘吁吁地放开手休息，感到汗水正从 VR 眼镜旁不住地往下淌，就拿 T 恤胡乱地抹了下。我的角色也做出了相同的动作。

“干得漂亮。”阿瑟瑞拉克说。出乎意料，他朝我伸出了爪子似的手，我握了握，紧张地对他笑笑。

“是啊，”我答道，“你玩得也不赖，哥们儿。”不知道为什么，我有种感觉，刚才和我对决的那人是哈利迪。我连忙打消了这奇怪的念头。再这么胡思乱想下去，我会分神的。

阿瑟瑞拉克没有多说，他重新把两枚硬币投进机器。“这是决胜局了。”他说，“你准备好了？”

我点点头。这一回，我亲手摁下了“双人模式”的选项。

我们的决胜局是一场鏖战，时间比前两局加起来还要长。打到最后那轮，屏幕上的秃鹫铺天盖地，如同厚重的弹幕。我和阿瑟瑞拉克双双飞到了战场顶端，疯狂地敲击按键，左右晃动摇杆。我向他发起最后的冲锋，而他往下避让的幅度稍稍大了那么一微米，结果擦上了一只秃鹫。于是，在像素化的爆炸里，他失去了仅剩的那条命。

眼看屏幕上亮起“玩家二号 游戏结束”的字眼，巫妖发出了令人毛骨悚然的愤怒咆哮。他抬起手，重重砸在街机上。后者碎成了无数的像素块，散落一地。然后他朝着我转过脸。“恭喜，帕西法尔，”他微微鞠躬，“你打得漂亮。”

“谢谢，尊贵的阿瑟瑞拉克。”我控制住激动的心情，既没上蹿下跳，也没有转身对他扭屁股嘲讽。相反，我郑重地回了一躬。就在这个瞬间，巫妖变成了一个瘦高的黑袍法师。天哪，那正是哈利迪在“绿洲”的化身，安诺拉。

我瞪着对方，不知道该说什么。这些年来，猎手间一直有个传说，说安诺拉如今成了自主行动的 NPC，一直在“绿洲”里游荡。它是哈利迪留在机器里的鬼魂。

“给，”巫师说，这熟悉的腔调我听过无数次，“你的奖励。”

大殿里响起了交响乐，先是喇叭，接着加入弦乐。这曲子我熟悉。约翰·威廉姆斯为《星球大战》所谱的片尾曲，出现在莉亚公主给卢克和汉授勋的时候。（其实还有丘巴卡，但他总是打酱油，容易被忽视。）

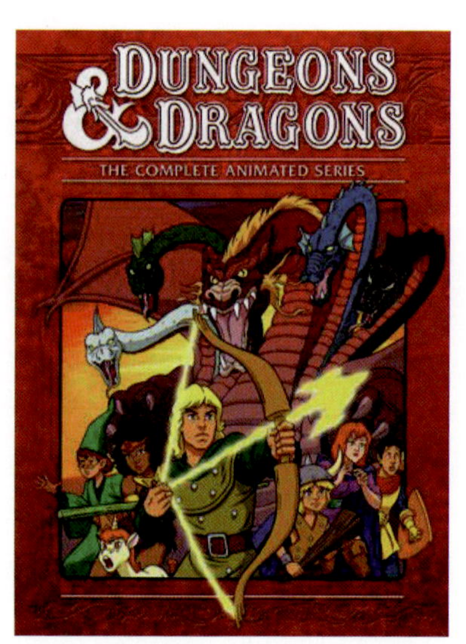

93.《归乡历险记》：13 集动画剧集。名字直译为“龙与地下城”。导演约翰·吉布斯，首播于 1983 年。

乐声渐强，安诺拉向我伸出右手。躺在他掌心里的，是那把无数人寻找了整整五年的黄铜钥匙。接过钥匙的瞬间，音乐消失，由鸣响的钟声取而代之。我刚刚拿到五万点经验，直接飙上了十级。

“再见，帕西法尔先生，”安诺拉说，“祝你顺利完成任务。”不等我问接下来该做什么，或者该上哪儿去找第一扇门，他就在我眼前化作一道白光消失了。传送魔法的音效我倒是认得，那是从 80 年代的动画《归乡历险记》[93] 里提取出来的。

石台上只剩下我独身一人。我平复激动的心情，注视着手上的东西。它还是安诺拉之邀里的那副造型：一把陈旧朴素的黄铜钥匙，椭圆形的柄上雕刻着一个罗马数字“I”。我翻过它，借着墙上火炬的光细看。原来金属上刻着几行小字。我把它凑到眼前，大声读道：“你寻找的东西藏在垃圾堆里，达格格拉斯 [94] 的最深处。”

94.《达格格拉斯的地下城》是世界上第一款即时 3D 第一人称角色扮演游戏。制作于 1982 年，为 TRS-80 电脑开发。

都犯不着再读一遍，我立刻明白了它的意思。我知道了我该去哪里，又该做什么。

“藏在垃圾堆里”指的是坦迪无线电公司的 TRS-80

电脑，那古董发行于 70 年代末 80 年代初，被当时的许多用户戏称为“垃圾 80”[95]。

95. 垃圾 80:TRS 也可以被视为是“垃圾”（Trash）的缩写。

你寻找的东西藏在垃圾堆里。

哈利迪的第一台电脑正是只有 16K 内存的 TRS−80。而我知道在“绿洲”的哪个地方能找到它。其实每个猎手都知道。

“绿洲”开服以前，哈利迪就建立了一个小星球，它的名字“米德尔顿”，取自他俄亥俄州的老家。那颗星球完整地再现了小镇80年代的人物风貌。有句老话怎么说的?人回不到过去。但哈利迪找到了办法。米德尔顿是他最钟爱的项目之一，他用了好几年时间亲自书写代码，力求重现当年。众所周知（至少在猎手圈子里），米德尔顿上复刻得最细致入微的地方，是哈利迪童年时代的家。

我一直没去过那儿，但我看过上百张截图和许多视频。哈利迪的卧室里放着彩屏 TRS−80 二型，他人生中的第一台电脑。我敢说，第一扇门就在那里。而黄铜钥匙上的第二行文字，告诉了我具体要怎么做。

达格格拉斯[96]的最深处。

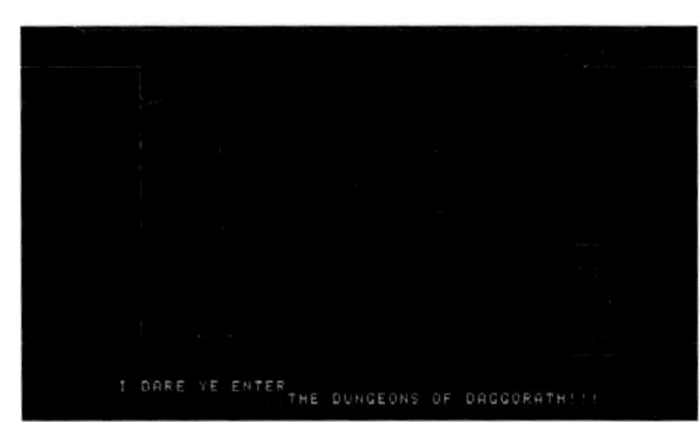

96. 达格格拉斯

达格拉斯是辛达林语，J.R.R. 托尔金在《魔戒》里创造的精灵语，意为“战斗”。但托尔金只用了一个“格”。有两个“格”字的“达格格拉斯”，只可能指一个东西：一款名叫《达格格拉斯的地牢》的游戏。那款游戏发售于1982 年，理念超前得令人难以置信。此外，它只登录过一个平台。TRS−80 彩屏计算机。

哈利迪在《安诺拉年鉴》里说，他之所以立志成为一个游戏设计师,《达格格拉斯的地牢》功不可没。

而这个游戏,你也可以在哈利迪的童年卧室里找到。就在 TRS-80 电脑旁的鞋盒内。

所以,我要做的就是传送至米德尔顿,找到哈利迪的家,坐在他的 TRS-80 旁,通关《达格格拉斯的地牢》,直到最后一层……找出第一扇门。

至少,我是这么理解的。

米德尔顿位于第七区,距离卢德斯很远,不过我现在可是有钱人了。哎呀,那么多钱,以前想都不敢想。

我看了一眼时间,晚上 11:03(这是"绿洲"标准时,也是东部标准时)。离上课还有八个钟头。如果立刻出发,以最快的速度冲出地下城,返回就近的传送站,直抵米德尔顿坐到哈利迪的 TRS-80 面前,只需要不到一个小时。也许来得及。

我知道我应该先去补个觉。我的在线时间已经超过了十五个小时,再说明天是周五,我可以等下午放学后再传送去米德尔顿,那样,我就有一整个周末来寻找第一扇门。

可这不是开玩笑吗?我今天绝对睡不着,明天在学校里也肯定待不住。我必须*立即*行动。

决心已下,我奔向出口,却在半道上急刹住脚步。透过敞开的门,我看到了墙面上长长的影子,还听到了不断接近的脚步声。

几秒过后,有个人影出现在了门口。我去解剑时,才意识到自己一直死死地捏着黄铜钥匙。我把它挂在腰带上,抽出武器。就在这个时候,那人说话了。

0009

“你他妈是谁？”听起来，对方是个年轻的女性，总是手痒想跟人干架的那种。

我还没想出该怎么作答，一个长得挺敦实的小个子女人就离开阴影，走进大殿跃动的火光中。她的头发打理得像是圣女贞德，发色乌黑，年龄估摸在二十岁。随着距离缩短，我认出了她。虽然从没见过面，可我是她博客的常客，通过几十张截图，早就熟悉了这张脸。

阿尔忒密丝。

她身穿泛着铜绿的鳞甲——像是出自哪部科幻而不是奇幻电影——腰侧皮套里插着两把光束手枪，背了把带鞘的精灵长剑。那双露指手套，看着像公路战士[97]里的，雷朋眼镜则选用了经典款式。总而言之，就是那种80年代后启示录风格作品里的邻家女孩造型。正是我喜欢的那种类型。对于她，我只有两个字来形容：性感。

阿尔忒密丝朝我走来，镶钉战靴的后跟在石板地上

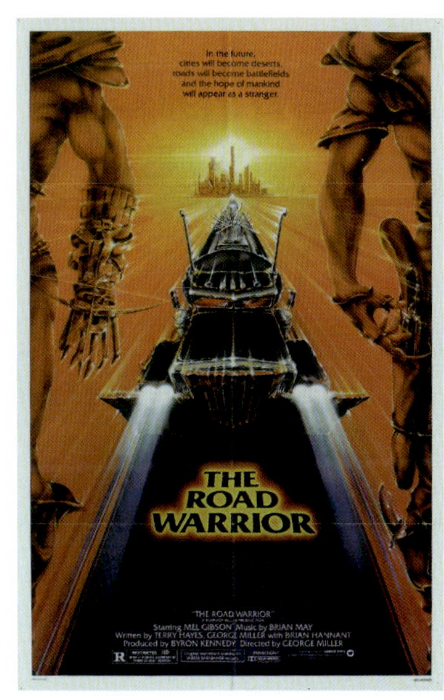

97.《公路战士》：即电影《疯狂的麦克斯2：公路战士》

铛铛作响。她停在我攻击范围的边缘，但并未抽出自己的剑。相反，她抬了抬墨镜——墨镜实际上不会影响玩家的视野，这种动作纯粹是装模作样——上下打量着我。

我有好一会儿紧张得说不出话来。为了排解紧张，我提醒自己对面未必真的是女生。这个我网上看了三年的“姑娘”，也许是个如假包换的死肥宅。另外一个问题是：她来这儿干什么？彩蛋比赛开始了五年，和我在同一个晚上找到恐怖之墓？这太巧了，不可能。

“你哑巴了？”她问道，“我说，你、他妈、是谁？”

和她一样，我隐藏了自己的角色名。这么做当然是为了保持匿名，她这不是明知故问吗？

“您好，”我微微鞠躬，“我是胡安·桑切斯·维拉-洛波斯·拉米雷斯。”

她嘴角微扬，“西班牙国王查理五世的首席炼金术师？”

“愿竭诚为您服务。”我笑了起来。她不但知道我的台词引自《高地人》，还还原了片中人的问答。不愧是阿尔忒密丝啊。

“有意思。”她越过我肩头，望向空荡荡的平台，然后把目光移回我身上，“好吧，我就直接问了。你干得怎么样？”

“什么干得怎么样？”

“当然是阿瑟瑞拉克啊，难道还有别的？”她问道，好像我心知肚明似的。

我突然明白了，这不是她头一次来这里。我也不是第一个解开诗歌谜题、找到恐怖之墓的猎手。阿尔忒密丝抢在了我前头。她知道《鸟蛋之争》，和巫妖打过照面。但如果她搞到了黄铜钥匙，就不会回这儿来。所以结论很明显，她不是巫妖的对手，还在一次次尝试的过程中。我猜她可能已经连输八九次了，否则不会自然而然地认为我也是巫妖的手下败将。

“嘿，”她不耐烦地轻跺右脚，“你倒是说句话啊？”

我考虑要不要从她身侧猛地冲出，穿过迷宫返回地表。但那样一来，她可能会怀疑我拿到了钥匙，继而把我击杀。卢德斯禁止 PK，但鬼知道这墓地还算不算卢德斯，它都没在地图上标出来。

如果要打，阿尔忒密丝可不好对付。看一眼那护甲和光枪就知道了。至于她背上的精灵剑，没准带了斩首[98]属性。她写在博客里的东西，哪怕只有一半是真的，那她至少得有五十级。墓地要是允许 PVP，干掉刚刚十级的我怕是不费吹灰之力。

看来我只有把戏演下去咯。

“被干趴下了。”我骗她，“这游戏我原本就不在行。”

听到了想要的答案，她的姿势放松了一些。

“是啊，我也一样。”她的语气带上了几分同病相怜，“哈利迪编的这个巫妖 A.I. 真是厉害得过分，对吧？简直丧心病狂。”见我依旧举剑摆着一副防御的架势，她加了一句，“你可以把这玩意儿放下来了，我又不会咬你。”

我不为所动，“墓地是 PVP 区吗？”

“不知道。你是我在这里碰到的第一个人。”她颔首

98. 斩首：出自《龙与地下城》。在斩首检定触发，对方体质强韧豁免又不够的情况下，会造成一击必杀的效果。

微笑，“我猜只有一个办法能判断出来。”

她以迅雷之势拔剑、举手、转腕，我还未看清，剑锋已迎面而来。我笨拙地试图格挡，但我们的刀刃仿佛被一股看不见的力量阻隔，并未相交，定在了彼此相距不足一寸之处。与此同时，一行告示在视野中闪烁：非 PVP 场所！

我大大地松了口气（我后来才知道钥匙是灵魂绑定的，既不能丢掉，也没法交易给别人。如果你击杀了钥匙的持有人，它会凭空消失。）

“看来你说对了。”她笑道，“这是非 PVP 区。”她挽了个漂亮的剑花，收回武器，动作行云流水。

我也撤回了剑，但什么花式也没用。“显然哈利迪不想让人轻松地在《鸟蛋之争》里战胜那个国王。”我说。

“是啊，”她咧咧嘴，“你可真走运。”

“走运？”我抱着胳膊重复了一遍，“为什么这么说？”

她看了眼空空荡荡的大殿，“你逃命的时候，被阿瑟瑞拉克打个半死了吧。”

嗯……如果《鸟蛋之争》没赢过阿瑟瑞拉克，你就得跟他干上一架。还好赢了，我心中暗想，否则这会儿我已经在创建新角色了。

“我血厚得很，”我扯道，“那巫妖拿我没办法。”

“真的？”她怀疑地说，“我现在五十二级，打他都很勉强。每次来这里，我都得多备上几组治疗药水。”她盯着我看了一会儿，“你的装甲和这把剑就是在墓地里找到的吧。也就是说，你以前的装备更烂。所以你其实是个低级菜鸟，胡安·拉米雷斯。你肯定没把实情全部告诉我。”

既然知道她不能在这里攻击我，我考虑着要不要把真相说出来。直接让她看看黄铜钥匙怎么样？不，我有更好的打算。既然阿尔忒密丝没拿到钥匙，而且看样子至少还得折腾一段时间才拿得到手，我不如直接去米德尔顿。对手这种东西，甩得越远越好。要不是刚好练了那么久的《鸟蛋之争》，天知道我得尝试多少次才能赢下阿瑟瑞拉克，她且得努力呢。

“自个儿琢磨吧，希瑞[99]。”我从她身旁经过，“也许哪天我们会在线下碰面。到那时候，你愿意的话，咱们再用拳头打一架好了。”我挥挥手，“再见。”

“你要去哪儿？”她跟在我身后。

“回家。”我继续向前走。

“但巫妖呢？黄铜钥匙呢？”她指着空无一人的石台，“再过几分钟，他就要刷新了。你在这里多等一会儿，就可以直接和他再来一轮，犯不着重新过地宫。我隔天半夜来这里，也是这个原因。”

聪明。要不是一次过了，我不知道要花多久才能悟出这个理来。“我们轮着来。”我说，“我刚跟他切磋过。我们隔天换人，直到谁先过了这关。怎么样？”

“听起来不错。”她盯着我看，“可你还是应该留下来。安诺拉也许为这种情况做过准备。比方说半夜有两个玩家在这里，就刷出两个巫妖。或者……”

“鄙人喜欢单干。”我说，“就轮流来吧，行吗？”我正

99. 希瑞：飞美逊公司 1985 年推出的长篇动画作品《非凡公主：希瑞》的女主角。《希瑞》是另一部知名动画《宇宙巨人：希曼》的姊妹篇。

准备离开，她突然站到我面前，挡住了我的去路。

“拜托，就等一小会儿嘛，”她的声音软了下来，“好不好？”

我可以径直穿过她的角色离开。但我没有。是的，我渴望着能立刻赶到米德尔顿，寻找第一扇门，然而站在我面前的是阿尔忒密丝，这些年来我一直幻想遇见的人。她甚至比我想象里的还要酷。我不介意，我愿意，我想花点时间陪着她，就像80年代诗人霍华德·琼斯[100]说的那样，多了解她一些。如果我现在离开，可能就再也遇不上她了。

100. 霍华德·琼斯(1955-)，美国音乐人。专辑《人类解放》(*Human's Lib*)曾登顶英国音乐榜榜首。

“听我说，”她低头看向靴子，“叫你菜鸟是我的错。这样一点儿也不酷。我侮辱了你。”

“没事的。毕竟你说的对，我只有十级。”

“无论如何，你是一个猎手，我的同行。而且你很聪明，否则也不会站在这里。我想让你知道……我尊敬你、佩服你。前面说了那些混账话，我很抱歉。”

“接受抱歉。别担心。”

“酷。”阿尔忒密丝松了口气。她的表情栩栩如生，那肯定不是系统自带的，而是软件把真人的面部动作同步进了游戏。照这么看，她用的“绿洲”设备不便宜。“我只是没想过会在这种地方碰到别人，被吓了一跳。”她说，“我的意思是，我知道迟早会有其他人摸来这里，但想不到这么快。我才独享了这个秘密没多久。”

“多久？”我随口一问，没指望她会回答。

阿尔忒密丝犹豫着，接着突然爆发，“三个礼拜！我天天晚上耗在这里，就为了在那个蠢游戏上赢过那只白痴巫妖！那 A.I. 简直了！我是说，你也明白的。我以前从没玩过《鸟蛋》，被虐得屎都出来了！不开玩笑，前几天我差那么一点点就赢了，却……”她沮丧地抓了抓头发，“嗨呀！好气啊！我睡不着，吃不好，成绩也往下掉——”

我打算问问她是不是在卢德斯上学，但她径自说了下去，越来越激动，语速也越来越快，像洪水决堤，滔滔不绝，连呼吸的空间都没有。

“——我还想今晚有没可能拿下那混账，搞定黄铜钥匙呢。可刚到这里，我就发现入口被挖开了。我最担心的事情成真了。别人也找到了这个墓地。我慌慌张张一路跑了下来，呃，其实也不是那么慌张，因为我不相信谁头一次来就能击败阿瑟瑞拉克，但还是……”她突然停了下来深吸一口气。

“对不起，”停顿一秒钟后，她说道，“我一紧张或者激动，就会喋喋不休。可现在呢，我既紧张又激动。我一直想跟别人聊聊这些事，但很明显，谁都不能告诉，对吧？你不能在跟人聊天的时候随口一提，说你找到了……”她又顿了顿，“你瞧，我老是管不住嘴巴，想跟人八卦。”她咬住下唇，做了个上锁的动作，然后手一挥，丢掉了那把不存在的钥匙。我不假思索地在空气中捞了一把，仿佛捡起了钥匙，然后朝着她的嘴巴方向比画了个开锁的动作。阿尔忒密丝见状，扑哧一声笑了起来——笑声真诚、爽朗，让我也露出了笑容。

她蠢萌蠢萌的，太可爱了。叨叨个不停，又这么天然，

101.《天才反击》：青春喜剧片，上映于1985年，导演马莎·库利奇。

和《天才反击》[101]里的乔丹一个类型。乔丹是那部电影里我最喜爱的角色，想不到我真的会在现实里——其实是“绿洲”里——遇到这样的家伙。我和她心有灵犀的程度，连埃奇也比不上。

等到终于缓过了劲，她说：“我真该下个插件，过滤一下自己的笑。”

“千万别那样，”我说，“真的，你笑得很好听。”说出这句话的时候，我心里直打鼓，“我笑起来也很白痴。”

你可真会说话，韦德，我心中暗想，你刚刚把她的笑声形容成了“白痴”。真是谢谢你哦。

出乎意料地，阿尔忒密丝非但没生气，还羞涩地笑笑，说了句“谢谢”。

我突然很想吻她。虚拟不虚拟，我已经不在乎了。我准备鼓起勇气加她好友，这时她先伸出了手。

“还没自我介绍。”她说，“我叫阿尔忒密丝。”

“我知道。”我跟她握了握，“我一直在看你博客，算是几年来的老粉丝了。”

“真的？”她角色的脸红了。

我点点头。“遇到你是我的荣幸。”我说，“我叫帕西法尔。”意识到一直抓着她的手，我连忙松开。

“帕西法尔？”她歪歪脑袋，“那个找到圣杯的圆桌骑士，对吧？这名字很酷。”

我点点头，对她更有感觉了。平时遇到陌生人，我总是要解释一遍这几个字的来历。“阿尔忒弥斯是古希腊狩猎女神。对吧？”

“对！但是常见写法已经被人用了，我只能把‘弥’改成‘密’。”

“我知道。”我说，“你在博客里提过。差不多两年以前。”其实我连那篇日志的日期都记得清清楚楚，然而说出口就会显得像个痴汉。“你还说，你讨厌那些把它念成‘奥特密斯’的蠢货。”

“对。”她朝我笑道，“我确实写过那些。”

她伸出手，一张名片躺在露指手套掌心。名片的设计完全由玩家决定。阿尔忒密丝的这张像是限量版肯纳《星球大战》玩具[102]的宣传图（还覆着卡膜）。图中人物有着她的头发、面貌、衣物以及武器。图片上方就是她的介绍：

102. 肯纳公司为《星球大战》角色设计的实体玩具。

阿尔忒密丝

52 级战士 / 法师

（飞船零售商）

名片背面是她的博客链接、电子邮箱和电话号码。

这不但是第一张女孩子给我的名片，也是我迄今为止见过的最酷的名片。

“我从没见过这么酷的设计，”我说，“谢谢！”

我给了她我的名片，它看起来就像一盘雅达利 2600 的游戏卡带，标签上写着：

帕西法尔

10 级战士

（游戏狂徒）

“好厉害！”她翻看着，“这设计也是没谁了！”

“谢谢。”我VR眼镜后的脸红了。我简直想向她求婚。

她的名片被我收入装备栏，出现在黄铜钥匙右边。看到钥匙，我顿时被拉回了现实。我他妈在干吗？第一扇门正等着我呢，我居然还有闲情逸致跟小姑娘搭讪？我看了眼时间，距离午夜只剩下五分钟了。

“那个，阿尔忒密丝，”我说，“我真的很高兴认识你。可我现在有急事，得赶在所有陷阱和不死生物刷新前出去。”

“噢……好吧。”她似乎真心有些失望！“其实我也该准备一下挑战巫妖了。不过你走前，先让我给你刷个大治疗术吧。”

我没来得及抗议，她已经一只手贴上我胸膛，吟诵起了一段密文。我的血量始终是满的，所以法术一点儿效果也没起，只是阿尔忒密丝不知道。她还以为我跟那巫妖干过一场。

“成了。”她说完退开一步。

“谢谢。”我说，“但你不该这么做的。你也知道，我们是竞争对手。”

“知道啊。但对手也可以做朋友嘛，对吧？”

“但愿如此。”

“再说，我们离第三道门还远着呢。我的意思是，五年过去了，才有两个人走进了这个墓地。以哈利迪设计游戏的思路，后面只会更难。”她压低了嗓音，“那个，你真的不多待一会儿了吗？我保证我们都能玩到的。我们可以彼此学习，提高水平。我已经发现巫妖的套路有些僵化……”

欺骗阿尔忒密丝，让我觉得自己是个罪无可赦的混球。“你人很好，可我真的得走了。”我编了个听起来还挺合理的借口，“明早要上课。”

她点点头，但面露疑色。接着，她睁大眼睛瞪着前方的虚空，好像突然发现了什么。我知道，她一定打开了浏览器窗口。几秒过后，她勃然大怒。

“你这骗子！”她嚷道，“满嘴胡话！”她可视化浏览器画面，转向我这里。出现在我眼前的是哈利迪个人网站上的那张记分板。因为过于兴奋，我一直没点开检查过。

它和过去五年来一个样子，只除了一点：我的名字出现在了榜单顶，后面标着10,000点积分。另外九行依旧是哈利迪的缩写JDH，跟着一串“0”。

“老天啊。”我嘀咕了一声。安诺拉给我黄铜钥匙的瞬间，我成了史上第一个在比赛中得分的猎手。由于记分板一直受到全球关注，我肯定已经家喻户晓了。

果然，所有新闻的头条都是我的名字，像什么“神秘玩家‘帕西法尔’创造历史”或者“黄铜钥匙得主：帕西法尔”之类的。

我一阵头晕目眩，忘记了呼吸。阿尔忒密丝抓过我的肩膀晃了晃，见我没有任何反应，又把我往后推开了几步。“你一次就过了？”她难以置信地喊道。

我点点头，“他赢了第一把，后面我翻了盘。很险。”

“操！！！”她握紧了拳头，“怎么他妈的可能被你一次就过了？”我感觉得出来，如果可以，她已经一拳头糊在我脸上了。

“运气好而已。”我说，“我跟一个哥们儿玩了很久的《鸟蛋》，算是水到渠成。我相信，只要你也不断练习……”

“够了！”她发出一阵哀号，“别想安慰我，懂吗？我才不信！你不知道为了打败他，我可是整整练习了操他妈的五个礼拜！”

“你刚刚还说是三个礼……”

“啰唆！”她又推了我一把，“一个多月啊，我天天都在折腾这个《鸟蛋之争》，连梦里都有鸵鸟在飞！”

“那应该不太舒服。”

“而你呢，一来就搞定了！”她用拳头铛铛地敲着自己脑门，原来她没生我的气，而是怒自己不争。

“讲真，”我说，“我恰好比较玩得来老游戏。你也可以说那是种天赋。”我耸耸肩，“你又不是雨人，别敲脑袋了吧？”

她停下来盯着我看，几秒后发出一声长叹，“为什么不是《虫群入侵》或者《吃豆人》？《汉堡时代》也好啊。要是那样，我早就打开第一扇门了！”

“谁都料不到。”

她瞪着我，突然露出了恶作剧般的笑容，随即朝向大殿出口比画起了复杂的手势，一边念念有词。

“嘿，”我说，“你干吗呢？”

话音未落，法术已经施展完成。只见一堵巨大的石墙凭空出现，封死了房间唯一的出入口。该死！障碍咒。我被困在这里了。

“喂！”我喊道，“你要干吗？”

“你这么急吼吼地要走，怕不是安诺拉给你钥匙的时候，还顺带提示了第一扇门的位置？你急着赶去那儿，我没说错吧？”

“对。”我回答。事已至此，没必要继续找借口了。

“所以，除非你能解除法术——我敢说你没这个能力，你只有十级，而且是个战士——否则只能乖乖等到午夜，那时候地下城重置，陷阱复原，想离开就没那么容易啦。”

“是的，”我说，“会很麻烦。”

“在你想方设法一点点返回地面的同时，我会再跟阿瑟瑞拉克对局一场。这一回，我一定要赢过他。然后，我就能撵上你的屁股啦，帕西法尔先生。”

我抱起胳膊，“那国王都虐你五周了，凭什么今晚会输给你？”

“我这人遇强则强，”她回道，“对手越优秀，状态就越好。而这次跟我竞争的可不是什么三脚猫。”

我看了眼她创造的障碍物。她足有五十多级，能把这个魔法的持续时间发挥到上限，也就是十五分钟。除了等它自行消解，我没有任何办法。“你是邪恶阵营的吧？”

她笑着摇摇头，“其实我是混乱中立，甜心。”

我回了一笑，“先拿到钥匙的是我，先打开第一扇门的还会是我。”

“也许吧，”她说，“可是比赛才开始呢，还有两把钥匙、两扇门不知在哪儿。我有大把的时间赶上你，再把你甩得远远的，高手。”

“我们走着瞧，这位女士。”

她看了眼记分板窗口，“你现在是名人了。这意味着什么，你知道吗？”

“我还没时间去想。”

“这个嘛，我倒是想过了。想了整整五个礼拜。你的名字出现在记分板上将改变一切。彩蛋比赛会重新成为媒体关注的焦点。到明天，帕西法尔就世人皆知了。”

头晕目眩的感觉又回来了。

“不只是‘绿洲’哦，”她说，“现实里也是一样。如果你把自己的真实身份泄露给媒体的话。”

“我又不傻。”

“很好。因为事关数千亿美元，人们又认为你能找出彩蛋，你最好悠着点。会有很多很多人拼了命也想从你那里套出消息来的。他们甚至可以为此毫不犹豫地宰了你。”

“我知道。”我说，“谢谢你的提醒。我好着呢。”

实际上我一点都不好。我从来没考虑过这些问题，可能因为我从来不曾幻想过自己会登顶榜首。

我们静静地站了一会儿，等着分针与时针重合。“如果你赢了，”她突然问，“想怎么用这笔钱？”

哈，这个问题我倒是想过好多次，我甚至常常做关于这笔钱的白日梦。埃奇和我一起意淫过。我们列了几张表单，写满了赢下比赛后要干些什么。

“不太确定，”我这么回答，“就是大家都会做的事情吧。搬进豪宅，买他妈一大堆花里胡哨的狗屎玩意儿，和穷鬼的生活说拜拜。”

“哇哦，大梦想家。”她说，“那买下新房子和那些‘狗屎玩意儿’以后，剩下的一千三百亿该怎么办？”

也许是不想被她看扁，我一时冲动，说出了一直以来的梦想。这些东西，我连埃奇都没告诉过。

“我要在近地轨道上造一艘核动力星际飞船，除了这辈子需要的全部食物和水外，它还要装有自给自足的生态系统，和一台储存了人类有史以来所有电影、书籍、歌曲、游戏、艺术品，以及独立‘绿洲’系统的超级电脑。我会邀请几个最好的哥们儿，再加上一批医生和科学家上船，然后扬帆起航离开这鬼地方，去寻找别的类地行星。”

当然，我没考虑过这个计划，好多细节欠妥。

她扬起半边眉毛。“真有野心。”她说，“但你应该清楚，这个星球上有一半人正在挨饿，对吧？”听语调，这话不像嘲讽，倒像是她真的怀疑我不知道这么明显的事实。

“是啊，我清楚。”我有些粗鲁回道，“这都是因为我们糟蹋了这个星球。地球正在死去，你难道不明白吗？是时候离开了。”

“你太悲观了。”她说，“如果我赢下了比赛，首先会让世人不再挨饿。等饥荒得到了缓解，再重建生态环境，解决能源危机。”

我翻了个白眼，“真棒。等你创造这些奇迹，建立美丽的童话新世界以后，还可以用基因工程搞点蓝精灵和独角兽出来。”

“我是认真的。”

“你以为事情这么简单？”我说，“开张两千四百亿的支票，就能解决世界上所有的麻烦事儿？”

“我不知道，也许不能吧。但我要试一试。”

“如果你赢下比赛的话。”

“对。如果我赢了的话。”

就在这时，“绿洲”服务器敲响了午夜的钟声。只见王座与阿瑟瑞拉克重现石台。他一动不动，和我刚走进大殿时一模一样。

阿尔忒密丝看看他，又看看我，挥手作别。

“回头见，帕西法尔。”

“成啊，”我说，“到时候再见。”她朝平台走去时，我在她身后又喊了一句，“嘿，阿尔忒密丝。”

她转过了身。不知道为什么，我觉得自己应该拉她一把，虽然我很清楚她是我的对手。“试下左边位。”我说，“我就是这么赢的。感觉他玩鹳的时候比较弱。”

她盯了我一小会儿，可能在思忖我是不是糊弄她，接着点点头，继续走向平台。踏上第一级台阶时，阿瑟瑞拉克便苏醒过来。

“欢迎，阿尔忒密丝。”他的声音嘶哑，“你在找什么？”

我没听到她的回答，但几秒钟后，王座变成了《鸟蛋之争》游戏机。阿尔忒密丝跟巫妖说了些什么，两人交换位置，游戏随后开始。

我一边看他们对局，一边等待。终于，石墙消失了。我最后望了眼阿尔忒密丝，飞奔出门。

0010

离开墓地，返回地表用了我一个多小时。一到地面，一大堆待收留言的提示立刻在视野中亮起。看来哈利迪把墓地设成了屏蔽区，里面的玩家接受不到来自外界的任何通信，无论电话、短信还是邮件。这可能是为了防止猎手寻求外援。

我浏览了那些留言。埃奇发现我登上榜首后，一直试着跟我联系。他拨了几十个电话，又发了好多短信问我到底怎么回事，还让我收到信息后立即回话。我刚把这些信息删掉，电话又来了。还是埃奇。我没有接通，而是发了条短信，说我会尽快与他联系。

离开森林时，我把记分板缩小拖到了视野一角，方便第一时间知道阿尔忒密丝到底赢没赢下游戏、拿到钥匙。赶到最近的传送点时，已经过了深夜两点。

我在触摸屏上输入目的地，一张米德尔顿的地图立刻展开，我选择了 256 号传送站作为终点。

哈利迪重建米德尔顿时，把这个小镇整整拷贝了两百五十六份，安放在星球各地。我并不认为其中哪个会有特别的意义，所以随手选了最后那个，点击“支付确认”。

一毫秒过后，我站在了 80 年代风格的电话亭里，电话亭位于一座灰狗大巴车站内。打开亭门迈进米德尔顿，感觉活像走出时间机器。周围的 NPC 三三两两，穿衣打扮都是当年的风格：顶着爆炸头的女人拿着大块头的 Walkman，脑袋随音乐上下晃动；穿 Members Only[103] 灰色夹克的小孩倚墙玩着魔方；莫西干头的小混混，坐在塑料椅中，看着投币电视机里重播的《激流》[104]。

我确定了车站的出口，抽剑走去。米德尔顿是 PVP 区，我得小心点。

比赛开始后没多久，这个小星球突然间变得熙熙攘攘，数不清的猎手把哈利迪家乡的两百五十六个拷贝翻了个底朝天。论坛上有个挺流行的理论，说哈利迪之所以复制那么多老家，就是省得猎手聚在一个地方打得头破血流。当然啦，这个大肥皂泡后来被戳破了。没有钥匙，没有线索，没有彩蛋，猎手们只能无功而返。打那以后，米德尔顿冷清了许多。不过还是有些不死心的猎手会偶尔过来。

如果我要去的地方有猎手捷足先登，我打算第一时间跑路，偷辆车开到二十五英里外（哪个方向都一样），去附近另一个米德尔顿。再不济就继续下一个，反正总归会找到没人的地方。

车站外，橙红色的太阳低低挂在空中，一派美丽的中

103. Members Only：服装品牌。成立于 1975 年，其夹克衫在 80 年代非常流行。

104.《激流》：电视剧，首播于 1984 年。主演佩里・金。

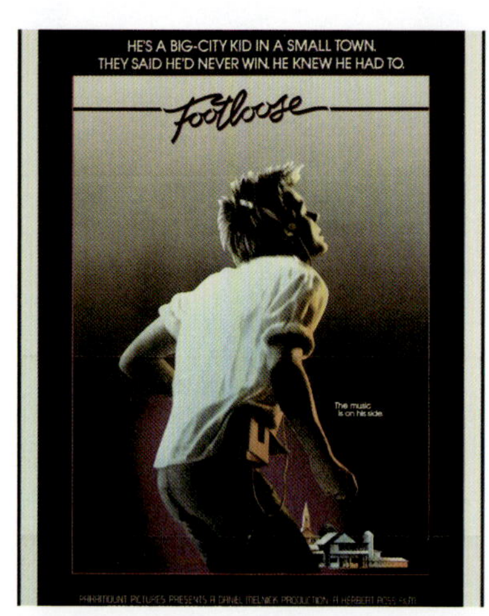

105.《浑身是劲》：赫伯特·罗斯的歌舞电影，于1984年上映。2011年得到翻拍。

106. 约翰·库格·梅伦坎普（1951-），美国摇滚歌手、作曲家、画家。

西部风光。虽然我从未来过米德尔顿，可我做过不少研究，所以我清楚，无论何时造访，这里永远是1986年某个深秋的美丽傍晚。

我点开城镇地图，看哈利迪的老家该怎么走。它大概在北面一英里处。有了方向，我立刻开始行动。朝那儿奔跑途中看到的城镇细节让我惊叹不已。米德尔顿完全是哈利迪以一己之力，参考当年的老地图、电话簿、旧照片和录像带，一丝不苟地复刻出来的。

这地方让我想起那部老电影《浑身是劲》[105]：乡村小镇、人口稀少，房子大得不可思议，从前门到后门能走上一年。五十年前，即使是低收入家庭也能拥有自己的住房，这真是难以置信。我看到的NPC市民都像是从约翰·库格·梅伦坎普[106]的MV里裁剪出来的，他们耙着树叶、遛着狗，还有些坐在门廊上聊天。出于好奇，我朝他们挥了挥手，每次他们都会友好地招呼回来。

那个年代的美好体现在城镇的方方面面。你能看到NPC开着汽车和卡车从林荫道上缓缓驶过，全都是油耗大户：庞蒂亚克、道奇欧美妮、雪佛兰科迈罗28，还有日产的K-car。经过一个加油站时，我扫了眼油价：每加仑只要九十三美分。

快要抵达哈利迪老家那条路时，传来了小号的鸣响。我的视线瞟到视野角落的记分板上。

阿尔忒密丝成功了

她的名字出现在我的下面，得分九千，比我少一千。看样子那一千分是给首个钥匙获得者的额外奖励。

平生第一次，我明白了记分板真正的用意所在。从现在起，它不再仅仅是个让猎手了解同行最新进展的工具，它还会向整个世界展示谁是比赛中的领跑者。后者必将成为众人关注的焦点和众矢之的。

我知道，阿尔忒密丝现在一定正端详着自己的黄铜钥匙，寻找线索。我敢肯定她破译谜题的速度不会比我慢。实际上，她可能已经在来米德尔顿的路上了。

想到这里，我加快了前进的步伐。我可能只领先她一个小时，甚至更少。

来到哈利迪成长的克利夫兰大道，我冲上人行道，三步并作两步闯进他少年时的家。和我看过的那些照片一样，这是栋寻常的殖民地式两层房子，外墙上刷着红色的防火涂料，两部产于70年代末的福特车停在车道上，其中一辆的底下还垫了煤渣砖。

望着哈利迪复刻的老家，我试着想象他在这儿是如何成长的。我知道在现实中的俄亥俄米德尔顿，这条街上的每栋房屋都在90年代末被拆除，为一条新建的商店街让了路。但哈利迪在“绿洲”里，让这片故土得到了永存。

我穿过人行道，打开房门，走进客厅。它在安诺拉之邀里出现过，所以我对这地方很熟。我认出了屋子里的劣质木纹板、带着烟头焦痕的橙色地毯，还有过于浮夸的家具，后者应该是哪家舞厅改业时淘回来的二手货。

屋子是空的。尽管原因不明，但哈利迪没在老家放上代表他自己的，或者他过世父母的NPC。哪怕对他那样的怪人来说，这种事可能也太过诡异了。不过这一家子还是出现在了客厅墙上的照片里。那张全家福1984年拍摄于当地凯马特超市，他爸妈还是70年代后半段的穿衣风格。十二岁的哈利迪站在两人中间，透过厚厚的眼镜片望着相机镜头。看起来，这是寻常的美国三口之家。然而你猜不到这个穿棕色休闲西装、一脸淡然的男人居然酗酒，也想不到那个身着花边便服的女人受着躁郁症的困扰，更不会认为这个穿着印有小行星的褪色T恤的男孩，有朝一日会成为新世界的创世神。

环顾四周，我想搞清楚哈利迪到底是怎么想的。他明明说自己童年痛苦，却又念念不忘。换我逃出叠楼，肯定头也不回地离开，更别说把那破地方细致入微地在虚拟世界里复刻出来了。

我望了眼笨重的真力时电视和连着它的雅达利2600。游戏机栩栩如生，它塑料壳上的木质部分和电视机柜以及客厅墙面的材质相仿。边上的鞋盒里装着九款游戏:《战斗》《小蜜蜂》《险境逃脱》《大爆炸》《星际奇兵》《帝国反击战》《星际主宰》《亚尔的复仇》和《E.T.》。奇怪的是,《冒险》不在其中。在*安诺拉之邀*里，哈利迪明明用这台雅达利玩过那个游戏。但实际上，人们翻遍整个米德尔顿都找不出《冒险》。猎手们试过从其他星球带卡带过来玩，然而它们始终无法在哈利迪的雅达利上运行。没人知道为什么。

我把整栋房子探查了一遍，确定没有其他玩家在场，这才打开詹姆斯·哈利迪房间的房门。里面同样是空的。

我走进去把门反锁上。好几年前，网上就满是这个房间的截图和录像了，我对它非常了解，但“脚踏实地”地站在这里，还是让我打了个寒噤。

这里的地毯是深褐色的，土得要死。墙纸也一样，不过贴满了电影和摇滚乐队的海报：《天才反击》《战争游戏》《创》，平克·弗洛伊德、退化乐队，还有匆促乐队。门边立着的书架上塞满了科幻奇幻简装书（不用说，我全读过了）。另一个书架挨着床，堆着陈旧的电脑杂志，里头夹杂了几本《龙与地下城规则手册》。还有几个箱子挨墙摆着，分门别类地贴上了标签，里面是各种类型的漫画。至于哈利迪的第一台电脑，摆放在房间角落伤痕累累的木桌上。

那个年代的家用电脑都是机箱和键盘不可分割的一体机。“TRS-80 彩屏电脑 2 代，16K 内存”的字样印在键盘上边。从电脑后面接出的电线连接着磁带记录器、小彩屏电视、墨点打印机和 300 波特的调制解调器。还有一张电话拨号公告表搁在调制解调器旁。

我坐下来接通电脑和电视电源，听到机器发出嘎吱的启动声，然后转为低沉的嗡嗡鸣响。随后屏幕亮了起来，TRS-80 绿色的开机画面出现，伴着几行字：

拓展版彩色 BASIC1.1

版权归属 © 坦迪 1982

启动

它的下方是一个光标，各种颜色不断地循环。我键入“你好”，摁下回车。

“？句法错误”的自动回复出现在下一行。“你好”不是 BASIC 语言里的有效命令。那是古董计算机唯一识得的机器语言。还真是老机配老系统。

107.《拉卡 – 图》是发售于 1981 年的文字冒险游戏。描述一个博士生在远东所经历的神秘冒险。

我在研究中得知，那个磁带记录器相当于 TRS-80 的硬盘，负责把数据转化成模拟信号。哈利迪刚接触编程时真够可怜的，连硬盘长什么样都不知道，只能把数据储存进那些磁带。记录器边上的鞋盒内摆着好多盘磁带，大多数都是文字冒险游戏，包括《拉卡 – 图》[107]《疯人院》《金字塔》《疯狂》和《米诺陶斯》。盒子里还有几盘只读卡带，大小正好可以插进主机一侧的槽口。其中一盘卡带褪色的红色标签上，用黄字写着《达格格拉斯的地下城》，游戏封面是从第一人称视角看出去的地下长廊，道路前方堵着一个拿石斧的蓝色巨人。

人们把哈利迪卧室里的所有游戏公布到网上时，我就把它们统统下载了。《达格格拉斯的地下城》，我差不多两年以前用一个周末通了关。这游戏图像简陋，但魅力四射，让人不忍释手。其实这五年里有不少猎手来哈利迪卧室，通关了鞋盒里的每一款游戏。但他们什么也没发现。毕竟他们没带黄铜钥匙。

关掉 TRS-80，插进游戏卡带时，我的手不禁微微地颤抖。重启电脑后，屏幕背景变黑，伴着简陋而不详的音效声，一个图形简陋、手执法杖的巫师出现在屏幕中间。他身下有一句全字母大写的话：**我问你敢不敢走进……达格格拉斯的地下城！**

我把手放上键盘，开始游戏。就在这么做的同时，哈利迪衣柜上的录音机自动放起了曲子。是巴斯尔·普勒多里斯[108]为《野蛮人柯南》谱的曲。

108. 巴斯尔·普勒多里斯（1945–2006），美国电子音乐家。

安诺拉一定在告诉我，我走对方向了。

我很快就忘记了时间，忘记了帕西法尔坐在哈利迪的卧室里，也忘记了韦德·沃兹躲在自己的藏身处，挨着一台加热器，伸出双手，在面前的空气中敲打着并不存在的键盘。我和游戏间所有的中介都不见了，天地之间只剩下那个阴暗的地下城。

达格格拉斯的地下城里，你得通过键入命令来控制自己的行动，比如“左转”或者“触摸”，在矢量图构成的迷宫里不断深入，一路战胜蜘蛛、石巨人、毒雾以及鬼魂。迷宫一共五层，一层比一层更难。游戏简陋的画面和奇怪的操作需要一段时间才能适应，但只要接受了这种设定，你就会发现它本身难度不算高。由于能够随时存档，我等于拥有了无数条命。就是通过磁带存读档太慢，你还得时不时地拨弄那破玩意儿免得它死机。在等待存档的漫长时间内，我甚至暂离“绿洲”，重启了一回加热器。

玩着玩着，《野蛮人柯南》的背景声消失了，录音机发出磁带换面的咔嗒声，接着居然放起了《鹰狼传奇》的原声！如果埃奇在这里，他肯定会崩溃的。

凌晨四点左右，我下到地下城的最后一层，开始和邪恶的法师达格格拉斯对决。读了两次存档后，我终于用精灵剑和冰戒干掉了他。游戏的最后，我取得了他的魔戒。接着，又一幅画面出现在电脑屏幕上，那是另一个法师，他的魔杖和法袍上各有一颗明亮的星星。下面的文本写着：**看哪！命运在等待着新的法师！**

我等待着。有那么一会儿，什么事也没发生，随后哈利迪卧室里的墨点打印机自动运行起来。它发出一阵噪音，吐出了一张纸。纸张飘落到下面的打印纸堆上，我拾起它，看到上面有一行字：

恭喜！你打开了第一扇门！

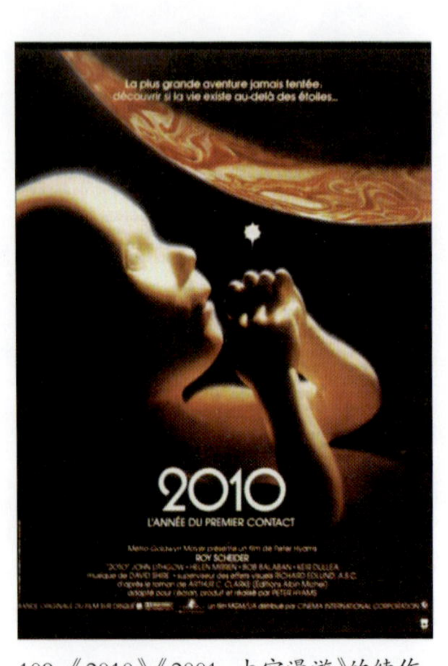

109.《2010》:《2001：太空漫游》的续作，导演为彼得·海姆斯，上映于1984年。“天哪，到处都是星星”是影片开始时的著名台词。后面提到的《查拉图斯特拉如是说》则是影片的配乐。

我抬起头，发现不知什么时候，卧室的墙上多出了一扇熟铁锻造的大门。那个位置刚才明明还是《战争游戏》的海报。大门的中央，有个包铜的锁孔。

门的位置很高。我爬上哈利迪的桌子才把钥匙插入锁孔，扭动。只见整扇大门发出强光，好像加热到了极高的温度。接着，对开门向内打开，门内尽是灿烂的繁星。它似乎直通宇宙。

“天哪，到处都是星星。”我听到一个魂不守舍的声音说。我分辨出这句话截取自电影《2010》[109]。而后，伴着一阵低沉压抑的嗡鸣，理查德·施特劳斯的《查拉图斯特拉如是说》响起。

我探进门内，上下左右观察了一番。群星，只有无尽的群星。眯起眼，你还能看到遥远的星云和银河。

我没有犹豫，跳进大门。门内似乎有股力量拽住了我，我开始坠落。但不是往下，而是朝前。我感觉得到，群星正伴我同行。

0011

我发现自己站在一个老街机厅里打着《小蜜蜂》。

游戏已经开始，我不但有两艘飞船，分数也达到了41780。低头看，我的两只手正握在摇杆上。困惑了一两秒钟后，我本能地接盘，把摇杆扳向左侧，以免被敌人击中。

为了搞清状况，我一边玩，一边偷瞄周遭。在我左边视野的边缘，有人在玩《挖金子》，右手边则是《空间逃脱》，身后还传来其他几十台老街机的配乐和音效。清掉又一波敌人后，我留心起了街机屏幕上的倒影。那张脸不是我的角色帕西法尔。是马修·布罗德里克。看上去比出演《春天不是读书天》和《鹰狼传奇》时年轻。

啊，我明白这是哪儿了。我明白我在扮演谁了。

我是大卫·莱特曼，《战争游戏》里马修所扮演的角色。这一幕是他在那部电影里的头一次登场。

我在电影里。

飞快地扫视四周，我发现这里果然是“二十大殿”——电影中一家比萨和街机混开的店。一群群穿着80年代服装的年轻人要么凑在一起看人打游戏，要么在座位上吃比萨、喝苏打水。角落的自动点唱机放着The Beepers乐队的曲子《狂热视频》。一切都跟那部电影一样。哈利迪在这个虚拟世界里如实重现了电影的每个细节。

我操。

我好几年前就想过，第一扇门后面会是什么样的挑战。可我做梦也想不到是这个。但怎么说呢，我应该猜到的。《战争游戏》[110]是哈利迪的一生最爱，因此我也观摩了三十来遍。呃，还有个原因是这片子实在精彩，那么多遍也看得下去。故事的主角是个学生，黑客技术出众。看样子，我对这部电影的那么多研究，总算要有回报了。

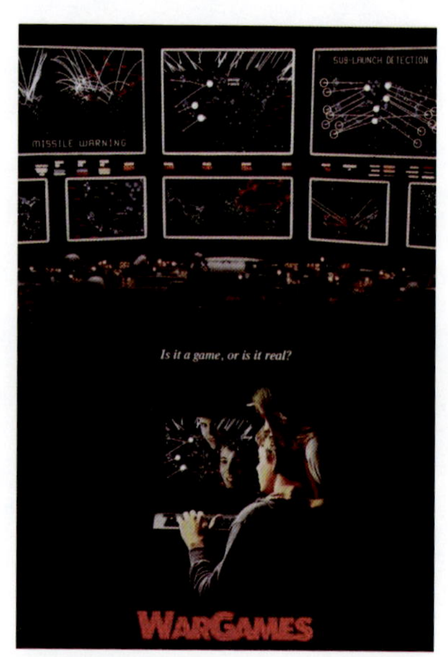

110.《战争游戏》：1983年的科幻电影，由约翰·班德汉姆执导。

我牛仔裤的右袋里响起电子设备的哔哔声。我左手继续拉动摇杆，右手探进裤袋掏出一只电子表，上边的时间显示为早上7：45。我摁下手表按键让它静音，结果表屏中央出现了一行字：**大卫，你上学要迟到了！**

我用语音命令调出“绿洲”地图，想知道门到底把我带到了哪儿，结果地图显示我的位标处于一块空白之中。我非但离开了米德尔顿，甚至离开了“绿洲”。在进入门内的那一刻，我被拉进了“绿洲”之外的独立虚拟实境。看起来，我只有完成门内的任务，才能返回“绿洲”。但如果这是个游戏，哈利迪到底想让我做什么呢？有没有一个明确的目标任务？我考虑着这个问题，一边继续玩街机。过了一会儿，一个男孩走进街机厅，到了我身边。

“嗨，大卫！”他看着我打游戏。

是这家伙啊，我认出来了。他也是电影里的角色，名叫霍伊。电影里，马修·布罗德里克饰演的角色把没打完的游戏交给他，自己冲去了学校。

“嗨，大卫！”男孩又用一模一样的语调重复了一遍。这次他说出的台词变成了文本，出现在我视野下方，就像字幕。更下面一点的地方，一行小字闪着红光：**最后的对话机会！**

我开始明白了。这个虚拟实境的程序在警告我，我还有最后一次机会说出电影里的下一句台词。如果答不上来，结局大概是：游戏结束。

但我并不慌张。那么多遍《战争游戏》可不是白看的，里头的对话我早就烂熟于心了。

“嘿，霍伊！”我说。但我听到的不是自己的，而是马修·布罗德里克的声音。这句话说出口，字幕底下的警告消失，视野上方倒是跳出了“100 分”的字样。我拼命回忆电影，说出了下一句“最近咋样？”，分数再次跳动，变成 200。

“好得很。”霍伊答道。

我有些目眩。这太不可思议了，我居然身处电影之中！哈利迪把一部有五十年历史的电影改成了实时互动游戏。到底要花多少心血，才能整出这样的东西来啊。

又一条警告出现在我眼前：你上学就要迟到了。快点，大卫！

我从街机前走开，“嘿，你要接着玩吗？”我问霍伊。

“当然，”他抓过摇杆，“谢了嘿！”

街机厅的地面上出现一条绿色的通路，指向出口。我先沿路跑开两步，然后做出想起笔记本还放在《挖金子》那台街机上的样子，折回拿上，这才冲向出口。就在我这么做的时候，分数又上跳了100，还显示出“额外动作分！”的字样。

“回见，大卫！”霍伊喊道。

“回头见！”我喊道。又100分。哇，这简直是送分！

我跟着绿色的道路提示跑出二十大殿，穿过几个街区，到了一条人来人往的街道。这条路位于市郊，两侧绿树成荫。转过街角，绿色的道路直指一栋砖砌大楼。门牌显示，这是斯诺霍米什高级中学，大卫读书的地方，也是接下来几个场景的发生地。

我一边跑，一边想：如果接下来两个小时要做的事情就是跟着剧本背台词，那简直再轻松不过。甚至可以说，我的准备工作早已超额完成。我对《战争游戏》的熟悉程度，甚至比《天才反击》和《再见人生》[111]还要高。

111.《再见人生》：约翰·库萨克1985年主演的校园喜剧片。

跑过空荡荡的学校走廊时，另一条警告闪过：你的生物课迟到了！

我沿着绿色的道路全速冲刺，它现在正一闪一闪地发着光。最后，它把我带到了二楼某间教室的门口。透过窗户，我看到课已经开始了。老师正在黑板上写着什么。而我的座位，是整间教室里唯一空着的。

它就在艾丽·西蒂[112]的后面。

112. 艾丽·西蒂(1962–)，美国女演员。《战争游戏》的女主演。

我打开门，蹑手蹑脚地进去，但马上被老师发现了。

“啊，大卫，很高兴看到你来上课！”他说。

演完整部电影比我想象中难得多。头十五分钟，我一直在琢磨打分规则。许多情况下，我要做的远比背台词难。我得在正确的时间地点重复布罗德里克做过的动作，越是精确，给分就越高。你可能看过一场戏剧排演好多次，但亲自上阵总归是另一个概念。

电影的头一个小时里，我始终紧张兮兮，生怕犯错。一旦记岔了词或者没做对动作，我的分数就会被扣，然后视野里蹦出个“最终警告”。我不是很清楚三连错会是什么下场，大概是从门里被踢出去，或者遭到击杀之类的吧。我也不急着弄清楚。

连续七次做出了精准动作，或者说出了正确的台词，系统就会奖励一张“提示卡”。下一次我蒙圈不知所措时，只要使用这张卡，正确的动作或者台词就会浮现在视野中，像是提词机。

那些主角不在场的戏份，电影便自动切换到第三人称镜头，我只要在一旁看着便是，如同观看老游戏的过场，直到再度轮到我出场。有次这样的中场休息时，我想打开硬盘里的影片，切成小窗口当个参考，却遭到了系统的阻止。实际上，自打进了门，我就什么额外的程序都打不开了。我那次尝试以收到警告而告终：禁止作弊。如有再犯，游戏直接结束！

好在我并不需要别人帮助。攒满五张提示卡以后，我便放松下来，开始享受起了游戏。这毕竟是我最爱的电影之一，沉浸进去并不困难。又过了一阵子，我发现如果背台词时模仿马修说话的语调，还能获得更多的加分。

我后来才知道，我是世上第一个新互动游戏类型的玩家。GSS 听说第一扇门里有《战争游戏》的全程模拟后（也就是在我进门不久之后），立刻申请专利，把许多老电影和电视剧也转化为这种沉浸式的互动电子游戏，并称之为“互动电影”。大家都渴望在喜欢的影视作品里过一把主角瘾，互动电影很快风靡世界，创造了巨大的市场。

113. WOPR

话说回来，演出最后几幕时，我都快累趴下了。我已经超过一整天没合眼了，还承受着巨大的压力。影片末尾，我成功地给 WOPR[113]（即战争行动响应计划）超级计算机下达指令，让它自己跟自己玩起了井字棋游戏。由于 WOPR 模拟的每一局游戏都以平局而告终，这台人工智能超级电脑终于明白了热核战争也“没有赢家”，不再准备把美国全境的洲际导弹投向苏联了。

我，大卫·莱特曼，一个住在西雅图城郊的少年黑客，以一己之力，阻止了人类文明走向毁灭。

在北美防空联合司令部爆发出的阵阵欢呼声中，我等待着影片终场的演职员表。但它们没有出现。相反，我周围的人物都消失了，庞大的作战室变得空空荡荡。我看了看一块电脑屏幕上的监视画面，发现房间里剩下的这个人并不像马修·布罗德里克。我变回了帕西法尔。

我的目光扫过空荡荡的指挥中心，不清楚接下来又要发生什么。就在这时，面前所有的屏幕刷的一下都布满了雪花糙点，随后，四行发光的绿色文字出现在上面。那是另一个谜语：

船长隐藏着翡翠之钥
它被存放在遗忘之所
只有在收集奖杯之后
方能去吹响彼地之哨

我盯着这些字，呆立了一秒钟，然后才猛地清醒，连忙截图。在我这么做的同时，黄铜大门出现在附近的墙上。大门敞开着，外面是哈利迪的卧室。啊，是出口。

我成功了。

我闯过了第一道门。

我回望屏幕上的谜语。我用了好几年时间，才终于找出了黄铜钥匙的下落。乍看上去，翡翠钥匙怕是也简单不到哪去。这段谜题完全不知所云。可我已经困成狗了，没心思分析。我连眼皮都是强打着精神才撑起的。

所以我直接穿过出口，落到了哈利迪卧室的地板上。等我再回头，第一扇门已经不见了，《战争游戏》的海报重新糊在了那儿。

我检查帕西法尔的状态和数据，发现通过第一扇门后，系统奖励了我几十万经验，等级从十直接蹦到了二十。接着我打开了记分板：

高分榜：

帕西法尔	110000 ⛩
阿尔忒密丝	9000

JDH	0000000
JDH	0000000
JDH	0000000
JDH	0000000
JDH	0000000
JDH	0000000
JDH	0000000
JDH	0000000

我的分数暴涨了十万，后面还多了个门图标。媒体（和其他所有人）从前一晚起就在关注记分板，所以现在有人闯过第一扇门的消息，已经举世皆知了。

可我太疲惫了，无法思考这意味着什么。我现在唯一的念头就是睡觉。

我走到楼下厨房，取过哈利迪家人挂在冰箱旁边钉板上的车钥匙，冲出门外。这辆车（不是煤渣砖上那辆）是1982年产的福特雷鸟，点火系统不太好，我试了两次车才发动。我倒车到公路上，开去了大巴站。

我从那里传到卢德斯，返回储物柜旁，把所有新获得的宝藏、装甲和武器一股脑儿塞进去，然后登出“绿洲”。

拿下眼镜时，已经是早上六点十七分。我揉了揉布满血丝的眼睛，凝视着黑暗的藏身之处，想厘清刚才发生的一切。

突然间，我意识到了车里有多冷。小小的加热器电池早就用光了，可我这会儿困得没法去踩单车。我甚至撑不到回姨妈家。好在太阳就快升起来了，犯不着担心被活活冻死。

我从座椅上滑下，钻进睡袋，蜷缩成一团。我闭上眼睛，还想思考会儿翡翠钥匙的谜题，但几秒过后，汹涌的睡意就彻底吞没了我。

我做了梦。梦中，我独自站在化作焦土的战场正中央，好几支不同的军队都想把我干掉。我面对着的是六佬，其他方向上则是不同的猎手公会。他们挥舞着刀剑、枪支和其他强大的魔法武器。

我看了看自己。这不是帕西法尔的身体，而是我本人的。我穿着纸片糊成的铠甲，右手提着一柄塑料剑，左手拿着一枚巨大的玻璃蛋。它看起来像《乖仔也疯狂》[114]里让汤姆·克鲁斯衰到极点的那颗。说不出理由，但我知道它就是哈利迪的彩蛋。

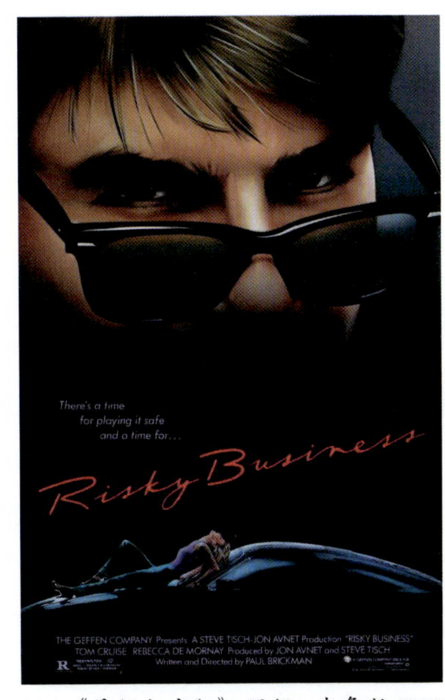

114.《乖仔也疯狂》：汤姆·克鲁斯1983年主演的喜剧片。导演保罗·布里克曼。

众目睽睽之下，我毫无遮掩地站在开阔地中央。

突然间，我的敌人们发出战吼，朝我扑来。他们一个个龇牙咧嘴、凶神恶煞。彩蛋是他们争夺的目标，可我无法阻止他们。

我知道这是个梦，希望能在他们扑到前醒来，但事与愿违。梦境继续，我被撕成了碎片，而彩蛋，早已为人所夺。

0012

这一觉睡了大半天，一整天的课自然都旷掉了。

终于醒来后，我躺在那里揉着眼睛，努力说服自己昨天发生的一切都是真的。那也像是一个迷梦，美得不现实。最后，我决定起床确认一下。

我所见的每条新闻里，都有记分板的截图。我的名字在最上面，阿尔忒密丝排在二位。她109000分，仅比我低1000。和我一样，她的分数后面也跟着一个铜色的小门图标。

她确实很厉害。我睡觉的工夫，她不但解开了黄铜钥匙里的谜题，去米德尔顿找出了大门，还一路通关了《战争游戏》。

其实我并不太吃惊。

浏览了几个小频道以后，我点开一家大型新闻中心。新闻直播间里坐着两个人，背后是记分板的截图。左边那个中年人看着像个知识分子，名字注着“埃德加·纳什，猎手专家”，他在给旁边的新闻主播解释。

“——西法尔的玩家，他领先的那些分数，应当是首先发现黄铜钥匙的奖励。”纳什指着记分板，“今天早些时候，帕西法尔的得分一下子提高了十万分，同时分数后面增加了一扇小门的图标。几小时后，阿尔忒密丝的分数也发生了同样的变化。这似乎表明，他们都已经通过了三扇门中的头一扇。”

“就是詹姆斯·哈利迪在《安诺拉之邀》里提到的那三扇著名的大门？”

“完全正确。”

“但是，纳什先生，比赛已经开始了五年，两个玩家怎么会在同一天出现在记分板上，仅仅相隔了几个小时？”

“对于这个问题，我想只有一个合理的答案：这两人，帕西法尔和阿尔忒密丝，一定在彼此合作。他们可能是某个‘猎手公会’的成员。‘猎手公会’是彩蛋搜寻者的组织……”

我皱起眉，切到别的频道。大多数新闻都没什么意思，直到我看到了奥格登·莫罗。他正在接受一个激动不已的记者的卫星连线采访。“——从他位于俄勒冈的家中接受我们的现场采访。欢迎你，莫罗先生！”

“谢谢。”莫罗回答。距离他上一次在媒体前露面，已经过去了六年，但莫罗似乎一点儿也没变，还是一把乱糟糟的灰头发和灰胡子，就像爱因斯坦和圣诞老人的合体。至于他的为人嘛，“相由心生”这个词再合适不过了。

记者清了清喉咙，显然有些紧张，“那就从过去二十四小时里发生的事情谈起吧。看到有人登上哈利迪的记分板，您感到惊讶吗？”

“惊讶？嗯，有那么一点儿吧，我想。不过用‘惊喜’可能更合适点。和你们一样，我也等了这事很久。其实我都不确定能不能在有生之年看到它发生！很高兴我见证了它。真是令人兴奋，不是吗？”

“你认为这两个猎手，帕西法尔和阿尔忒密丝，是一起的吗？”

“我不确定。有这个可能。”

“如您所知，‘社交’模拟系统公司保护着所有‘绿洲’用户的个人信息，所以我们无法得知他们的真实身份。您认为他们会走到台前，向公众透露自己是谁吗？”

“他们如果够聪明，就不会那么做。”莫罗说着扶了扶他的金属框眼镜，“假如我是他们，会尽可能地保守这个秘密。”

“为什么这么说？”

“因为一旦向外界公布身份，他们会永无宁日。有些人如果相信你能帮他们获得彩蛋，是绝对不会放过你的。相信我说的吧，这是切身体会。”

“是的，我相信您深有体会。”记者挤出一个假笑，“对了，我们的网站已经向帕西法尔和阿尔忒密丝发送了邮件，真诚地希望他们能够接受我们的独家采访——无论在线上还是现实中。我们愿意为此支付一大笔钱。”

“我相信他们会收到一大堆类似的邀请函，但我猜他们不会接受。”莫罗望向镜头，好像在直接对着我说话，

“聪明到能找到钥匙和大门的人，肯定会和兀鹫一样的媒体保持距离。”

记者尴尬地笑了起来，“啊，莫罗先生……相信这不是您给他们的建议吧。”

莫罗耸耸肩，“非常遗憾，这就是我的建议。”

记者又清了清喉咙，“好吧，让我们继续……您认为在接下来的几周里，记分板还会发生什么变化？”

“我敢说，剩下八个空位很快就会被填满。”

“为什么？”

“独守秘密容易，但只要有第二个人知道，消息就很容易走漏。”他重新望向镜头，“我不知道，也许我错了。但我可以保证一点，为了找出黄铜钥匙通过第一扇门，六佬会用上一切肮脏的手段。”

“您说的是创新网络公司的员工？”

“对。IOI。六佬。他们只想钻比赛规则的漏洞，夺取吉米[115]的遗产。‘绿洲’创立的初心正受到他们的威胁。吉米最不想见到的事，肯定是他的作品落入IOI这样的跨国法西斯集团手里。”

“莫罗先生，IOI是我们网站的大股东……”

“我清楚得很！”莫罗幸灾乐祸地喊道，“他们什么都买到了手！包括你，小帅哥！我是说，你受聘来这儿替他们做企业宣传的时候，他们有没有在你屁股上打上条形码？”

记者口吃起来，紧张地看着镜头之外。

“你得快点儿！”莫罗兴高采烈地说，“最好在我说出

115. 吉米：詹姆斯的昵称。

更难听的话前把镜头掐掉！”他哈哈大笑，直到卫星信号被切断。

记者花了几秒钟来重新组织语言，“感谢您今天接受我们的采访，莫罗先生。遗憾的是，我们时间有限。现在，让我们回到主持人朱迪这边。她正和一支著名的哈利迪研究小组……”

我微笑着关掉新闻，开始思考老人的建议。我一直怀疑莫罗对这场比赛的了解，远比他说出来的要多。

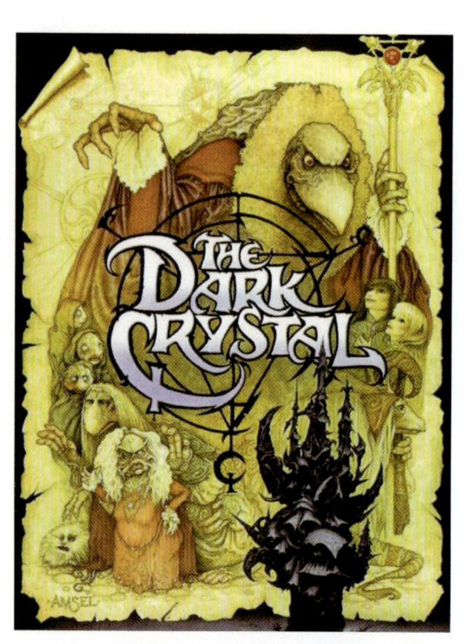

116.《黑水晶》：1982年圣诞档期的奇幻电影。导演吉姆·汉森。凯拉是片中女主角的名字。

莫罗和哈利迪不但一起成长，一起建立公司，也一起改变了世界。但莫罗的人生与哈利迪大相径庭。他与社会打的交道更多，发生在他身上的事也更多。

90年代中期，GSS还叫作“社交”游戏公司那会儿，莫罗和他高中时候认识的女朋友凯拉·昂德伍德走进了婚姻的殿堂。凯拉是土生土长的伦敦人（她本名凯伦，但在看过《黑水晶》[116]以后，就坚持要别人叫她凯拉），高三那年当交换生到了美国。莫罗在他的自传里，说凯拉是一个“典型的女极客”，她毫不掩饰自己对蒙提·派森、漫画、奇幻小说和电子游戏的喜爱。莫罗和她有几节课同班，他一下子就喜欢上了这个姑娘，邀请她来参加周末的D&D跑团（就像他前几年邀请了哈利迪那样）。出乎他的意料，凯拉答应了。“她是周末这群人里唯一的女生，”莫罗写道，“包括吉米在内，所有男生都被她迷倒了。其实，他的那个网名‘安诺拉’，就是她起的。这个词是英国那边的俚语，专门用来形容痴迷电脑的宅男[117]。吉米用这

117. 安诺拉：anorak，本意为带风帽的厚夹克。

个名字,可能就是为了讨好她,要不就是以他特有的方式告诉凯拉,他很欣赏这个玩笑。跟异性相处总是让吉米极度紧张,凯拉是唯一一个能让他好好说话的。但就算是跟凯拉,他也得在玩角色扮演,化身成安诺拉的时候才行。吉米管凯拉叫露科希娅,那是她跑团的角色名。"

奥格登和凯拉后来开始约会。到了学年年末,她要返回伦敦前,两人向其他人公布了他们的恋情。接下来的日子里,他们天天通过电子邮件联系。那时互联网还没诞生,他们用的是一个跨国 BSS 网络系统,叫惠多网。凯拉毕业后来了美国,跟莫罗住到一起,成了"社交"游戏公司的第一个正式员工(头两年,她就是整个艺术部门)。"绿洲"诞生几年后,两人订了婚。又过了一年,他们结了婚。凯拉就是在那时候辞掉了她 GSS 艺术总监的职位(因为握有公司股票,她也是个百万富翁了),莫罗则在 GSS 多干了五年。2022 年夏天,他宣布因为"私人原因"离开公司,但数年后莫罗在个人传记里说,他离开 GSS 是因为"我们在搞的已经不是游戏了",而且觉得"绿洲"正在变成怪物。"它变成了人类为自己而造的牢笼。"他写道,"它虽然是个安乐窝,却使得人们对文明缓慢的崩溃视而不见。"

网上还有闲言碎语说莫罗之所以离开,是因为他跟哈利迪决裂了。但那两人都没有出来承认或者否定那些流言,也没人说得清楚到底是什么原因使得他们长久的友谊宣告终结。不过有公司内部员工透露,到莫罗离职,他和哈利迪已经数年没直接对话过了。总之,莫罗离开了 GSS，还把自己拥有的公司股票尽数卖给了哈利迪，成交价至今未知。

“退休”后的奥格登和凯拉回了他在俄勒冈的老家，开了一家非营利性教育软件公司——“翡翠鸟互动”，为儿童提供免费的互动冒险游戏。所有游戏的发生地都在一个叫翡翠鸟王国的虚拟魔法世界里，我就是玩着它们长大的。莫罗的游戏让我从叠楼贫民窟孤儿的身份中解放出来，它教会了我如何算数、如何解密、如何自尊自爱。说莫罗是我最早的老师绝不为过。

接下来的十年里，奥格登和凯拉过着宁静、幸福的生活，不大在媒体里抛头露面。他们想要个孩子，但一直没能成功。2034 年，他们开始考虑领养一个孩子，但就在那年冬天，凯拉在离家只有几英里的公路上因车祸身亡。

打那以后，奥格登就自己扛起了“翡翠鸟互动”的经营业务。哈利迪去世时，无数媒体把镁光灯对准了他的宅邸。奥格登曾经是哈利迪最亲密的朋友，几乎每个人都认为他知道那个亿万富翁为什么决定把所有资产都送给别人。为了还自己一个清净，莫罗不得不召开了一场新闻发布会来满足所有人的要求。那是他最后一次在媒体面前登台亮相，直到今天。

那场新闻发布会，我看过很多很多次。发布会从莫罗阅读一段简短的声明开始，他说他和哈利迪已有超过十年没见面和对话了。“我们闹掰了，”他说，“对于这件事，我现在不想谈，以后也不会。我只能告诉你们，我和詹姆斯·哈利迪已经十多年没说过话了。”

“那为什么哈利迪要把他收藏的海量老式投币街机统统留给您？”记者问，“他的其他实体资产都要被拍卖。既然你们已经不再是朋友了，他为什么只留了东西给您？”

“我不清楚。”莫罗简单利落地答道。

另一个记者问莫罗，他既然这么了解哈利迪，胜出的概率比其他玩家高，那么他本人是否准备参与哈利迪的彩蛋搜寻比赛。莫罗回答说，哈利迪的遗嘱已经写明，任何曾在 GSS 工作过的员工，或者他们的直系亲属，都无权参与比赛。

“您对哈利迪在他与世隔绝的这些年里都干了些什么，有没有什么猜想？”

“没有。我怀疑他可能在开发一些新游戏。吉米总是喜欢创造游戏，对他来说，那就和呼吸一样自然。但我并没有想到他……会做出如此令人震惊的决定。”

“作为最了解哈利迪的人，您对那些正在搜寻彩蛋的人，有什么建议吗？比如应该从哪儿开始找起之类的。”

“我想吉米已经说得很清楚了。”莫罗用一根手指轻轻敲了敲太阳穴，就像哈利迪在安诺拉之邀里做的那样，“吉米希望所有人都能爱上他珍爱的那些东西。我觉得，他想用这场比赛来促成这一点。”

我关闭莫罗的视频，查看邮箱。系统说我收到了超过两百万份邮件。它们已经被自动归了类，可以晚点再处理。只有两封邮件来自我的好友列表。一封是埃奇写的，另一封是阿尔忒密丝。

我先读了埃奇的信。那是个视频邮件，他的脸出现在新打开的窗口中。“操！”他喊道，“太他妈不够意思了！你他妈连第一扇门都过了，居然还不给我打电话？快打给我！马上就他妈打！快！”

我想了想要不要隔个几天再联系埃奇，不过很快否定了这个主意。我得找个人谈谈，而埃奇是我最铁的哥们儿。要是世界上只有一个人可以信任，那肯定是他。

电话才响一声，他那张大脸就出现在了新的窗口中。“狗娘养的！”他喊道，“你他妈的什么时候变得那么鸡贼了？”

“好啊，埃奇，”我装出一副毫不知情的模样，“咋的了？”

“咋的了？还能咋的？你是说，除了看到我最好的哥们儿出现在记分板的第一位之外，还有别的事儿吗，嗯？”他凑近窗口，用大嘴盖住整个窗口，一边大喊，“我要说的就这事！就这事！”

我笑了起来，“抱歉，这么久才联系你，我昨晚熬夜了。”

“吃屎吧你！熬夜了！”他说，“还他妈那么淡定！你明白的吧？你这是闹了个大新闻！传奇中的传奇！我是说……你他妈屌爆了！恭喜！”他突然开始对着镜头鞠躬，“小的有眼不识泰山！大人见谅！”

“别闹了，成不？这又不算啥，我还没赢……”

“不算啥！”他嚷嚷起来，“不、算、啥？你逗我玩？你已经是个传奇了，这位朋友！世上第一个找到黄铜钥匙的猎手！还是头一个闯过第一扇门的！从今往后，在很多人眼里，你他妈超神了！明白了吗，傻逼？”

“喂喂，别说了。我开始慌了。”

“你看新闻了没？猎手网站疯了！‘绿洲’疯了！整个世界都他娘的疯了！所有人都在讨论你，哥们儿。”

“我知道的。嘿，我不是故意不回电话的，我也很过意不去……”

“省省吧！”他翻了个白眼，“你很清楚如果我是你，也会做出一样的事。游戏规则就是这样。但是……”他的语调认真了些，“我很好奇阿尔忒密丝为什么会跟在你屁股后面拿到钥匙闯过第一扇门。所有人都认为你俩是一对儿，可我清楚那是放屁。到底咋回事？你被跟踪了还是怎么着？”

我摇摇头，“不，其实她在我之前就找到了藏钥匙的地方。按照她的说法，那是上个月的事。但直到昨天她才拿到。”我沉默了一秒钟，“我不能透露细节，你知道的……”

埃奇举起双手，“别慌，我懂。我可是自由猎手，自尊自爱，没有让你把线索泄露给我的意思。”他咧开嘴，露出那口闪亮的白牙，几乎占据了半个窗口，“实际上呢，我应该让你知道，我现在在哪儿……”

虚拟镜头被调整了一下，露出了远景—— 一座低矮平坦的丘陵。我昨天才去过那地方。

我惊得掉了下巴，“这他妈的是……”

“嘿嘿，昨晚上看到你名字出现在新闻里，我就在想，你小子没钱长途旅行，藏钥匙的地方肯定在卢德斯附近，没准就在卢德斯上。”

“干得漂亮。”我说，发自真心。

“也不算漂亮。我那豌豆大小的破脑子转了好几个钟头，才想到参考恐怖之墓模组的插图在‘绿洲’地图里找。不过想通以后，各种疑惑就都解开了。所以我现在才能站在这里。”

“恭喜。”

“嘿嘿，毕竟老兄你给我指了条明路。”他扭头看了看墓穴入口，“我找了这地方好几年，谁知道离我学校才两步路！我他妈就是个智障。”

“你要真是个智障，就解不开那谜，也想不到恐怖之墓模组，对吧？”

“你不会在嘲笑我吧？”他说，“毕竟我靠分析你的动向才找到了答案。”

我摇摇头，“哪有。换我也会做一样的事。”

“好嘛，不管怎么说，我欠你个人情。我不会忘的。”

我点点头，望向他身后的隧道入口，“你下去过没？”

“嗯，去过一趟。现在在外边等半夜服务器刷新呢。墓里是空的，因为你的好朋友，阿尔忒密丝，今天凌晨来过。”

“我们不是朋友。”我说，“她只是在我拿到钥匙几分钟以后冒出来的罢了。”

“你俩打过没？”

“没。墓地是非 PVP 区。”我看了眼时间，“看样子在刷新以前，你还有个把小时要消磨。”

“嗯。我正在看原版 D&D 模组册子。”他说，“你难不成想给我点小提示？”

我笑了起来，“想得美。”

“我想也是。”他沉默了数秒，“听好了，我得问你点事。”他说，“你学校里有人知道你的角色名吗？”

“没有。我一直匿名。连老师们也不知道我就是帕西法尔。”

“不错。”他说，“我也是一样。麻烦的是，地下室里有几个猎手知道我们在卢德斯读书，他们可能也会往这个方向摸。我特别担心其中一个家伙……”

我心头一慌，“I- 洛克？”

埃奇点点头，“你的名字出现在记分板上以后，他一直给我打电话，想从我这边套出你的情况。我跟他装傻，他好像信了。可如果我的名字也出现在记分板上，用脚指头都能想象出这厮会到处吹嘘认识我们。等他告诉了别的猎手我们都是卢德斯的学生以后……”

“操！”我骂了一句，“那样一来，稍微有点脑子的猎手都会去那儿找黄铜钥匙。”

“对，”他说，“要不了多久，墓地的位置就世人皆知了。”

我叹了口气，“那你最好在这种事发生以前，先把钥匙搞到手。”

“我会尽力的。”他拿起恐怖之墓的模组手册，“闲话到此为止，我要今天第一百遍读这玩意儿了。”

“祝你好运，埃奇。”我说，“过了门就给我电话。”

“能过再说吧。”

“你当然能。”我说，“到那时，咱们去地下室里好好聊聊。”

“好的，老兄。”

他挥挥手，准备关闭通信，但我又问了一句：“嘿，埃奇？”

“嗯？”

“你最好去练练《鸟蛋之争》。我的意思是，半夜之前。”

他困惑地看了我一会儿，然后恍然大悟。“明白了。”他说，“谢了，哥们儿。”

“好运。”

窗口关闭。不知道以后埃奇还能不能跟我做朋友，我想。我们都是自由猎手，难得相互协助，始终彼此竞争。我将来会后悔今天帮了他这个忙吗？或者，会因为他通过分析我的行为，才找到了黄铜钥匙的藏身地而憎恨他吗？

我把这些念头抛到一边，打开阿尔忒密丝的信。那是封老式的文本邮件。

亲爱的帕西法尔：

恭喜！看到了？就像我说的，你现在是个名人了。不过我好像也被推上了风口浪尖。有点吓人，是吧？

谢谢你的提醒，你是对的。说不上为什么，站在左边

位确实更舒服点。但别觉得我欠你人情哦，帅哥 :–）

第一扇门可够真疯狂的吧？完全想象不到会是那样。假如哈利迪能让我扮演艾丽·西蒂就好了。可我哪里有得选呢？

新的谜题是不是也让你很头疼？但愿这次解开它不用花五年了。

好啦，我想说的是，认识你是我的荣幸。希望我们能再见。

你真诚的，
阿尔忒密丝

P.S.：尽情享受当上第一名的喜悦吧，我觉得这番好景不会长久。

我翻来覆去读着她的信，笑得像个白痴，然后才提笔回复：

亲爱的阿尔忒密丝：

也恭喜你。你说到做到了，竞争果然能激发你的潜能。

至于提醒你去左边位，那只是件小事，不用往心里去，不过你总归欠了我一个人情：–）

新的谜题不过小菜一碟，我觉得我已经想明白了。你呢，被卡住了？

118. MTFBWYA：缩写。全句是“May the Force Be With You always”。语出《星球大战》。意思是“愿力量永远与你同在”。

我也很荣幸见到你。想来聊聊天的话，跟我说一声就行。

MTFBWYA[118]，

帕西法尔

P.S.：你是想挑战我咯？还远远未够班呀，姑娘。

我反复修改几次，点击了发送。然后，我拉出了翡翠钥匙的截图，一个字一个字地开始研究。但我不管怎么努力，都集中不了注意力，心思老是会飘到阿尔忒密丝那里。

0013

埃奇第二天大清早就通关了第一扇门。

他的名字出现在记分板的第三位，分数是108000。取得钥匙的分数又少了一千，不过通关大门的分数还是十万，始终没变。

那天早上我返回了校园。我本打算打电话请病假，但担心引起同学们的怀疑。可是等我到了教室，我才明白这是多虑。因为彩蛋热的重新兴起，半数学生，甚至包括几个老师都没来上课。学校走廊相比往日清净了许多。我一路溜达，发现根本没人在意韦德3。拥有秘密身份的感觉不错，就像克拉克·肯特或彼得·帕克。我爸肯定会为此自豪的。

那天下午，I-洛克向埃奇和我发了勒索信，说我们不告诉他黄铜钥匙和第一扇门在哪儿，就要把我们的身份捅到每一个猎手论坛上去。遭到拒绝以后，这孙子真的开始满网络发帖，说我和埃奇是卢德斯的学生。当然，他拿不出认识我们的证据，而且网上已经有上百个猎手声称他们是我们最亲密的朋友了。我和埃奇希望他的那些帖子石沉大海，没人注意。可惜愿望美好，现实残酷。至少两个猎手够聪明，把卢德斯、谜题和恐怖之墓联想到了一起。I- 洛克发帖的当日，一个叫“长刀”的玩家就出现在了记分板的第四位。不到十五分钟后，“短刀”也登上了榜单。不知道为什么，他们没等服务器午夜重置，就在同一天里获得了黄铜钥匙。几个小时候后，第一扇门也被他们通过了。

这两个玩家以前籍籍无名，不过看名字应该是一起的。大概不是拍档，就从属于某个猎手公会。长刀和短刀都是日本的武士刀，放在一起时又叫作“对刀”。很快，“对刀”就成了他们的别称。

到目前为止，我的名字在记分板上出现了四天。平均每一天，板子上便会增加一个新的名字。钥匙的秘密已经泄露，彩蛋狩猎行动正走向高潮。

整整一个礼拜，我都听不进老师上课时讲的任何东西。还好两个月后就毕业，我早就修够了学分，可以每天在学校出工不出力，研究怎么解开谜题。每节课上，我都在思考翡翠谜语。它指的到底是什么？

船长隐藏着翡翠之钥
它被存放在遗忘之所
只有在收集奖杯之后
方能去吹响彼地之哨

语文书上把这种四句话组成、隔行押韵的诗叫四行诗，我干脆用这个词指代了翡翠谜题。每晚下课登出“绿洲”后，我都会在圣杯日记里写写画画，力图解开这道谜。

安诺拉说的“船长”[119]是谁？袋鼠船长[120]？美国队长[121]？还是25世纪的巴克·罗杰斯队长[122]？

这个“遗忘之所”又是什么鬼地方？这句话似乎意有所指。哈利迪在米德尔顿的老家应该不算被人遗忘，可他说的会不会是米德尔顿的另一幢楼房？不，那样太简单了，再说离黄铜钥匙也太近。

那么，“遗忘之所”会不会出自《菜鸟大反攻》？那也是哈利迪热爱的片子。电影的主角是群宅男，他们租了幢破房子，翻修了一通（那个桥段使用了典型的80年代蒙太奇）。斯科尼克星球上有《菜鸟大反攻》的复刻，我在那儿搜了一整天，最终无功而返。

四行诗的后两段同样是不解之谜。你似乎得在发现“遗忘之所”以后，找到一些“奖杯”，然后再去吹什么“哨子”。但“吹哨子”会不会是常说的俗语？比如揭晓某个秘密，或者提醒别人提防犯罪？不管采用哪种解释，我依旧像只无头苍蝇。我一个字一个字、一句话一句话地想啊想，直到脑子乱成了一锅糨糊，也没想出任何结果。

长刀和短刀通关第一扇门的那个周五，我放学后去了学校几公里外一个僻静无人的地方。那里有一座陡峭的小山，坡顶长着棵孤零零的树。我喜欢来这儿看书、做

119. 船长：原文captain，除了“船长”之意外，也有“队长”“上尉”“海军上校”等意思。

120.《袋鼠船长》：1955年的儿童电影。

121. 美国队长：美漫中的超级英雄。

122. 巴克·罗杰斯队长：出自1979年的电影《巴克·罗杰斯在25世纪》。

作业，甚至什么也不干，就呆坐着欣赏周围的绿地。现实中可没有这样的好地方。

我坐到树下，开始整理一周来邮箱里数以百万计的各色邮件。信件来自世界各地，有恭喜的，有求助的，有采访的，也有恐吓的。不少猎手语无伦次，显然对彩蛋的极度渴求让他们失了智。我还收到了四大猎手公会——“窃蛋龙”“命运”“钥匙之主”“万岁”——的邀请函。我给他们每家都回了“谢谢你的好意，但这事儿没门”。

厌烦了这些“粉丝来信”后，我读起了分类在“商业相关”里的邮件。电影制片厂和图书出版商想把我的经历拍成电影写成书，提出了高额报价。这些邮件全被我删了。我绝不会暴露现实中的真实身份，至少，在拿到彩蛋以前不会。

许多广告代理商也发来了信，想用帕西法尔的形象给他们的产品造势。一家电子产品销售公司希望在他们的触觉器、手套和眼镜上打上“帕西法尔的选择”这样的字眼。比萨外送连锁店、鞋商以及一家“绿洲”皮肤销售商也在我这里看到了商机。有家玩具公司甚至要开专门的生产线，制造帕西法尔的午餐盒跟可动玩偶。所有这些厂商都愿意通过“绿洲”转账，一切费用用“绿洲”点结算。

我不敢相信我有这样的运气。

我回复每一封信，说可以同意他们的条款，但必须附加两个前提：我绝不会泄露自己的真实身份，一切交易都必须由“绿洲”角色进行。

一小时之内，他们便发回了新邮件，这次附上了合同。我没钱聘请法律顾问来一封封检查，不过反正所有合同有效期一年，掉不进大坑。我留下电子签名，又把帕西法尔的3D模型作为附件发送回去。有些商家想用上我的声音，于是我修改自己的音色，录了几段给他们。嘿，那男中音低沉得，拿去当电影旁白也合适。

一切妥当后，我的新赞助商们说，第一笔费用会在四十八小时内打进我的“绿洲”账户。那些钱离让我变成款爷还有些距离，可对一个生长在贫民窟的孤儿来说，已经是天文数字啦。

我大概盘算了一下。只要别花天酒地穷奢极欲，我完全可以搬出叠楼，去哪儿租间紧凑型公寓住个至少一年半载。这个念头让我很兴奋。自打记事起，我一直想逃离叠楼区，现在居然梦想成真了。

搞定了商务信函，我继续查看其他邮件，把它们按照发信人分了类。我发现创新网络公司居然给我发了整整五千封信。准确地说，是同一封信的五千份拷贝。从我登顶记分板的那一刻起，他们整个礼拜都没停下。即使是现在，同样的邮件也会以一分钟一封的速度进入我的收件箱。

用垃圾邮件狂轰滥炸。六佬用来确保引起我注意的方法真是简单明了。

信上标记着“极度重要”，正标题是“紧急商务议案——请立即阅读！”。

我打开它的瞬间，“邮件已送达”的自动提示发还至

IOI。他们知道我总算注意到了那些信，于是停止了无休无止的重新发送。

尊敬的帕西法尔：

请允许我向您致以祝贺。创新网络公司一直密切关注着您近日所取得的成就。

我谨代表IOI，向您提出一个利润非常丰厚的商业议案，具体细节可以在会谈连接中敲定。我的联系方式已附在邮件中。如有意向，请随时与我联系。

鉴于猎手圈子对我们存在偏见，对您犹豫着不肯与我们联系，我表示理解。但也不要忘记，如果您对我们的提案不感兴趣，您的竞争对手也可能与我们合作。我诚挚地希望您是第一个接受这份提议的明智猎手。毕竟，您又能失去什么呢？

感谢您的阅读，我期待着您的答复。

真诚的，

诺兰·索伦托

IOI业务主管

这封信用词客客气气，但威胁显而易见。六佬想招募我，要么就是想用一大笔钱来换黄铜钥匙和第一扇门的攻略。如果我拒绝，他们就会找上阿尔忒密丝，然后是埃奇、长刀、短刀或者任何一个登上记分板的猎手。这些奸诈小人迟早能找到愿意为钱放弃立场的人。

我的第一反应是删掉这封垃圾邮件和它的每一个副本，就当无事发生，但后来又改了主意。我想知道 IOI 到底愿意给我什么。而且我也挺想会会这个诺兰·索伦托，臭名昭著的六佬老大。反正只要小心一点，线上对话不会有任何风险。

我考虑了一下该不该传送到因西比奥，在“会谈”开始前买身定制西装，让自己看起来气宇轩昂、落落大方。但我改了主意。没必要跟那帮废物客气。再说了，我现在可是名人。老子就要用这身垃圾默认皮肤，还有操他妈的态度，让他们跪下来舔我屁眼。嘿，我没准儿还能把那些场面录下来，传到 YouTube 上供大家欣赏。

我开始为赴会做准备，打开搜索引擎，尽可能地搜集了一番诺兰·索伦托的资料。他拥有计算机科学博士学位。去 IOI 当业务总管前，这人是个出名的游戏设计师，为“绿洲”开发了几款第三方角色扮演游戏。那些游戏我都玩过，素质值得称道。可惜，这个优秀的程序员出卖了他的灵魂。IOI 相信游戏设计师最有可能解开哈利迪设下的重重谜题，所以才雇用了他。可五年过去，索伦托和六佬交出来的还是一张白卷。看到居然有猎手先登上了记分板，IOI 的股东想来气得七窍生烟，把索伦托骂成了猪头。没准儿他试图拉拢我也不是出于本意，而是被上头逼的。

查过这些资料以后，我觉得自己能跟这个魔鬼坐下来谈谈了。我打开联系附件，点击了对话图标。

0014

连接建立。我在一座观景平台上现了形。这里景色壮观，透过弯曲的巨大舷窗望出去，十多个“绿洲”世界点缀在黑色的星空背景中。我应该身处某座空间站，或者巨大的飞船里。到底是哪个，我判断不出来。

这种会谈连接的规格和一般的聊天室大不一样，管理费用也昂贵得多。打开链接的瞬间，系统就会为你的角色创造虚拟镜像，投射到“绿洲”的另一处。当然，你的角色其实不在现场，所以镜像是半透明的，不过你依然能跟环境产生有限的互动，比如穿过大门、坐在椅子上之类。这种连接一般只用于商业目的。当一家公司决定在“绿洲”某个地方举办会议时，能省掉把所有玩家接到那里的高昂传送费。对我而言，这么高规格的待遇还是头一遭。

我转过身，发现自己面朝一张巨大的 C 字形招待桌。创新公司的标志——硕大、银光闪闪、彼此相连的 IOI 三个大字正飘浮在桌子中央。我朝那里走去时，一个漂亮到不可方物的金发女招待起身向我致以问候。“帕西法尔先生，”她微微鞠躬，“欢迎来到创新网络公司！请稍等。索伦托先生正在赶来的路上。”

我怀疑这不太可能，因为我是突然闯了进来，没有事先通知。等着索伦托来的当儿，我试着激活录像模式，发现 IOI 的会谈连接禁止了该选项。他们显然不希望发生在这里的对话外传。我的 YouTube 分享计划这下泡汤了。

不到一分钟后，有人从观景平台另一边的自动门里走出来。他径直向我走来，靴子在光滑的地板上咔咔作响。这人肯定是索伦托，因为他没有采用六佬的标准模型——这是他地位的象征。他的脸和我在网上看到的一样：金发、棕眼、鹰钩鼻；穿的倒是标准的六佬制服：海蓝军装，金色肩章，右胸上一个 IOI 的标志，后面跟着员工编号 655321[123]。

123. 从文中叙述看，六佬的形象与《黑客帝国》的史密斯特工们极其相似。

“你总算来了！”他露出鬣狗般的笑容，“天下闻名的帕西法尔大驾光临！”他伸出戴着手套的右手，“诺兰·索伦托，业务主管。很荣幸见到你。”

“哦。”我尽量让语气冷冰冰的，“彼此彼此。”即使是镜像，我依然可以跟索伦托握手，但我只是盯着他，好像他手上抓着一只死耗子。索伦托等了几秒，收回了手，脸上的笑容非但没有淡去，反而更灿烂了。

“请随我来。”他带着我穿过平台，走向那扇自动门。自动门后面是巨大的空港，但只停着一架印着 IOI 标志的星际穿梭机。索伦托跳上飞船，可我在舷梯前停下了脚步。

“干吗用会谈连接？”我扫视着空港，“直接在聊天室里报价不行吗？”

“请允许我解释。”他说，“会谈连接是为了展示我方的实力。由于你未能亲身拜访我们的‘绿洲’总部，我们希望能用这样的方式，给你留下同样深刻的印象。”

没错，我想，如果真去了 IOI 总部，我的角色怕是会被几千个六佬团团包围。那时候想脱身可就没那么容易了。

我跟着他走上穿梭机。舷梯撤回，飞船离港。透过环窗，我看到飞船离开了六佬的一座大型空间站，向着 IOI-1 疾驰而去。那颗银色的行星老让我想起《鬼追人》[124] 里的银球。猎手们把 IOI-1 叫作“六佬老巢”，它是创新公司在彩蛋比赛开始后不久才建造起来的，用作 IOI 的在线业务总部。

124.《鬼追人》：系列恐怖片，共计四部，导演丹·卡斯卡拉里。最早一部上映于 1979 年，银球是其中一种会浮空的杀人道具。

我们这架似乎是自动驾驶的穿梭机很快便进入了行星重力井。我站在窗户边，看着飞船环近地轨道飞行，一边向着下方镜面似的地表缓缓下降。就我所知，从没有哪个猎手来过这里。

从一极到另一极，IOI-1 遍布军械库、掩体、仓库和车库，还有许多机场。一排排炮艇、太空战舰和自动化坦克随时待命。从六佬作战集群上空掠过时，索伦托什么也没说，让我自行体会他们的强大。

我以前看过 IOI-1 的截图，但那是从行星防御阵列外的高空轨道偷拍的，分辨率很低。好些个大猎手公会几年前就宣扬说要让 IOI 业务中心尝尝核弹的滋味，但他们始终没能撕开防御系统，抵达地表。

绕轨飞行结束后，IOI 业务中心出现在我们前方。它由三座银光闪闪的建筑组成：两幢瘦长的摩天楼，中间夹着一个环状的主楼。从高空看下去，正好组成 IOI 三个字母。

穿梭机减速，在 O 字形大楼上空悬停，慢慢降落在屋顶的小停机坪上。“这地方令人印象深刻，你不这么觉得吗？”离开伸出的舷梯时，索伦托终于打破了沉默。

“还不赖。”我为自己能保持这样的平静而自豪。说实话，刚刚看到的一切让我震惊不已。“复刻了现实里哥伦布市中心的 IOI 总部，对吧？”我说。

索伦托点点头，“没错。哥伦布大厦是公司的总部。我团队的大多数成员就在中心塔里工作。靠近 GSS，使得我们在‘绿洲’里不存在任何延迟。还有，当然了，美国各个主要大城市所面临的停电困扰，哥伦布也不存在。”

他的话没错。社交模拟系统公司位于哥伦布，“绿洲”的主服务器也在那里。虽然世界各地都有“绿洲”镜像服务器，但所有的数据终归要在这个最主要的节点汇总。“绿洲”推出后的数十年里，这座城市逐渐发展成了高科技行业的麦加。“绿洲”用户在这里能获得最流畅、最稳定的网络连接。大多数猎手都梦想着有一天能住进哥伦布，我也不例外。

我跟着索伦托走下穿梭机，进入离停机坪最近的电梯。“你这几天红遍了全球，”他在下降时说，“肯定很兴奋吧。甚至有点儿害怕，对不？你知道的东西，数以百万的人会为之拼命。”

我早就知道会有这些话，事先就准备好了回答：“能少扯点唬人的废话吗？直接报个价，我还有别的事情要忙。”

他笑了起来，好像我只是个屁都不懂的小毛孩。“当然，你肯定有事要忙。”他说，“但别急着给我们下定论。我的价码可能会让你大吃一惊的。”他的语气突然变硬了几分，“说实话，这一点我可以保证。”

我尽量压下心中的惶恐，翻了个白眼，“随你怎么说吧。”

电梯发出叮的一声，停在106层，梯门随即徐徐打开。经过另一个接待处，我跟着索伦托走进一条明亮的长廊。这里的装潢很有些乌托邦的意思，一个完美无瑕的高科技环境。一路上碰到了几个六佬，他们一见索伦托，马上立正敬礼，好像把他当成了将军。索伦托对此毫无反应，看来已经司空见惯。

他最后带我进去的那个大厅占了106层的大部分空间。这里有许许多多隔开的单间，每个单间里都有穿戴着高端体感设备的人。

“欢迎来到IOI蛋卵研究部。”索伦托自豪地说。

“如此说来，这就是‘跪舔’的老窝了，嗯？”我望向四周。

“用不着这么粗鲁，”索伦托说，“说不定他们今后就是你的团队成员。”

“如果我加入进来，也会分到这么一个隔间？”

“不。你会拥有自己的办公室，景色好得很。”他笑了笑，“比你能见到的大多数虚拟风景更漂亮。”

我指着一套全新的哈伯希尔体感装置，“好东西。”我说。这是真心话，说那东西算艺术品都不为过。

“很美，不是吗？”他说，“这些‘绿洲’设备被大改了一番，全都联结在一起。我们的系统允许操作员控制任意账户。这样一来，假如在任务中碰到困难，就能立刻安排最佳人选来解决那些问题。”

“哦。作弊。”我说。

“得了吧，”他翻了个白眼，“作弊这个概念在这儿根本不存在，因为哈利迪的比赛没有设置任何规则。这是那个蠢老头犯下的诸多大错之一。”没等我答话，索伦托已经迈开步子，带我走进这个由无数小房间组成的迷宫。“我们所有的蛋卵研究员都和技术支持小组语音相连，”他继续说道，“这些小组由哈利迪学者、游戏专家、流行文化史学家和密码学家组成。所有这些人彼此协作，让我们能够克服万难。”他转身对我笑道，“如你所见，我们准备万全，我们必将胜利。”

“是，是，”我说，“你的手下各个身怀绝技，干起活儿来雷厉风行。不过，我们怎么会在这儿闲聊呢？哦，对了，你们不知道该上哪儿去找黄铜钥匙，求着我帮忙呢。”

索伦托的眼睛收缩成了窄缝，但接着又笑了起来。“我喜欢你，小伙子。”他说，“你不但聪明，还很有胆色。这是我最钦佩的两个品质。”

我们继续前进了几分钟，到了索伦托的大办公室。从这里能看到整个“城市”的壮观景色。此时这颗星球虚拟的太阳正缓缓落下，天空中满是飞行车和航天器。索伦托绕到桌后，坐在办公椅上，示意我在他对面坐下。

开始了，我对自己说，稳着点儿，韦德。

“那我就开门见山了。”他说，“IOI 想招募你作为顾问，帮助寻找哈利迪的彩蛋。公司将为你提供可以自由使用的大量资源：钱、武器、魔法装备、舰船、神器。要什么就有什么。”

“我的职位呢？”

“首席蛋卵研究员。”他说，“你可以对整个部门发号施令，职位只在我之下。你一声令下，整整五千个训练有素的战斗型角色就会奋不顾身地投入战斗。”

“听着不错。”我尽量不动声色。

“那是当然。可我还没说完呢。我们愿意付给你两百万美元的年薪，外加一百万的签约费。如果你帮我们找到了彩蛋，还能额外获得两千五百万美元的奖励。”

我假装要掰着手指数才能理解这笔钱数目有多大。“哇哦，”我做出一副吃惊的模样，“我能待在家里干这份工作吗？”

不知道索伦托有没听出我话里的嘲讽。“很遗憾，”他说，“恐怕不行。你一定要搬到哥伦布来，但我们会给你提供最舒适的套房。不用说，还有私人办公室和专门的体感——”

“等等，”我抬起一只手打断了他，“你是说，我得住进

IOI 大厦？跟你……还有所有那些跪——彩蛋研究员住到一起？”

他点点头，“直到你帮我们找出了彩蛋。”

我压下大笑的冲动，“那津贴呢？医保呢？我是说，包括牙科和眼科的那种。还有没有别的玩意儿，比如说豪华厕所之类？”

“当然。”索伦托有些不耐烦了，“怎么说？决定了吗？”

“能允许我考虑几天吗？”

“恐怕不行。”他说，“我们等不了那么久。你必须立刻决定。”

我向后靠在椅背上，抬头望向天花板，假装考虑。索伦托热切地看着我。感觉时间磨得差不多了，我正准备开口回答，他却突然抬起一只手。

“回答之前，先听我一言。”索伦托说，“虽然很荒唐，可我知道大多数猎手都认定 IOI 是邪恶的化身，六佬则全是些没脑子的打手，没有一丁点儿‘比赛精神’。换言之，我们全是垃圾，对吗？”

我好不容易才忍住，没让那句“这还是往好了说的”脱口而出，只点了点头。

“这完全是无稽之谈。”他露出慈父般的笑容，估计是他在运行的哪款表情优化软件整出来的，“除了资金更充足一些，六佬和猎手公会并无区别。我们与猎手理念相同，目标相同。”

目标相同？我差点儿骂出声。除了永远毁灭“绿洲”，玷污让我们活下去的最后的心灵支柱，你们还他妈有别的目标？

索伦托似乎把我的沉默当作了默认，“你应该明白，和大多数人的想法相反，‘绿洲’被IOI接管以后不会发生多少变化。当然了，我们确实会按月收费，允许更多植入广告，但我们也计划着改进它。比如说，我们会对游戏内容进行过滤，还会细化建造条款。我们要让‘绿洲’变得更好。”

好个屁。我想。你们就他妈连一丝自由的空气都不肯给，非要把这里建成一座法西斯主题公园，只有少数人才掏得起门票钱。

我听够这些屁话了。

“行吧。”我说，“算我一个。签约？还是入伍？我不管你们怎么叫，反正把我算上。”

索伦托满脸惊讶，显然没料到我会这么回答。他向我伸出手，可我没睬他。

“不过有三个小条件。”我说，“首先，二千五满足不了我，找到彩蛋后，我要五千万。怎么说？”

他连犹豫都没犹豫一下，“成交。另外两个条件呢？”

“我对当二把手没兴趣。”我说，“我要你把位置让出来，索伦托。我要亲自过问所有事情。我要当业务主管。听懂了么？El Numero Uno[125]。噢，这里的每个人都得用拉丁文叫我El Numero Uno。怎么样？”

该死，我管不住自己的嘴巴了。索伦托脸上的笑容消失了，“最后一条呢？”

125. El Numero Uno：意为“第一人”“至高者”。

“老子不想见到你。”我指着他，“你让我犯恶心。如果你卷铺盖走人，我马上入伙。就这样。”

一阵沉默。索伦托面无表情。他的真人可能正暴跳如雷，但软件过滤了那些愤怒的表情。

“能跟你的上司们谈谈，让我知道他们的想法吗？”我问道，“他们现在是不是正看着这儿？我打赌他们正看着呢。”我朝着看不见监控挥挥手，“嗨，伙计们！你们怎么说？”

更久的沉默。这段时间里，索伦托一直瞪着我。“他们当然在看，”他最后说，“而且我刚刚得到通知，他们同意了你的每一个要求。”他似乎并不怎么生气。

“真的？”我说，“太棒了！我什么时候上任？还有更重要的一点，你什么时候滚蛋？”

“马上。”他说，“公司正在起草合同，准备把它递交给你的法律顾问。然后我们——他们会为你订购来哥伦布的机票，由你亲手签署纸质合同。”他站起来，“那么，我们的会谈就此……”

“对了……”我再次打断了他，“我最后几秒仔细想了想，决定改主意，不接受你们的邀请了。我想，彩蛋这玩意儿，我还是一个人找的好。谢谢。”我立起身，“你们和‘跪舔’都他妈玩儿蛋去吧。”

索伦托开始大笑。是那种开怀大笑，听得我心里直打鼓。“噢，你真牛逼！把我们耍得团团转！小子！”他渐渐平静了下来，“我早知道你会这么回答。那么好，现在该看看我们的第二套提案了。”

“还有第二套？”我重新坐下，把脚架在桌上，“行啊，说来听听。”

“你只要说出怎么通关第一扇门，我们马上把五百万美元打进你的‘绿洲’账户。你要做的，就是把具体每一步的操作，详细地复述一遍，然后就可以继续自由地搜索彩蛋了。这场交易我们会绝对保密，不会有任何人知道。”

我得承认这个提案让我心动了一秒。五百万美元，我这辈子都够花了。而六佬就算知道了怎么闯过第一扇门，也未必能搞定后面两扇。就连我都吃不准自己能否解开接下来的谜题。

“听我一言，孩子，”索伦托说，“接受我们的开价吧，趁你还有机会。”

嘿，听这厮的口气，是把自己当我爹了啊。这我可真忍不了。我打定了主意，决不把过门方法告诉六佬。如果他们真的赢下比赛，我就成千古罪人了。那样还不如早点去死。但愿埃奇、阿尔忒密丝和其他上榜猎手也这么想。

“我不干。”我从桌上放下双脚，站起身，“感谢你的招待。”

索伦托悲伤地看着我，示意我重新坐下，“谈判还没完呢。我还有一个提议，帕西法尔，最后一个。好东西我总是留在最后。”

“你就一点儿也看不出来吗？你们收买不了我的，趁早滚吧。再、见。”

“坐下，韦德。”

我呆住了。他刚刚喊了我的真名?

“这就对了。”索伦托厉声道,“我们知道你是谁。韦德·欧文·沃兹,生于2024年8月12日,父母双亡。我们还知道你在哪儿:俄克拉荷马波特兰大道700号的拖车公园,你姨妈的家。准确地说,房号56-K。监视显示,你三天前进入那里,之后一直没有离开,换句话说,现在还在里面。”

他身后跳出一个视频弹窗,显示出了我姨妈叠楼的实况图像。图像是俯视的,可能由飞机或者卫星所拍。画面中只有拖车的两个主要出口,所以他们看不见我每天早上从洗衣房窗口出去,或者晚上回来。他们不知道我正躲在自己的小窝里。

“唉,你呀。”索伦托又用长辈的语气说话了,“你真该多出去走动走动,韦德。一直宅在室内对身体不好。”图像放大,对准姨妈家,然后转为热成像模式。我看到了十几个人的发光轮廓,有大人有小孩。他们大多数坐在屋里,没什么动静——八成连上了“绿洲”。

我惊讶到说不出话来。他们怎么找到我的?理论上没人能窃取“绿洲”的账户信息,更何况我没在“绿洲”里留下现实中的住址。注册账号的时候,那只是个非必填项,必需的仅仅是姓名和视网膜图案。那么,他们怎么找到我住处的?

他们不知用什么手段,搞到了学校记录。准是这样。

“你的第一反应可能是下线逃跑,”索伦托说,“奉劝你不要犯傻。你所住的叠楼里已经安放了大量炸药。”他从口袋里拿出一个看着像遥控器的东西，“引爆器就在我手上。要是敢退出会谈连接，我保证你几秒后就升天。你明白我的意思吧，沃兹先生？”

我慢慢点头，拼命思考着眼下的处境。

*他在吓唬我。他一定在吓唬我。*就算他说的是真的，他也不知道我早就躲进了一英里外的小窝。索伦托一定认为我就是热成像轮廓中的一个。

就算我姨妈家真的被炸了，躲在报废车山里的我也会安然无恙，不是吗？再说了，为了我一个，他们应该不会杀掉这么多人。

“你们怎……”我勉强开口。

“怎么找出你是谁、住在哪儿的？”他笑了笑，“简单得很。你犯了个错，小鬼。在‘绿洲’公立学校系统注册时，你上报了真名实姓和居住地址。我猜只有这样，他们才能给你寄成绩单。”

他说得没错。我角色的名字、真人的名字和住址都保存在学生个人档案里，校长有权限访问。这是一个愚蠢的错误。但我在学校注册时彩蛋比赛还不存在呢。那会儿我不是猎手，不清楚隐藏真实身份有多么重要。

“你怎么知道我在在线学校读书？”我料到了答案，但我需要时间冷静。

“这两天猎手论坛上有些流言，说你和埃奇都是卢德斯的学生。得知此事后，我们决定联系几个学校校长，给他们塞点钱。你知道他们每年才赚几个子吗，韦德？太可怜了。其中一个校长同意搭把手，帮我们在数据库里搜搜那个叫帕西法尔的家伙。你猜怎么着？”

他在叠楼的监控边打开了一个新窗口。上面列出了我所有的学生资料，包括真名、角色名、学生代号（韦德3）、出生日期、社保号、家庭住址和成绩单。另外还有一张旧照片，那是五年前拍的——就在我转学“绿洲”的时候。

“我们也找到了你朋友埃奇的学校记录。不过他比你聪明点，注册时用了假名和假地址，我们还得多花点时间才能找到他。”

索伦托停下来等我回答，可我一言未发。我脉搏狂跳，难以呼吸。

“所以，这就是最后的提议。”索伦托摩挲着双手，兴奋得像一个即将打开礼物盒的小孩，“要么告诉我们怎么通过第一扇门，要么去死。”

“你在吓唬我。”我听见自己说。但我心里并不这么认为。完全不这么认为。

“没有，韦德，我真没有。想想吧，现在世界上烂事多了去了，谁会在乎俄克拉荷马贫民窟里的一起爆炸，嗯？所有人都会认为这不过是某个毒品加工点出了事故，或者哪个极端分子造的土炸弹。说实在的，少了几百号跟你分粮票和氧气的人蛆，谁会在意呢？政府恐怕连眼皮都不会眨一下。”

他是对的。我早就知道。可我需要想一想接下来该怎么做。“你要杀了我？”我说，“就为了赢一场游戏比赛？”

“少装天真，韦德。”索伦托说，“这场比赛可是决定了上千亿美元、世上最肥的公司，还有‘绿洲’本身的归属，远不止一场游戏那么简单。它从来就不简单。”他向我倾过身，“你依然有机会赢下比赛的，小子。如果你愿意帮我们，五百万还是会打到你的账户上。你可以十八岁就退休，过起花天酒地的生活，也可以在几秒钟里上西天。自个儿选吧。但先问问自己——如果你妈还活着，她会希望你怎么做？”

如果不是吓得半死，他最后放的这个屁一定会让我火冒三丈。“你们怎么保证得到通关方法以后，不把我干掉？”我问。

“我不知道你怎么想的，但我们并不喜欢杀人，除非实在没办法了。再说，还有两扇门呢，对不？”他耸耸肩，“我们兴许还要靠着你把它们也找出来呢。虽然我个人不认为你有那个实力，可我赞助人的想法不太一样。话说回来，其实你根本没得选吧？”他压低声音，好像要告诉我一个天大的秘密，“接下来，你必须把寻找钥匙，通过第一扇门的方法一步一步教给我。在我同意以前，你要是敢退出会谈连接，你住的那个小世界可就要‘轰隆’一声响了。明白了？现在开始吧。”

差那么一点点，我就把他们想知道的说出来了。可话到嘴边，我又一思忖，感觉他们没理由让我活下去。就算我帮他们搞定了第一扇门，他们也会杀掉我。那样他们少了个强大的竞争对手，还能省下五百万，也不用担心我去找媒体说受到IOI的死亡威胁了。

我得出结论。他们要么纯粹在唬人，要么就铁了心要杀掉我。帮不帮他们，对我的生死没有任何影响。

我下定决心，鼓起勇气。

“索伦托，”我试着压下声音中的恐惧，“你和你的老板永远也找不到哈利迪的彩蛋。为什么？因为他比你们加起来还要聪明。不管你们有多少钱，不管你们去勒索谁，都赢不下比赛。”

说完，我退出游戏，帕西法尔开始在索伦托面前消失。他似乎并不惊讶，只是朝着我怜悯地摇摇头。“愚蠢的决定，孩子。”话音刚落，我的视野便黑了下来。

我在黑暗的小窝中瑟缩着，等待爆炸声传来。但一分钟过去了，什么事也没发生。

我把 VR 眼镜拉上额头，颤抖着脱下手套。等到视线适应了黑暗，我轻轻地吁了口气。原来只是虚惊一场。索伦托这场精心设计的心理战打得漂亮，我服。

灌下一瓶水后，我意识到自己应该上线警告埃奇和阿尔忒密丝。他们是六佬的第二目标。

我开始重新戴上触觉手套，但就在这时，传来了爆炸声。

那阵轰隆声过去了才一秒，冲击波跟着就来了。我本能地趴到地板上，双手抱头蜷缩成一团。金属的撕裂声、拖车的坠地声、脚手架的折断声从远处不断传来。那是叠楼彼此相撞，如同多米诺骨牌那样一幢幢倒下的恐怖回响。那可怕的声音似乎持续了很久很久，终于，一切重归寂静。

我好不容易振作起来，打开后车厢门，浑浑噩噩地爬出了这座垃圾山。外边是地狱般的光景，从我这里望出去，直到对面叠楼区的尽头，全是冲天的烟尘和火光。

我跟着人流，从住宅区北侧向爆炸中心跑去。姨妈家的叠楼已经变成了一团燃烧的废墟，周围一圈楼房也好不到哪去。除了火光中扭曲的金属，什么都没有了。

我用不着和现场保持距离，因为有许多人堵在我前面。他们站在离火焰尽可能近的地方观望。没有人冲进残骸里寻找幸存者，因为很明显，没人能在这样的爆炸中活下来。

燃烧的废墟中，某辆拖车外挂的煤气罐被点着，引发了余爆，吓得人群四散寻找掩体。接着，更多的煤气罐纷纷炸裂。那之后，人群和残骸拉开了一大段距离。

附近叠楼的住户知道如果火势蔓延，他们也会遭殃，这会儿已经开始灭火。花园里浇水的软管、水桶、空杯，他们用上了一切能用的工具。不久之后，火势得到遏制，逐渐熄灭。

我默默地望着这一切。正如索伦托所言，周围有些人已经开始嘟囔着说，准是毒品生产点出了事故，或者哪个白痴自制的土炸弹炸了。

他们的话惊醒了我。我他妈在干什么？六佬刚刚还想宰了我。他们很可能安排了探子去检查我的死活。可我呢，像个白痴一样，站在众目睽睽之下。

我离开人群，快步走回小窝。我没有撒腿跑，而是边走边回头看，确保没人跟踪。回到车内，我把车门砰地关上、锁死，缩在角落瑟瑟发抖，就这样过了不知多久。

终于，我一点点认清了现实。姨妈爱丽丝、她的男友里克、我们拖车里的全部房客，以及楼下的所有住户都死了。吉尔摩婆婆也不例外。如果我待在姨妈家，也是一样的命运。

恐惧和愤怒的双重重压让我肾上腺素狂飙，喘不过气来。我不确定下一步该怎么走。我想登录“绿洲”报警，但警察听了我的故事以后，肯定以为我脑子有病。通知媒体的结果也一样。没人会相信我说的，除非我告诉他们我就是帕西法尔。就算我自报家门，可能依然没什么用。我一点证据也拿不出来，证明索伦托和六佬犯下的罪行。

炸药的痕迹，大概也已经被大火烧了个一干二净。

向人们揭示我的身份，以此控告世界上最有权势的公司，说他们犯下了勒索和谋杀的罪行——这是不智之举。没人会相信。我自己都不敢相信。为了防止我赢下一场电子游戏比赛的胜利，IOI 试图谋杀我。这听起来都他妈扯。

眼下似乎还安全，可我决不能在叠楼区久待。六佬一旦发现我还活着，会立刻对这附近展开搜索。我必须躲到别的地方去。但目前我还是个穷光蛋，第一笔资金至少要明后天才会到账，那之前我只能忍耐。

除此之外，还有一件必须做的事。我得尽快联系埃奇，警告他，他是六佬目标名单上的二号人物。而且，我也急需见到一张友善的脸，以免自己被绝望压垮。

0015

我扶起被晃倒在地的“绿洲”主机，摁下开机键，戴上眼镜和手套。

帕西法尔出现在卢德斯的一座小山顶，我就是在这儿打开会谈连接，和索伦托开始对话的。游戏声音刚刚接入，头顶正上方就传来了引擎的呼啸。我走出树荫抬头看去，只见足足一个编队的六佬炮艇贴地朝南飞去，它们的传感器扫描着途经的地面。

我连忙躲回树下避开扫描，这时我才想起整个卢德斯都是非 PVP 区，六佬在这里其实逞不了威风。即使这样，我的神经还是险些绷断。我继续扫视天空，发现东边的地平线上方还有两组炮艇中队。不一会儿，北边和西北也出现了他们的身影。卢德斯简直像遭到了外星人入侵。

我的视野中，一个图标不断闪烁。是埃奇发来的消息：你他妈在哪儿？立刻跟我联系！

我从联系人名单里选择了埃奇，他瞬间接通了呼叫。

“你听说了没？”他出现在对话窗口中，一脸紧张的表情。

“听说什么？”

“数以千计的六佬出现在了卢德斯，而且每分钟都在不断增加。他们正扫描行星，寻找墓地。”

“这个啊，我现在就在卢德斯，这儿到处都是六佬的飞船。”

埃奇皱眉，“等老子找到I-洛克，绝对要一点一点弄死他。等他建了新角色，还会继续追杀他。不是这个傻逼嘴巴大，六佬绝对想不到来这里。”

“是啊，全是他发在论坛的帖子害的。索伦托亲口说的。”

“索伦托？那个诺兰·索伦托？”

我告诉了他过去几个小时里发生的事。

“他们把你家炸了？”

“准确地说，那是叠楼里的一辆拖车活动房。他们害死了好多人，埃奇。可能已经有相关的新闻了。”我深深地吸了口气，“我吓坏了，真的吓坏了。”

“怨不得你，”他说，“谢天谢地，你当时不在家。”

我点点头，“我从来不在家里上线。幸亏六佬不知道。”

“你家人呢？”

“那是我姨妈的家。我想她死了。我们……关系不那么好。”当然，这是个轻描淡写的说法。爱丽丝姨妈从没给过我好脸色，可她毕竟罪不至死。真正让我难过的是吉尔摩婆婆，她是我认识的最善良的人，结果却因我而死。

意识到自己在啜泣，我暂时关闭了麦克风，免得埃奇听见，然后深深呼吸几口气，逼自己冷静下来。

“真他妈不敢相信！”埃奇吼道，“那些畜生，他们会付出代价的！Z，我们走着瞧，一定要让他们好看！”

说起来容易做起来难啊，我想。但我没有争辩。我知道他在安慰我。

“你现在在哪儿？”埃奇问道，“要不要帮忙？比方说找个住处之类的？我可以借你点钱。”

“不用了，我还好。”我说，“谢了，哥们儿，真的。”

“小事，兄弟。”

“听我说，六佬也给你发一样的邮件了吗？”

“嗯。好几千封。我看都没看。”

我皱了皱眉，“我像你那么明智就好了。”

“老兄，谁他妈会知道他们居然想杀你！再说了，他们已经搞到了你的地址，就算你一直不鸟他们，没准也要挨炸弹。”

“听我说，埃奇……索伦托说你在学校注册时伪造了身份，所以他们找不到你的住处，但他可能在骗我。你应该离开家去个安全点的地方，越快越好。”

“别担心，Z，我住址一直在变，那帮狗日的找不到的。”

“希望吧。”我有些好奇他到底是怎么个情况，“我还要通知阿尔忒密丝、长刀和短刀——如果能联系上的话。

六佬很可能也在尽力查找他们的真实身份。”

“这倒是提醒我了，”他说，“我们应该邀他们仨今晚在地下室碰个面。半夜怎么样？私密房间，就咱五个。”

想到能和阿尔忒密丝见面，我的心情好了不少，“你觉得他们会来吗？”

“如果他们知道这事性命攸关的话。”埃奇嘿嘿一笑，“再说了，最顶尖的五个猎手碰面，谁会放过这个机会？”

我给阿尔忒密丝发了条短信，约她来埃奇的私人聊天室一聚。几分钟后，她就回信同意了。埃奇跟我说他联系了对刀，那两人也决定赴约。会面的事安排妥了。

我不想独自待着，于是提前一个钟头登进了地下室，发现埃奇正守着一台旧电视。见我进门，他二话不说先给了我一个拥抱。虽然只是虚拟的拥抱，可我依旧感到了那份温暖。随后我们坐了下来，边看新闻边等人。

所有频道都在播放六佬的太空船和登陆部队抵达卢德斯的画面。他们的目的过于明显，于是后知后觉的猎手们也开始朝着那儿前进了。整个星球的传送点挤满了玩家。“咱们努力了半天，还想让墓地保密呢。”我摇头叹息着。

“迟早的事。”埃奇关掉电视，“只是没想到来得那么快。”

这时候传来玩家进入聊天室的叮当提示声，我们扭头看去，原来是阿尔忒密丝。她出现在楼梯顶，还穿着我上次见到的那一身装备。她朝我挥挥手，走下台阶。我也朝她打了招呼，开始做介绍。

“埃奇，来见见阿尔忒密丝。阿尔忒密丝，这是我最好的哥们儿，埃奇。”

“很高兴认识你。”阿尔忒密丝伸出右手。

埃奇握了握，“彼此彼此。”他又露出了那副柴郡猫的笑容，“你能来真是太好了。”

“你开玩笑吧？五强聚会，我怎么能错过这种场合？”

“五强？”我问。

“对啊，”埃奇说，“他们现在就是这么叫我们的。记分板的头五名嘛。”

“好吧，”我说，“至少暂时是前五位。”

阿尔忒密丝笑了笑，转悠着欣赏起了周围充满八十年代味道的装潢，“哇哦，我从没见过这么棒的聊天室。”

“谢谢，”埃奇有些不好意思地低下了头，“承蒙夸奖。”

阿尔忒密丝在摆着角色扮演游戏的架子前站定，“这间莫罗的地下室重建得太完美了，连细节都没放过。我喜欢这儿。”

“我会把你添进永久白名单，随时欢迎。”

“真的？”她开心地说，“谢谢！我会常来的。好哥们儿，埃奇。”

“好哥们儿，”埃奇笑着回答，“那是当然。”

他们这么投缘，我不由得生出了一股无名妒火。我不愿意阿尔忒密丝和埃奇走得太近，反过来也一样。我希望她只属于我一个人。

又过了一小会儿，长刀和短刀同时在楼梯顶上显了形。长刀个子比较高，年近二十，短刀比他矮了整整一英尺，可能也就十三岁。他们似乎都是日本人，像是一个模子里刻出来的，只是一个要年长五岁。两人穿着传统的武士铠，腰间佩着肋差和打刀。

“你们好，”那个年长的武士说，“我是长刀，这位是我的小兄弟，短刀。谢谢你们的邀请，能见到诸位是我们的荣幸。”

他们一起鞠躬，埃奇和阿尔忒密丝回鞠一躬，我也跟着有样学样。自我介绍完毕后，对刀再度鞠躬。

“好了，”我们回完礼，埃奇说道，“会议开始。我相信大家都看了新闻，知道数千个六佬一窝蜂占满了卢德斯，正系统性地搜索星球表面。他们也许不清楚目标到底是什么，但要不了多久，就会发现墓地……”

“他们已经找到了，”阿尔忒密丝插话道，“半个钟头之前。”

我们全都看着她。

“新闻没有报道，”长刀问道，“你确定吗？”

她点点头，“很遗憾，确实如此。今早听说六佬的动向以后，我去墓地的几棵树上安了摄像头。”她在身前打开一个视频窗口，转给我们看。摄像头安装在山顶的一棵大树上，拍到了下方的大片区域，包括那些排成人类颅骨状的黑石。画面中挤满了六佬，他们还在不断抵达。

但镜头中最让人气愤的，是一个覆盖了整座丘陵的透明能量罩。

“婊子养的，”埃奇说，“是我想的那玩意儿吗？”

阿尔忒密丝点点头，“一个力场屏障。六佬刚抵达就马上立起来了，所以……”

“所以，”长刀说，“其他闻风而来的猎手被封在了外面，除非他们有办法穿过那道力场。”

“实际上，力场有两道。”阿尔忒密丝说，“层层嵌套。新的六佬支援来到时，他们会依次解除屏障，就像气闸。看。”

只见一队六佬拖着各式设备，跳下停靠在临时停机坪上的炮艇。外层力场在他们接近时暂时消退，露出内侧那个较小的力场。所有人都进入后，外层力场再度升起，然后内侧力场消失，让他们得以奔向墓地。

我们看着事态的新发展，陷入了沉默。

“情况本来会更糟。”埃奇终于开了口，“如果墓地是PVP区，这群混蛋肯定已经到处架好激光炮和机械哨塔了，谁敢接近就会被瞬间汽化。”

他是对的。因为卢德斯是安全区，六佬没法攻击那些赶往墓地的猎手，只能架设力场，阻碍他们前进的步伐。

“为这一刻，六佬显然准备了很久。”阿尔忒密丝说着关闭了窗口。

“他们不可能阻挡外人太久。”埃奇说，“猎手公会反应过来后，一定会引发全面战争。成千上万的猎手会集结起来，用一切手段攻击屏障力场。火箭筒、火球术、集束炸弹，甚至战术核弹。事情会闹得很大，这片林子铁定被轰成废土。”

“是啊，但那段时间足够六佬一个接一个地获得黄铜钥匙，通关第一扇门了。妈的，就跟跳着康加舞[126]一样。”

“他们怎么能这么做？”短刀愤怒地问道。这个小孩看着他哥哥，“这不公平，他们不守规矩。”

“他们没必要遵守。‘绿洲’本为法外之地，兄弟。”长刀说，“六佬可以随心所欲，直到被人阻止。”

“六佬太没节操了。”短刀愤懑不平。

“你们对他们的下限了解还太少，”埃奇说，“帕西法尔和我之所以邀请你们，就是出于这原因。”他转向了我，“Z，告诉他们吧？”

我点点头，面朝众人，从收到IOI的邮件开始讲起了整个故事。所有人都收到了信，但除我之外没人打开。然后，我巨细靡遗地讲述了和索伦托会面的全程，包括我们的谈话是如何收场的——炸弹把我姨妈家夷为平地。听我说完，人人面露震惊之色。

“天哪，”阿尔忒密丝低声说，“这是真的？他们想杀了你？”

“嗯。如果我在家，他们已经成功了。我能站在这里，纯粹是运气好。”

“现在你们都知道六佬为了阻止别人找到彩蛋，能干出些什么事来了。”埃奇说，“只要真实身份被他们发现，我们就大劫难逃了。”

我点点头，“所以你们必须采取预防措施，保护好个人信息。”我说，“如果你们还没意识到这点的话。”

所有人都点点头，聊天室又一次陷入沉默。

“我还有一件事没想明白。”过了一会儿，阿尔忒密丝

126. 康加舞：源于古巴狂欢节，20世纪30至50年代流行于美国。舞蹈者一个接一个排成长线状。

说道，“六佬怎么会去卢德斯找墓地的？有人泄密了吗？”她的目光逐个扫过屋里人，但听起来，她似乎并没有指责的意思。

“他们肯定也看了猎手论坛，有流言说帕西法尔和埃奇都是卢德斯的学生。”短刀说，“我们就是这么推断出来的。”

长刀皱起眉，捶了弟弟的肩膀一下。“来之前不是叫你闭嘴了吗？蠢货。”他生气地说。短刀露出不好意思的神色，不再讲话。

“什么流言？”阿尔忒密丝看着我，“他在说什么？我这几天一直没空看论坛。”

“有几个帖子，发帖者自称认识帕西法尔和埃奇，说他们都在卢德斯上学。”长刀转向埃奇和我，“我们兄弟几年来走遍了许多世界，一直在寻找恐怖之墓，但在看到那个帖子之前，从没想过它会在卢德斯。”

“我一样想不到，”我说，“所以在哪儿读书的事，我从没当成秘密。”

“是啊，幸好你没有。”埃奇对众人说，“我也是从这点出发，推断出墓地位置的。在他的名字登上记分板前，我压根没考虑过卢德斯。”

长刀轻轻推了他弟弟一把，两人朝我深深鞠躬，“你是第一个找到墓地的人，感谢你指引了我们。”

我回鞠一躬，“谢了，伙计们。但其实阿尔忒密丝才是第一个。她比我早了整整一个月。”

“早有什么用？”阿尔忒密丝的话里带着些怨气，“我玩《鸟蛋之争》一直不是那巫妖的对手。没想到啊没想到，我在那里折腾了一个月，这小子却一次就过了。”她解释了一通我们的相遇，以及她是怎么和巫妖换位，最终赢过他的。

“这得多亏埃奇打《鸟蛋之争》厉害。”我说，“就在这间地下室里，我跟他对局了好多把，要不然怎么可能一次过关。”

“我也一样。”埃奇抬起拳头，和我碰了碰。

长刀和短刀都笑了。“我们也差不多，”长刀说，“因为《安诺拉年鉴》提到过《鸟蛋之争》，我们兄弟切磋了好几年。”

“好极了，”阿尔忒密丝举起双手，摆出认输的造型，“算你们赢，一个个都提前准备好了。我真替你们高兴啊，耶！”她挖苦般地鼓了几下掌，大家都笑了。“好了，互相吹捧得也差不多了，咱们是不是该回到正题上来了？”

“没错。”埃奇笑着说，“刚才讲到哪儿了？”

“六佬？”阿尔忒密丝提醒了他一下。

“对！当然了，六佬！”埃奇咬着嘴唇，摩挲了几下后颈。他想事情的时候老这样。“他们在不到一个钟头以前找到了墓地，对吧？也就是说，他们已经到了王座那里面对巫妖了。不过，多个玩家同时进入那个大厅，会发生什么事呢？”

我望向对刀，“你们的名字是同一天里出现在记分板上的，只隔了几分钟。你们是一起进入王座大厅的，对吗？”

长刀点点头,“没错。我们走上平台时,出现了两个巫妖,每人一台街机。”

“好极了,”阿尔忒密丝嘟囔道,“恐怕有上百个——甚至上千个——六佬能同时拿到黄铜钥匙了。”

“话是这么说,”短刀评论道,“不过事情也没那么容易吧,只有在《鸟蛋之争》里赢了巫妖的人才能拿到钥匙。你们也知道,那游戏难度不低。”

“六佬用的是改造过的设备。”我说,“索伦托向我吹嘘过,那些设备能让你控制其他人的角色。也就是说,只要六佬里有一个玩《鸟蛋之争》的高手,他们就能一个接着一个地战胜阿瑟瑞拉克。”

“作弊的狗杂种。”埃奇怒道。

“真是毫无荣耀。”长刀直摇头。

“是,”阿尔忒密丝翻了个白眼,“我们已经就此达成共识了。”

“更可恶的是,六佬背后还有技术小组撑腰。”我说,“包括哈利迪学者、游戏专家和密码学家。通关《战争游戏》对他们来说不过小事一桩,演电影的时候,旁边肯定有人给报台词。”

“难以置信。”埃奇咕哝道,“我们怎么才能阻止他们呢?”

“阻止不了的。”阿尔忒密丝说,“对方破译黄铜钥匙谜题的速度可能不比咱们慢,要不了多久就会赶上咱们的进度。到那时,他们就会全力攻关翡翠谜题。”

“如果他们先找到了钥匙的藏身处,一定会设下阻碍。到那时，我们就和现在其他那些猎手一个处境了。”我说。

阿尔忒密丝点点头，埃奇沮丧地朝咖啡桌踢了一脚。“他妈的太不公平了，”他说，“六佬比我们优势大太多了。他们有花不光的钱、用不完的武器、载具。他们连角色都有好几千，还相互分工协作。”

“对。”我说，“而我们全是单打独斗，好吧，你俩不算。”我指了指对刀，“不过你们明白我的意思。他们人多势众，装备精良，这种情况短时间内不会改变。”

“所以你的建议是？”长刀突然显得局促不安。

“我没有提出任何建议，”我说，“只是在陈述客观事实。”

“那就好。”长刀说，“我还以为你要提议我们五个组建个联盟什么的。”

埃奇盯着他，“哦？这个想法很糟糕吗？”

“是的。”长刀坦然道，“我们兄弟向来不依靠外人，无须你们的协助。”

“哦？真的？”埃奇说，“你们刚刚还承认有了帕西法尔引路，才找到的恐怖之墓。”

长刀的眼睛眯了起来，“我们迟早能找到的。”

“没错。”埃奇说，“可能再花五年吧。”

“好了，埃奇。”我站到他们之间，“别这样。”

埃奇和长刀对峙着，短刀有些不知所措地看着他哥哥。阿尔忒密丝退到一旁，饶有兴致地观察他们交锋。

“我们不是来这里受辱的。”长刀最后说，“再见。”

“等等，长刀，”我说，“稍微等一下，行吧？让我把话说清楚。我们不该彼此敌视，我们是一边的。”

“不必了。”长刀说，“我们并不相熟。你们中间随便哪个都可能是六佬的间谍，这种事谁说得准呢。”

阿尔忒密丝爆出一声大笑，又知趣地捂住了嘴。长刀没理她。“不废话了。”他说，“最后找到彩蛋，赢下比赛的只能有一个人。”他说，“那个人不是我，就是我弟弟。”

话音刚落，对刀便从地下室里消失了。

“事情还真顺利。”他们离开后，阿尔忒密丝说。

我点点头，“嗯，高手啊，埃奇，你真懂怎么架起友谊的桥梁。”

“我怎么了？”他辩解道，“该责怪的是长刀那个混球！还有，说组队的也不是我们。我一直是个自由猎手，你也是，阿尔忒密丝应该同样是匹独狼。”

“控告成立。”她笑着说，“即使如此，咱们仍然应该讨论一下，要不要结盟对抗六佬。”

“也许吧。”埃奇说，“可是想一想，假如你是我们中间第一个找到翡翠钥匙的，你会大发善心地告诉其他人，该上哪儿去找那小东西吗？”

阿尔忒密丝做了个鬼脸，“当然不会。”

“我也是。”埃奇说，“所以我们不可能组起什么联盟。”

阿尔忒密丝耸耸肩，“好吧，看来会议结束，该走了。”她朝我挤挤眼，“时间不等人，抓紧啊，小伙子们。”

“滴答滴答。”我模仿秒针走动的声音。

“祝二位好运，”她对我们挥挥手，“拜拜。”

“拜拜。”我们一起回答。

我看着她慢慢消失，然后转向埃奇。他正冲着我笑。

“你笑什么？”我问。

“你迷上她了，兄弟。”

“什么，阿尔忒密丝？怎么可能……”

“你当我瞎啊，Z。她走到哪儿，你的眼睛就连轴转到哪儿。”他双手放在胸前，像默片电影演员那样眨巴着眼，“我整场会议都录像了，要不要发你一份，回头看看自个儿有多傻？”

“快住口。”

“可以理解的嘛，哥们儿，”埃奇说，“那姑娘确实可爱得紧。”

“得了，你在新谜题上有没什么进展？”我连忙改变话题，“就是那个翡翠四行诗。”

“四行诗？”

“隔行押韵，一共四行的诗。”我告诉他，“就是四行诗。”

埃奇白了我一眼，“什么乱七八糟的。”

“白痴，这是学名！”

“谜题就谜题，装什么高雅。答案是没有。我一点儿头绪都摸不着。”

“我也一样。所以我们还是别杵在这里了，该干活了，埋头拉磨吧。”

“赞同。”他说，“可是……”

就在这时，房间另一端的一摞漫画书突然从桌角掉到地上，仿佛被什么东西撞落。我和埃奇吓了一大跳，互相看看，大家都是一脸莫名其妙。

“什么鬼？”我说。

“我不知道。”埃奇走过去检查散落在地上的漫画，“软件漏洞之类的吧？”

“我没听说过聊天室还有这种漏洞。”我望着空荡荡的房间，“会不会有人在这里，隐着身偷听我们说话？”

“别扯了，Z，”他说，“你太神经了。这是个加密的私人聊天室，没有我的允许进不来的。你应该知道的。”

“嗯。”可我心里还是直发慌。

“放轻松。就是个小漏洞。”他一只手放在我肩头，“这样吧，如果你改了主意，想从我这边借点钱，或者找个临时住处，不要客气，直说便是。如何？”

“我没事的。”我说，“你的好意我心领了，哥们儿。”

我们碰了碰拳，就像在聚集能量的神奇双子[127]。

“回头见。祝好运，Z。”

“你也是，埃奇。”

127. 神奇双子：美国DC漫画中的一对超级英雄。漫画最早刊登于1977年。

0016

只过去了几个钟头，记分板上剩余的空槽就被填满了。那些栏位里没有玩家的名字，只有 IOI 的员工编号。他们每个人的分数都是五千（也就是说，除了头五个登榜的玩家，其他人找到黄铜钥匙的得分是固定的）。几个小时后，他们的分数增加了十万，无疑是通过了第一扇门。到那一天结束时，记分板变成了这个样子：

高分榜：

1. 帕西法尔	110000	⛩
2. 阿尔忒密丝	109000	⛩
3. 埃奇	108000	⛩
4. 长刀	107000	⛩
5. 短刀	106000	⛩

6.IOI−655321　　105000

7.IOI−643187　　105000

8. IOI−662167　　105000

9. IOI−678324　　105000

10. IOI−637330　　105000

我认出了排在第一位的员工编号，因为它就印在索伦托的制服上。他大概坚持让自己的角色第一个拿到黄铜钥匙成功过门，可这里面他自己到底出了几分力，相当值得怀疑。他不可能是玩《鸟蛋之争》的老手，或者对《战争游戏》了然于心。当然，他也没必要那么去了解那些老古董。碰上《鸟蛋》这种解决不了的难题，他只要把游戏交给某条擅长此道的走狗就行。演电影那里，肯定也有人通过改造过的设备，把所有的台词都报给了他。

十栏填满后，记分板开始拉长。没多久就变成了二十栏，然后是三十栏。二十四小时之内，共有六十个六佬通过了第一扇门。

与此同时，卢德斯成了全“绿洲”人口密度最高的地方。猎手的大潮涌出各个传送站，搅得学生和老师不得安生。看到校园墙壁上的各色污秽涂鸦后，“绿洲”公立学校理事会成员决定离开卢德斯，把学校搬去别的地方。他们在同一个分区里距离卢德斯不远的地方建立了它的复制品，卢德斯二号，并删去了哈利迪小心翼翼隐藏起来的恐怖之墓代码。因为把数据拷贝至新地点要花不少时间，所有学生还放了一天假。第二天，卢德斯二号恢复授课，原版的星球就此留给了六佬和猎手，任他们争夺厮杀。

六佬在卢德斯一处偏远森林中央小平顶山上大规模集结的消息很快就传开了，墓地的准确位置当夜便出现在各大论坛里。一道发出来的，还有六佬架起力场屏障，阻止其他玩家进入的截图。那些截图上，山顶的颅骨状黑石清晰可见。几个小时内，所有猎手都知道了它和《恐怖之墓》模组的关系。接下来，新闻媒体也展开了报道。

大型猎手公会立刻联合起来，动用所有武装，向力场发起了猛烈的攻击。六佬安装了跃迁扰频器，不让任何玩家通过科技手段直接进入屏障内部。他们还在墓地周围安排了许多高阶法师，没日没夜地施放沉默咒，确保魔法也没法在屏障内部生效。

猎手公会竭力破防，用上了火箭弹、导弹、战术核弹和破口大骂。他们围攻了墓地一整夜，可到了第二天早上，力场依旧屹立不倒。

绝望之下，公会决定用上正儿八经的大家伙。他们凑钱从 eBay 上买了两枚价格不菲、威力惊人的反物质炸弹，让它们连续砸在目标上。这次他们总算成功了。第一枚炸弹撕开了外层力场，第二枚则彻底摧毁了六佬的防御。内层屏障甫一消失，上千个猎手（由于非 PVP 区的缘故，他们全都毫发无伤）就蜂拥而上，在进入墓地的走廊口堵作一团。很快，这些猎手（和六佬）就下到了王座大厅，开始和半神巫妖用《鸟蛋之争》一决高下。挑战过后，百分之九十五的猎手丧了命，但还是有一些赢得了比赛。于是，除了五强和IOI员工编码外，记分板上出现了新的名字。几天过后，这张名单的长度破百。

如今墓地里满是猎手，六佬已不可能夺回控制权。他们的支援部队在抵达卢德斯之前，便不断遭到骚扰和攻击。这种情况下，六佬终于放弃了独占墓地的打算。但他们依然不断派出员工进入恐怖之墓，获取黄铜钥匙拷贝。没人能阻止他们的这种做法。

叠楼被炸一天以后，地方新闻网刊登了关于此事的一则短讯。新闻展示了一些志愿者搜集遇难者遗骸的画面，但根本找不到爆炸的真正起因。六佬为了掩人耳目，爆炸前在一辆拖车里安装了不少制毒设备。他们的诡计成功了。警察没有进行什么深入调查。因为废墟附近的叠楼太多，开起重机过来清理残骸风险太大，当局决定任由那堆废铁烂在那里，一点点生锈。

那一天，第一笔预付款终于打进了我的账户。我拿这笔钱买了张去俄亥俄州哥伦布市的单程票，次日早晨八点的车。为了坐上了头等舱，我又额外掏了笔钱。旅途漫漫，我打算把大部分时间用在“绿洲”里，而头等舱有更舒适的椅子和更大的上行带宽。

行程预订完成后，我把秘密小窝里的所有东西整理了一番，把今后还用得到的东西一股脑儿塞进旧帆布包里，包括学校版的“绿洲”主机、VR眼镜、手套、翻到书页折角的打印版《安诺拉年鉴》、圣杯日记、几件衣服和笔记本电脑。至于其他东西，我都留在了小窝里。

等到入夜，我离开货车，反锁车门，把钥匙使劲抛进周围的垃圾堆。然后，我背起包，爬出车山，头也不回地离开了叠楼区。

我一路走的都是人流繁忙的大街，总算没被抢劫，平安抵达巴士站。门内有台破旧的自助取票机，它扫描了我的视网膜，吐出了车票。接下来的时间里，我一直挨着门坐着，一边阅读破旧的《安诺拉年鉴》，直到巴士终于出发。

这辆双层巴士有装甲板车体，防弹玻璃，车顶还有太阳能电池板，基本上是座移动城堡。我在司机后面两排处的靠窗位置落座，司机先生本人所待的驾驶室也是防弹玻璃隔开的。六个全副武装的保安待在汽车上层，负责保护车辆和乘客不被路匪打劫——在安全的大城市之外，法律无法顾及的荒野中，这种事时有发生。

车里坐满了人，大多数乘客一找到位置就戴上 VR 眼镜。我在汽车驶过郊区一座又一座风力发电塔时多等了一会儿，目送我出生的城市在后方的道路上渐行渐远，直至消失。

巴士的电动引擎理论速度能达到每小时四十英里，但由于州际公路系统维护不佳，再加上得在无数个充电站停车，去哥伦布的旅程需要耗时数日。这段时间我几乎全泡在“绿洲”里，为新生活做着准备。

我的当务之急是创造一个新身份。这不是什么麻烦事。在“绿洲”，你只要知道该找谁问、该上哪儿找，对违法又不是那么介意，那就什么都能买到。政府部门（和几乎每家大公司）里总有为生活所迫，或者贪得无厌，不惜把数据卖到“绿洲”黑市的人。

128. 该网站存在，是按照《玩家 1 号》的世界观设计的。

世界知名猎手的身份也很有用处，黑市和暗网的商人很愿意买这个账。我于是轻松地找到了一家高端非法数据拍卖网站 L33t Hax0rz Warezhaus[128]。我只掏了一笔小钱，就买到了修改 USCR（美联邦公民注册资料）数据库的权限程序和密码。有了这些工具就能登录数据库，修改我在“绿洲”学校注册时提交的个人资料。我剪切了自己的指纹和视网膜信息，用某个过世之人（其实是我爸）的数据取代，又把剪切下来的数据放在了新建立的档案里。所以现在，我成了布莱斯·林奇，一个二十二岁，拥有自己的社保号、良好的社会信用评级，取得了计算机学学士学位的大小伙子。如果我想恢复真实身份，要做的不过是删掉林奇的资料，把指纹和视网膜图重新粘贴回自己的档案。

建立完新身份，我开始搜索哥伦布的公寓房。我在一家有些年头的高层酒店里订下了一个租金还过得去的房间。据说过去的好日子里，人们在出差和旅行时会选择这样的酒店。酒店房间经过改造，成了一体式的公寓房，完全可以满足全职猎手的需求。我需要的一切这里都有：低廉的租金、严格的安保、稳定的电力供应，以及最重要的：直连“绿洲”主服务器的高速光纤。这是目前最快、最安全的“绿洲”网络连接方式，不经过 IOI，或者它某家子公司的线路。所以我不用担心他们会监视网络，或者查询代理商来定位我的地址。在这里，我很安全。

我在一间聊天室跟租房中介谈了谈，他带我看了我房间的虚拟像。地方还不错。我以新身份一次性预付了半年的租金。这种大手笔足以让中介闭嘴，不再过问我的来路。

大巴沿着破碎的高速公路摇摇晃晃了数日。有那么几个傍晚，我摘下眼镜，望着窗外。我从未离开过俄克拉荷马城，不禁想知道这个国家的其他部分到底是怎么一副模样。但所过之处全是一派荒凉衰落的景象，与刚刚经过的地方并无不同。

长路漫漫，让我产生了一种错觉，仿佛在这辆车里已经待了个把月。但就像黄砖路走到尽头，进入奥兹国[129]那样，哥伦布城的天际线终于出现在地平线上。正是傍晚时分，前方的城市灯火璀璨，我从没见过这么密集的灯光。我在哪里读到过，那座城市到处都装着大型太阳能电池阵列，城郊还有两个定日镜[130]电厂。它们白日里吸收储存太阳的能量，晚上则释放出来，为巍峨的城市供能。

129. 奥兹国：《绿野仙踪》里虚构的童话国度。

130. 定日镜：将太阳的光线反射到固定方向的光学装置。

巴士开进哥伦布汽车总站，车内的网络连接自动切断。我摘下眼镜，与其他乘客一道起身。沉重的现实瞬间扑面而来。如今的我是流亡者，必须靠假名过活。我的敌人有钱有势，正在四处搜寻我的踪影，他们只有一个目的，那就是要我死。

下车时，我感到胸口有千斤重压，呼吸艰难，惊慌失措。我逼自己深深呼吸，慢慢平静下来。没事的，我对自己说，你要只要走进公寓，戴上设备，就能重回“绿洲”了。

那才是你熟悉的世界，你会安全的。

我拦下一辆无人出租车，往触摸屏里输入地址。车载电脑的合成声告诉我，按照目前的交通状况，抵达那里需要三十二分钟。路途中，我望着窗外阴沉沉的街道，依然头晕目眩，只能把注意力放在车内的里程表上。终于，出租车载我到了目的地。那是一栋石板灰色的大楼，矗立在赛欧托河畔，不远处是孪河贫民窟。我注意到建筑前立面上有些褪色的字迹轮廓，看来当初它正式营业时，名叫希尔顿。

我在触摸屏上摁下指纹付款，爬到车外。看了眼周围，呼吸了一口新鲜空气，我拎起包穿过前门，走进大厅。安检处扫描了我的指纹和视网膜，显示屏上随即跳出我的新名字。然后绿灯亮起，闸门打开，亮出一条通往电梯的路。

房间在四十二层，编号4211。房门外的安全锁需要再进行一次视网膜扫描，接着，房门滑向一侧，房内灯光自动亮起。我走进屋子，反手关门，只听咔嗒一声，门自动锁上了。

就在那时，我默默发誓：我要彻底放弃现实生活，绝不离开这个房间一步。

直到我找到彩蛋的那一天。

Level Two

我对现实并不感冒，不过

它是唯一能让我吃上饭不至于饿死的地方。

——格鲁乔 · 马克思[131]

131. 格鲁乔 · 马克思（1890–1977），美国喜剧演员。以机智的问答和比喻而闻名。

0017

阿尔忒密丝：在吗？

帕西法尔：在！嘿！那么多次邀你私聊，总算有反应了。

阿尔忒密丝：我只是希望你别再来找我了。这样不好。

帕西法尔：为什么？我们不是都加成好友了吗？

阿尔忒密丝：你是个不错的家伙，但我们是对手，是彼此竞争的猎手。你明白的。

帕西法尔：咱们可以聊那些跟彩蛋不沾边的话题……

阿尔忒密丝：没什么话题能跟彩蛋不沾边。

帕西法尔：拜托，至少试一试？我先开始。嗨，阿尔忒密丝，最近怎么样？

阿尔忒密丝：不错。谢谢。你呢？

帕西法尔：好极了。那个，我们为什么要用原始的文字聊天呢？我可以去开间视频聊天室。

阿尔忒密丝：我喜欢打字。

帕西法尔：为什么？

阿尔忒密丝：你也许还记得，我有些管不住嘴。打字的话，能稍微好点儿。

帕西法尔：你那不叫管不住嘴，你那叫可爱。

阿尔忒密丝：你刚刚用的是“可爱”这个词儿？

帕西法尔：我打的字就在你面前，对吧？

阿尔忒密丝：谢谢恭维，但这纯属扯淡。

帕西法尔：我是认真的。

阿尔忒密丝：好吧。那么，待在记分板板顶的感想如何，高玩？高处不胜寒？

帕西法尔：我没觉得自己有多出名。

阿尔忒密丝：你傻？全世界都发了疯一样想把你揪出来。你是摇滚巨星啊，这位先生。

帕西法尔：你不跟我一样出名吗？我要真是摇滚巨星，媒体为什么把我描写成一个从不出门、邋里邋遢的宅男？

阿尔忒密丝：这么说，你也看了那期《周六夜现场》？

帕西法尔：是啊。为什么所有人都觉得我是个患有社恐的死肥宅？

阿尔忒密丝：你没有社恐？

帕西法尔：没有！也许吧。我承认，有那么一点儿。不过我很讲个人卫生。

阿尔忒密丝：至少他们没搞错你的性别。所有人都觉得我其实是个男的。

帕西法尔：那是因为大多数猎手都是男的，他们不太能接受自己不如一个女生的事实。

阿尔忒密丝：我知道。这些尼安德特人。

帕西法尔：那么，跟我直说吧，你到底是不是女的？

阿尔忒密丝：你应该有自己的判断吧，克劳索先生[132]。

帕西法尔：当然了。

阿尔忒密丝：是吗？

帕西法尔：是的。分析了可获得数据以后，我得出结论，你的性别一定为女。

阿尔忒密丝：凭什么下这种结论？

帕西法尔：因为我不是很想发现，那个正跟我说话的，是个蹲在底特律城郊他母亲房子的地下室里、体重三百磅、名叫查克的痴肥。

阿尔忒密丝：你喜欢上我了？

帕西法尔：你应该早有判断了，克劳索。

阿尔忒密丝：如果我是个重三百磅、名叫沙琳、住在底特律她母亲的地下室里的胖女人呢？你依旧会喜欢我吗？

帕西法尔：我不知道。你真的住在你妈妈房子的地下室里？

阿尔忒密丝：才怪。

帕西法尔：噢，那我可能还是会喜欢你。

阿尔忒密丝：你既然这么说，那我就得怀疑你是那种只在乎女人肉体、不在乎责任的混账男人了。

132. 克劳索先生：出自1968年的电影《糊涂大侦探》，克劳索是主角，职业侦探。该电影的编剧是布莱克·爱德华兹（《蒂凡尼早餐》的导演）。

帕西法尔：你又凭什么认为我是男的？

阿尔忒密丝：拜托，我不瞎。我能感觉到你身上躁动的男孩子气。

帕西法尔：男孩子气？我是说话句式结构特别男性化还是怎么着？

阿尔忒密丝：别转移话题。你说你喜欢我？

帕西法尔：早在我们见面前，我就喜欢你了。好几年前看了你的博客和截图以后，我就一直关注着你。

阿尔忒密丝：可你对我的真实情况一无所知。

帕西法尔：这是"绿洲"。除了人们的本性，一切都是虚拟出来的。

阿尔忒密丝：我不这么认为。我们能自定义角色的声音容貌，通过角色所表现出来的人格也会因此受到影响。"绿洲"能让你变成你想变成的那种人。这就是为什么人们会沉迷在这个游戏里。

帕西法尔：你的意思是，现实中的你和那晚在墓地里的完全不一样？

阿尔忒密丝：那只是我的其中一面。我愿意让你看到的那一面。

帕西法尔：好吧，我喜欢这一面。不过，相信我也会喜欢其他几面的。

阿尔忒密丝：随你怎么说啰，但我知道事情会怎么发展。接下来，你想要和我交换真人照片了吧？

帕西法尔：我不会提这种要求的。另外，我也绝对不会把自己的照片拿给你看。

阿尔忒密丝：为什么？你是丑八怪？

帕西法尔：你不同样在乎长相吗？虚伪！

阿尔忒密丝：是又怎么样？你倒是回答啊，你长得难看吗？

帕西法尔：……想来很难看。

阿尔忒密丝：理由？

帕西法尔：女性这个物种总是拒我于千里之外。

阿尔忒密丝：我倒是没觉得你讨厌。

帕西法尔：当然了，因为你是胖成猪头的查克，喜欢和难看的男生网上聊天嘛。

阿尔忒密丝：这么说你年纪不大？

帕西法尔：相对年轻吧。

阿尔忒密丝：相对什么来说？

帕西法尔：相对五十三岁的胖查克来说。你一直住在你妈妈的地下室里，她从来不撵你出去吗？

阿尔忒密丝：你真这么看我的？

帕西法尔：如果真这么看你，那我才没心情和你屁话。

阿尔忒密丝：那你觉得我实际上是个什么样的人，嗯？

帕西法尔：跟你的角色差不多吧，我想。当然，你也知道的，不算那些装甲、枪支和闪闪发光的长剑。

阿尔忒密丝：你又在说笑了，是吧？网恋第一原则，哥们儿，没人像他们的角色。

帕西法尔：那，我们可以网恋吗？（交叉手指[133]）

133. 这个手势表示祈祷愿望成真。

阿尔忒密丝：没门儿，高玩。抱歉。

帕西法尔：为什么不能？

阿尔忒密丝：没这个时间，琼斯先生[134]。在网上谈情说爱，会让我没时间干正事的。说真的，找翡翠钥匙都来不及好吧。

134. 琼斯先生：指印第安纳·琼斯，《夺宝奇兵》的主角。

帕西法尔：是啊。我也应该这样，不过跟你聊天比找钥匙有趣。

阿尔忒密丝：进展如何？

帕西法尔：什么进展？

阿尔忒密丝：你说什么进展？我看你挺闲，还有时间搞网恋？

帕西法尔：对你，我愿意花这个时间。

阿尔忒密丝：哎哟，真甜。

帕西法尔：你还没见我正儿八经甜起来的样子呢。

阿尔忒密丝：你有工作没？还是说，仍然在学校读书？

帕西法尔：高中。下周毕业。

阿尔忒密丝：你不该透露这些信息的！我没准是六佬的细作，想揪出你的底细。

帕西法尔：你忘了？六佬已经知道我是谁了。他们把我家都炸了。好吧，那只是辆拖车。不过炸了就是炸了。

阿尔忒密丝：我记得很清楚，这事太吓人了。我可以想象你的心情。

帕西法尔：我一定要品尝复仇的滋味。

阿尔忒密丝：祝你好胃口。对了，你不找彩蛋的时候，都在干什么？

帕西法尔：如果你光问不答，我是不会告诉你的。

阿尔忒密丝：行吧，等价交换，莱克特博士[135]。你问一个，我问一个。您先请。

帕西法尔：你是在工作，还是在上学？

阿尔忒密丝：读大学。

帕西法尔：学的什么？

阿尔忒密丝：轮到我了。你不猎蛋的时候，都在干吗？

帕西法尔：什么也不做。搜寻彩蛋是我的全部。哪怕现在，我也在思考该怎么赢得比赛。干这行，你得学会一心多用。

阿尔忒密丝：我也一样。

帕西法尔：真的？我现在还一只眼睛盯着记分板，以防万一呢。

阿尔忒密丝：厉害了我的高玩。

帕西法尔：那么，你在大学里学的什么？

阿尔忒密丝：诗歌和创意写作。

帕西法尔：这就说得通了。难怪你文章写得那么好。

阿尔忒密丝：谢谢恭维。你多大了？

帕西法尔：上个月刚十八。你呢？

阿尔忒密丝：你不觉得问女生这问题，有点过分了吗？

帕西法尔：完全不觉得。

阿尔忒密丝：十九。

135. 莱克特博士：指汉尼拔·莱克特，《沉默的羔羊》系列主角。

帕西法尔：啊哈，姐姐。这叫法真带感。

阿尔忒密丝：前提是我真是个女的。

帕西法尔：你是女的吗？

阿尔忒密丝：还没轮到你好吧。

帕西法尔：行行。

阿尔忒密丝：你对埃奇了解多少？

帕西法尔：他是我五年来最好的朋友，不过现在得加上“之一”了。你是女的吗？我是说，你是一个未曾进行过变形手术的女性人类吗？

阿尔忒密丝：问得可真够细的啊。

帕西法尔：回答我。

阿尔忒密丝：我是且一直是女性人类。你和埃奇在线下见过面吗？

帕西法尔：没有。你有兄弟姐妹吗？

阿尔忒密丝：没有。你呢？

帕西法尔：也没有。你父母健在吗？

阿尔忒密丝：他们都死了。传染病。外婆把我拉扯大的。你爸妈呢？

帕西法尔：我也是孤儿。

阿尔忒密丝：很难受，对吧？没有爸妈的感觉。

帕西法尔：是啊。可还有很多人过得比我更糟。

阿尔忒密丝：我也一直这么提醒自己。那么……你和埃奇是一队的吗？

帕西法尔：瞧你说的……

阿尔忒密丝：问你呢，是组队的吗？

帕西法尔：不是。他也问过我是不是和你一起。你知道的，因为我刚过了第一扇门，你马上也过了。

阿尔忒密丝：这提醒我了——你为什么要给我那个小提示，建议我在玩《乌蛋之争》的时候换个边？

帕西法尔：不为什么，就想帮你一把。

阿尔忒密丝：好吧，这种错误以后别再犯了，我可是冲着赢得比赛去的。明白了？

帕西法尔：嗯，嗯。再说吧。

阿尔忒密丝：这位朋友，我忘了遵守一问一答的规矩了。所以现在你有，嗯，五个问题可以提。

帕西法尔：好啊。你的头发什么颜色？现实中的头发。

阿尔忒密丝：深褐。

帕西法尔：眼睛？

阿尔忒密丝：蓝色。

帕西法尔：和你的角色一样，嗯哼？那么脸和身材呢？

阿尔忒密丝：就像你看到的那样。

帕西法尔：好啊。你最喜欢的电影是哪部？

阿尔忒密丝：说不好，一直在变。现在的话……可能是《高地人》。

帕西法尔：品位不错呀，女士。

阿尔忒密丝：那可不。我特喜欢邪恶的反派光头，库尔干简直性感。

帕西法尔：看来我是时候去剃个头，穿件皮衣了。

阿尔忒密丝：记得发图过来。听着，我过几分钟就下了，罗密欧。你可以问我最后一个问题，然后我就要去睡觉啦。

帕西法尔：我们下次什么时候聊？

阿尔忒密丝：等你或者我找到彩蛋的时候。

帕西法尔：那也许要等个几年。

阿尔忒密丝：那就等个几年。

帕西法尔：那至少邮箱联系吧？

阿尔忒密丝：不是个好主意。

帕西法尔：你又不能阻止我写邮件。

阿尔忒密丝：实际上，我可以。只要把你拉黑就行。

帕西法尔：但你不会这么做的，是吧？

阿尔忒密丝：那得看你有没把我逼到那份上。

帕西法尔：过分，太过分了。

阿尔忒密丝：晚安，帕西法尔。

帕西法尔：再见，阿尔忒密丝。好梦。

对话结束。2.27.2045 - 02:51:38 OST

我开始给她写信。一开始我克制着自己，每周只发一封。出乎我的意料，她每信必回。虽然一般就一句话，说她太忙，没时间多写。但到了后来，她的回复逐渐变长，我们交流的频率也慢慢增加，达到了一周几次。再往后，邮件的内容变得更加私人，而且每天至少收发一次。只要看到她的信出现在收件箱里，不管手头在忙什么，我都会把它抛到一旁，第一时间先把信读了。

不久，我们的关系就进一步发展到了每天在私人聊天室里见面。我们一起下棋、看电影、听音乐，胡侃个把钟头，话题天南海北、无所不包。跟她在一起令我迷醉。我们似乎什么都合得来：我们喜好相同、目的相同。她能理解我的所有笑话，能让我笑逐颜开，能让我好学深思。我看待世界的角度也因她而改变。以前我从没与人这么心心相印过，即使埃奇也不行。

竞争对手又怎么样？我已经不在乎了。她对我似乎也是如此。我们开始协作研究，告诉对方自己最近看过的电影、读过的书。我们甚至会对《年鉴》中的一些段落展开讨论，交流各自的理论。对这样的姑娘，我怎么也提不起戒心来。我的脑海里一直有个微弱的声音，说她讲出的每个词，背后都是谎言，她的一举一动都是在把我当傻子耍。但我对那声音不屑一顾。哪怕有一万个理由反对，我依然选择信任她。

六月上旬，高中生涯结束。我没去参加毕业典礼。逃出叠楼后，我再也没有回到教室。目前看来，六佬认为我已经死了，我可不想最后几周又在学校里露面。拉下几周课程不是大问题，毕竟我已经修够了学分。学校给我邮箱发了文凭的电子版，至于实体版的文凭，它寄去了我姨妈家，但那里已经不存在了，所以我也不知道它会去向何方。

打那以后，我的全部时间就都用在了寻找彩蛋上。可我真正想做的，只是和阿尔忒密丝腻在一起。

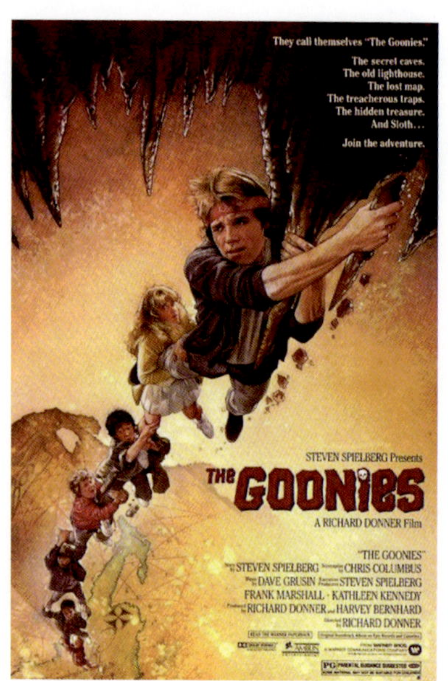

136. 出自电影《七宝奇谋》，1985 年的美国冒险电影，导演理查德·唐纳。古达克是电影主角的居住地。

不跟新交的网恋女友厮磨时，我会去练级。猎手们把这叫作“攀登九十九”，因为九十九级是“绿洲”里等级的上限。阿尔忒密丝和埃奇最近都快到这个等级了，我不得不加把劲追赶他们。其实这对我来说不难。你想啊，我多的是时间，又有足够的钱去“绿洲”的任何地方。我做完了路遇的所有任务，最夸张的时候一天连跳五六级。我还学了兼职，成了个战士/法师。升级的过程让我磨炼战斗的技艺，增长魔法知识，还收集了许多强力武器、魔法装备和坐骑。

阿尔忒密丝偶尔会和我组队任务，有次我们去了古达克星[136]，仅用一天时间，就清掉了整个《七宝奇谋》的任务。阿忒扮演了玛莎·普林顿的角色斯蒂夫，我选的则是米奇——西恩·奥斯汀扮演的男主角。那任务简直妙趣横生。

不过就算被恋爱冲昏了头，我也没忘记干正事。每天，我都至少拿出圣杯笔记一次，试图破解四行诗的秘密。

船长隐藏着翡翠之钥
它被存放在遗忘之所
只有在收集奖杯之后
方能去吹响彼地之哨

有一段时间，我认为诗歌第四行的哨子，指的可能是一部叫《宇宙巨人》[137]的电视剧。那是 60 年代的日本特摄剧，70、80 年代在美国播出。《宇宙巨人》讲的是一家住在火山里的变形机器人，跟邪恶的外星怪物洛达克战斗的故事。哈利迪在《安诺拉年鉴》里多次提到过那片子，称之为童年福音。片子的主角之一，一个叫御子的小男孩，只要吹响特殊的哨子，就能召唤巨大的机器人前来为他而战。我一边嚼着麦片记笔记，一边看完了全部五十二集电视剧——还好每集都不长。但对四行诗指的是什么仍旧毫无头绪。这无疑是又一条死胡同。

137.《宇宙巨人》

一个周六的上午，我终于取得了一些小突破。那时我在看 80 年代麦片的广告合辑，心想为什么后来那些食品厂不再往盒子里放小玩具来吸引顾客了。要我说，这真是悲剧，文明急转直下的明证。就在我想着这事的时候，咔嚓船长玉麦片的广告开始播出，它猛地点醒了我。原来四行诗的第一行和第三行，是这样的关系：船长隐藏着翡翠之钥……方能去吹响彼地之哨……

哈利迪在诗中暗指的，是 70 年代的著名黑客约翰·德雷珀，人称“咔嚓船长”。德雷珀是最早利用电讯系统漏洞盗打电话的人之一。他发现咔嚓船长麦片附赠的哨子能发出 2600 赫兹的声波，正好可以骗过旧式电话交换机，让系统以为通话中断而停止计费。

一定就是这样了。“船长”是咔嚓船长，“哨子”则是那个能利用电话线路漏洞的著名塑料玩具。

不过，如果翡翠钥匙被伪装成了这种哨子，放在咔嚓船长麦片盒里……那这个盒子又藏在哪儿呢？

138.《亚当斯一家》：巴里·索南菲尔德执导的电影，1991年上映。故事的一家子住在哥特式大宅里，各个性情怪异。后又衍生电视剧。

139.《鬼玩人》：山姆·雷米执导的系列恐怖片，最早一部上映于1981年。

140.《搏击俱乐部》：大卫·芬奇的著名电影，上映于1999年。

141. 塔图因：星球大战中天行者家族的家乡，三部曲主角卢克曾经被拉尔斯夫妇收养。

它被存放在遗忘之所

我依旧不知道这个遭人遗忘的地方在哪儿，或者该从哪儿找起。我已经去过了所有跟诗歌描述沾边的地方。《亚当斯一家》[138]《鬼玩人》[139]，还有《搏击俱乐部》[140]里泰勒·德顿的旧宅，甚至塔图因[141]上的拉尔斯家。然而哪里都没有翡翠钥匙，我一次又一次地空手而归。

只有在收集奖杯之后

方能去吹响彼地之哨

第三行是什么意思，我始终没能参透。我要收集的是什么奖杯？又或者，那其实是某种模棱两可的隐喻？它和哨子肯定有某种并不复杂的联系，我只是知识不够，或者智商需要充值。

走到这一步以后，我就再也没获得过任何进展。每次研究四行诗不一会儿，我都会不由自主地想到阿尔忒密丝，然后把圣杯日记丢到一旁，给她打电话，问要不要出来一道溜溜。她几乎每次都会同意。

我对自己说，像这样放松一下并没有什么。你看，不光是我，别人也找不到翡翠钥匙。记分板维持着原样已经有段时间了，所有人都一筹莫展。

一个又一个星期匆匆流逝，阿尔忒密丝和我待在一起的时间越来越长。就算我们的角色在忙着别的事，我们也会时不时地给对方发封邮件或者短信。我们之间流淌着一条文字的河流。

我越来越希望能在现实中和她面对面地相见，但我没有告诉她。我知道，她对我也很有感觉，只是固执地保持着距离。无论我袒露多少心声给她——我几乎什么都说给她听了，包括我的真名实姓——她依旧不愿意告诉我她真实生活中的任何细节。她跟我透露的全部，就只有她十九岁，住在西海岸北部某处。

在我的想象里，她的真人和她的角色一个模样。她们有同样的脸庞、眼睛、头发和身材。她后来跟我说过好几次她的真人跟角色一点儿也不像，毫无魅力可言，我全当是耳边风。

跟阿尔忒密丝越走越近，势必让埃奇跟我日渐疏远。我们不再每周去地下室碰面，只是每个月简单地聊那么几次。埃奇知道我跟阿尔忒密丝打得火热，不过他没怎么抱怨。有次我放了他鸽子，决定和阿尔忒密丝一道出门，他也只是耸耸肩。"你明白自己在干什么就好，Z。"他语重心长地说。

当然了，我不明白。理智的话，我和阿尔忒密丝不可能是这种关系。但我控制不住自己。不知不觉间，我对哈利迪彩蛋的痴迷，已经变成了对阿尔忒密丝的痴迷。

最后，她和我开始"约会"，去"绿洲"各种奇妙的地方共度只有两人的美妙夜晚。其实她起初是拒绝的，认为我应该保持低调。一旦在公开场合出现，六佬就会知道他们谋杀我的企图失败了，我又会成为他们行凶列表上的第一人。但我告诉她大可不必为这种事担心，现实中的我已经躲藏了起来，用不着还在“绿洲”里偷偷摸摸的。再说，我已经九十九级了，几乎不可战胜。

也许我这么说只是为了在她面前逞强，不过效果显著。

142.《洛基恐怖秀》：又名《洛基恐怖舞会》，美国喜剧影片。是经典邪典电影。主角自称外星人，来自变性星，有异装癖，后文出现的哥伦比亚和艾迪都是剧中人。

每次出门前，我和她都会进行一些伪装，否则帕西法尔和阿尔忒密丝定期一道出现的新闻肯定会上媒体头条。不过也有例外，有天晚上，她带我去了变性星一家大剧院，参加《洛基恐怖秀》[142]。那里每周都举行台上台下不断互动的电影表演会，每次都有上千人参加，在“绿洲”也算是小有名气。一般来说，只有洛基恐怖秀俱乐部的长期会员才有机会被邀请上台，参与巨幕前的演出，而且他们还得经过艰苦的试镜和排演才行。然而阿尔忒密丝动用她的名声和人脉跳过那些步骤，征得了直接参演的许可。变性星是非 PVP 区，我不担心遭到六佬的伏击，可想到要上台表演，我就怯场得厉害。

阿尔忒密丝扮演的哥伦比亚光彩夺目，作为她的不死生物爱人艾迪，我算是沾了不少光。为了配合演出，我把帕西法尔的外形改成了片中肉块似的造型，但我的表演和对口型假唱功力实在不行。还好观众对我很宽容，毕竟台上那个人是大名鼎鼎的帕西法尔。为这个，他们还给了我雷鸣般的掌声。

这是我平生最美妙的夜晚。演出结束后，我这么对阿尔忒密丝说。她当时倾过身，第一次吻了我。我知道，这只是虚拟的吻，可我心脏剧烈的跳动再真实不过。

都说跟没见面过的人网恋，最后没几个有好结果。可我无视了这些陈词滥调。我决心已定，不论阿尔忒密丝在现实里是个怎样的人，我都会好好爱她。这是我内心深处最柔软的地方做出的决定。

那天晚上，我像个傻瓜一样，告诉了她我的感受。

0018

那个周五的晚上，我一个人做着研究。我看的是《神童小天才》[143]，一部80年代早期的电视剧。故事主角是个少年黑客，用他出众的电脑技术解决了各种各样的谜题。刚看完《致命通道》(电视剧《西蒙兄弟》来客串那集)，视野中突然弹出一则消息，说收到了一封信。发信人奥格登·莫罗，主题是“如果愿意，我们便能起舞”。

143.《神童小天才》：1983年的美国电视剧。

邮件里没有文字，只有一个附件。那是一张整个“绿洲”最高级的邀请函：奥格登·莫罗的生日聚会。在现实中，莫罗几乎从不在公开场合露面，就算在“绿洲”里，他每年也只现身一次，主办这次活动。

邀请函里有张照片，是传奇大法师奥格。全世界都知道这是莫罗的角色。照片里，那个灰胡子巫师正俯下身，在DJ混音器上打碟。他戴着耳机，咬着下唇，手指触到了下方银质碟片槽里的一张古老黑胶盘，显然沉醉其中。那张黑胶盘上印着“不要恐慌”[144]和著名的“反六佬”

144. 出自著名科幻小说《银河系漫游指南》。

标志——黄色的数字 6，加上红色禁止符号。邀请函底端的文字写着：

奥格登·莫罗的 80 年代舞会

兼他的七十三岁生日宴会

今晚 10 点（“绿洲”时间）在分心球举行！

邀请仅限本人

我目瞪口呆地望着这封信。奥格登·莫罗本人邀请我去参加他的生日宴会！这一定是我这辈子最光荣的事。

我问了阿尔忒密丝，她不但说她也收到了一样的邮件，还说哪怕风险再大，也绝不会错过这场舞会。当然啰，接下来我自然是约她舞会上相见。不这么做的话，我岂不是显得像个没种的懦夫。

我知道，巫师奥格如果邀请了我们俩，五强的其他成员很可能也收到了同样的信函。不过埃奇未必能来，因为他每周五晚上都要按约去参加全球直播的死亡竞技比赛。至于长刀和短刀，除非迫不得已，他们极少在 PVP 区现身。

分心球是尼奥诺尔[145]星上著名的零重力舞蹈俱乐部，位于十六号分区。十多年前，莫罗亲手编写了这个星球的代码，至今依然是它的唯一所有人。我以前没来过这里。我这人跳舞不太行，也没兴趣去跟常常光顾分心球的蠢货猎手勾肩搭背。但奥格的生日聚会完全是另一个概念。今晚，俱乐部的大多数常客注定被拒之门外，能

145. 尼奥诺尔：即 neo-noir，电影类型的一种，画面不求亮丽，画面灯光昏暗，以外景夜景为主。采用该表现手法的多为犯罪电影。

146.《巴卡路·班仔跨越八次元空间大冒险》：1984 年上映的科幻喜剧，导演 W.D. 雷切尔。

走进这里的只有社会名流，比如电影明星、音乐家，或者五强中的至少两位。

我花了一个钟头打理发型，尝试不同的新皮肤，最后决定选用经典的 80 年代款式：淡灰色的外套，就是彼得·威勒在《巴卡路·班仔跨越八次元空间大冒险》[146] 里穿过的那件，加上红领结，再配上旧款的白色阿迪达斯高帮鞋。此外，我往装备栏里塞进了我最好的铠甲和一大堆武器以备不时之需。分心球之所以名声在外，重要的原因之一就是它位于 PVP 区，且同时允许魔法和科技。因此那地方非常危险，对某些著名猎手来说更是如此。

整个“绿洲”里散布着上百个以赛博朋克为主题的世界，但尼奥诺尔是最大，也是历史最久的那一个。从近地轨道往下看，这颗星球就像巨大的条纹大理石球，布满了晶亮的蛛丝。尼奥诺尔是长夜无昼之地，地表被数不清的城市覆盖。这些城市彼此相连，建筑高耸入云，一辆辆飞行车穿梭其间，而下方的街道上，到处是身穿闪亮皮衣，带着高能武器，皮下有神经植入物的 NPC。这些人物活脱脱是从《神经浪游者》[147] 里走出来的。

147.《神经浪游者》：威廉·吉布森的著名科幻小说。

分心球位于西半球的“大道”和“横街”交汇处，那两条交通主干线分别沿着本初子午线和赤道外延出去，环绕了整颗星球。俱乐部本身是个巨大的钴蓝色球体，直径三公里，飘浮在离地三十米的空中。它唯一的入口在球体底部，一条悬浮的水晶楼梯直通地面。

我在尼奥诺尔的露面可谓闪亮登场，原因是我开的这辆德罗宁飞车。这辆车是我在泽梅基斯 [148] 星完成《回到

148. 泽梅基斯（1952– ），《回到未来》《阿甘正传》等影片的导演。

未来》任务的奖励。除了它原配的通量电容器[149]（并不能真的生效），我还加装了一些设备跟外饰，包括装在仪表盘上的KITT车载电脑[150]（在线拍卖会上竞价所得）、车架顶上红色的“霹雳游侠”扫描仪和震荡加速推进器[151]，它能够让载具穿过固态物质。最后，作为组装80年代超级汽车的最后一步，我在德罗宁的鸥翼型车门上贴上了《捉鬼敢死队》的标签，把车牌改成了ECTO-88[152]。

这车我其实搞到手也就几个礼拜，但是它把时间旅行、捉鬼部队、霹雳游侠和物体穿越能力混在了一起，特色鲜明，已经成了我的标志。

把这样的豪车停在PVP区，等于是在诱惑傻子们做出不轨行为。我在车上装了好几个不同的防盗系统，比方说点火引擎设了个相当有麦克斯·洛克唐斯基[153]范儿的陷阱，如果有别人想顺走这车，内置的钚就会来一场小小的热核爆炸。不过在尼奥诺尔，犯不着担心有人觊觎这辆德罗宁。我一爬出车就吟唱缩小咒，把它变到了火柴盒大小，装进口袋里。你看，这就是魔法的好处。

俱乐部的入口外有一圈力场，如天鹅绒般轻薄，却把上千个玩家挡在了外边。我走向入口时，人群中爆发出阵阵呼喊，有辱骂，有要签名的，有死亡威胁，还有疯狂的示爱。我事先已经启动了个人护盾，但却没人朝我开枪。这可真够奇怪的。我把邀请函朝生化电子人门卫眼前一晃，随即便沿着那道长长的水晶楼梯一路往上。

进入分心球，你免不了先头晕眼花一阵。这个巨大的球体内部完全是空的，俱乐部的吧台和休息厅都设置

149. 通量电容器:《回到未来》里，德罗宁车用以穿梭时间的设备。

150. KITT:《霹雳游侠》里的车载人工智能A.I.。

151. 震荡加速推进器：出自上文提及的《巴卡路·班仔跨越八次元空间大冒险》。

152. ECTO：ECTO-1是《追鬼敢死队》中主角车辆的牌照。

153. 麦克斯·洛克唐斯基:《疯狂的麦克斯》系列电影主角。

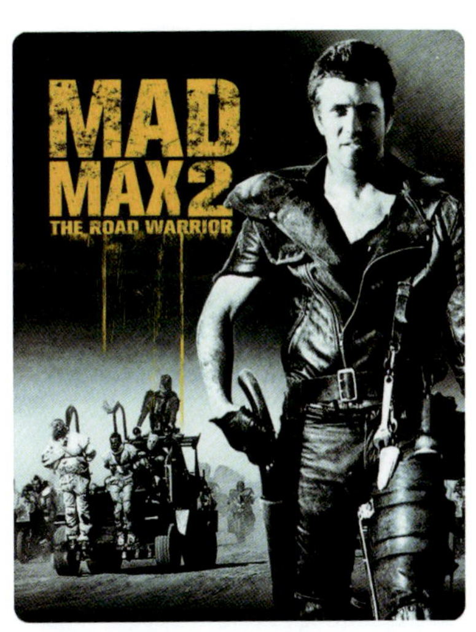

《疯狂的麦克斯2：公路战士》是后启示录风格电影的鼻祖之一，对无数游戏比如《辐射》《无主之地》产生了极其深远的影响。

在球体的弧形内壁上。在你踏进门槛的瞬间，重力就发生了变化。无论走到哪儿，你的角色总是能双脚站在内壁上，所以假如你沿着一条直线一直走下去，就能一路走到“屋顶”，再回到出发点。球体中央的巨大空间就是“舞池”，你只需要原地起跳，就能像超人那样起飞，进入零重力的“内区”。

我进入分心球，抬起头，向“上”——至少对现在的我来说，是“上”——看去，俱乐部里到处都是人，他们离我太远，就像一只只蚂蚁，在气球内壁爬行。还有不少人已经跳进了舞池，随着音乐的韵律旋转、飞翔、翻滚。乐曲声是从无数扬声器里传出的，它们像一个个小球，飘散在球体内部的各个角落。

在所有舞动身影的中央，整个球形俱乐部的正中间，有一个透明的大泡泡。那儿是 DJ 所在的“隔间”。数不清的打碟机、混音台和其他各种设备包围着 DJ——R2-D2[154]。它同时伸出好多条机械臂，疯狂地打着碟。我听出它搓的是 1988 年新秩序乐团[155]混音版的《蓝色星期一》，中间还夹杂了不少《星球大战》机械音。

我走向最近的吧台，路上的其他玩家纷纷驻足朝我看，还指指点点的。我忙着找阿尔忒密丝，没有理睬他们。

我来到离我最近的酒吧，从克林贡人[156]女招待那儿点了杯泛银河系含漱爆破液[157]，一口气灌掉一半。这个时候，R2 换了首曲子，也是 80 年的经典曲目。《蛇盟》。我下意识地说道，“杜兰杜兰，1983[158]。”

“不错呀，高玩。”一个熟悉的声音盖过了音乐。我转

154. R2-D2:《星球大战》系列中的著名圆筒形机器人。

155. 新秩序乐团：New Order，英国乐团，曲风结合了后朋克与电子舞曲，是 80 年代的代表乐团之一。

156. 克林贡人:《星际迷航》里的种族。

157. 泛银河系含漱爆破液：出自《银河系漫游指南》，原文中对此的描述是：喝下一杯泛银河系含漱爆破药，那感觉就像是被一大块包裹着柠檬的金砖拍碎了头。

158. 蛇盟即 Union Of The Snake，是杜兰杜兰乐队畅销单曲。

身望向阿尔忒密丝。她穿着铜蓝色的晚礼服，像喷涂在身上似的。黑色的娃娃头更加衬托出了那张脸蛋的美。真是完美无瑕。

她朝酒吧招待大喊道："格兰杰[159]。加冰。"

我暗自笑了起来。柯诺·麦克劳德[160]最喜欢的饮料。嘿，这妞真讨人喜欢。

饮料送上来时，她朝我挤挤眼，然后同我举杯相碰，一饮而尽。与此同时，我们周围的交谈声骤然响了许多。帕西法尔和阿尔忒密丝来到了分心球，还在吧台一道喝酒，这个消息在交头接耳间传遍了整个俱乐部。

阿尔忒密丝仰头看了眼舞池，然后望着我。"怎么说，帕西？"她说，"要不要去跳个舞？"

"前提是你不叫我'帕西'。"

她咯咯笑了。就在这时，曲子完毕，整个俱乐部都安静下来。人们看向 DJ 的隔间，只见那里爆发出一阵像是原版《星际迷航》里传送时的强光，R2-D2 随即消失，而那个大家熟悉的灰发巫师出现在打碟机后面。俱乐部里爆发出一阵欢呼。奥格来了。

上百个直播窗口在俱乐部各处的空中展开，每一个播放的都是奥格的大特写。老巫师穿着松垮垮的牛仔裤和凉鞋，褪色 T 恤上印着《星际迷航：下一代》的图案。他朝人群挥挥手，然后开始亲手切歌。是比利·爱多尔[161]的混音舞曲《反抗世代》。

欢呼声响彻舞池。

"我喜欢这曲子！"阿尔忒密丝望向舞池，高兴地喊

159. 格兰杰：苏格兰上等威士忌。

160. 柯诺·麦克劳德：影片《高地人》的主角。

161. 比利·爱多尔：英国音乐家和歌手，英国电子摇滚乐天王级歌星，唱腔以故意五音不全咬字含糊、时轻飘时刚猛的吼叫著称。

道。我不太确定地看了她一眼。“所以？”我问。她嘲弄地说：“怎么了？这个小男孩不会跳舞吗？”

话音刚落，她便随着节拍摇头晃臂，然后一跃而起，进入了零重力区。我看着她，给自己打气。

“好吧。”我最后咕哝道，“管他妈的。”

我屈膝用力，跳离地板，一路往上，飞向阿尔忒密丝。舞池中的其他人纷纷避开，为我们让出了一条直达舞池中央的路。在我们的不远处，奥格像个僧侣那样盘坐着飘浮在气泡里，似乎在不断地打转。实际上，他才是操纵重力规则的人。像张黑胶片那样缓缓转动着的，其实是整个分心球。

阿尔忒密丝朝我眨眨眼，她双腿融合在一起，变成了美人鱼。拍打着这新的肢体，她划开空气，向我冲来，在我身旁随着乐律悬停、游动，然后伸出手，邀我加入。她的头发披散，仿佛真的身在水中。

我向她伸出的手被她轻轻挽住。在那个瞬间，她的鱼尾消失，重新变回了晃动的双腿。

我不相信自己有舞蹈天赋，于是启动一个高端舞蹈软件“特拉沃尔塔”[162]。这是我这晚早些时候下载的，还测试过。程序接管了帕西法尔的舞姿，我的四肢化为不断起伏的正弦波。就这样，我开始了舞蹈。

162. 约翰·特拉沃尔塔（1954– ），美国电影演员，曾主演《周末夜狂热》，引领迪斯科热潮。

阿尔忒密丝的眼睛惊喜地亮了起来，她立即做出相应的舞姿配合我。我们俩像是两颗电子一般，沿着轨道不断交汇、分离。

接着，阿尔忒密丝改变了外形。

她由人类溶解成了一团脉动的光，不断改变颜色和大小。我在软件里选择了“镜像舞伴”，也化作了同样的东西。我的四肢、躯干变得像太妃糖那样柔软，随后融化，在阿尔忒密丝身旁绕转。我简直成了塑胶人[163]，而且是迷幻药嗑嗨了的塑胶人。由我们打头，舞池里的所有人都纷纷改变了模样，变成一团团不断折射、跃动的光，很快就让中央舞池宛如一盏光怪陆离的熔岩灯[164]。

163. 漫威超级英雄之一。

164. 熔岩灯：又称为蜡灯、水母灯、岩浆灯。名字源于其内不定形状蜡滴的缓慢流动，让人联想到熔岩的流动。熔岩灯有多种形状和颜色。

曲毕，奥格鞠了个躬，换上了另一首调子柔和的歌曲。辛迪·劳帕的《无数次》。歌声中，周围的玩家变回原样，结成了一对对，翩然起舞。

我向阿尔忒密丝微鞠一躬，她笑着接受了。于是我将她拉到身旁，一起漂流。奥格重设重力，让所有玩家都沿着俱乐部看不见的中轴线缓缓打转，仿佛玻璃球里的雪花尘。

我来不及阻止自己，这句话便脱口而出。

“我爱你，阿忒。”

她没有立刻回答，而是震惊地望着我，一边听凭我们的角色继续自动舞蹈。然后她私聊了我，不让别人听见接下来的对话。

“你不能爱上我，Z。”她说，“你对我根本不了解。”

“我了解。”我坚持道，“你是我这辈子最了解的人。”

“你只知道我愿意让你了解的那些部分。”她一只手放在胸前，“这不是我真人，韦德，不是我真容。”

“我不在乎！我喜欢的是你的灵魂——那才是你的本质。我不在乎你的外表。”

“说起来容易。”她有些迟疑地答道，“相信我，如果你见到了我的真人，一定会反悔的。”

“你为什么总这么说？”

“我可能畸形，可能截瘫，可能已经六十三岁了。你自己看着选吧。”

“哪怕三样全占，又能怎么样？告诉我你住在哪里，我马上证明给你看。我现在有钱坐飞机去任何地方了。你知道我会的。”

她摇了摇头，“你从来不曾在现实里活过，Z。从你告诉我的那些事来看，你并不了解现实。你和我一样，一直住在这个幻梦里。”她指着周遭虚拟的世界，“根本不知道真正的爱是什么样子。”

“别这么说！”泪水夺眶而出，但我没有费心掩饰，“因为我告诉过你，我从来没有过女朋友吗？因为我还是个处男吗？因为……”

“当然不是因为那些。”她打断了我，“完全不是，根本不是。”

“那你为什么说这些话？告诉我，拜托。”

“彩蛋比赛。你知道的。我们泡在一起太久，都忘了真正的任务。我们应该把精力放在搜寻彩蛋上。你可以打赌，这就是索伦托和六佬们在做的事，还有其他所有猎手。”

“去他妈的比赛吧！还有彩蛋！”我喊道，“你没听到我刚才说了什么吗？我爱你！我想和你待在一起！这比什么都重要。”

她怔怔地望着我，至少，她的角色怔怔地望着我的角色。过了一会儿，她说："对不起，Z。都是我的错。整件事就要失控了，我必须放手，让一切停下。"

"你在说什么？停下什么？"

"我想，我们应该停下来，分开一阵子，不要继续黏在一起了。"

我喘不过气来，仿佛被谁勒住了脖子，"你要分手？"

"不，Z。"她坚定地说，"这不是分手。没那回事。我们根本没有在一起过，何谈分手。"她的语调有些怨毒，"我们连面都没见过！"

"所以……你的意思是……不再和我聊天了？"

"没错。这样对你我都好。"

"这样要多久？"

"直到彩蛋比赛结束。"

"可是阿忒……那可能要好几年。"

"我明白。对不起。我非这么做不可。"

"对你来说，难道奖金比我更重要吗？"

"钱本身毫无意义，重要的是这笔钱该怎么花。"

"对，拯救世界。他妈的正人君子。"

"别胡说。"她说，"我已经找了这颗彩蛋整整五年。你也一样。我们比任何人都接近它，我不能放弃这样的机会。"

"我并没有让你放弃它。"

"你有，只是你自己没有意识到。"

辛迪·劳帕的歌结束了，奥格换上了新的曲子。洛

165. 洛杉矶风格：偏向舞台表演性质的舞曲风格。

杉矶风格[165]的《詹姆斯·布朗死了》。分心球内又一次爆发出掌声。

我觉得有什么东西压得我喘不过气来。

阿尔忒密丝张开嘴，想说些什么——我猜是“再见”，但就在这时，传来了炸雷般的巨响。刚开始我还以为奥格换了新曲目，可接下来，大块大块的瓦砾翻滚着落入舞池，逼得人们四处躲闪。原来俱乐部的地板上，我头顶朝向的位置，被撕开了一个大洞，一组穿着喷射背包、手持光枪的六佬从那里冲了进来，朝周围猛烈开火。

俱乐部里一片混乱。半数玩家逃向出口，另外一半则抽出兵刃，吟唱魔法，或者举枪射击，朝入侵者发射子弹、光束脉冲和火球。这些六佬数量上百，个个武装到了牙齿。

但我还是不敢相信。六佬怎么可能如此胆大包天，居然敢在猎手的地盘上，对着那么多高级玩家撒野？没错，他们能干掉几个人，但肯定会蒙受巨大损失，甚至全军覆没。他们这是失了智吗？

直到发现六佬的大多数攻击都冲着我和阿尔忒密丝而来，我才恍然大悟。他们的目的只是干掉我俩。

阿尔忒密丝和我在分心球现身的消息一定得到了报道。得知记分板上排名最靠前的两个猎手出现在没有保护的 PVP 区，索伦托自然不会放过这大好机会。如果斩首行动成功，六佬就能一举清除两个最有力的竞争者。能做到这个，死掉百来个高级角色又算得了什么呢？

都怪我行事过于鲁莽。我一边暗骂自己，一边举起光束步枪，对距离最近的那组六佬倾泻火力，同时尽力躲避对方的攻击。阿尔忒密丝也投入了战斗，她的掌心冒出蓝色的火光，几秒之内就把一群自寻死路的六佬烧成了灰烬。与此同时，她撑起的透明护盾把轰击过来的光束和魔法飞弹反弹到了一边。我同样展开护盾抵御重火力的攻击，但在这样的环境下，它撑不了太久。很快，我的视野中亮起了护盾衰竭的提示，血条开始减少。

几秒钟内，情况就很明显了。在这场前所未见的剧烈交锋中，胜利的天平并未朝着我和阿尔忒密丝这边倾斜。我们很快就要完蛋了。

我注意到室内的音乐仍未停歇。

我抬起头，刚好看到 DJ 的气泡爆开，传奇大法师奥格冒了出来。他非常非常地生气。

“你们这群垃圾敢打扰**我的**生日聚会？”他吼道。依旧挂在嘴边的麦克风把这咆哮通过各个喇叭传遍了整个分心球，听上去宛如天神。混战的人群迟疑了一下，望向舞池的中央，只见奥格伸出胳膊，面向正在发起攻击的六佬。

他的指尖亮起数十道红色的叉状闪电，刺向各个六佬。那魔法精确无比，居然没有误击附近任何一个玩家。

遭到闪电攻击后，所有六佬都原地站立不动，发了几秒的红光，然后就此蒸发。转瞬之间，俱乐部的入侵者便消失得一干二净。这场面真是骇人听闻。

我从没见过如此强大的玩家。

“未经邀请擅闯者，死！”奥格的吼声回荡在鸦雀无

166.“金发女郎”：1974年德比·哈里和奎斯·斯泰恩在纽约组建的流行乐队。后转为朋克乐队。

声的俱乐部里。紧接着，剩下的玩家（没在恐慌中逃走，也没死于战斗的那些）发出了排山倒海的欢呼声。随后，奥格返回DJ隔间，气泡在他身后重新合上，像是透明的茧。“聚会继续，如何？”说话间，他把唱针放到了“金发女郎”[166]的专辑上，混音曲《原子》立刻响起。人们的紧张情绪还需要时间才能平息，但他们已经重新舞了起来。

我四下张望，寻找阿尔忒密丝。她好像消失了。但接着，我看到她正飞往六佬炸出的那个破洞。

她在半空中徘徊了一小会儿，时间刚够回望我一眼。

0019

日暮时分，我被电脑闹钟唤醒，准备做点日常功课。

“起床了！”我在黑暗中大喊。阿尔忒密丝甩掉我已经是一周前的事了，可要我主动起床，还是难于登天。所以我干脆关掉了闹钟的“小睡”功能，改由电脑播放威猛乐队的《叫醒我，在你离去之前》[167]。这首歌我讨厌到了骨子里，每次它一唱，就只能逼自己起身把它关掉。新的一天这样开始并不让人愉悦，但它至少开始了。

167. 威猛乐队：英国乐队，由乔治·迈克尔和安德鲁·维治利组建。《叫醒我，在你离去之前》是他们首支英国冠军歌曲。

关掉音乐播放器后，触觉椅自动改变形状，从床形化作了椅子。接着，电脑逐渐亮起，让我的眼睛慢慢适应。公寓里没有任何外来光源，那扇能看到哥伦布天际线的窗户，我住进来没几天就用喷漆把它涂黑了。我已经打定主意，不让任何东西干扰彩蛋搜寻，即便是屋外的景色也不行。我甚至不想听到任何来自外界的声音，只是没能力把房间彻底隔音。外面的风声、雨声、街道上的车声和飞机划过天际的呼啸声，还是会隐隐地传入室内。我认为它们也是一种干扰，但另一些时候，我会陷入恍惚之中，闭上眼睛，不顾时间的流逝，把全部心思都放在侧耳倾听上。

为了安全起见，我对公寓进行过几次改造。首先，我撤掉了原先那扇薄如纸板的房门，换上气密装甲真空闭锁防弹门。所有我需要的物品——食物、厕纸、新游戏设备——都在网上下单，让别人送货上门。送货具体流程如下：首先，走廊里的扫描仪会核实快递员的身份，我的电脑则负责确认他们送来的物品准确无误。接下来，双层门靠外的那一侧自动打开，露出一个淋浴室大小的钢铁气闸。快递员把包裹、比萨或者其他东西放在里头，然后退出去。外门随后会发着"嘶嘶"声重新闭锁，而气闸内的包裹开始接受包括X光在内的八道检测。内容确认完毕，我才会打开内门取货。资本主义真是好，你不用和别人碰面就能活下去。我喜欢这样的社会，真的。

门后的房间本身乏善可陈，但这正合适，反正我也不想正眼看它。我的住所基本上是个正方形，十米长、十米宽，一体式的卫浴设施嵌在墙里，对面的厨房也按照人体工程学设计。因为点的全是冷冻熟食，那间厨房我从来没用过。拿微波炉加热巧克力蛋糕，大概是最接近"烹饪"的事了。

房间剩下的部分，都被沉浸式"绿洲"游戏设备所主宰。我的每一分闲钱几乎都投在这上面了。更新、更快、功能更多的组件一上市，我就会立刻把它们收入囊中。那点微薄收入中的绝大部分，都花在了升级设备上。

如果说这些游戏设备是顶皇冠，那么皇冠上的宝石就是我的定制“绿洲”主机。甚至可以说，这台机器驱动了我的生活。主机的硬件是我在看似黑色镜面的“奥丁”球状主板上，一块块、一片片地组合起来的。它的新型超频处理器运转速度飞快，恨不得超越时间，而硬盘空间大得能把世界上的一切东西数字化后存储三遍。

我每天的大部分时间，都在HC5000尖端科技全自动调节触觉椅上度过。两根机械臂扣住墙面和天花板把椅子吊起，能让它朝任何一个方向旋转。我只要坐上椅子，用束带固定住自己，它就能完美地模拟出坠落、飞翔，乃至在牵牛星行星六卫星四上坐着核子火箭雪橇以二马赫速度狂冲的感受。

配套椅子使用的，是一件周身触觉式体感反应衣。它把我脖子以下的身体严严实实地包了起来，当然，某些隐蔽的开口必须有，不然“三急”来了也不好处理。体感衣的最外层是精巧的外骨骼，那些人工关节和筋腱能够感知和适应我的动作。内层则贴上了网状的微型反馈器，它们和我的每一寸肌肤相连，能单个运转，也能集群协作，让皮肤感受到实际上并不存在的东西。轻敲肩膀、小腿遭踢，甚至胸口挨枪（内置的安全软件让反馈器不会用力过猛，对身体造成伤害，所以你感受到的更像是有人给了你胸口不太重的一拳）。总之什么都模拟得出来。房间角落的“莫斯”牌清洁机里丢着另一件一模一样的体感衣。这两件衣服相当于我的整个衣柜。常人外出时穿的那些衣服，早就被我丢到了不知哪个角落，默默吃灰去了。

我的体感手套产自日本,是冈上公司的新产品。它特制的触觉反馈垫覆盖了掌面,能让人产生正在触摸某样东西的错觉。至于我的蒂娜特奥 RLR-7800“残骸”虚拟视网膜成像眼镜,它的帧数和分辨率,都已经到达了人类裸眼所能感知的极限。相比之下,现实反倒像是低配主机所呈现出来的垃圾画面。RLR-7800 尚未发售,但我跟蒂娜特奥公司签过广告协议,所以他们送了我一套样品(递送时我找了许多中间商转手,始终保持匿名)。

还有环绕音响系统。我在墙面、地板和天花板上安了许多超薄扬声器,三百六十度无死角,连银针落地的声音都能完美表现。另一方面,“雷神之锤”低音炮开动起来,能让你的牙齿颤个不停。

为了更加拟真,我在房间的角落里摆上了奥尔法翠斯气味制造机,这玩意儿能释放两千多种可以识别的气味。玫瑰花园的芬芳、海风的腥咸、火药的焦臭——没什么是它造不出来的。此外,它的冷热调节和空气清新能力也达到了工业级别。说实话,那才是我需要的功能。除非必要,我不会让它制造气味的。

我的全向跑步机牌子也是冈上,它摆在地板上,就在触觉椅的正下方(广告标语上写着:想去哪里,就在哪里),长宽二乘二,只有六厘米厚。启用以后,哪怕我全力奔跑,也出不了这个平台。就算中途拐弯,它也能立刻感知,随即同步变向,让我始终处在跑步机的正中央。它的内置升降机和可变形表面,能惟妙惟肖地模拟楼梯和斜坡。

当然啰，如果你想在“绿洲”里有更“亲密”的接触，那么买个ACHD（全名很拗口，叫作生物修正型触觉人偶）就能解决问题。ACHD分为男性、女性和双性三种型号，定制选项广泛。她们有栩栩如生的乳胶皮肤、带伺服电动机的内骨骼、模拟的肌肉组织，还有那些附带的器官或者孔洞，你懂的。

阿尔忒密丝不再跟我说话几周后，在寂寞、好奇和青春期躁动荷尔蒙的驱动下，我买了一款还算过得去的ACHD，尤本·贝蒂，在叫作“欢愉穹顶”的独立妓院模拟里空虚地度了几日。后来出于强烈的羞耻心加自尊心，我又丢掉了那些东西。算下来，我一共浪费了几千“绿洲”点，一整周都没干活，更别说寻找彩蛋了。这件事让我意识到，虚拟的性爱，不管它多么拟真，都不过是电脑辅助下的自慰。本质上，我依旧是个处男，孤零零地待在黑漆漆的房间里，对着抹了润滑油的机器使劲。想通这一点后，我终于摆脱ACHD，用起了人类从猿猴时代就开始运用的老办法。

感谢《安诺拉年鉴》的教导，我从不觉得手淫有罪。它不过是一个正常的生理需要，就像睡觉和吃饭一样自然。

《年鉴241:87》：我认为，手淫是人类这种动物最重要的一个演变，是技术文明牢不可破的基石。经过不断进化，人类的双手变得能够抓取工具——这其中自然也包括了自带的那个。你看，思想家、发明家和科学家往往是群家里蹲，这些人比普通人更难找到性伴侣。要是不能通过手淫来释放压力，我很怀疑人类迄今为止能不能想出钻木取火的点子，或者制造轮子。想一想，伽利略、牛顿和爱因斯坦要是不去撸他们的意大利烤肠（或者换种说法，把一些质子从氢原子里弄出来），脑子清净不下来，可能永远也获得不了那些伟大的发现。玛丽·居里也是同样的道理。她在发现镭以前，肯定先发现了鲍鱼上边小突起的妙用。

嘿，这不算哈利迪最受欢迎的理论，但是我喜欢。

我拖着脚走进厕所，墙上的一个大平板随即亮起，浮现出一张微笑的脸。那是麦克斯，我的软件系统助手。根据设置，我打开房间电灯的几分钟后，麦克斯才会自动启用。这样我起床时可以先享受一会儿清净，然后再听他逼逼。

“早—早—早上好，韦德！”麦克斯兴高采烈地喊道，“太阳都晒屁—屁—屁股了！”

系统助手有点儿像是虚拟个人助理——就是你可以用语音激活、下达指令的电脑软件。不过系统助手的人工智能化程度更高，光预设个性就有好几百种。面前的这位，是我一点点设置出来的。他的长相、声音和行为都参考了超级麦克斯[168]，一档80年代末脱口秀节目里的大明星，而且是电脑生成的（当然不是真的）。那档节目是赛博朋克风格，轰动一时，连可口可乐都在上面打过许多广告。

“早，麦克斯。”我口齿不清地回答。

168. 超级麦克斯：1987年的科幻 / 喜剧电影。

“我猜你想说的是晚上好，丑侏儒。现在是‘绿洲’标—标—标准时间晚上七点十八分，12月30日，星期三。”麦克斯说起话来稍微有点儿口吃。人们在80年代创造这个形象时，电脑的功能还没那么强劲，无法生成逼真细致的人脸。麦克斯是演员扮的（马特·弗利沃，那是个聪明人），他化了许多妆，看上去像电脑生成的。但眼前显示屏里的麦克斯可是货真价实由软件生成，用的是市面上最高端的A.I.算法和语音识别系统。

这个高度自定义的超级麦克斯V3.4.1只运行了不过几个星期。之前，我的系统助手是爱琳·格雷（参考了她在《巴克·罗杰斯》和《财富》两部电视剧里的形象），但她的美貌令人分心，所以我才换成了麦克斯。麦克斯老兄有点儿聒噪不假，但他能逗人开心，帮我排解寂寞。我走进厕所清空膀胱库存时，他还在镜子上边的监视器里看着我。“哎呀！你那里破—破—破了一个洞！”

“下次换个梗。”我说，“有没有什么新闻？”

“和平常一样。战争、暴乱、饥荒，你不感兴趣的。”

“有新留言吗？”

他翻了个白眼，“有一些。不过我知道你的意思，答案是没有。阿尔忒密丝依然不肯回信，小可爱。”

“警告，再这么叫我，麦克斯，我就把你删了。”

“冷静，冷～静。说真的，韦德，你为什么这么敏—敏—敏感？”

“再逼逼，你就死定了，麦克斯，我说话算话。我要把你的系统回滚到威尔玛·迪琳[169]，或者试试马吉·巴瑞

169. 威尔玛·迪琳：《巴克·罗杰斯》中的机器人。

170. 马吉·巴瑞特:《星际迷航》中联邦计算机的配音演员。

特[170],那种冷淡的声音也不错。”

麦克斯噘了噘嘴,转过身去,脸冲着墙纸。那是不断变化的电子条纹背景,眼下由五彩斑斓的矢量线构成。麦克斯总是这样尖酸刻薄。不过这也是我故意设定的,因为他让我想起埃奇。我想念和埃奇在一起的时光。很想。

我的目光落在厕所的镜子上,可我不想见到上面的那个人,于是闭上眼睛,直到撒完尿。我想知道(不是第一次这么想了)我为什么没在喷黑窗户的时候,把镜子也顺手给涂了。

起床后的头一个钟头总让我深恶痛绝。这段时间里,我得面对现实,包括清洁和锻炼身体。这一切和我的另一种生活截然相反。“绿洲”里的人生,才是值得拥有的人生。我的一体式小公寓、我的沉浸式设备、我镜子里的倒影,都在不断提醒,那个我投入了无数精力的世界,不过是个、美丽的、梦。

“撤掉椅子。”走出盥洗室时,我这么说道。触觉椅立刻自动放平,立起,贴到墙侧,在房间中留出了大块空间。我戴上眼镜,启动独立模拟场景“体育馆”。

转瞬之间,我站在了现代化的大型体育中心里,边上是一排排运动器材,都可以通过触觉服得到完美模拟。我没有废话,立刻开始一系列的深蹲、仰卧起坐、俯卧撑、高抬腿和举重。麦克斯饶有兴致地看着我,时不时鼓励两句:“把腿抬高点,娘—娘—娘炮!燃烧起来!”

虽说登陆“绿洲”以后,我也会做点运动,比如跟人对战,或者绕着某些虚拟景点跑步这类,但多数时候我只是坐在触觉椅里，屁股难得挪一下。我还有个坏习惯，每当遇上伤心事或者沮丧不已时，老喜欢暴饮暴食，而这段时间里我的心情一直没好过，结果体重一下增加了好几磅。我这人本来就有点儿胖，这样一来都快没法坐上那张触觉椅，也塞不进 XL 号的体感衣里了。看这个趋势，我恐怕很快就得去买套新的设备，还得是定制的大号产品。

我清楚，不控制体重的话，还没找到彩蛋我就先死于肥胖了。这种事可不能让它发生。所以我脑子一热，把一款健身软件和体感装备绑定到了一起。老实说，刚绑定完，我就后悔了……

从那时起，电脑开始监视我的生命体征和每天的卡路里消耗量。假如运动不够，它便会阻止我登录“绿洲”。换言之，不许我工作，不许我做任务，基本上相当于不让我活了。更操蛋的是，想解绑软件，你得等上至少两个月，而且这货还跟我“绿洲”账户联动，连买个新主机，或者去外头哪家“绿洲”网咖也没门儿。想登录游戏？请锻炼。别无选择。

这款该死的软件连我每天吃什么都要管。它不但提供健康的低卡食品菜单，还在线跟踪我点的外卖。而我呢，既然不迈出大门一步，就只好乖乖听它的话。假如我给自己开小灶，它就会相应地增加解锁游戏所需的运动量，以抵消额外摄入的卡路里。妈的，这软件绝对是个虐待狂。

但别说，它真有效果。我的体重开始下降。折腾个把月以后，身体变得倍儿棒。我这辈子第一次有了平坦的小腹，肌肉也凸显了出来。如今我的体力是过去的两倍，感冒都很少得了。等到两个月过去，可以解锁软件时，我犹豫了一阵，决定继续用着。到后来，锻炼甚至变成了我日常生活中不可或缺的部分。

举重训练完成后，我走上了跑步机。“开始晨跑。”我对麦克斯说，“彩虹桥。”

体育馆消失了，取而代之的是一条彩虹色的半透明跑道。它位于璀璨的星云之间，巨大的带环行星和它们色彩斑斓的各个卫星悬挂在我四周。前方的跑道曲折蜿蜒，时而上升，时而下降，偶尔还呈螺旋形，像钻头那样一飞冲天。跑道的周围有看不见的空气墙，免得我失足滑落，坠入星空。这就是彩虹桥，另一个独立虚拟实境。它有几百条可选跑道，全部存储在我游戏主机的硬盘上。

我迈开脚步的同时，麦克斯开始顺着列表播放80年代音乐。第一首歌的前奏刚刚响起，我就把它的曲名、歌手、专辑名和发行年份报了出来。“《百万英里之外》，慵懒灵魂乐队，《无处不在》[171]，1983年。”然后，我一边跑，一边跟着唱，还唱出歌词。我总觉得，记住这些八十年代老歌，有朝一日能救我性命。

171. 专辑《无处不在》

跑完步后，我摘掉眼镜，开始小心翼翼地脱下体感服。这件事急不得，否则容易弄坏衣服的各个组件。只见那些吸附在皮肤上的微型反馈器逐个剥落，露出遍及周身的小小圆痕。等衣服完全脱下，我把它放进清洁机，又把那件干净的备用衣拿出来放在地板上。

麦克斯已经为我打开了淋浴设施，水温设置得刚刚好。我走进那个满是蒸汽的小隔间时，他把歌曲列表切换成了洗澡时听的那张。约翰·韦特的《改变》回荡在小小的公寓里。我知道它出自专辑《寻梦》，格芬唱片公司1985年发行。

这年头洗澡的感觉就像过去洗车。我就这么站在那儿，等着喷淋头自动完成工作。它会从各个角度朝我喷射肥皂水，然后冲洗。我不用操心洗头的事情，因为浴液里添加了无毒副作用的脱毛液，我的所有体毛都被一并清除了。我知道，一个没有眉毛的人看起来有点儿恶心，可光滑的皮肤有助于贴合体感服，而且我也慢慢习惯这副新形象了。

过了一会儿，喷淋头自动停下，换上吹风机，几秒钟就烘干了我皮肤上的水迹。我随后走进厨房，打开一罐“烂泥”。这是一种高蛋白的维生素D食物。我不晒太阳，需要用这种方式补充维D。在我狼吞虎咽的同时，电脑默默扫描了罐子上的条形码，把卡路里数添加进了日志。吃完早饭，我拿起那件干净的体感服。相比脱衣，穿衣要简单一点儿，不过依旧是件麻烦事。

一切准备就绪后，我命令触觉椅重新展开。但在爬上这套设备前，我盯着它看了一会儿。这些高精尖的东西刚刚买到手时，我打心底里感到骄傲。可过了几个月，它们在我眼里变成了一堆复杂的机器，专门用来糊弄人类的感官，让他们活在根本不存在的世界里。这堆设备就像我为自己造的囚笼，每个组件都是笼子的一条栅栏。

站在这里，站在这狭小公寓昏暗的荧光灯下，我无法逃避现实。我，不过是一个反社会者，一个肤色苍白、痴迷流行文化的宅男，一个空旷恐惧症患者，内心封闭、没有朋友、没有家庭，根本不知道什么是人际关系。我不过是个悲伤、失落、孤独的灵魂，在电子游戏里虚度生命。

但只要走进“绿洲”，我就成了伟大的帕西法尔。举世闻名的猎手，全球性的名人，有无数人追着问我要签名。我还有粉丝俱乐部呢。准确地说，好几打粉丝俱乐部。无论走到哪儿，我都会被人认出来（前提是我愿意被认出来）。许多公司付钱让我代言产品，无数人对我崇拜有加，邀请我去参加最奢华的聚会。哪怕再高端的俱乐部，也会让我免排队入场。对“绿洲”来说，我是流行文化的标志，VR 世界的摇滚明星。而在猎手圈子里，我是神话。甚至神本身。

我坐下来，戴上手套和眼镜。身份验证过后，GSS 的标志出现在眼前，后边跟着一句登录提示：

欢迎，帕西法尔

请输入密码

我清清喉咙，背出句子。我每说出一个词，它便立刻浮现于视野之中。“世上无人，能获得所求之物，这多么美妙。”[172]

一个暂停过后，熟悉的“绿洲”景色出现在四周，我下意识地舒了一口气。

172. 出自歌曲《别让它开始》（*Don't Let's Start*）。这是美国音乐组合 They Might Be Giants 于 1986 年创作的曲子。

0020

我出现在堡垒指挥中心的控制台前，之前我下线的地方。研究四行诗是我每晚的例行公事，而我昨天茫然地看着那些句子，不知不觉睡了过去，后来系统自动帮我登出了游戏。这该死的玩意儿我已经琢磨半年了，还是没能破译其中奥秘。不只我，别人也是一样。几乎每个猎手说起四行诗都头头是道，可翡翠钥匙依旧下落不明，记分板也维持着老样子。

这个钢铁穹顶的指挥中心位于一颗岩石小行星表面。从我所处的位置三百六十度环视出去，全是它坑坑洼洼、一路蔓延到天际线的地表。我的角色需要一个安全的藏身处，又不希望被任何邻居偷窥，于是在搬进哥伦布不久后，我从售价最低的小行星里找了一颗买下，亲自动手创造了这个堡垒。堡垒的主体部分藏身地下，它的复杂结构伸进了小行星的最深处。这块贫瘠的大石头位于十四号分区，编号 S14A316，但我叫它法尔科。（这个名字源于一个奥地利说唱明星。其实我不是他的粉丝，只是觉得他的名字很酷。）

法尔科的地表面积只有几平方公里，但还是花了我一笔大钱。当然，这是值得的。自己的星球，你可以想怎么改造就怎么改造。除非获得你的许可，否则没有外人能造访。而这个权限，我谁都不会给。这座堡垒是我在"绿洲"里的家，我的避难所。"绿洲"那么大，真正能让我安全的地方，却只有那里。

登录后不久，一个窗口在我的视野中弹出，说今天是投票日。由于我的年龄已满十八，可以参与"绿洲"投票与美联邦政府的选举了。对于后者，我毫无兴趣，因为我实在看不出意义何在。这个曾经伟大的国家如今徒有其名，无论谁执政都不会有任何区别。选举这种事相当于在"泰坦尼克号"上给乘客重新排座次，这一点人人心知肚明。另外，既然人人都能在家里通过"绿洲"投票，他们选出来的货色，不是电视电影明星，就是些光会说漂亮话的骗子。

相比之下，"绿洲"投票倒是能让我花点心思，毕竟它的结果会对我产生实打实的影响。因为早已清楚 GSS 面临的主要问题，投票只花了我几分钟时间。另外，我还为"绿洲"用户议会的主席和副主席选举投了票。这件事也不用动什么脑子。跟绝大多数猎手一样，我（又一次）选了柯伊·多克特罗和威尔·惠顿。这两人已经为保护用户权益奋战了超过十年，这方面他们做得超棒。

投票完成，我微调触觉椅，打量着面前的控制台。控制台上满是开关、按钮、键盘、控制杆和显示屏。我左手边的那列窗口连接着堡垒内外的监控头。右边则是各种新闻和娱乐网页，当中包括了我自己的频道：帕西法尔电台——24-7-365 电子垃圾广播电台。

前些年，GSS 为每个“绿洲”用户增设了这项功能：POV（个人“绿洲”频道）。每个月缴点钱，你就可以运作自个儿的流媒体电视网络。观众无论身在“绿洲”何处，都能收看这些 POV。至于频道里放什么内容，或者谁才有权限看，完全由频道主说了算。多数用户开设的都是“窥私”频道，就像在表演某种二十四小时不间断真人秀。虚拟的摄像头会跟在这些视频主播身后，把他们的一举一动播放出去。当然了，用户可以限制收看列表，只让亲朋好友看，也可以每个钟头向观众收取一笔费用。有好多二线明星和色情演员甚至是按照分钟计费的。

除了“窥私”，也有人用POV来展现他们的现实生活，秀猫秀狗，或者秀他们小孩的也不少。还有人什么都不干，只是不停地放老动画。总之五花八门。而且我发现，节目的内容越来越变态了。东欧有家电台不停地放恋足视频，明尼苏达的人妻素人色情作品也愈演愈烈。凡是你想得到的东西，网上全都有。甚至还有人把各种黑暗料理统统做了一遍，录下来搁在 POV 里播放。电视节目泛滥到荒漠化的时代终于来临，许多人把他们生命中的每一秒都公之于众，也不管到底有没有人关注他们。

帕西法尔电台不是“窥私”频道，正相反，我根本没露过脸。里头播出的是我搜罗到的那些 80 年代经典电视剧、广告、卡通、MV 和电影。特别是电影。比方说周末，我会搞些自己喜欢的日本怪兽电影和动画来放。其实吧，放什么都无所谓。只要帕西法尔还位列五强，每天就铁定能吸到几百万的流量。我呢，只要把中间的广告时段卖给赞助商，就能捞到不少钱。

帕西法尔电台的常客大多数是猎手，他们觉得我会不经意间透露线索，帮助他们找到翡翠钥匙甚至彩蛋。真是想太多。这会儿，电台刚刚结束不眠不休持续两天的《电脑奇侠》[173] 连播。在那部 70 年代的日本特摄电视剧里，主角是个红蓝两色的机器人，每集都会干掉点胶皮外套的怪物。特摄片跟怪兽片算是我的软肋，像什么《电子分光人》《宇宙巨人》和《蜘蛛侠》[174]，我完全没法抗拒。

我打开播放设置，对今晚的菜单做些修改。我删掉了《恩怨夫妻》和《超人特攻队》，换上《加梅拉》系列电影。那是我最喜欢的怪兽，长得像飞天的乌龟。我诚挚地希望观众也能热爱它。最后作为补充，我又往菜单里加了两集《银之匙》[175]。

阿尔忒密丝也开设了她自己的频道“阿尔忒密丝视界”，我一直保持着关注。现在，频道里照例播着她周一晚上的预留节目:《方钉》[176]。一集《方钉》结束后，肯定是《电子女侠和炸药小姐》[177]，接着是《伊希斯》和《神奇女侠》。她的节目单雷打不动地持续了几年。但没关系，收看她频道的用户数依旧是怪物级别的。最近，阿尔忒密丝还推出了她的系列服装“阿尔忒密丝小姐”，卖得相当红火。显然，她把自己照顾得不错。

173.《电脑奇侠》

174.《电子分光人》《宇宙巨人》《蜘蛛侠》：均为日本特摄片。这里的《蜘蛛侠》专指日本东映公司获得漫威漫画公司后制作的特摄片，1978–1979 年播出。

175.《银之匙》：1982–1986 年 NBC 播出的美式情景喜剧。

176.《方钉》：1982年的美式情景喜剧。

177.《电子女侠和炸药小姐》：1976 年播出的美国少儿连续剧，主角是一对拥有超能力的女性。

那天在分心球分别之后，阿尔忒密丝切断了和我的所有联系。她屏蔽了我的邮件、呼叫和私聊请求，也不再更新博客。

我试过一切方法挽回关系。我给她送过画，我去过她的堡垒好多次——她买下了贝纳塔星的小月亮——从天上撒下录音带和纸条，希望用轰炸引起她的注意。最狠那次，我脑袋上顶了个录音机，在她堡垒门口站了整两小时，把音量调到最大，单曲循环彼得·盖布瑞尔[178]的《在你眼中》。

178. 彼得·盖布瑞尔，英国歌手，摇滚乐队 Genesis 的主唱，后成功单飞。

她没有出来。我连她在不在家都不知道。

到目前为止，我在哥伦布住了五个月，而和阿尔忒密丝的最后一次对话，已经是八个多星期前的事情了。不过，我也没把时间都用在自怨自艾上。好吧，至少不是所有时间。我试着享受作为世界最著名猎手的"新生活"，也继续满"绿洲"冒险，做掉所有可做的任务——虽然等级是不会涨了，但总有更好的武器、装备和载具可以获得。我把搜刮来的那些宝物都堆在了堡垒深处。不停地做任务让我无暇他顾，不用陷入痛苦的孤独。

被阿尔忒密丝甩掉以后，我也找过埃奇。可是我们的关系日渐疏远，再也回不到从前了。我知道，错不在他。我们交谈时，好像总在担心一个不小心，对方就会偷听到什么对找钥匙有帮助的关键信息。他已经不再信任我了。在我爱上阿尔忒密丝的同时，埃奇爱上了记分板第一的位置。不过，通关第一扇门到现在过了半年，翡翠钥匙下落依旧成谜。

上一次跟埃奇说话还是在近一个月前。很可惜，谈话最终变成了朝着对方大吼大叫，最后我还以“要不是我，你这辈子也别想找到黄铜钥匙！”收尾。听完那句话，他冷冷地看了我一会儿，然后登出了聊天室。我当时固执地不肯认错，到现在，恐怕悔过也晚了。我们差不多算是分道扬镳喽。

是啊，我干得真是太他妈漂亮了。不到六个月，就和关系最好的两个朋友说了拜拜。

我切换到埃奇的私人电台“H- 饲养”，频道里正在放80 年代后期的 WWF[179] 比赛，对阵双方是巨人霍根和怪兽安德烈。我没费心去看对刀在放什么，反正肯定是某部武士电影。除了这类电影，他们就没放过别的。

179. WWF：世界摔角联盟。

在埃奇地下室里不欢而散几个月后，我和对刀倒是在二十二分区组队做过任务，建立起了脆弱的友谊。因为不满于会面的糟糕结果，我一直在等机会给他们递橄榄枝。这个机会，在我找到一个隐藏任务时来了。当时我在特摄星上找到了一个隐藏的高级任务“初代奥特曼”。看日志，这个任务是在哈利迪死了几年后才创建的，不可能藏有任何跟彩蛋相关的线索。另外，它是 GSS 北海道分部编写的日文任务。虽然我可以试着用“绿洲”自带的曼达雷斯即时翻译软件，但总归有风险。翻译软件嘛，免不了出错。要是任务说明和指引没翻对，结果可能会很致命。

对刀就不一样了，他们是日本人（已经是日本的国民英雄啦），英语和日语都说得贼溜。所以我联系了他们，问有没有兴趣来场合作。他们先是持怀疑态度，但在我解释了这个任务的特殊性和可能获得的回报后，他们同意了。于是，我们在特摄星的任务点集合，开始组队冒险。

初代《奥特曼》[180] 一共三十九集，1966 年到 1967 年间在日本播放。我们接到的系列任务就是对它的复刻。故事主角早田进是科学特搜队的一员，该组织专门负责对付那些哥斯拉级别，攻击地球、威胁人类文明的巨大怪兽。当特科队没法解决敌人时，早田就会用贝塔魔棒变身成奥特曼，用各种功夫和能量射线把怪兽揍得屁滚尿流。

180. 初代《奥特曼》

如果独立解开任务，那我肯定扮演早田，但对刀既然和我组了队，那么我们还得扮演特搜队里的其他成员，比如说星野和岚。任务每进一步，我们都会互换身份。和“绿洲”里的其他大型任务一样，有了队友的帮助，击败敌人、达成任务目标会变得更加轻松。

整整一周，每天超过十六个小时，我们终于通关了共三十九集的初代《奥特曼》。完成任务让我们获得了大量的经验和数千“绿洲”点。但真正的奖励，其实是一个非常罕见的神器：早田的贝塔魔棒。那根金属小圆棍允许玩家每天变成奥特曼一次，时长三分钟。

问题是，奖励只有一个，玩家却有三人。到底该把它给谁，免不了会有争执。“这是帕西法尔应得的。”短刀对他哥哥说，“是他发现了任务，如果不是他，我们都不会来这里。”

当然了，长刀不这么认为。“没有我们，他也完不成任务！”他说唯一公平的方法是把贝塔魔棒卖了，用“绿洲”点分成。我反对这个主意。这神器的价值无法用金钱来衡量，而且它一定会落入六佬手里。六佬财大气粗，几乎买下了所有拍卖场的重要卖品。但反过来想，这也不失为一个拉拢对刀的好机会。

“这东西你们留着吧。”我说，“奥特曼是日本最伟大的超级英雄，他的力量应该由日本人来掌握。”

见我如此大度，两人满脸震惊。最后长刀先开了口。“谢谢，帕西法尔桑，”他鞠躬道，“你是个道义之人。”

从那时起，我们就算谈不上盟友，至少也是朋友了。我的付出也算有了回报。

我正这么胡思乱想着，突然传来了钟声。我瞟了眼系统时间，将近八点，是时候去赚点儿钱了。

无论多么努力赚钱，我始终觉得入不敷出。每个月，我都要在现实和“绿洲”里支付几笔大账单。现实生活中的支出倒是还行，不过是固定的房租、水电费、餐饮费，加上游戏硬件的维护和升级费。但我花在“绿洲”里的钱，实在太夸张了。太空船维修费、传送费、燃料费、弹药费……为了省钱，我连弹药都批量购买，可还是不够便宜。每个月的传送费更是天文数字。为了寻找彩蛋，我得在“绿洲”各地旅行，而GSS还在不断提高传送的费用，真是要了老命。

代言广告的那些收入已经被我花得一干二净。这些钱基本上砸在了游戏硬件和小行星法尔科上。还好，我靠 POV 频道上卖广告和出售用不着的魔法道具、装甲和武器，每个月也能入账许多。但为了不至于吃了上顿没下顿，我还搞了份全职的“绿洲”技术支持工作。

化身成布莱斯·林奇时，我在档案里添加了大学毕业证书、多项技术资质证明，还有作为“绿洲”程序员和 App 开发员的良好工作记录。然而即使有了假证书，我找到的唯一一份工作，也不过是当上“快乐求助”公司最低级的技工而已。“快乐求助”公司是 GSS 的合同公司之一，负责“绿洲”客户服务和技术支持。现在我每周工作四十个钟头，不停地帮那些蠢货修复他们的“绿洲”系统、升级触觉手套的驱动程序。工作虽苦，好歹能让我吃得起饭。

我注销自己的“绿洲”角色，转而登录专用的工作账户。载入完成后，我以“快乐求助”公司员工的身份出现在了线上。这家公司所有的男员工都一个模样，像是量产的肯娃娃[181]。他们身处虚拟的求助中心，面对着虚拟的电脑，戴着虚拟的耳机麦克风。

这地方根本是他妈的一个虚拟地狱。

快乐求助公司三百六十五天，每周七天，每天二十四小时开工，日均接到的求助电话数以百万计。电话那头的蠢货不是怒气冲冲，就是酩酊大醉，舌头都捋不直。更糟的是我在电话和电话之间连一点休息的时间都没有——永远还有几百号人正等着来折腾你。我真的搞不懂，这帮人脑子是不是有坑？他们宁愿等上几个钟头，让技术人员帮忙搞定问题，也不愿意花两分钟上网查一下，

181. 肯娃娃：芭比娃娃的配套产品，为男性角色，名字是“肯”。

自个儿解决。他们是不是觉得既然有人能帮忙解决问题，就犯不着辛苦自己了？

和往常一样，上班的这十个小时过得很慢。公司员工账号特殊，无法离开各自办公的小隔间，也打不开网页。不过我找到了别的办法消磨时间。我改造了自己的眼镜，这样一来，就能从硬盘里直接听歌或者看电影了。

轮班终于结束。我以最快的速度换回了帕西法尔，只见系统提示有上千封信件在等待浏览。我只看了一眼它们的标题，就知道在我工作的那段时间里发生了什么大事。

阿尔忒密丝找到了翡翠钥匙。

0021

和世上其他猎手一样，我一直害怕看到记分板产生新的变化，因为那意味着六佬有了新的机会。

在我们通关第一扇门后不久，一个匿名玩家在拍卖行里挂出了一件神器，叫作“芬多罗的搜索石板”。那东西用在寻找彩蛋上简直强得逆天。

“绿洲”里绝大多数魔法道具都是由系统随机生成的，在你杀死 NPC 时“掉落”，或者在完成任务后奖励。只有极少数的神器例外。这些物品数量稀少，往往拥有不可思议的神奇力量。就目前所知，神器的数量不过几百，多为“绿洲”初期产物。那会儿人们还把“绿洲”当作单纯的多人在线游戏看待呢。这些神器都是唯一的，整个“绿洲”里找不出第二把。一般来说，玩家只有完成特定的高级任务，击败异常恐怖的首领怪物，运气还要够好，才能得到它们。当然了，你也可以杀死持有神器的玩家，从他们尸体上洗劫，或者去拍卖行里一掷千金。

由于非常罕见，神器的拍卖总是会闹出大新闻。它们中的一些成交价甚至能达到天文数字般的几十万点。之前的最高卖价纪录是三年前创造的，当时卖出的东西是“末日”，一颗威力无边的炸弹，只能使用一次。当它引爆时，会杀死当前分区里的所有东西，不论是其他玩家、NPC，还是拥有者自己。没有任何手段能抵挡。如果你不幸待在那个分区里，不管你多强大都没用。

有个匿名玩家开价一百万“绿洲”点，夺下了“末日”。“末日”至今悄无声息，一定还窝在新主人手里等着使用。关于这枚炸弹，现在已经有了个段子，说是有些猎手一旦遭到了围攻，就会声称自己带着“末日”，威胁跟敌人同归于尽。不过，大多数人相信那东西其实落到了六佬手里，同其他无数强大的道具放在一起。

“芬多罗的搜索石板”在拍卖会上引起的轰动甚至比“末日”还高。按照拍卖行的描述，那不过是块抛光的黑色石板，能力也非常简单：你只要在石板上写下某个玩家的名字，石板就会把对方的位置即刻报告出来。不过石板的能力受到了一定的限制。如果你和想找的人相隔过远，它只会报告目标所在的分区。位于同一分区后，它才能告诉你对方所在的星球（玩家位于深空时，则是附近的星球）。只有在同一个星球上，黑色的石板表面才会显示对方的精确坐标。更重要的是，石板每天只能使用一次。

卖家明确指出，只要和记分板结合使用，搜索石板就是全“绿洲”最有价值的物品。你只要始终关注记分板，在分数发生变动后的第一时间使用石板，就能得知钥匙，或者大门的位置。虽然石板功能受限，还得缩小两三次范围才能精确定位，但即使如此，它的作用依然不可估量。

石板的拍卖会现场，几个大猎手公会展开了凶残的竞价赛。然而在竞拍只剩几秒钟时，六佬突然出手，索伦托用他的角色亲口报出两百万“绿洲”点的天价，终结了拍卖。其实他可以匿名投标，但六佬显然希望用这种方式告诉五强，无论谁先通过了第一扇门，他们都会立刻跟进，而其他人只能干瞪眼。

我起初有些担心六佬使用石板来追踪刺杀我们，但除非我们傻乎乎地待在 PVP 区，等着六佬赶过来，否则不用担心击杀。再说石板每天只能用一次，如果正好那一天里记分板产生了变化，他们就会错失良机。六佬不可能愿意冒这样的风险。他们肯定会留着石板，直到最重要的时刻。

阿尔忒密丝分数变化后不到半小时，一整支六佬舰队就扑向了第七区。好在使用石板的那个人（我怀疑就是索伦托）和阿尔忒密丝不在一个分区，石板未能直接显示她在哪个星球，所以六佬的舰队才会一副要占领整个第七区的架势。

多亏了他们的大动作，现在全世界都知道翡翠钥匙藏在哪里了。成千上万的猎手立刻行动起来，涌向第七区。不过，那个片区里有上百颗星球、卫星以及其他类型的世界，任何一个都可能藏着翡翠钥匙。

那天剩下的时间里，我一直望着记分板，没能从震惊中彻底恢复过来。各大门户网站的新闻都是这么写的：帕西法尔丢失榜首！阿尔忒密丝荣登一位！六佬正在行动！

好不容易能动弹后，我打开记分板，瞪着它瞅了半个钟头，一边在心中痛骂自己。

高分榜：

1. 阿尔忒密丝	129000
2. 帕西法尔	110000
3. 埃奇	108000
4. 长刀	107000
5. 短刀	106000
6.IOI−655321	105000
7.IOI−643187	105000
8. IOI−662167	105000
9. IOI−678324	105000
10.IOI−637330	105000

这事儿你怨不得别人，我对自己说。是你放松了研究，是你让胜利从手上溜走的。怎么着，你还想让老天眷顾你两次不成？你觉得你走在路上摔一跤，就能发现绊倒你的是翡翠钥匙？第一的位置很牛逼是不是？现在好了，这个问题已经不存在了。你就是头猪，把应该干的事情抛到了一边，浪费了半年时间在浪荡跟把妹上，还他

妈是从来没见过的姑娘。最搞笑的是结果你被她甩了，废物。

好了……收收心，回到游戏上来，蠢货。找到钥匙。

突然间，我变得比以往更希望赢得这场比赛。这不是钱的问题。我要向阿尔忒密丝证明自己，而且等到比赛结束，就能再和她说上话了。我一定要在现实里找到她，看看她的真容，确认自己对她的感情。

我关闭视野中的记分板，打开圣杯日记。如今，日记已经是厚厚一本，记录了我从比赛开始以来想到和搜集到的所有信息。它就像层层叠叠的窗口，展示着数不清的文字、地图、照片、音频和视频。所有这些东西都分门别类，交叉引用，与我的生命密不可分。

我打开翡翠谜题，拖到视野上方。这四句话、三十六个字我看得次数太多了，多到甚至不知道在讲什么了。我压下心中的焦躁和沮丧，细细重读：

船长隐藏着翡翠之钥
它被存放在遗忘之所
只有在收集奖杯之后
方能去吹响彼地之哨

我知道，答案就在我眼前。阿尔忒密丝都已经找到了。

我又读了遍笔记中关于"咔嚓船长"约翰·德雷珀的部分。这人凭着一个塑料口哨，成了黑客中的传奇。我依旧认为“船长”和“口哨”，指的就是他们，只是四行诗的其余部分尚未得到解读。

但现在多了条线索——钥匙藏在第七区的某地。我打开“绿洲”地图集，思考那里的星球名和四行诗之间的关系。第七区有不少星球以著名黑客命名，比方沃兹和米特尼克[182]，可是没有叫约翰·德雷珀的。此外，那边还有上百个以旧新闻组网络[183]为名的星球，在其中一个叫高频电话的星球上，你能找到德雷珀的雕像，他一只手搁在古老的转盘拨号电话上，另一只手拿着咔嚓船长的口哨。表面看起来，它就是我要找的答案，但那雕像是在哈利迪去世三年后才竖立起来的，所以实际上并无瓜葛。

182. 沃兹和米特尼克：沃兹指苹果公司除乔布斯外的另一个创始人斯蒂夫·沃兹尼亚克，而米特尼克是凯文·米特尼克，史上第一个被联邦调查局通缉的传奇黑客。

183. 新闻组网络：一种分布式的互联网交流系统，诞生于1979年，与万维网不同。

我重新读了遍四行诗。这一次，诗歌的最后两句话引起了我的深思。

只有在收集奖杯之后
方能去吹响彼地之哨

奖杯。七号分区。我得从七号分区里找出收集了一堆奖杯的地方。

我在自己保存的哈利迪资料里搜索了一番。资料显示，哈利迪在上世纪拿过五个最佳年度设计师奖。那五个奖杯摆在哥伦布GSS博物馆里，但“绿洲”一个叫阿吉伊德的星球上有它们的数字模型。

而阿吉伊德就在第七区。

嗯，这关系有些牵强，可我还是决定去探个究竟。毕竟再怎么说，那也比虚度光阴强。

我看了眼麦克斯，他正在指挥中心的一个监视屏里跳桑巴。"麦克斯，如果你不算太忙的话，麻烦让'冯内古特'准备起飞。"

麦克斯停下舞步，朝我贱笑，"你说什么就是什么，头儿。"

我起身走到堡垒电梯旁，它参照了最老版《星际迷航》里升降机的样式。下降四层楼后，我来到了军械库，这里满是装甲架、展示台和武器柜。我打开帕西法尔的装备栏，"绿洲"使用的纸娃娃[184]系统非常经典，你可以轻易地拖放各种物品和装备。

考虑到阿吉伊德是 PVP 区，我决定全副武装地过去。我穿上银光闪烁的 +10 海尔·梅尔动力装甲，抄起最心爱的光束突击步枪，又背上了一把手枪握把泵动式霰弹枪和 +5 的斩首大剑。除此之外还有别的装备，包括反重力靴、抗魔戒、保护项链和巨力手套。我讨厌那种想用什么东西手边却没有的感觉，平时出门带的各种物品武装三个猎手都绰绰有余。如果东西太多，身上塞不下，我还有额外的背包格能解决这个问题。

整装完毕，我冲回电梯，几秒后来到了堡垒底层的机库门口。一条蓝色灯光不断频闪的跑道从这里向前伸出，尽头是厚重的装甲门。通往太空的发射井就在门后。从那里开始，你可以一路向前，直抵另一扇位于小行星地表的装甲门，然后进入太空。

跑道左侧停着一架饱受战火洗礼的 X 翼战机[185]，右

184. 纸娃娃：又称 AVATOR 系统，即穿脱装备会改变人物的造型，以此使得游戏看上去更拟真。经典例子即是暴雪的《暗黑破坏神 II》。

早期的角色扮演游戏里，人物更换装备是不会对外形造成影响的。但随着游戏业发展，纸娃娃系统应运而生。图为《暗黑破坏神Ⅱ》的人物装备界面，一个典型的纸娃娃系统。

185. X 翼战机：出自《星球大战》，因其四翅呈 X 型而得名，反抗军的主力战机，有多种型号。

侧为德罗宁，而它的正中央，我最常使用的太空船“冯内古特”已经整装待发。麦克斯代我点燃了引擎，它这会儿正低沉、稳定地颤动着。“冯内古特”是一艘改造过的萤火虫级运输船，原型为“宁静号”，出处就是那部经典的同名科幻连续剧。刚被我搞到手时，船名还是“凯莉号”，不过我马上给它安上了自己最喜欢的20世纪作家的名字[186]。“冯内古特”这几个字，如今被镌刻在它久经风霜的灰色船体一侧。

186. 库尔特·冯内古特（1922–2007），美国著名作家，著有《五号屠场》《猫的摇篮》等作品。

这艘飞船是我在穿越十一区一系列被统称为萤火虫宇宙的星系时夺得的。当时一群窃蛋龙公会的蠢货想劫持我驾驶的X翼，却没调查过谁坐在那架战机里。正常情况下，我会选择光速跃迁，避开无谓的遭遇战。但那天我的心情很糟，正想找地方发泄。

跟“绿洲”里的绝大多数物体一样，每条船都有自己的特质，武装、速度各不相同。我的X翼远比窃蛋龙公会的大型运输船灵活，能轻松避开他们原始的射弹武器，同时朝他们砸下激光束和质子鱼雷。打到对方的引擎失灵后，我登上运输舰，干掉了里头所有玩家。船长认出了我是谁，不停地道歉，可我没有原谅他的心情。那之后，我把X翼停进运输船货舱，然后开着新船回了家。

我走向“冯内古特”，它伸出一条斜道，徐徐落在机库地面上。走进驾驶舱时，它已经做好了离港的准备。我坐进驾驶座，听着机库固定机械臂收回的声音。“麦克斯，锁死堡垒，设置通往阿吉伊德的航线。”

“遵命，舰—舰—舰长。”一个监控屏里显示着他结结巴巴应答的画面，与此同时，机库门滑向两侧，露出通向繁星的发射井。飞船启航，很快冲出地表，装甲门则在我身后关闭。

我看到法尔科的高层轨道上飘浮着数条船，他们通常由热情的粉丝、疯狂的追求者和不怕死的赏金猎人组成，其中还可能有狗仔队——他们把大多数时间都用在追踪知名猎手、获取他们的动向上。这些信息可是能卖钱的。平时我总是会用光速跃迁来甩掉这些白痴。对他们来说，这其实是好事。如果真有人紧咬着不放，我别无选择，只能调转船头把他们干掉。

随着“冯内古特”加速至光速，我视野中的每个星球都被拉成了长条状的光。“光—光—光速跃迁中，舰长。”麦克斯说，“预计五十三分钟后抵达阿吉伊德。如果走就近的星门，只需十五分钟。”

每个分区都有星门。本质上，它们是飞船级别的传送站，但 GSS 按照舰船惊人的质量乘以传送距离收费，只有大公司或者钱多得没地方花的富豪才会使用。我两者都算不上，然而现在情况特殊，我宁愿破费一次。

“穿星门，麦克斯。我们赶时间。”

0022

“冯内古特”脱离光速状态，阿吉伊德突然占满了驾驶舱的窗口。和附近其他偏真实的星球相比，它尤为扎眼。“绿洲”里的多数行星都经过装饰，你能看到云层、大陆以及撞击陨坑。阿吉伊德上却毫无那些特征。作为“绿洲”最大的经典游戏博物馆，它的地表由发着绿光的点阵和矢量线构成，如同上世纪70、80年代的游戏，或者高空望下去机场跑道上的指示灯。那些线条把整个星球切成了均匀的网格，让人想起雅达利1983年发售的《星球大战》游戏里的死星[187]。

187. 死星：星球大战里帝国的终极武器，卫星大小的定向激光兵器。

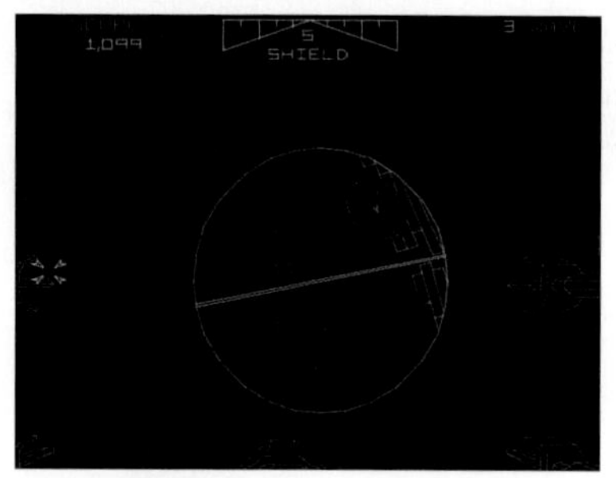

1983年发售的游戏《星球大战》

麦克斯指引“冯内古特”朝地表降落的同时，我给动力装甲更换了电池，嗑了几瓶战斗增益药水，又启用了纳米修复包。阿吉伊德是双重PVP区，换言之科技和魔法均能起效，我必须全力以赴。

“冯内古特”渲染到惟妙惟肖的钢铁坡道伸出，和阿吉伊德未加处理的纯黑地面形成鲜明的对比。走下斜坡，我轻敲右腕上的控制器键盘。只见坡道收回，安全系统启用，“冯内古特”的船体周围出现了一圈半透明的蓝色护盾。

我凝视着地平线，那锯齿状起伏的矢量线条代表山脉，像极了1981年的老游戏《战争地带》[188]，那是雅达利的另一款经典矢线游戏。你能看到远处的绿色三角形火山不停地喷着绿色的熔岩像素，但即使跑上几天几夜，也到不了那里。和老游戏一样，阿吉伊德的远景只是远景，永远只出现在地平线上，哪怕绕遍星球也摸不着。

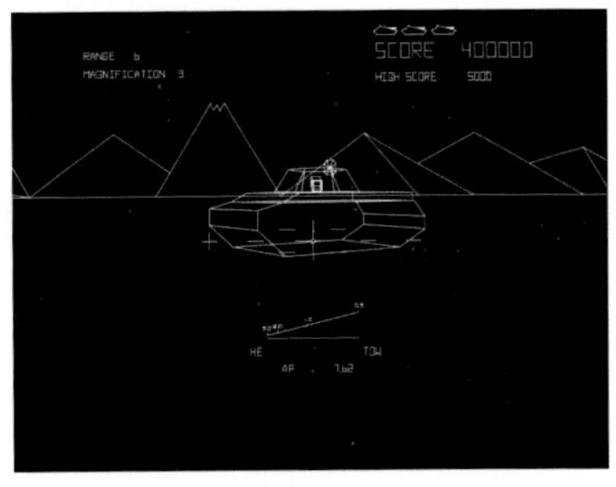

188.《战争地带》能看到远景的火山

按照命令，麦克斯把“冯内古特”降落在了东半球赤道附近，周围似乎一片空旷，荒凉无比。我向着地图上最近的一个绿点奔去。随着距离拉近，它逐渐显出真容：那是个直径十米的氖绿色圆圈，通往地下。这就对了。阿吉伊德是个中空的星球，博物馆的所有展品都位于地下。

离得更近一些，我听到隧道里传来喧闹的音乐，是威豹的《给我倒些糖》，出自专辑《歇斯底里》（史诗唱片公司，1987）。我走到坑道旁，纵身跃下。坠入博物馆的过程中，绿色的矢量线消失了，我又回到了高分辨率的全彩环境中，周围的一切都栩栩如生。

地表之下的阿吉伊德有上千个老式街机厅，它们中的每一个都是按照真实世界里曾经存在于某处的街机厅塑造的。自“绿洲”诞生以来，数以千计的老用户来到这里，照着记忆精心再现了他们当年的游乐场。这些街机厅，或者保龄球、比萨混开的街机店组成了博物馆的主体。它们可不是摆设。在阿吉伊德，每个老式投币游戏，你都至少可以找到一台机器去玩。那些游戏设计师们的心血，都以 ROM 的形式保存在“绿洲”的数据库里，散落在博物馆各处。对了，它们的木质机箱看上去也古董极了。

博物馆分为好多层，地下街、隧道、楼梯、电梯、自动扶梯、人形梯、滑梯、活板门和秘道将它们连为一体，成了一个巨大的地下多层迷宫，一个不小心就会迷失方向。所以我在视野中打开了 3D 导引地图。地图上发光的蓝点代表帕西法尔，目前刚刚进入博物馆内部，离地面很近，附近有家叫阿拉丁城堡的老街机厅。我在地图上点击星球核心，标注目的地，系统立刻自动生成了一条最近的路线。我跟着那指引，向前一路跑去。

就像我说的，博物馆有许多层。在我所处的位置，星球的上地幔附近，你玩到的街机游戏都诞生于 21 世纪，它们已经有了最原始的触感装置，比如会晃动的座椅和能倾斜的液压平台。许多赛车游戏还可以联网，支持多人同台竞技。但那时街机其实已经走到了末路，它们的市场份额基本都被家用游戏机和电脑占走了。到了“绿洲”诞生之后，更是完全停止了生产。

继续往深处走，你会发现越接近地心，游戏就越古早。到世纪之交的地层，霸占了街机的多为格斗游戏。那些经过渲染的多边形角色在大屏幕上相互对战，招式生猛，一副要把对手揍出屎来的派头。那个年代的射击游戏也不少，已经有了原始的光脉冲触感枪。在同一层里，你还能找到许多跳舞机。但只要再往下走一点，游戏硬件就变得雷同了。个个都是包着阴极管显示屏的大木匣子，前方凸起一块简陋的操作台。眼看、手控，偶尔还有脚踩，就是控制它们的全部手段了。它们没有触感系统，不会对你的感官产生任何直接影响。而走到更深处，游戏的画面只会更加简陋。

博物馆的底层，阿吉伊德的地核，是个球形的小房间，里面供奉着世界上第一款电子游戏《双人网球》[189]。那是威廉姆·希金博泰于 1958 年创造的游戏。它只能在古老的模拟计算机上运行，连凸屏的示波器都只有五英寸大。它旁边是历史几乎同样悠久《太空战争！》，世上第二款电子游戏。一群麻省理工的学生在 1962 年编写了这个游戏，安装在 PDP-1 计算机上。

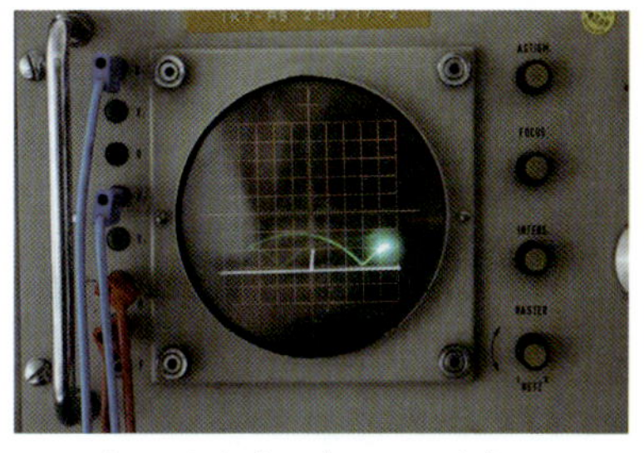

189. 电子游戏鼻祖《双人网球》

和多数猎手一样，我早就来过阿吉伊德。我到地核练习了《双人网球》和《太空战争！》一段时间，熟练掌握了它们。当时我还在各个地层晃荡，一边玩游戏，一边寻找哈利迪可能留下的线索，但一无所获。

我继续朝前奔跑，抵达了社交模拟系统公司的博物馆。这里距离地核不过数层，我以前来过，所以轻车熟路。GSS 最受欢迎的游戏都陈列在这儿，包括几款最初发行在家用电脑和主机上，后来移植到了街机里的游戏。没用多久，我就找到了哈利迪的五个最佳年度游戏设计师奖杯，就挨着他的雕像放着呢。

但琢磨了一会儿后，我得出答案，来这边纯粹是浪费时间。GSS 博物馆的展品代码不允许修改，我根本拿不起它们，更别说“收集”了。我掏出激光焊枪试了试，然而几分钟过去了，奖杯还是纹丝不动。我只能选择放弃。

这又是条死胡同，我白跑了一趟。最后看了眼奖杯，我朝门口走去，劝自己别太过沮丧。

回程的路，我决定换个方向走，顺道去博物馆那些我从没去过的地方看看。我沿着一系列隧道漫步，最后来到了一个巨大的穴室。这完全是个由比萨店、保龄球馆、便利店和街机厅组成的地下城。我沿着空荡荡的街道瞎走，转进了一条蜿蜒的胡同，它的终点是一家小小的比萨店。

看到那家店的名字时，我的脚步不由自主地停下了。

"快乐时光"。80 年代中期在哈利迪老家经营的家庭作坊式批萨店。哈利迪无疑把米德尔顿这家店的代码复制到了阿吉伊德。

这他妈怎么回事？我从没在猎手论坛或者指南里读到过相关消息。难道真的始终没人发现过这家店？

哈利迪在年鉴里提到过"快乐时光"比萨好多次，我知道他在这里留下了美好的回忆。当时他课后常常不愿回家，去店里消磨时光。

这是家 80 年代典型的比萨街机混开店，细节还原得很有味道。几个 NPC 店员待在柜台后面揉搓面团、切分比萨（打开奥尔法翠斯气味制造机后，我真的闻到了食物的香味）。店铺对半分成游戏厅和餐厅。餐厅里也有游戏机——所有的餐桌其实都是"鸡尾酒柜"，那是街机的一种，它们游戏屏幕位于透明的桌面下方，你可以一边吃比萨，一边来场《大金刚》。

如果我被勾起了食欲，完全可以在柜台点一份比萨。这份订单会被发送至距离我公寓最近的比萨供应商处（也是我在“绿洲”账户的食品服务偏好中选定的那一家）。几分钟之内，一份真正的比萨就会送货上门，而费用（包括小费）将自动从我的“绿洲”账户中扣除。

我走进游戏室，听到布莱恩·亚当斯[190]的歌声从墙壁上的扬声器里传出。那个年代，几乎所有的青少年娱乐场所都会放他的歌。我走到换零钱机器那儿，拇指在面板上一按，拿到了一枚二十五分币。我只买了这一枚币，把它从不锈钢托盘中取出，然后走向游戏室深处，留心着房间里的细节。我看到一台《防卫者》的机箱顶上贴着张手写的告示：打破纪录，可赢取免费比萨！

190. 布莱恩·亚当斯：加拿大摇滚歌手，1990年电影《侠盗罗宾汉》的主题曲 *Everything I do* 也是其献唱。

另一台《机器人战争》的屏幕上则列着高分表。这款游戏允许最强的玩家在他们的分数旁留下全名，而不是简单的首字母缩写。在这台机器上打出了最高分的那一位，留下的文字是“副校长伦德伯格是傻逼！”

我继续向前走去。挨着房间的后墙，《小蜜蜂》和《挖金子》的中间，有台《吃豆人》。它黑黄两色的机箱布满划痕，外表的油漆脱落了不少。

它的屏幕一片漆黑，贴了张“已损坏”的字条。这只是个虚拟的场景，哈利迪为什么要故意放一台损坏的街机进来？是另一个让这里更加真实可信的细节吗？我觉得有点意思，决定再走近点看看。

我把街机往外拖了一点，发现电源线没接。将电源插回墙上的插座后，街机重新启动了。它似乎一切正常。

把它推回原位时，我发现了一些东西。街机顶上固定着玻璃盖的金属支架上，放着一枚二十五美分的硬币，硬币于 1981 年铸造——正是《吃豆人》发行的那年。

我知道在 80 年代，人们把硬币放在游戏机箱上的意思是一会儿还要继续来一轮。我试着拿起那枚硬币，却发现它纹丝不动，就像被焊在了上面。

奇怪。

我扯下“已损坏”的字条，丢到旁边的《小蜜蜂》上，看着游戏的启动动画。那是游戏里的四个鬼魂，分别叫作林奇、布林奇、平可和克莱德。而画面的顶端显示着游戏的最高得分：3333350 分。

有些事不对劲。首先，现实中的《吃豆人》机器没有存储功能。拔掉电源后，最高分就会消失，变成默认的 1000000 分。其次，这台机器显示的得分 3333350，只比理论上的最高分少了 10。

想超越这记录，你只有达到满分。

我的心脏加速跳动。这台老式投币街机里一定有奥妙，和彩蛋相关。不一定是**那个**彩蛋，但它肯定是个彩蛋。我敢打赌，这是哈利迪干的好事。我不知道它和翡翠钥匙到底什么关系，也可能两者毫无瓜葛。但我知道，找出答案的方法只有一个。

拿到满分。

这可不是件小事，你得通过所有的 256 关，一直到画面出现分屏。你得吃掉所有的豆子、水果、无敌剂，以及在你无敌情况下挡路的鬼魂，却不能丢掉哪怕一条命。

这游戏从诞生至今，已经超过了六十年，但拿到过最高分的人不足二十，其中一个人还是詹姆斯·哈利迪本人。他在 GSS 休息室里一台原版的《吃豆人》机器上，用不到四个小时创造了这个记录。

《吃豆人》是哈利迪热爱的游戏，我当然做过大量研究，但我还没有疯到想满分通关的地步。没那个必要。

我打开圣杯日记，找出《吃豆人》的数据。其中包括游戏设计师托鲁·伊瓦塔尼的完整生平、相关的卡通连续剧、同名膨化食品的成分以及，当然了，这个游戏的攻略。我收集的攻略多到吐血，甚至包括了那些吃豆人高玩们整整几百小时的游戏录像。这些东西我研究过，但那毕竟是很久前的事了，所以我又大致浏览了一遍以勾起回忆。然后，我关上笔记本，望着面前的街机，就像在决斗前评估对手的实力。

我舒展双臂，晃晃脑袋，把指关节挤得噼啪响。

接下来，我往左侧的投币孔里塞进硬币。熟悉的“哔哇”电子声响起后，我选择了玩家一号。很快，第一张地图出现在屏幕上。

我伸出右手抓过摇杆，操纵玩家角色——就像块切掉了一部分的比萨——开始穿越一个又一个迷宫。

哇咔——哇咔——哇咔——哇咔。

周围的一切仿佛渐渐淡出，我的眼中只剩下了那个二维的平面。和深陷在达格格拉斯的地下城时一样，我在虚拟的世界中体验着虚拟的世界，在游戏中玩着游戏。

我重玩了好几次。我总是在玩上一个或者两个钟头以后，犯下一点微小的错误，然后就不得不重启街机。不过这一次，我的第八次尝试里，一切都完美无缺。六个小时，两百五十五个关卡过去，我还是毫发无损。我每回都趁着短暂的无敌时间，把所有鬼魂送回它们的出生点（直到第十八关，从那里开始，它们就不再一起变蓝了），还吃到了所有奖励的水果、小鸟、铃铛和钥匙。

这是我这辈子最棒的游戏体验，绝对是。一切都那么完美，我势不可挡。

在每张图出生地上面一些的位置，有个卡位点，能让你的吃豆人在鬼魂面前"隐身"十五分钟。过去六个小时间，我就是用这个小技巧吃了两顿饭，还冲了个澡。

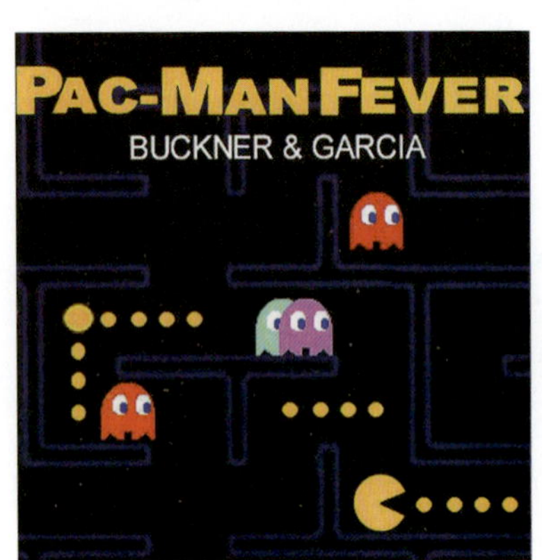

191.《吃豆人狂热》：出自 1982 年 Buckner & Garcia 乐队的同名专辑。专辑里的每首歌都跟某个街机游戏有关，也用上了游戏的原声。

开始第 255 关的瞬间，《吃豆人狂热》[191] 突然在街机厅内响起。一丝微笑浮现在我脸上，我知道，这是哈利迪给我的掌声。

我驾轻就熟地扳动摇杆，在幽灵的围追堵截中左突右闪，贴着边线进入暗门，从迷宫另一头冒出来吃掉最后几颗豆，清空了地图。然后，我深深地吸了口气，看着迷宫的轮廓由蓝转白。就在我的眼前，新载入的地图分裂成了不同的两半。游戏的最后一关，来了。

然而，就在第 256 关刚刚开始几秒后，我的视野中突然亮起了记分板发生变动的告示。

这时机真是糟糕透了。我扫了一眼新冒出来的前十名排行，一边继续吃豆。是埃奇。他的得分刚刚往上跳了 19000，成了拿到翡翠钥匙的第二人，而我，降到了第三。

这消息居然没让我发挥失常，简直是个奇迹。

我把摇杆握得更紧了些，不去想那些令人心烦意乱的事。我马上要成功了！只要从这个半是乱码的迷宫里拿到6760，我就满分通关了！

在音乐砰砰作响的心跳声中，我清空了左侧正常迷宫里的豆子，接着指引吃豆人冒险进入了全是乱码的右半边，按照记忆中的迷宫行进。在这堆紊乱数字和失常图形下面，暗藏九个豆，每个价值十分。我看不到它们，不过还记得它们的位置。很快，我找齐了那些豆子，拿到了九十分，然后转向最近的鬼魂——克莱德，一头撞了上去，损失了我正常游戏里的第一条命。相撞的瞬间，吃豆人的动作僵住了，在一声拉长的“哔”声中化为虚无。

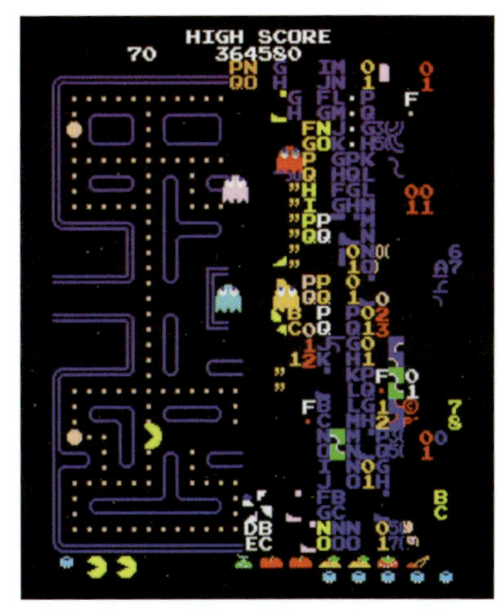

《吃豆人》的制作者在开发游戏之初，认为没人能坚持这么久，因此未对游戏后期关卡加以检测，结果第256关存在记忆错误，导致半边屏幕为乱码且无法继续下一关。

在这张图里，吃豆人每死亡一次，右半边的花屏里就会重新刷出九个豆。换言之，为了拿到最高分，我还得以自己剩下的五条命为代价，反复吃掉它们。

我尽量不去想埃奇，这小子肯定在研究手上的翡翠钥匙，寻找下一步的线索。

摇杆推向右侧，我最后一次进入图形碎片之下的迷宫。现在，我闭着眼也能得分了。我的吃豆人把鬼魂平可勾到远处，然后冲到迷宫底拿下两豆，接着是中间的三个。最后，顶上的四个也到了手。

我做到了。我拿到了最高分：3333360分。完美的分数。

我放开手，看着四个鬼魂聚到吃豆人身上。迷宫中央，闪烁起了“游戏结束”几个字。

我等待着，却什么也没有发生。又过了几秒，游戏启动画面重播，出现了那四个鬼魂和它们的名字。

我的目光移到了那枚硬币上。先前它被固定在架子上，无法移动，现在却徐徐向前滚动，从边缘掉下，径直落入了我手中，然后消失不见。与此同时，一条提示亮起，说我的包裹中自动添加了一枚硬币。我想把硬币取出来看看，但它似乎锁死了，既不能点选，也不能丢弃。

这枚二十五分币也许有什么特殊的功效，却没有在物品描述里说明。实际上，它根本就没有物品描述。我可以试着对它释放几个高级占卜系法术试试看，但那要花好多时间，而且我怀疑不会有任何结果。

不过眼下，我没心情去研究这枚无法拿起的硬币。我满脑子都是埃奇和阿尔忒密丝。他们战胜了我，拿到了翡翠钥匙。而我在《吃豆人》上获得的成绩，对寻找钥匙一点儿帮助也没有。我是在浪费时间。

我沮丧地返回星球地表，坐进“冯内古特”的驾驶舱。就在这时，埃奇突然发了封邮件过来。一看到标题，我的脉搏立马开始狂跳。那是四个大字：还债时刻。

我屏住呼吸，点开邮件，

亲爱的帕西法尔：

咱们这就正式清账了，懂我的意思吗？之前我欠你的，这下全还清了。

你最好快点。六佬肯定在来的半道上了。

祝好运，

埃奇

他的名字下面有张图，是文字冒险游戏《魔域》说明手册封面的高分辨率扫描图。我知道那个游戏，它是独立软件公司 1980 年为 TRS-80 三型电脑开发的。我很早以前玩过，准确地说，彩蛋比赛刚开始的那年。不过那一年里，我玩的文字冒险游戏海了去了，包括《魔域》系列后来的其他作品，初代好些细节都已经记不清了。我在文字冒险游戏上的能力似乎与生俱来，所以从没读过它的游戏说明手册。现在想来，这真是个巨大的失误。

图画描绘了游戏中的一幕：一个神气活现、穿着铠甲、头盔上带着双翼的冒险者，高举发光的蓝色宝剑，准备朝缩在他身下的巨魔最后一击。他的另一只手抱着几样珠宝，但更多的宝藏在他脚下，还能看到散落其间的人类骸骨。冒险者的身后潜伏着一只满口獠牙的怪物，正不怀好意地望着他。

这些都是游戏的前景，真正重要的东西，是它的背景：一幢白色的房子，它的门窗都被木板钉死了。

遗忘之所。

我瞪着这图好几秒，暗骂自己几个月前就该发现。然后，我启动“冯内古特”，设置了离开阿吉伊德、通往不远处第七区另一个行星的航线。那个小星球叫作弗洛伯兹，是《魔域》系列的主题星球，也是——我现在知道了——翡翠钥匙的藏身处。

0023

192. Xyzzy: 出自早期MUD游戏(下见),原意为在特定两地之间传送的代码,后引申为作弊码。

193. MUD:通常将缩写字直译为“网络泥巴”或是简称“泥巴”,指多人在线的文字冒险游戏。

“绿洲”里有个叫XYZZY[192]的星团,包含了上百个无人问津的世界,弗洛伯兹也在其中。这些星球的源码均编写于“绿洲”早期,多为经典文字冒险游戏或者MUD[193]的重制。它们就像一座座神庙,祭奠着“绿洲”的列祖列宗。

文字冒险游戏(当代学者一般管它们叫“交互式小说”)是用文字构建出供玩家冒险的虚拟世界。游戏程序会对目前剧情和环境进行简单描述,然后让玩家决定下一步的行动,比如移动到附近,或者使用某些物品。这些命令都非常简单,通常只有两三个单词,比方说“朝南走”或者“拿起剑”。如果输入的命令过于复杂,游戏简单的引擎就会无法识别。通过阅读文本和打入字符,你就能在虚拟的世界中冒险,一路收集宝物、打败怪物、躲开陷阱、解决谜题,直到最终通关。

我玩过的第一款文字冒险游戏叫《巨穴历险》。纯文字的界面一开始让我无所适从，但玩了几分钟、接受了这种设定后，我很快就沉迷在了文字所构建的虚拟现实中。说不上为什么，游戏里寥寥数语的描述，就能唤起我丰富的想象力。

《魔域》是史上最早的文字冒险游戏之一。从圣杯日记看，这游戏我只在四年前玩过一回，而且一天就通关了。再后来，我这个大脑短路的白痴就忘记了游戏中两个非常重要的细节：

1. 游戏开始时，你站在一栋门窗被封死的白房子外。

2. 白房子里的客厅里，有一个奖杯架。

要通关这款游戏，你得把收集来的各种财宝，全都放进客厅的奖杯架里。

这样一来，四行诗的第三句话意思就很明显了。

船长隐藏着翡翠之钥
它被存放在遗忘之所
只有在收集奖杯之后
方能去吹响彼地之哨

十多年前，GSS获得了重建《魔域》系列作品的授权，于是在“绿洲”里用3D的方式，将那个世界完整地再现了出来，并把那颗小星球命名为弗洛伯兹——魔域世界里一个大法师的名字。所以说，遗忘之所，这个我苦苦找寻了半年的地方，就在弗洛伯兹，几乎算得上待在光天化日之下。

我查了下飞船的导航系统。以光速行进，赶到弗洛伯兹只用十五分钟。麻烦在于六佬。跃迁结束后，我很可能和他们驻留在行星轨道上的炮艇编队遭遇。就算我成功撕开防线降落到了地表，在寻找翡翠钥匙的过程中也会遭到他们的围堵。这可不太妙。

好在我有备用方案——传送戒。那是我在吉加克斯上斩杀红龙的奖励，也是我财产里最值钱的宝物之一。这枚戒指允许我传送到"绿洲"的任意一个地点，它的缺点是冷却时间长达一个月。我把它当作紧急逃生的最后手段，或者情急之下的赶路工具——比方说现在。

我飞快地设置了"冯内古特"的舰载电脑，让它自动飞行至弗洛伯兹后立刻启动隐身装置，同时搜寻身在该星球某处的我。只要不是特别倒霉，在运输舰载上我出发前，六佬是发现不了它的。如果运气不好，那我只能认栽，困在弗洛伯兹上等着六佬大军压境。

设置好"冯内古特"的自动航行模式，我摸着传送戒，念出秘文"布鲁内尔"。它发出一阵强光，而我接着报出了那个星球的名字。只见弗洛伯兹的世界地图瞬间在我视野中展开。这个世界本身并不小，不过就像米德尔顿，它是由上百个一模一样的拷贝组成的——确切地说，是512个魔域世界。换句话说，有512所白房子，均匀地分布在星球表面。它们应该都藏着翡翠钥匙，所以我干脆在地图上瞎选了一幢。戒指放出的光芒转眼将我吞没，当它褪去后，我已经站到了弗洛伯兹的地表。

我打开圣杯日记，找到当初的通关记录，然后拉出游戏地图，拖到视野一角。

抬头朝天，我没有看到六佬的踪影，但这不代表他们还没来。索伦托和他的走狗也许只是传送到了另一块地方罢了。所有人都知道六佬聚集在了第七区，正等着机会到来。而随着埃奇分数上升，他们肯定已经使用芬多罗的石板，把范围缩小到了弗洛伯兹。不用说，六佬舰队正在往这儿赶。我必须尽快搞定翡翠钥匙，然后脚底抹油，立马走人。

我朝四周张望了一番，周围的景色非常眼熟。

《魔域》[194] 的一开始，文字是这样描述的：

房子西边

你站在一所白房子的西边，面对着它被木板封死的正门。门边还有一个小小的邮箱。

194. 原版的《魔域》。

帕西法尔如今就站在一块空地上，东边是幢白色的房子。这座陈旧的维多利亚式建筑的正门被封死了，而几码开外，一条通往房子的步道尽头，立着那个邮箱。郁郁葱葱的森林将房子彻底包围，远远望去，只能见到树冠之上延绵不断的山峰。我转向左手边，正如估计的那样，一条小径向北而行。

我跑到房子后面，找到了一个没有彻底关死的小窗口，使劲把它拉开，然后翻进屋内。和预想的一样，我落脚在灶台上。一张木桌放在这间厨房中央，上边搁着棕色的麻袋和一瓶水。我的不远处有个烟囱，左侧的走廊则通向客厅，还有一段通往楼上的阶梯。和游戏的描述一模一样。

但厨房里有几件游戏里不曾描述过的东西。我看到了烤箱、冰箱、几把木椅、水槽和几列橱柜。我打开冰箱，里面放满了垃圾食品，包括冷冻比萨、盒装布丁、午餐肉罐子和各种调味品包。拉开橱柜，里头满是各种罐头、干货、生米、面条、汤料包。

以及麦片。

其中一个柜子里，摆满了各种牌子的麦片盒，它们中的大多数在我出生前便已停产。我看到了水果圈、蜂巢、幸运符、拉伯爵、奇多、霜麦片的盒子，而在它们的后面，藏着一盒咔嚓船长，封面上还有“附赠玩具口哨！”的字样。

船长隐藏着翡翠之钥。

我把盒子里的东西倒在桌上，从金色的谷物块之间找到了玻璃纸包装袋，它里面是一个小小的口哨。我撕开包装，拿出口哨。它是黄色的，一边是咔嚓船长的卡通形象，另一边是条小狗，两边都印着“咔嚓船长的口哨”几个字。

我把口哨凑到唇边吹了吹，什么声音也没有。

只有在收集奖杯之后，方能去吹响彼地之哨。

我收好口哨，打开餐桌上的麻袋。里面有一瓣大蒜，我把它也装进了包裹。然后我转向西边，走进客厅。客厅地板上铺着东方式的地毯，不少40年代电影里才有的仿古家具挨墙放着。西墙上有扇木门，门上雕着古怪的字符。而它对面的墙边是精美的玻璃奖杯架。架子是空的，顶上搁了盏电池供电的灯笼，更上面点的墙上，挂着一把锃亮的剑。

我拿起剑跟灯笼，卷起地毯。不出所料，地毯下有个暗门。暗门的后面，是一段通往黑暗地窖的楼梯。

我点亮灯笼，顺楼梯往下爬去，而那把剑开始发光。

我一边前进，一边读圣杯日记。那些文字唤醒了我的回忆，帮我顺利通过了迷宫的房间和走廊，解开了许许多多的谜题。我一次次在迷宫中往返，把各种不同的宝物带回奖杯架，还进行过数场战斗，击倒了巨魔、独眼巨人和讨厌的窃贼。至于那个蹲在阴影里、等着吃我肉的蝠人，我可不想跟它交手，每次都选择了避开。

除了厨房里的意外惊喜，这里的一切都照搬原版游戏。既然只是3D化的《魔域》，那就简单多了。我只要参照简单的文字攻略即可，不用多费脑子。我以最快的速度前进，没浪费一点儿时间在停下观察或者摸索下一步该怎么走上。才过去二十二分钟，我就收集完了宝物。

我刚刚拿到第十九件，也是最后一件宝物——铜杖时，视野中闪过提示，说“冯内古特”自动降落在了房屋西侧。它的隐身装置依旧在工作，护盾也正常展开。如果六佬已经到了这颗星球，希望他们没有发现我的船。

我最后一次冲回白房客厅，把铜杖放在架子上。和原版游戏一样，架子上出现了一张地图，指引我前往一处古墓，结束整场游戏。但我关心的不是地图，也不是游戏接下来的剧情会如何发展。既然所有的“奖杯”都“收集”完成，那就是时候吹响口哨了。我掏出咔嚓船长的口哨，盖住它顶上三个孔里的第三个，吹响了闻名黑客史的2600赫兹音调。

哨声刚结束，口哨就变成了一把小钥匙，而我在记分板上的得分往上窜了18000点。

我回到了第二名的位置，仅比埃奇领先1000分，

这时候，整个《魔域》世界自动复位，奖杯架上的十九样宝物消失不见，回到了它们的初始位置。实际上，房子和游戏区域里的一切，都变成了我来之前的模样。

我盯着手中的钥匙，有些迷惑。它是银色的，而不是翡翠绿。但仔细检查过后，我就看出那不过是层银箔，像是巧克力棒或者口香糖，一旦剥落，就露出了绿色的内里。

翡翠钥匙。

和黄铜钥匙一样，它的侧旁镌刻着一行小字：

接受测试，继续任务

我反复读了几遍，没找到灵感，于是把钥匙放回包裹，又检查了一番刚刚剥下的覆膜。它的一面银光发亮，另一面洁白无瑕，看不出有什么花样。

就在这时，屋外传来了沉闷的引擎呼啸声。我看到成百上千的六佬覆盖了天空，像是一大群金属蜜蜂。他们的舰船在降落时分为了几组，分别前往不同的方向，似乎要像地毯那样覆盖整颗星球。

我不认为六佬会蠢到想把 512 个区域全部控制起来。他们已经在卢德斯用过这一招了，但只阻碍了猎手们几个钟头，而且当时还只有一个地方需要把守。弗洛伯兹属于双重 PVP 区，能展开毫无限制的战斗。很快就会有无数武装到牙齿的猎手赶来，如果六佬真要试着把这里据为己有，那无疑会是"绿洲"史上最大的战争。

奔过草地，登上"冯内古特"的斜梯时，我看到上百艘炮艇正向着这里径直扑来。

麦克斯早就做好了升空的准备，我一冲进飞船就下令尽快起飞。然后我冲进驾驶舱，接管控制系统，大角度拉升，把乌泱乌泱的炮艇大队甩在后面。一看到朝着天空飞去的"冯内古特"，六佬立刻向着我倾泻了数不清的炮火。但运气站在了我这边。我的船更快，护盾系统也是顶级的，虽然他们一路追着我到了轨道，终于撕开了护盾，把"冯内古特"的船体打得千疮百孔，可我还是成功地加速到了光速。

真他妈险。差点儿被那帮狗娘养的干掉。

考虑到船只受损严重，我没有把它开回堡垒，而是去了乔的垃圾场，第十区的一家轨道星舰修理店。老乔是个 NPC，这里收费合理，维修速度极快。每回"冯内古特"需要敲敲补补或者升级，我都会来一趟。

老乔和他的小伙子们在我船上折腾时，我给埃奇发了封道谢的邮件，告诉他无论他觉得之前欠了我多少，现在都已经还清了。还有，我是个自私自利、目中无人的混蛋，希望能获得他的原谅。

船只一修完，我就返回了堡垒。那天剩下的时间里我一直在关注新闻。弗洛伯兹的事已经人尽皆知，每个猎手都忙不迭地传送去那里。每分钟还有上千条星舰抵达行星轨道，对六佬发动攻击。

新闻对在弗洛伯兹上爆发的数百场大规模战斗进行了现场报道，几乎每一栋“遗忘之所”都打得不可开交。大型猎手公会又一次团结在一起，展开协同作战，一起对付六佬。在史称为“弗洛伯兹战役”的开始阶段，双方便伤亡巨大。

我关注着战斗，但也没忘了记分板。我相信六佬一边指挥军队拼死作战，一边已经开始了对翡翠钥匙的寻找。正如我担心的，下一个分数上跳的名字是索伦托的IOI员工编号。他获得了17000分，位列记分板第四。

既然索伦托已经掌握了翡翠钥匙的获得方法，我想当然地认为接下来上榜的会是其他六佬。但出乎我的意料，在索伦托得手不到二十分钟后，第一个跟上的居然是短刀。

不知道他究竟是怎么做的，但短刀避开了遍布弗洛伯兹的六佬，进入某间白房子，收集完了十九样宝物，然后拿到了钥匙。

我继续望着记分板，等着他哥哥长刀的分数也发生变动，但这事始终没有发生。相反，短刀拿到钥匙的几分钟后，长刀的名字完全从记分板里消失了。对此只有一个解释：长刀死了。

0024

接下来的十二个小时，弗洛伯兹一片混乱。全“绿洲”的猎手一刻不停地奔赴那里，参与大战。

六佬大胆地把部队分散在行星各处，试图封锁全部512个“魔域”。他们虽然人数众多、装备精良，但分摊到每个地方的兵力多少就显得薄弱了。到最后，只有七个六佬取得了翡翠钥匙。等到猎手公会发起正式攻击，“穿海军蓝的白痴”们终于支撑不住，开始被迫后撤。

几个钟头后，六佬高层指挥部决定更改战略。情况很明显，在潮水般的猎手面前，独占星球无异于痴人说梦。所以他们把重整后的队伍全部调集到了南极附近，把附近十多个区域据为己有，在每个地方都安装了强大的力场发生器，并安排装甲营负责保护。

这种收缩策略奏效了。现在，他们有了足够的力量阻止猎手攻破力场（猎手们也没有理由去那么做，毕竟他们还有五百个魔域可以自由进出），开始在所有占领区排队拿起了钥匙——只要看看记分板上 IOI 员工编号后的数字不停地增加 15000 点就明白了。

与此同时，几百个猎手的分数也上升了。很快，人人都知道了四行诗的意思，翡翠钥匙的获得方法成了公开的秘密。对已经通关了第一扇门的猎手们来说，新的钥匙几乎唾手可得。

弗洛伯兹战役接近尾声时，记分板上的排名变成了这样：

高分榜：

1. 阿尔忒密丝	129000
2. 帕西法尔	128000
3. 埃奇	127000
4. IOI−655321	122000
5. 短刀	122000
6.IOI−643187	120000
7. IOI−621671	120000
8. IOI− 678324	122000
9. IOI−678330	120000
10.IOI−699423	120000

尽管短刀和索伦托都是 122000 分，但想必是先得到钥匙的缘故，索伦托的排名更靠前。阿尔忒密丝、埃奇、短刀和我依旧留在“五强”中，然而六佬如今也跻身其中，排名甚至比短刀还高。想到这点，我就浑身难受。

我往下滚了滚记分板，如今它已经记载了五千多个名字。而且每个钟头都有刚刚战胜阿瑟瑞拉克、终于拿到黄铜钥匙的猎手添加进来。

论坛上没人知道长刀出了什么事。大家都认为他在弗洛伯兹战役爆发的头几分钟就不幸战死了，可到底怎么死的，没人说得清。也许短刀了解，但他仿佛人间蒸发了。我私聊过他，没有回应。我想他也和我一样，把所有精力都投入了对第二扇门的找寻上。

我待在堡垒里，瞪着翡翠钥匙，一遍又一遍地读钥匙柄上的那行小字，跟着了魔似的：

接受测试，继续任务

接受测试，继续任务

接受测试，继续任务

我接受，我接受还不行吗？但你也得告诉我是什么任务啊。小林丸号测试[195]？百事挑战赛[196]？这线索还能更含糊点吗？

我把手伸进眼镜下面，沮丧地揉了揉，决定先去休息一会儿。我打开包裹，把翡翠钥匙丢了进去。但就在这么做的时候，我注意到了它旁边的银箔纸。就是刚到手时裹着翡翠钥匙的那东西。

谜底肯定和这包装纸有关，只是我还没有参透。也许是指欢乐糖果屋[197]？不，不对。包装纸里可没有金色

195. 小林丸号测试:《星际迷航》中星舰学院的著名测试。

196. 百事挑战赛：百事公司从1975年开始的广告促销性质比赛。早期的经典项目是拿去掉包装的可口可乐和百事可乐让消费者品尝，看他们更喜欢哪款，以此确定消费者的口味和自身设计的成败。

197.《欢乐糖果屋》：1971年的奇幻电影，与蒂姆·伯顿的《查理和巧克力工厂》改编自同一个故事。

的门票。它肯定有别的意思。

我注视着银箔，直到实在困得不行，眼皮开始打架。然后，我决定退出游戏，先睡一觉。

几个钟头以后，准确来说是“绿洲”时间早上六点十二分，我被一阵刺耳的闹钟声音吵醒。那声音是我设置的，只在记分板前几位发生变动时响起。

怀着满心的恐惧，我登录了游戏。是阿尔忒密丝吗？她通过了第二扇门？还是埃奇和短刀先夺得了这份殊荣？我不知道。

然而，他们的分数全都没变。使闹钟响起的那个人居然是索伦托，他的分数上涨了200,000分，名字后面又多出了一扇门。

索伦托刚刚成为第一个找到并且通过第二扇门的人。靠着那些分数，他登顶了记分板。

我望着那个IOI员工编号，感到无法动弹，好一会儿才反应过来这究竟代表了什么。

通关第二扇门后，索伦托将获得水晶钥匙的线索。而水晶钥匙，是打开第三扇，也是最后一扇大门的关键。所以，现在他比任何人都更接近哈利迪的彩蛋。

我感到一阵恶心，喘不过气来。我知道自己被吓傻了，你也可以说我不知所措、精神崩溃。反正就这么个意思。总之，我的神志有些失常。

我试着联系埃奇，但他没有接。他可能还在生我的气，或者有更重要的事情要处理，我不知道。我本想问问短刀，却想起他哥哥连角色都被抹杀了，大概没心情听我说话。

我也许该去趟贝纳塔，看看能不能和阿尔忒密丝搭上话。不过到了这时候，我多少清醒了一些。她翡翠钥匙都没捂热，就发现六佬在不到二十四小时里过门成功，很可能会勃然大怒，甚至陷入歇斯底里的状态。我想，她现在是不会愿意跟人说话的，特别是跟我。

话虽如此，但我还是给她打了电话。和以往一样，没有任何回音。

我渴望跟人说说话，但眼下能跟我扯两句的，只有麦克斯。我明白，他只是程序，然而即便是电脑合成声，也多少给了我一丝安慰。问题他毕竟只是程序，当那些预设的回复统统来过一遍，开始重复说过的话时，跟人聊天的幻觉就立马破灭了。那种孤独感，真是刻骨铭心。到那一刻，你会明白生活已经完全抛弃了你，周围的世界分崩离析，而愿意跟你聊天的，只有他妈的电脑软件。

我没法回去继续睡，于是干脆看起了新闻和猎手论坛。六佬的舰队依旧驻留在弗洛伯兹，他们还在疯狂地伐木[198]翡翠钥匙。

198. 伐木：网络游戏术语，指流程熟练地反复获取游戏里的特定物品。

但索伦托明显学乖了。找到第二扇门后，六佬不再大张旗鼓地搞封锁，把目的地暴露给全世界。那天，不断有六佬通过第二扇门。索伦托分数上涨后不到二十四小时，十个六佬赚到了200,000分。阿尔忒密丝、埃奇、短刀和我则被一点点往下挤，到最后，榜单的首页上只剩下了IOI员工编码。

鹊巢鸠占。

事情似乎糟糕到了极点，但其实这远远不是下限。两天后，索伦托的分数居然又上涨了30000。水晶钥匙也被找到了。

我坐在堡垒控制室里，目瞪口呆地望着监视屏。毫无疑问，六佬已经胜券在握。比赛就要结束了，而且是以我预料不到的方式结束。过去五年半里，我一直相信最后夺得彩蛋、赢下大奖的，会是个高贵、勇敢的猎手。但现实并非童话，坏人们才是赢家。

接下来的那天，我像热锅上的蚂蚁，在屋里转来转去，每隔五秒钟就要检查一遍记分板，等着比赛正式告终。

索伦托，或者他的哪个“哈利迪学者”显然有能力破译谜题，通过第二扇门。但就算证据已经摆在了记分板上，我还是很难相信。六佬一直靠尾随阿尔忒密丝、埃奇和我才能混下去的，怎么突然就凭自己的本事找到了第二扇门？走了狗屎运？还是找到了新的作弊法门？比他们领先的阿尔忒密丝都还没想出头绪，他们就解开了谜题？这怎么可能！

我觉得有人正拿大锤咣咣地照着我脑袋使劲抡，把我脑子敲成了一堆糨糊。我完全没法思考翡翠钥匙上的那句话，也不知道下一步该怎么办，连个大概的方向也没有。

那一夜过去，六佬又刷出了一堆水晶钥匙。他们的分数每增加一次，我都心如刀绞。我试过停下来不看记分板，可我根本控制不了自己。

我正在一步步地走向绝望的深渊。五年来的付出，全是竹篮打水一场空。我愚蠢地低估了索伦托和六佬的实力，现在要为这份傲慢付出代价了。我知道，这帮贱种每时每刻都在不断地接近彩蛋，我的每根神经都知道。

之前，我失去了阿尔忒密丝；现在，我要失去这场比赛了。

我已经想好了一旦悲剧成真，该做些什么。首先是在粉丝俱乐部里找一个没钱没装备，只有一级的小萌新，把所有的身家财产都送给他，或者她。然后，我会在堡垒的指挥中心里启动自毁程序，等着热核爆炸杀死我的角色，并在视野中亮起“游戏结束”四个大字。接下来，我会摘下眼镜，半年来第一次离开公寓。去楼顶的方式还没定，也许是坐电梯，也许是做点小运动，靠两条腿往上爬。

这座公寓楼的楼顶曾经有植物园。我虽然没去过，不过看了照片，也透过摄像头欣赏过那里的风光。顶楼四周围着圈有机玻璃，说是为了防止想不开的往下跳。那纯粹是个笑话。从我搬进来开始算，至少有三个人成功翻越那玩意儿了。

等上了顶楼，我会吹会儿风，呼吸呼吸未加过滤的城市空气。接着翻过玻璃，去另外一边。

这就是我目前的计划。

我正在构思坠落时该哼什么调子去迎接死亡，突然传来了语音呼叫。是短刀。我这会儿没心情跟他说话，于是等着电话自动转入语音信箱。过了一会儿，他发来了一条文字信息。字数不多，大意是希望来我的堡垒，给我一些东西。一些长刀“留给”我的东西。

打电话回去跟他安排会面时，我听出了短刀声音里的不对劲。他既痛苦又难过，脸上写满了悲伤。他似乎比我更绝望。

我问短刀他哥哥为什么要把财产留给别人，而不是先转交给他，等建了新角色以后再拿回来。但短刀告诉我，长刀不会创建新的角色了。再也不会了。我问他怎么回事。他向我保证，一切都会在见面时加以解释。

0025

差不多过了一个钟头，麦克斯通知我短刀到了。我接受了入港申请，让他把飞船停靠在我的机库里。

短刀的座驾叫作“黑泽[199]号”，原型是《星际牛仔》[200]里的 BEPOP。从认识他们开始，短刀一直把这条船当作移动基地，到哪儿都开着。“黑泽号”翼展惊人，勉勉强强才穿过法尔科的机库门。

我在跑道边等着短刀出来。他穿着肃穆的黑色长袍，表情与视频中一样，充满悲痛。

“帕西法尔桑。”他鞠躬道。

“短刀桑。”我郑重地还礼。一道做任务时，我们就是这样彼此以礼相待的。短刀淡淡一笑，伸手和我相握。但那微笑只出现了一瞬，他的脸就又被阴霾笼罩了。特摄星一别后，我一直没见过他和长刀（“对刀能量饮料”的广告不算）。他似乎比我印象里的高了几英寸。

我领他进了从来没用过的“客厅”，这里的家具完全

199. 黑泽，指日本导演黑泽明（1910–1998），拍摄过多部武士电影如《七武士》《影武者》《乱》。

200.《星际牛仔》：*COWBOY BEBOP*。渡边信一郎 1998 年的监督作品。BEBOP 不但是片中主角们赖以栖身的飞船，也是现实中爵士乐的一个分支，这也正是该动画的基调。

按照《家族的诞生》摆设。短刀安静地点了点头，表示认可，然后无视椅子，直接跪坐在房间中央。我走到他面前，也跪了下来，和他安静地对视了一会儿。终于，短刀开了口。他说话时，目光瞟向了地面。

“昨天晚上，六佬杀死了我兄弟。”他的声音几不可闻。

我愣住了，不知该如何答话。“你是说，他们杀了他的角色？”尽管心里清楚，我还是问了一句。

短刀摇摇头，“不。他们冲进了他的公寓，把他从触觉椅上拖下，从阳台上推了下去。他住在……四十三层。”

短刀在我们身旁的空气中拉出一个浏览器窗口。新闻是日文的，我食指轻敲，让曼达雷斯软件把它翻成英文。这则短新闻的标题写着《又一个宅男自杀》，说的是东京新宿一个独居的二十二岁年轻人，从他位于四十三层高楼上的公寓跳楼身亡。自杀者名叫藤原俊郎，他的学生证被摆在了文章一旁。照片里的人看起来很年轻，头发乱糟糟的，脸上长了痘痘，跟“绿洲”里的那个角色一点也不像。

见我读完新闻，短刀关闭了窗口。我犹豫了一会儿，问道：“你确定他不是自杀吗？会不会是因为他的角色死了？”

“我确定。”短刀说，“长刀不是那种失败就切腹的人，我可以保证这点。我们在弗洛伯兹战斗时，六佬闯进了他家。这就是他们战胜对手的方式——在现实中进行谋杀。”

“对不起，短刀。”我不知道该说什么。我知道他没开玩笑。

“昭秀。”他说，“我的真名是昭秀。”

我淡淡一笑，向前躬身，前额微微触地。“谢谢你对我的信任。”我说，“我是韦德。”在他面前，保密已经失去了意义。

“谢谢，韦德。”他回礼道。

“不用，昭秀。”

他沉默了一会儿，然后清清喉咙，开始讲关于长刀的事。话一出口，他就停不下来了。显然，他需要找人倾诉一番。

“直到看到昨晚的新闻，我才知道长刀真名藤原俊郎。”

“可……你们不是兄弟吗？”我一直认为他们是一家人，至少同住一个公寓之类。

“我和长刀的关系不太容易解释。”他顿了顿，“我们不是兄弟，现实里不是，只在‘绿洲’里称兄道弟。你明白吗？我从没和他真人见过面，交流全靠网络。”他慢慢抬起眼，似乎认为我会斥责他。

我伸出手轻拍他的肩膀，“听我说，短刀，我明白的。埃奇和阿尔忒密丝是我最好的俩朋友，可我也从没见过他们。其实，你也算我的好朋友之一。”

他低下了头，“谢谢。”我能听出他的哽咽。

“我们是猎手。”我试着打破尴尬的沉默，“对我们来说，‘绿洲’才是现实。”

昭秀点点头。过了一会儿，他继续说了下去。

他告诉我，他和藤原六年前在“绿洲”的“蛰居互助小组”里相遇。加入那个小组的都是脱离社会的独居人士，换句话说就是家里蹲。这些人总是把自己反锁在房内，孤独地读着漫画，或者成天泡在“绿洲”里，靠家里人送来的食物维生。蛰居族早在世纪之交便已经出现，但直到哈利迪彩蛋比赛开始后，人数才爆炸式地猛增。如今，日本有上百万年轻的男男女女过着与世隔绝的生活。有时候，他们会被称为“失踪的百万人”。

成为好友后，藤原和昭秀几乎把每一天都用在了“绿洲”里。彩蛋比赛刚开始，他们就立刻决定组队行动。两人的合作堪称完美，因为藤原是个游戏天才，而昭秀对流行文化的理解很深。昭秀的奶奶在美国上过学，他的双亲也出生于地球这一边。他在美国电影和电视剧的包围中长大，英文说得和日语一样流畅。

至于昭秀和藤原在“绿洲”里的角色长短对刀，源于他们同爱的武士电影。从他们修改自己人物名称和造型的那天起，“绿洲”里不但多了两个猎手，也新增了一对兄弟。

通过第一扇门让对刀成了大名人，有不少媒体采访过他们。虽然没有透露真实身份，不过他们承认自己是日本人，这立刻在远东的岛国上引起了热烈的反响。此后，他们给日本公司的产品做了不少代言，还授权拍了一部以他们的故事为原型的动画。在两人的名气如日中天之时，短刀问长刀要不要在现实中碰个面，结果遭到了怒斥。长刀为此甚至连着好几天没跟他说过话。从那以后，短刀再也没提出过类似的建议。

就这样，短刀絮絮叨叨地说着，终于谈到了长刀之死。当时，两人驾驶着“黑泽号”在七号分区的群星间寻找彩蛋，突然传来了埃奇获得了翡翠钥匙的消息。他们知道，六佬马上会使用芬多罗的石板来确定埃奇的准确位置，接着大军压境。

对这种状况，对刀早有准备。他们曾经花数周的时间，在每艘能找到的六佬炮艇上安装了微型跟踪器。所以对方刚一转向弗洛伯兹，他们马上就知道了。

以对刀的实力，把弗洛伯兹同四行诗联系在一起，就等于获得了谜题的答案。几分钟后降落在弗洛伯兹上时，他们已经弄清了该怎么获得钥匙。

“黑泽号”停在了一栋废弃的白房边上，短刀冲进去收集那十九样宝物，长刀则在屋外负责哨戒。短刀的速度很快，但尚未收集完剩下的两件宝物，长刀便连线了他，说有十艘六佬的炮艇正在接近。他要小兄弟再加把劲，自己则保证想办法拖住六佬，直到短刀拿到钥匙。毕竟，谁都说不好他们还有没有机会重回弗洛伯兹。

短刀在全力奔跑、寻找最后两件宝物的途中，激活了“黑泽号”上的一台外置摄像头，用它记录下了长刀和六佬的遭遇战。他为我播放了那段视频，自己却低下了头，显然不希望回忆那段过往。

视频里，长刀独自站在白房边的田地中，一组六佬的炮艇从空中降下，刚进入武器射程，就开始用激光炮向他射击。炽热的红色粒子流在长刀身边如雨点般落下，而他身后的远处，更多的炮艇正在降落，从它们打开的舱门中，出现了一中队一中队身穿动力装甲的士兵。长刀被包围了。

一定是“黑泽号”在降落时被发现了，六佬决定不惜一切代价，干掉这两个武士。

面对来势汹汹的敌人，长刀毫不犹豫地高举右手，激活了贝塔魔棒。转眼之间，他变成了奥特曼，一个红银两色、眼睛发光的外星超级英雄。他站在大地之上，足足有一百五十六英尺高。六佬的地面部队停下了脚步，恐惧地望着奥特曼毫不费力抓过空中的两艘炮艇，把它们撞在一起，就像小孩在玩玩具。把燃烧的残骸随手一丢后，长刀又捏起了其他那些如同无头苍蝇般乱窜的炮艇。一些侥幸逃脱的敌舰向他开火，但连奥特曼的皮肤都打不穿。随着一阵萦绕在战场上的大笑，长刀双手手腕交叉，发出一阵能量射线，瞬间蒸发了半数不幸位于他身前的炮艇，然后他转过身，让那射线扫过地面。在这样的攻击面前，六佬的装甲部队和放大镜下的蚂蚁没多大区别。

然而长刀似乎过于醉心于战斗，忘记了胸口的警示灯，它已经开始闪耀红光了。那盏灯发亮，就意味着化身成奥特曼的三分钟快要过去了，他的超人力量即将耗尽。时间限制是奥特曼最大的弱点。如果长刀没有在时间结束前关闭贝塔魔棒，变回人形，他的角色就会死去。然而按照当时的情况，即使他变回了人类，同样会在六佬的炮火中阵亡。总之，他永远也回不到“黑泽号”上了。

看得出来，包围长刀的六佬正发疯般呼叫支援，越来越多的炮艇出现在视野中。长刀释放斯派修姆光线，精准地将他们逐次击破，但每次使用技能，他胸口的警示灯都会闪得越发剧烈。

这时候，短刀冲出白房，告诉哥哥翡翠钥匙已经到手。六佬部队发现了短刀，立刻掉转火力，攻击起了这个更容易杀死的玩家。

短刀当机立断，使用了速度之靴。他几乎化作了一道模糊的影子，划过田野，冲向“黑泽号”。而长刀以他的巨人之躯，尽可能地为自己的小兄弟提供着保护。只要他还能发射光线，六佬就无计可施。

但就在这时，语音里突然响起长刀的声音。“短刀！”他大喊，“好像有人进来了！有人进了……”

他话音中断，角色也僵住了，仿佛变成了一座巨石。奥特曼的头顶，出现了断线的符号。

在战斗中登出“绿洲”无异于自杀。在自动消失之前，你会在原地逗留整整六十秒，防御全无，一副引颈受戮的模样。这种机制是为了防止玩家轻易逃离战斗。想安全下线，你要么待在自己的地盘里，要么就得去非 PVP 区。

而长刀在最最糟糕的时刻掉了线。一见到他不再动弹，四面八方的六佬立刻火力全开。长刀站在炮火之中，胸口灯光的闪烁频率越来越快，终于转为了不变的红色。只见他向前打了个趔趄，然后轰然倒下，险些砸到短刀和“黑泽号”。倒地的长刀恢复成了正常的大小，又慢慢消失，只在地上留下了一些物品——都是他带在身上的道具，包括那根贝塔魔棒。

他死了。

一阵带着黑影的风刮过，那是短刀。他拾取了长刀的遗物，随即返回“黑泽号”，驾船升入高层轨道。我回忆着自己撤离时受到的欢送，从这点上说，短刀运气不错：他哥哥已经清扫了附近的大多数六佬舰船，而新的增援尚未抵达。

“黑泽号”跃迁进入光速，逃离了战场，但也已残破不堪。

视频结束，短刀关闭了窗口。

“你认为六佬是怎么找到他住处的？”我问道。

“我不知道。”短刀回答，“长刀一直小心翼翼，抹去了任何能追踪到他的信息。”

“既然能找到他，他们也许也能找到你。”

“我知道。我已经采取了预防措施。”

“很好。”

短刀从包裹里取出贝塔魔棒，递给我，“长刀会希望你带上这个的。”

我摆摆手，“不，拿着它的人应该是你，也许哪天就用上了。”

短刀摇摇头，“我有长刀的其他遗产。”他说，“我不需要它，也不想再见到它。”他坚持把那神器给我。

我接过魔棒。这根小小的金属圆柱呈银黑色，边上有个红色的按钮。它的形状和大小跟我的光剑有些类似。

但购买一把光剑只用几十个“绿洲”点，我有整整五十把，而贝塔魔棒，整个“绿洲”世界也找不出第二个来。它们的威力不可同日而语。

我双手捧起魔棒，深深鞠躬，“谢谢，短刀。”

“我也应该谢谢你，帕西法尔，”他回礼道，“谢谢你的耐心倾听。”他慢慢起身，一举一动仿佛都渗透了苦痛。

“你……不会放弃了吧？”我问。

“当然不会。”他直起身，对我露出阴狠的笑，“只是我的目标不再是寻找彩蛋了。我有了新的目标，更重要的目标。”

“你说的是……”

“复仇。”

我点点头，从墙上取下一把武士刀。“拿着。”我说，“对你的新目标，这件礼物能帮上忙。”

他接过刀，微微拔出几英寸。“正宗[201]？”他惊讶地说。

“对。还是加五的斩首剑。”

短刀再次鞠躬，用日语说了声“谢谢”。

我们沉默地离开房间，走进机库。在登上船的那一刻，短刀转身问我：“你觉得六佬需要多久才能打通第三道门？”

“我不知道。”我说，“但愿拖得久一点，给我们赶上的机会。”

“不到最后一刻，就不算输，是吧？”

我点点头，“不到最后一刻，就不算输。”

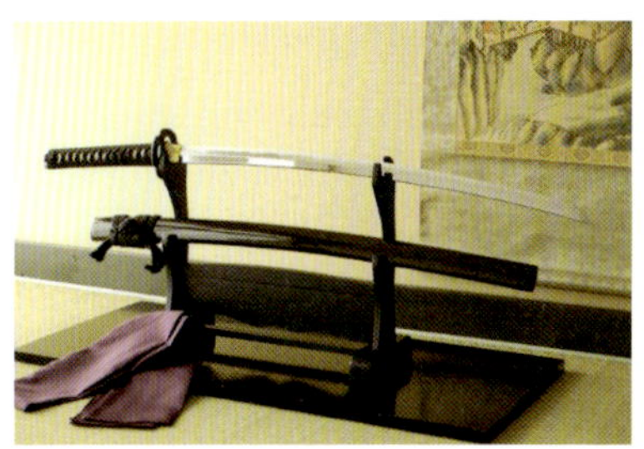

201. 正宗：最初为镰仓后期日本第一铸刀名匠刚崎五郎入道正宗所铸造的刀具，被誉为最完美的武士刀。

0026

短刀离开堡垒的当天晚上，我找到了答案。

我坐在指挥中心里，一只手拿着翡翠钥匙，反复念叨着它上面的小字："接受测试，继续任务。接受测试，继续任务。"

我的另一只手上，是那张银色的包装纸。我看看钥匙，又看看银箔，再看看钥匙，目光瞟来瞟去，绝望地试图找出它们之间的联系。我研究了几个钟头，依旧没一点头绪。最后，我叹了口气，把钥匙放到一旁，又把那张银箔搁在面前的控制板上，小心翼翼地展平。那是张正方形的银箔，每边长六英寸，一面银色，另一面灰白。

我运行了一些图像分析软件，对它进行高精度的扫描，一微米一微米地检查，但它的两面都没有任何标记或者文字。

当时我正在嚼麦片，所以对图像分析软件的操作是通过语音来进行的。在我的命令下，软件缩小了纸张的比例尺，并把它置于电脑屏幕中央。这么做让我想起了《银翼杀手》[202]中的一幕，哈里斯·福特饰演的戴卡德，当时也用类似的语音操控软件扫描照片。

我拿起银箔，虚拟的灯光下，它泛着耀眼的白。把这东西折成纸飞机，飞过房间倒是不错，我心想。这随即让我联想到了《银翼杀手》里的另一个画面。那是电影最后的场景之一。

我被这个想法震住了。

“独角兽。”我轻声说。

然后，我大声地重复了一遍“独角兽”。话音刚落，银箔便在我的掌心里自动对折成了银色的三角形，并继续弯折成了平面的钻石模样。接着，它立起四条腿，翘起尾巴、脑袋，最后伸出兽角。

是的，这张纸变成了一只银色的折纸独角兽，《银翼杀手》最具代表性的道具之一。

我奔向机库，一边对麦克斯高喊，要他立刻准备好“冯内古特”。

接受测试，继续任务。

我可算明白那是什么“测试”，以及该去哪里进行任务了。折纸独角兽已经说明了一切。

《安诺拉年鉴》提到了《银翼杀手》至少十四次，它绝对是哈利迪最热爱的十部电影之一。它的原著作者菲利普·迪克也是哈利迪钟情的作家。因为这些原因，我看了这部电影几乎五十次，每一帧画面和每一句台词都已烂熟于心。

202.《银翼杀手》：著名的赛博朋克电影，导演雷德利·斯科特拍摄于1982年。以主角戴卡德追查应该遭到废弃的人造人为主线，对人类的社会以及人类的命运进行了许多反思。

《银翼杀手 2049》：2017 年上映的续集。

“冯内古特”进入超空间后，我拉出导演剪辑版的《银翼杀手》，放在视野一角，又拖进度条到了两个特别的场景处。

这部电影1982年上映，讲的是2019年发生在洛杉矶的故事。不过影片里那个充满高科技的未来从来没有化为现实。片中哈里森·福特饰演的故事主角“银翼杀手”里克·戴卡德隶属于一支特警部队，专门猎杀逃跑的复制人——基因与人类难以区别的遗传工程学产物。这些复制人与人类差别甚微，只有“银翼杀手”用移情仪器才能甄别。

接受测试，继续任务。

移情测试仪在影片里一共出现了两回，两回都是在巍峨如双金字塔的泰瑞公司总部。泰瑞公司，正是复制人的出产商。

说起来，复刻的泰瑞公司总部其实是“绿洲”里最常见的建筑之一，二十七个分区，几百号星球上皆有分布。这主要因为这座建筑的代码是“绿洲”“世界编辑器”里的免费模板之一（当然，编辑器里还包括了其他上百个从各种科幻电影和电视剧里借鉴来的、可免费使用的建筑）。过去二十五年间，不论谁在“绿洲”里生成新的星球，都能从下拉菜单里选择泰瑞公司总部，用它妆点新建的未来派城市，或者拿来当某处的地标景观。有些星球上甚至可能同时散落着好几栋同型号的大楼。现在，我正以最快的速度飞往最近的建有泰瑞大楼的世界。那颗星球名叫艾斯伦诺斯，位于二十二号分区，以赛博朋克为主题。

如果我的推测无误，那么艾斯伦诺斯上每一幢泰瑞大厦的移情测试仪里，都藏有第二扇门的入口。我并不担心遭遇六佬，毕竟泰瑞大厦拷贝到了上百颗星球上，数量成百上千，他们没法同时封锁。

从抵达艾斯伦诺斯到找到泰瑞大楼只花了我几分钟。说实话，找不到反而不现实。泰瑞大楼是占地数平方公里的巨大金字塔，甚为扎眼。附近的其他建筑和它一比，不过是些不起眼的小疙瘩。

锁定目标后，我启用了船只的隐身装置，径直降落在大厦顶的停机坪上。我跳下飞船，临走前没忘记上锁，又开启了所有的安全系统，祈祷它别在我进楼摸索时被偷。艾斯伦诺斯不是魔法区，我没法简单地把船缩小揣裤袋里带走。而停靠在这种赛博朋克主题星球的开阔地上，等于招呼那些穿着皮衣的小混混来搞事。可是，我又有什么办法呢。

我打开泰瑞大厦建筑模板的地图，找到距离最近的屋顶电梯。在电梯旁输入安全密码以后，焦虑之情让我不由自主地绞起了双手。运气不错，电梯门嘶嘶地打开了。不论是谁创造了艾斯伦诺斯的这部分城区，他肯定没花心思去修改建筑的默认安全密码。这是个好兆头。如果连入口密码都不改，大厦内部原封不动的可能性就很大。

电梯快下到 440 层时，我一边为装甲充能，一边掏出了枪。在电梯和目的地之间有五个安全检查点。除非相关的代码遭到了修改，否则有整整五十个 NPC 保安堵在我前进的路上。

203. 吴宇森凭借此片，获得了第九届香港电影金像奖最佳导演奖

电梯门开了。踏出电梯之前，七个保安便在剧烈的交火中倒下。

接下来的十分钟像极了吴宇森的电影。我就是《辣手神探》或者《喋血双雄》[203] 里的周润发，手持双枪，火力全开，从一个房间杀进下一个房间，干掉每一个碍事的家伙。保安们也朝我反击，但他们的子弹根本穿不透装甲。我的子弹从未耗尽，每当一板弹夹耗尽，就会有一板新的开始自动装填。

这个月我的弹药费注定是个悲剧。

抵达目的地后，我输入一组新的密码，打开房间门，闪身进入后又把门反锁起来。我的时间不多。尖利的警报声已经在整栋楼里响起，下方楼层的上千 NPC 保安肯定正在四处搜查不速之客。

我的脚步声回响在房间内。除了那只栖息在金枝上的大猫头鹰，教堂般巨大的房间里几乎空无一物。泰瑞公司创始人埃尔顿·泰瑞的办公室在这里得到了一丝不苟的重建。看看那抛光的石地板、大理石柱子，还有上连天花板、下接地板、完全替代了西墙的落地窗吧。从窗子望出去，我几乎被恢宏壮观的城市景观所震撼。

手持双枪的周润发。

落地窗边上有张长会议桌，桌上放着的就是移情测试仪。它约莫公文包大小，前面有排没加标注的按钮，边上是三个小数据监视器。

我在桌前坐下时，机器自动启动。它伸出的纤细机械臂上挂着一个圆形的装置，似乎是视网膜扫描仪。只见扫描仪自动调节位置，移到了与我右眼瞳孔齐平的位置。机器的一边还有几根波纹管，这会儿正不断地舒张收缩，仿佛在呼吸。

我朝周围看了看，有些好奇会不会冒出个长得跟哈里森·福特一样的 NPC，过来问我一些他在电影里问过肖恩·杨的问题。反正那些问题的答案我都还记得。不过我等了几秒，什么也没有发生，机器的波纹管继续张合，遥远的警报声依旧作响。

但在我掏翡翠钥匙的瞬间，移情测试机上的表盘突然自动打开，露出了一个钥匙孔。我插入钥匙、扭动。机器和钥匙消失了，它们所在的位置出现了一扇门。它立在光滑的桌面上，边缘散发着翡翠的光泽。和第一扇门一样，它通向星海。

我爬上桌子，跳进门内。

我站在一个破旧的保龄球馆入口处，这里装潢得很有些迪厅盛行年代的风格。地毯旋涡状的图案由艳俗的绿棕两色构成；批量生产出来的橙色塑料椅陈旧泛白；保龄球道上空无一物，连灯都没点亮。这是个被废弃的地方。前台也好，后面的餐饮吧台也好，一个 NPC 都见不着。我有些搞不清这是哪里，直到保龄球道上“米德尔顿球道”几个大字映入眼帘。

我唯一能听到的声响来自头顶日光灯低沉的嗡鸣，但随后我就注意到，左侧隐约有些电子音乐声传来。我朝那个方向看去，发现在餐饮吧台后面有个阴暗的门洞，门洞上方是三个用霓虹灯管拼出的大字“游戏厅”。

这时候，一阵暴风突如其来，咆哮着穿过保龄球馆。我脚下打滑，不由自主地向游戏厅接近，好像那边是个黑洞，吸着我过去一样。

被低压吸进游戏厅后，我发现这里有十多台街机，全是80年代后期的作品：《罪恶战士》《霹雳神兵》《成龙踢馆》，还有《大混战》。但拉我过去的那台街机，孤零零地立在游戏厅深处。

《黑虎》。卡普空，1987年。

街机的屏幕中央有个旋涡，就是它卷起了狂风，把周围的垃圾、纸杯、保龄球——所有没被固定住的东西——统统吸入。我不由自主地接近它时，下意识地抓住了边上一台《时空战机》的摇杆。但风没有停下，反而吹得我双脚离地，继续向旋涡一点点逼近。

但当时，其实我正开怀大笑。《黑虎》？嘿，早在比赛开始的第一年，我就是大师级的水准啦。

哈利迪在去世之前隐居了好几年，那会儿他的个人网站上只有一段循环动画。他扮演的角色法师安诺拉坐在城堡图书馆里，对着一本蒙尘的旧魔法书调试药剂。这网页存在了十多年，直到哈利迪去世才被记分板替代。动画里，你能看到安诺拉身后的墙上，绘着一条巨大的黑龙。

猎手们在论坛上为那图画究竟代表什么吵得不可外交，但我从一开始就明白哈利迪的意思。

《安诺拉年鉴》最早的一批文章里，哈利迪提到过，每当他爸妈开始吵架，朝着对方喊叫，他就会溜出家门，骑自行车去当地一家保龄球街机店玩《黑虎》。那游戏他可以一币通关。《年鉴 23：234》："只要一枚硬币，黑虎就能让我远离恶心的现实三个钟头。这交易简直划算。"

《黑虎》在日本发售时，名字其实叫《黑龙》，到了美国才改的名。我推测安诺拉书房里的那个图案暗示着《黑虎》，而且对彩蛋比赛至关重要。所以我对《黑虎》勤加练习，也到了一币通关的地步。为了防止手艺生疏，每隔几个月，我还会复习一番。

看来，我的先见之明和长久以来的努力终于要获得回报了。

与此同时，屏幕的引力越来越强。我支撑了几秒钟，最终不得不松开抓着摇杆的手，被径直吸进了街机里。

有那么一会儿，我的身边只剩下了无尽的黑暗。然后，我发现自己身处超现实的环境中。

我站在一条狭长的地城走廊里。我的左侧是灰色的卵石墙，嵌着巨大的龙颅。这堵墙高不见顶。地城的走廊由许多飘浮着的圆形平台组成，它们向前延伸，消失在视野的尽头。至于我的右手边，平台之外的地方，那里什么也没有——除了无边无际的灰色虚空。

转过身，我发现自己没有退路，只有另一堵高耸的卵石墙。

我低头看看自己。我现在的模样，和黑虎里的英雄一个样——肌肉虬张、半裸上身的野蛮人，缠着皮带，头戴角盔。我右手的重甲手套上挂着一根可伸缩的链条，链条末端是个带刺的铁球。除此之外还有三把飞刀，我把刀扔进虚空，结果又有三把出现在手中。我试着跳了跳，居然一下子蹦起三十英尺高，落地时还如灵猫般轻巧。

好吧，我明白了。我玩的是《黑虎》没错，但不是五十年前那个2D、横屏、我玩得滚瓜烂熟的游戏。我现在要玩的是哈利迪所创造的全新3D版本。

我对原版游戏力学、敌人和关卡设计的了解，肯定能派上用场，然而这毕竟是个全新的游戏，需要一套完全不同的技巧。

我陷入了思考。第一扇门里，哈利迪放进了他最喜欢的电影，第二扇门里则是他最热爱的游戏。这里面也许有什么规律可循。但就在这时，视野中突然出现了“开始！”二字。

我四顾一番。左侧的墙面上多出了一个指路的箭头。于是，我伸展四肢，深深呼吸，然后握紧武器向前跑去，准备迎接第一个对手。

哈利迪忠实地重现了《黑虎》的八关地牢。

开局其实不怎么样，我还没见到第一关的关底就先丢了条命。不过打那以后，我很快适应了这三维化的（还是第一人称的）游戏。熟悉的节奏感回来了。

我向前推进，从一个平台跳到另一个平台，在半空中攻击，一边躲避着数不清的法球、骷髅、毒蛇、木乃伊、牛头怪以及，没错，该死的忍者。每个我干掉的敌人都会掉点“赞尼币”下来，我可以稍后拿它们去购买装甲、武器，以及从藏身在各个关卡隐蔽处的大胡子智者手里买药。（聪明到决定在满是怪物的地牢里卖药，不愧是“智者”。）

门内没有时间限制，但也不能中途暂停。一旦进入，你就别想简简单单地登出了。系统会阻止你这么做。哪怕你摘下眼镜，游戏依然在继续。想离开这道门，要么通关，要么去死。

打完全部八关用了我近三个钟头。面对最后的老王时，我差点儿挂掉。那条黑龙长得——我觉得这是废话——和安诺拉书房墙上的画差不多。当时我只剩下了一条命，而且血条见底，但我走位刁钻，不断避开龙息，一边慢慢用小刀磨光了它的血。终于，我给黑龙补上了最后一击，看着它倒下，化作一堆由数字组成的尘埃。

我精疲力竭，长长地舒了口气。

等到回过神来，我发现自己已经回到了保龄球馆的游戏厅，站在《黑虎》[204]街机前。屏幕上，我那个穿盔戴甲的蛮子战士摆出了一副胜利者的姿态。他下面的文字写着：

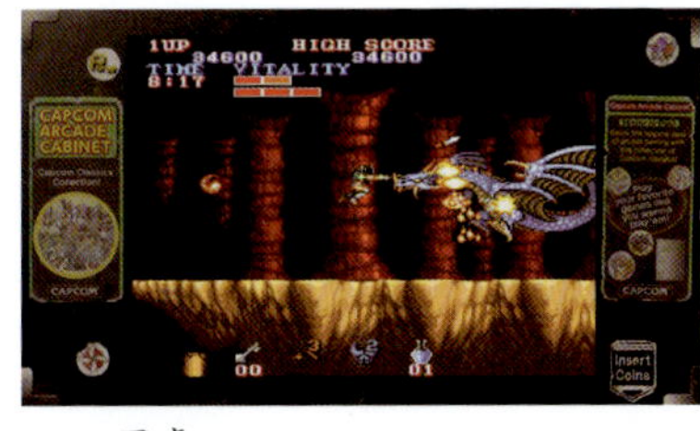

204. 黑虎

你为家园带回了和平。

谢谢你，黑虎！

为你的力量和智慧喝彩！

接着发生了一些怪事——反正原版游戏里肯定没有，那个猥琐地藏身在地城中的“智者”出现在了画面中，脑袋边冒出的对话云写着:“感谢你施予的恩惠,请选择一台超级机器人作为奖励。”

他的下方,出现了一排横向的机器人缩略图。我拉动摇杆,发现还能向下翻页,居然有整整一百多种“超级机器人”可选。一旦某个目标被选中,屏幕边上的列表里,就会显示出它的详细数值和武器配置。

虽然有那么几台机器人我没见过,不过它们中的大多数我都熟悉。铁人 28 号、魔神 Z、铁巨人、狮身人面的铁甲人、“太空魔龙”系列、“太空堡垒”系列,当然,“高达”系列的各色机体也少不了。它们中有十一台呈灰色,还打上了红叉。这些我无法选取的机体,肯定是被索伦托和其他六佬先挑走了。

照这么看,哈利迪是要给我一台正儿八经复刻出来的,能在“绿洲”里使用的机器人作为奖励了。我必须仔细研究一番,找台火力又高,装甲又厚实的。话虽然这么说,一看到烈帕顿,我的功利心就放下了。这台巨型可变机器人出自《蜘蛛侠》,日本 70 年代特摄片的那个版本。我最早看那部剧只是为了研究,但马上就被迷住了。我他妈才不管别的机器人是不是比烈帕顿牛逼呢。我就要用它,就这么任性。

我选择了烈帕顿,摁下确认按钮。只见一个十二英寸高的烈帕顿模型出现在《黑虎》街机的机柜顶。我把它抓起,收进装备栏里看了看。没有属性,也没有物品说明。看来只能先回到堡垒,再做一番研究。

与此同时,《黑虎》的画面又变了。野蛮人如今坐上了王位，窈窕可人的公主倚靠在他身上。制作者名单自下往上缓缓滚过这张背景图，全是日文名，除了最后那一行：

“绿洲”版本：J.D. 哈利迪。

名单播放结束，屏幕黑了一会儿，接着浮现出一幅图案：那是个红色的圆圈，里面有颗红色的五角星，五角星比圆形略大。又过了一秒，水晶钥匙出现，在五角星的中央缓缓打转。

我的肾上腺素一顿猛飙。我认得这个红星，知道它要引导我去哪里。

安全起见，我猛拍了几张截图。片刻之后，屏幕黯淡下去，而《黑虎》街机融成了边沿发着翠绿色光芒的门扉。

出口。

我欢呼一声，冲了进去。

0027

离开第二扇门，我重新出现在泰瑞的办公室里。移情测试机回到了它原先的位置，摆在我面前的桌上。我看了眼时间。从跨进门内的那刻算起，过去了三个钟头。房内还是冷冷清清的模样，唯一的活物只有那只猫头鹰。警报声倒是消失了，想必NPC保安在我进入门内时搜查过附近，见一无所获，便放弃了找寻。真是一派宁静祥和。

返回电梯，登上屋顶的过程很顺利。谢天谢地，“冯内古特”还开着隐身装置等在原地。我跳上飞船，一进入艾斯伦诺斯的高层轨道，便立刻跃迁到了光速。

“冯内古特”在超空间里航行，向着最近的星门疾驰。我则拉出刚才的红星截图，然后翻开圣杯日记，点选了加拿大传奇摇滚乐队“匆促”的子文件夹。

哈利迪十几岁起就喜欢上了匆促乐队。一次采访中，他透露说，他的每一款游戏（包括“绿洲”），都是在听着匆促乐队专辑的情况下创作的。他常常把乐队的三个成员——尼尔·皮尔特、亚里斯·莱夫逊、艾迪·李——比作“圣三一”或者“北地诸神”。

匆促乐队的每一首歌、每一张专辑、每一支 MV，还有所有未经正式渠道发行的原声都收录在我的圣杯日记里。我有他们唱片宣传文案和专辑封面的高清扫描图，我有他们每场演唱会的现场录像、每个乐队成员在广播和电视上所受的采访记录、未删节版的个人传记，还有他们的每一张单人专辑。但我跳过那些，找到了《2112》[205]，那是匆促乐队的经典科幻主题音乐专辑。

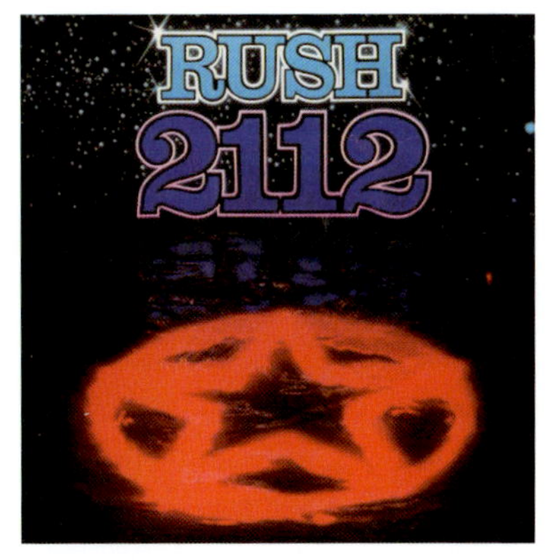

205. 专辑《2112》

这张专辑的高分辨率封面扫描图马上展现在了我眼前。你能看到，乐队和专辑的名字背后是灿烂的星空。下边一点的地方，反射在波光粼粼的湖面上的，正是《黑虎》街机里出现过的那个标志：圆圈里的五角星。

我把专辑封面和游戏截图放在一起。它们一模一样。

《2112》由恢宏的七首歌组成，时长超过了二十分钟。在这些歌所假想的 2112 年，人们的自我表达和艺术创作都成了违禁行为，而一群无名无姓的小人物决定站出来反抗这一切。封面的那个红星代表太阳联盟，魔爪伸遍群星的极权政府。太阳联盟由一群“牧师”主控，第二首歌《七鸣琴神庙》描述了他们。水晶钥匙的位置，就隐藏在歌词里：

我们是七鸣琴神庙的祭司

我们伟大的电脑遍布圣殿

我们是七鸣琴神庙的祭司

生命的奥妙都在庙宇之中

二十一号分区里，有个星球也叫作七鸣琴，我正飞向那里。

“绿洲”地图册将七鸣琴描述为“荒无人烟的岩石覆盖之地”。我查了下它的版本记录，创作者是“匿名”。但现在我已经很清楚了，那个人绝对是哈利迪，因为它的环境和匆促乐队的专辑描写的完全一样。

《2112》发行于1976年。在那个年代，几乎所有的歌曲都是刻录进十二寸黑胶盘，套上硬板纸，再拿出去卖。你可以在那些纸板外壳上看到封面图和歌曲列表。有些专辑的纸板封面还能像书一样打开，露出更多的艺术画和内容简介，包括歌词和对乐队的介绍。翻开《2112》，我看到了另一张有红星符号的图。图中，一个赤裸的男人在红星面前战栗，恐惧地举着双手。唱片封套的另一面印着七支组曲的歌词。七份歌词前还各有一段记叙性的短文，这些短文均假借2112年的无名氏们所写。

这是第一首歌歌词前的小短文：

我躺着，我睡不着，我望着黑暗中的马佳登[206]。城市与天空融为一体，宛若灰色的平静大洋。天空中挂着两个苍白的球体，那是正缓缓穿越冰冷苍穹的双月。

206. 马佳登：城市名。原文megal-odon，指巨牙鲨，又名巨齿鲨，史前的巨大鲨鱼。

抵达七鸣琴后，我看到了它的一对卫星，巴托尔和雪狗。双星的名字取自匆促的另一首经典歌曲《巴托尔和雪狗》。往下看，七鸣琴上散落着一千零二十四个复制的马佳登，那个歌词中的城市。考虑到城市数量比弗洛伯兹的魔域多了整一倍，六佬不太可能彻底控制它们。

我开启隐身装置，选择了就近的城市，把“冯内古特”停靠在穹窿形圆顶边沿，观察了一番四周是否有其他船只。

马佳登坐落在岩石高原上，边缘挨着陡峭的悬崖。这个城市已经化作了废墟，巨大的透明圆顶布满裂缝，似乎随时可能粉碎。我就是穿过这样的一个缝隙，钻进了城市。

50年代不少平装科幻小说的封面图都是残破的遗迹，描绘了曾经繁荣伟大、技术先进的种族消失在历史长河后的景象。马佳登很有那种风范。步入城市中心，我找到了一座神庙。它的外形像是方尖碑塔尖，外壁颜料风化脱落，只剩下惨淡的灰色。庙门上方，挂着硕大的太阳联盟标志。

七鸣琴神庙。

没有力场，没有六佬军队。连一个活物都没有。

我抽出枪，迈进门内。

这是座巨大的神庙，比得上宏伟的教堂。一排排超级计算机陈列两旁，也是方尖碑形状的，不断发出低沉的嗡鸣。我听着那声音，一步步走向前方，

教堂中央是座凸起的石坛，蚀刻着五角星。走上祭坛时，电脑的嗡嗡声停了下来，神庙里静得瘆人。

我好像该祭献点什么。但在七鸣琴神庙里，我该献上什么呢？

十二英寸的烈帕顿怎么看都不太合适，不过我依旧

试了试。果然没有任何动静。我把机器人塞回包裹，想了一会儿。然后，我想起《2112》里还提到了别的东西，于是又翻出专辑，重新阅读那些文字。有了。我要的答案在第三组曲《发现》的歌词前面：

穿过我喜爱的瀑布，走进后方的岩穴，在深处的暗室里，我找见了它。拂去堆积多年的尘埃，我将它拿起捧在怀。我不知道它究竟是什么，但它的美动人心魄。我学会了如何拨弄那些弦，明白了怎么让手指按压以发出不同的声音。当左手按弦、右手拨弦之时，它发出了一阵谐音，很快，它就奏响了我的音乐！

瀑布位于城区南缘，紧挨着透明圆顶。我启用了喷气靴，从泛着浪花的河流旁起飞，径直穿越瀑布。体感服尽量模拟了水流的冲击，但我觉得更像有人在拿一捆捆木柴砸我的脑袋、肩膀和后腰。岩穴果然在瀑布后面，走得越深，它就越狭窄，尽头是个小小的凹室。

我在这里搜索了一番，发现地板上一个石笋略微有些磨损，于是试着拉了拉，但它纹丝不动。我又试着推了推，这次成了。它似乎是根杠杆，连着铰链。随着一阵嘎吱作响的摩擦声，我身后的地上打开了一道密门。凹室的顶上也多了个洞，从那里投下的明亮光芒，穿过密门，照亮了下方的密室。

我从包裹里掏出一根陷阱侦测法杖，确定安全后跳下密门，落在密室积满灰尘的地板上。房间不大，呈立方形，北墙是一大块刀劈斧凿出来的粗糙岩石，一把电吉他镶嵌在石墙里。我来的路上还看了《2112》的现场演唱会录像，所以马上认出了那是1974年吉普森公司的莱斯·保罗型实心电吉他。亚里斯·莱夫逊在《2112》巡演期间用的那把。

面对这个犹如亚瑟王石中剑的吉他，我露出了微笑。和所有猎手一样，我看过好多次约翰·鲍曼的《亚瑟神剑》，很清楚这时候该怎么办。我伸出右手，握住吉他柄，往外用力一拉。吉他脱石而出，发出的“鑫”声仿佛能绕梁三日不绝。

我把吉他高举过顶，听到金属颤音化作一段重和弦，响彻密室。我望着吉他，正打算再次启用喷射靴离开此地，有个念头却突然冒了出来，让我愣在原地。

詹姆斯·哈利迪高中时候学过两年吉他，所以我也多少练了练。虽然没摸过真吉他，但摆弄起虚拟乐器来，我可以说是驾轻就熟。

我在装备栏里翻了翻，果然，在拿到吉他的同时，我也得到了一枚拨片。我随后打开圣杯日记，找到《2112》里《发现》的吉他乐谱，就是那首讲述无名英雄在瀑布后方密室里发现吉他的歌。我奏起了这支曲子。尽管没有插电或者装扩音器，吉他还是声若洪钟。巨响穿透密室墙壁，冲到了洞穴之外。

一曲《发现》快要弹完，嵌过吉他的那块石头上浮现出了几句话：

其一为红金鸣响

其二乃绿色石头

其三即清晰水晶

它不能独自打开

弹完最后一个音符后，这些字又维持了几秒，然后消弭于无痕。我留了张截图，想弄清它的意思。毫无疑问，它说的是第三门，我只是还不理解什么叫“不能独自打开”。

六佬也发现这几句话了吗？我对此表示怀疑。他们很可能一拿到吉他，就急吼吼地返回了神庙。

如果是这样，他们漏掉了通往第三扇门的一条线索。这也能解释为什么他们至今还没找到彩蛋。

我返回神庙，把吉他放在祭坛上。只听周围高耸的计算机阵列发出一阵阵刺耳强音，像一支胡乱演奏的管弦乐团。声音不断增强，震耳欲聋，但又戛然而止。同一时刻，祭坛上的吉他在一阵光芒中变成了水晶钥匙。

抓起钥匙的瞬间，悦耳的钟声响起，我在记分板上的分数增加了25000点。再加上先前通关第二扇门的200000点，我的总分增加到了353000，比索伦托还多一千。我又回到了第一的位置。

但我没时间庆祝，只是眯起眼，侧看闪闪发光的水晶钥匙匙柄。那里有个字，确切地说，只是一个字母，一个花体的“A”。

这个“A”出现在哈利迪的第一张龙与地下城人物卡，以及他那个世人皆知的“绿洲”角色——大法师安诺拉——的黑袍上。同样的字母，还装饰了安诺拉城堡的大门。那座坚不可摧的堡垒位于克索尼亚，是哈利迪在“绿洲”里的居所。

彩蛋比赛的头几年，猎手们像蝗虫那样席卷了“绿洲”里所有可能藏着三把钥匙的世界，哈利迪建造的星球自然首当其冲。而这些地点里，又数克索尼亚去的人最多。克索尼亚是哈利迪高中D&D跑团时创造的世界，也是他早期游戏的存放地点。你可以说，克索尼亚就是猎手的麦加。和其他人一样，我也觉得有义务去那里朝圣，特别是去趟城堡。问题是，城堡大门始终紧锁着，除了安诺拉，没有玩家清楚里面长什么样。

但我知道，一定有办法进入那座堡垒。因为第三扇门，就藏在里面的某处。

飞船进入轨道后，我把第十区的克索尼亚设成航行的目的地，然后打开门户网站，想看看当我王者归，人们究竟表现得多么狂热。出乎我的意料，我上涨的分数并没有上头条。那天下午更劲爆的新闻，是哈利迪彩蛋的藏匿地点终于曝光了。它就在——新闻主播说——克索尼亚星，哈利迪的城堡里。做这番推断的原因很简单：六佬将整支大军驻扎在了城堡周围。

他们是当天早些时候抵达的，当时我刚刚通关第二扇门。这绝对不是巧合。我的步步紧逼使六佬不得不行动了起来，不再隐藏第三扇门的位置，而是改换策略，不给我或别的猎手接近的机会。

几分钟后，我抵达克索尼亚，隐身从城堡上空掠过，想大概摸个底。结果比我想象的还糟糕。

六佬在安诺拉城堡上方安置了魔法力场，完全笼罩了城堡和附近区域。力场内部全是六佬的部队：步兵集团、坦克、各种重型武器一应俱全。还有载具在城堡周围不停巡逻。

一些猎手已经抵达了现场，对力场发起过攻击，使用了包括大当量核弹在内的武器。每次攻击都会引发一阵炫目的强光。但爆炸过去，视野恢复正常后，力场依旧立在原地，毫发无损。

对力场的攻击持续了个把钟头。与此同时，消息散播出去，把更多的猎手吸引到了克索尼亚。闻风而来的猎手公会用上了一切武器，然而力场屹立不倒。核弹不行，火球不行，魔法飞弹也不行。到后来，一组猎手试着从地底钻隧道过去，结果发现那个力场真是全方位地笼罩了城堡，从天空到地底，这个完整的球体连一点儿纰漏也没有。

那天晚上，猎手中的几个高级法师联手施放了一系列预言系法术，总算得出了结论。原来那力场是一个叫作奥斯瓦德之球的神器产生的，只有九十九级的法师才能使用。按照描述，它能以自身为中心生成一个半径半公里的护盾力场，该力场不可摧毁，无法穿透，能蒸发一切撞上来的东西。只要施术法师把两只手都搭在神器上，力场就可以永无止境地维持下去。

接下来的几天里，为了穿过力场，猎手们绞尽了脑汁。魔法、科技、心灵传动、法术反制，以及其他种种神器，他们什么都用上了，但仍旧一筹莫展。没人能够走近城堡。

绝望的气氛很快在猎手中间蔓延开来。独行侠也好，有组织的公会也好，许多人都开始考虑举白旗投降。六佬不但拥有水晶钥匙，还死死地把守着第三扇门的入口。谁都能看出结局将近，而比赛“已然告终，唯余哭声”。

在这些事态的发展过程中，我倒是保持住了冷静。毕竟，六佬迄今还没发现打开第三扇门的方法呢。当然了，他们现在有的是时间，可以有条不紊地一点点研究。就算再慢，也有瞎猫撞上死耗子，解开谜题的那天。

但我不能放弃。结局尚未落定，一切皆有可能。

我对自己说，像那些老游戏一样，彩蛋不过是进入了更新、更难的关卡而已。而新的关卡，往往需要全新的策略。

我决定实施一个大胆，甚至疯狂到要孤注一掷的计划。作为计划的第一步，我给阿尔忒密丝、埃奇和短刀发了信，详细地告诉了他们第二扇门的解法以及怎么得到水晶钥匙。确认他们收到邮件后，我开始了计划的第二阶段。这是让我真正感到害怕的部分，稍有不慎，我就会因此身亡。但事情都这样了，我也管不了那么多了。

我要打开第三扇门。不成功，便成仁。

Level Three

外面的世界没有想象中的好。

——《安诺拉年鉴》，17 章，32 节

0028

当 IOI 的保安进来抓我时,《冲向天外天》[207]（上映于 1985 年,导演是乔伊·丹特）才放了一半。那电影讲的是三个小孩在自家后院造飞船,结果真的被外星人邀上太空的故事。这绝对是有史以来最棒的儿童电影之一,我每个月都至少会重看一次。它深深地打动了我。

这段时间,我一直连线着公寓外部的摄像头,把它拍下的画面缩小放在视野一角。IOI 契约工征募部闪着警灯、鸣着警笛的车刚出现在公寓大楼门口,我就知道了。只见四个穿着长靴、戴着头盔的保安跳出车,直奔大门。一个西装革履的家伙跟在他们身后。这几人走进公寓后,我切换到大厅的摄像头继续观看。他们出示 IOI 的徽章,通过安检,然后上了电梯。

朝我这层过来了。

“麦克斯。”我的声音很低,嗓音不住地颤抖,“执行一号安全令:克洛姆,山地之王[208]。”这个语音指令一经发

207.《冲向天外天》:一群热爱探险的少年与外星人遭遇,从自家后院开始了一段漫游银河之旅。

208. 语出 1982 年的电影《野蛮人柯南》,克洛姆是野蛮人之神。

出，系统立刻开始在线上和现实中执行起了一系列预编程的操作。

“听——听——听您的，头儿！”麦克斯高兴地喊道，转瞬之间，我的公寓切换到了锁定模式。钛合金强化门从天花板上滑下，在两道装甲安全门间咔嚓一下锁死。

门外走廊里的摄像头告诉我，IOI 的保安离开电梯，走向了我的房间。前面的两个家伙带了等离子焊枪，后面的两人则举着工业级的电击枪。至于那个穿西装的，他拿着一块平板电脑。

见到他们，我其实一点儿也不惊讶。我知道他们为什么会出现在这儿。他们是来撬开公寓大门把我拖出去的，就像开罐头那样。

这几人走到门前时，扫描仪把他们的身份信息传输过来。这五人都是 IOI 契约工征募部的，持有布莱斯·林奇的逮捕证，符合本地、本州和联邦的法律条款。所以我的两扇装甲安全门自动弹开了。但钛合金强化门依旧堵在他们面前。

当然了，这些家伙早就料到我有额外的安全措施，否则也不会带焊枪过来。

那个穿西装的家伙挤开保安，在门口的识别器上摁下指纹。我的视野中马上跳出了他的姓名和职位：迈克尔·威尔逊，IOI 信贷及征收部，员工编号 IOI-481231。

威尔逊抬起脑袋，对着我的摄像头露出微笑。“林奇先生，”他说，“我是迈克尔·威尔逊，代表创新网络公司的信贷征收部。”他挥了挥平板电脑，“我来这儿，是因为你在 IOI 信用卡上欠了三笔债，超支了两万美元。我们的记录还显示，你最近没有得到雇佣，被列入了贫穷人口。按照现行的联邦法律，你有义务以工代偿。你将成为我公司的强制契约工，只有在偿清所有债务，包括利息、人工费、延误费和你该缴纳的罚款后，契约才能终止。”威尔逊指着身旁的保安，“这几位先生是来帮忙护送你到新工作岗位的。我们要求你立刻打开门，放我们进去。请注意，我们有权获得你屋内的所有物，它们变卖后所得的金额会从你尚未偿还的欠款中扣除。”

这些话威尔逊说得行云流水，连一个顿都没打。我敢打赌，同样的话他已经重复了无数遍。

我等了一小会儿，通过对讲机答道：“好的，伙计们。但先给我一分钟，我得穿上裤子。”

威尔逊皱起眉，“林奇先生，如果你十秒之内不开门，我们就有权强行进入。由此造成的损失，包括财物损毁和维修费用，都会添加到你的债务中。希望你理解。”

威尔逊从对讲机旁退开，对其他人点点头。其中一个保安立刻点着焊枪，焰舌转为橙色后，便切割起了钛合金的强化门。另一个则在几英尺外蹲下身，试着在公寓的墙面上开个洞出来。这些家伙很熟悉公寓房的结构，清楚由钢筋和混凝土构成的墙体，比钛合金门要容易对付得多。

当然啰，作为预防措施，我亲手组装钛合金加固条，强化了公寓的墙壁、地板和天花板，所以等他们挖穿了墙壁，就会发现还有个钛合金的笼子需要处理。不过，这些加固措施能拖延的时间也有限，最多五六分钟，然后他们就会登堂入室。

我听说IOI的人对切开强化过的住宅把人拎出来这种事还有个专门的叫法，叫作剖腹产。

我干吞了两片为这种情况准备的抗焦虑药。这药片我今早已经吃过两片了，但似乎没什么用。

我关闭视野中的各种窗口，把账户安全级别调整为最高，又看了一眼记分板。这么做只是为了确认一下六佬依旧没有赢下比赛。记分板的头十位还是老样子，跟过去几天没有任何区别。

高分榜：

1. 阿尔忒密丝	354000	⛩	⛩
2. 帕西法尔	353000	⛩	⛩
3. IOI−655321	352000	⛩	⛩
4. 埃奇	352000	⛩	⛩
5. IOI−643187	349000	⛩	⛩
6.IOI−621671	348000	⛩	⛩
7.IOI−678324	347000	⛩	⛩
8. 短刀	347000	⛩	⛩
9. IOI−678330	346000	⛩	⛩
10.IOI−699423	346000	⛩	⛩

收到我邮件的四十八小时之内，阿尔忒密丝、埃奇和短刀接连通过了第二扇门，并拿到了水晶钥匙。由于头

一个找到翡翠钥匙，又是拿到黄铜钥匙的第二人，阿尔忒密丝在获得 25000 分后重新登上了榜首。

他们仨一直极力联系我，但我不管是语音、邮件还是私聊都没有接。我没有理由把自己要做的事情告诉他们。他们非但帮不上忙，也许还会劝我别那么干。

不过，现在没有回头路了。

我关闭记分板，慢慢地环视着我的堡垒。也许这是我最后一次见到它了。接着，就像深海潜水员在入水前做准备那样，我深深呼吸几次，随即点下了视野中的“登出”按钮。“绿洲”消失了，我的角色出现在一间虚拟的办公室里，那是在我硬盘上独立运行的虚拟实境。我打开控制台，键入系统自毁指令：大麻烦[209]。

209. 大麻烦：英文俚语，可能也指美国硬核金属朋克唱片公司 Robotic Empire 的出品之一。

一个进度条出现在视野中，我硬盘里的数据正被抹去。

“再见，麦克斯。”我低声说。

“一路平安，韦德。”麦克斯说。几秒钟之后，他就被删除了。

我坐在触觉椅上，感到热量从房间另一端涌来。摘下眼镜，我看到墙面和强化门的切口处烟雾翻腾。空气过滤器对付不了那么多烟，很快，我咳嗽起来。

就在这时，破门的保安完成了他的工作。一大块冒着烟的金属圆板咣当一声砸到地上，吓得我从椅子上跳起来。

焊枪撤回的同时，另一个保安走上前来，朝切口处喷洒泡沫冷凝剂，免得一会儿钻进来时被烫伤。说是一会儿，他们现在就要这么做了。

“确认完毕！”有保安在走廊上喊道，“没有可见的武器！”

一个端着电击枪的家伙先爬进洞内，转眼间冲到我面前，武器正对着我的脸。

“不许动！”他喊道，“否则够你喝一壶的。明白了？”

我点头的同时突然想到，这个IOI的条子，是我搬进公寓以来碰到的第一个真人。

第二个保安就没有那么礼貌了。他二话不说，直接把一个封口球塞进我嘴巴。这是标准程序，以免我对电脑下达什么语音命令。不过他其实是多此一举，第一个保安进来的瞬间，一台装在主机内部的点火装置就已经把硬件烧成了一坨废渣。

塞口器的绳带固定完后，那个保安拎着我的体感服，把我拽下椅子，我就跟一个破布洋娃娃似的，被丢到地上。另一个保安则扳下手动开关，打开了强化门。门外剩下的两个打手冲了进来，然后是威尔逊。

我在地板上蜷成一团，闭上眼睛，不由自主地打着哆嗦。我尽量为接下来即将发生的事做好准备。

他们要把我带出去了。

“林奇先生。”威尔逊微笑着说，“我特此通知，你现由公司扣押。”他转向那些保安，“让回收小组来一趟，把这里清理干净。”他看了一圈房间，注意到我的主机青烟升起，摇了摇头，“愚蠢。我们本来可以卖钱，帮你抵债的。”

我没法说话，只能勉强耸耸肩，对他比了比中指。

他们扒下我的体感服，把它留给了回收小组，然后丢过来一件灰色的连体衣和配套的塑料鞋。那衣服就跟砂纸做的一样，让人浑身不适。他们还把我铐了起来，连抓痒都不行。

我被他们推搡着进了走廊。苍白的日光灯下，一切都失去了色泽，就像黑白老电影。搭电梯下到底层后，我跟着大堂里的背景音乐哼哼，想借此告诉他们，我不害怕。但一个保安对我挥了挥电击枪，我决定还是认怂为上。

他们在大厅里把我塞进了连帽冬衣。这些人不希望我感冒，因为我现在已经是公司的财产，一个“人力资源”了。接着，我被带到门外。时隔半年，阳光又一次打上了我的脸。

外面正在下雪，所有东西都蒙上了一层薄薄的灰色雪泥。我不知道气温多少，反正从没觉得这么冷过，那风就跟刮进了骨头似的。

门口有辆运输车在等我。后车厢的塑料椅上已经坐了两个戴着 VR 眼镜的家伙。不用说，他们是今天早些时候被逮到的。跟回收垃圾一样到处抓人，大概是那些保安每天的例行公事。

坐在我右边的家伙又瘦又高，可能比我大个几岁，似乎营养不良。另一个家伙胖到了病态，我连他或者她是什么性别都说不上来，姑且认为是个男的吧。他的脸被乱糟糟的金发盖住，鼻子和嘴巴蒙着防毒面罩一样的玩意儿。面罩上的管子往下接进了地板，我不知道那究竟是什么，直到他倾过身，紧紧抓住缚带，吐在了面具上。一阵真空抽气的声音过后，他吐出的消化了一半的奥利奥就被吸进了管子。不知道那些恶心玩意儿是要被收集起来还是直接丢在路面上。大概是进了什么储藏罐吧。IOI 很可能要对呕吐物进行一番分析，把结果写进他的档案。

“难受不？”卸下塞口器时，一个保安问我，“难受就直说，我拿个面罩过来。”

“我很好。”我逞强道。

“行。但要是害得我清理车厢，我要你好看。”

他们把我拉进车内，捆在瘦子对面的椅子上。两个保安跟在我们后面上车，把焊枪放在储物柜里，另外两个关上车门，转到前面进了驾驶室。

车辆发动，我扭过脖子，从有色车窗往外瞅，看着那栋我住了大半年的建筑。我轻松地找到了自己位于四十二层的房间，因为那扇窗户被喷得漆黑。回收小组可能已经进了房间，正在拆卸、盘点、装箱我的设备，准备拿去拍卖。另有一支维修小组会修补墙面，更换大门。这笔费用由 IOI 垫付，但总归要落在我的头上，为负债额度再添上新的一笔。

过了中午，某个在公寓等待列表上的幸运猎手就会收到消息，说有空房可以住。等到了晚上，新的租客可能就搬到了里面。估计太阳落山那会儿，我曾经在里面住过的证据就会被彻底抹去。

车辆驶上主干道，轮胎碾过沥青，碎冰发出喀喇喀喇的响声。有个保安伸手把一副眼镜摁在我脸上，我的眼前顿时出现了雪白的沙滩、和煦的阳光和怡人的碎浪。看来，他们要用这种办法让契约工在去城中心的路上保持平静。

我抬起拷着的手，把眼镜推上前额。那个保安没有再来管我，他似乎并不在意我的死活。于是，我重新抬起头来看着窗外。那么长时间没跟现实接触，我想看看它现在发生了哪些变化。

0029

目力所及之处，依旧是一片破败。街道、建筑、行人莫不如是。连雪都是脏兮兮的，这些灰色的碎片从天空飘落，倒像是大块的火山灰。

无家可归的人口似乎大幅增加了，街道旁满是帐篷和纸板搭成的临时住所，车子路过的几座公园也成了难民营。随着离城市中心越来越近，我看到每个街角、每块空地都挤满了蓬头垢面的人。他们蜷缩在一起，挨着燃烧的铁桶，或者轻型燃料电池加热器取暖。其余的人戴着笨重、过时的 VR 眼镜和触觉手套，在免费太阳能充电站外排成长队。他们的双手轻轻摇摆，无疑借着 GSS 的免费无线网络去了“绿洲”，那个比现实美好得多的地方。

终于，我们到了 IOI 广场，城市中心的中心。

透过车窗，我惴惴不安地望着创新网络公司的总部：两座笔直的高楼，中间夹了幢圆形的大厦，构成了 IOI 公司的巨大图标。这几座高耸入云的大楼是哥伦布最高的建筑，那耀武扬威的钢筋结构和反光玻璃有了数十条空中走道和电梯的帮衬，显得更加盛气凌人。我在“绿洲”的 IOI-1 星上已经见识过了，现实中的它们更令人难以忘怀。

运输车开进圆形大厦底下的一个停车库，绕过几个水泥浇筑的弯道，最后停在一个类似装卸场的大空地里。一排大门的上方，写着“IOI 契约雇员入职中心”几字。

我和其他几个契约工被赶下车，一组带着电击枪的保安已经在下面等着了。他们取下了我的手铐，然后另一个保安开始用手持式视网膜扫描仪确认我们的身份。扫过我时，我不由得屏住了呼吸。一秒过后，扫描仪“哔”了一声，跳出了我的数据。“林奇，布莱斯。年龄二十二。公民。无犯罪记录。契约原因：负债。”保安自顾自地点点头，在平板上连连敲击，之后把我们带进了一个温暖、阳光充足的大厅。我看到像我这样的“契约工”还有好几百号，正沿着迷宫般复杂的导向绳排队行进。要我比喻的话，这里像是个噩梦中的游乐场，而排着队的，全是发育过度、又疲惫不堪的小孩。这些人男女数量似乎相当，但也不好说，因为所有人都和我一样，皮肤苍白，剃着光头，穿着灰色连体衣和塑料鞋，体征不明。活脱脱一群从《500 年后》[210] 里走出来的家伙。

210.《500 年后》：乔治·卢卡斯 1971 年拍摄的处女作电影，但直到 1978 年才上映。故事描述了在反乌托邦社会里挣扎的人们。

导向绳途经若干个安检点。第一个检查点，每个契约工都要接受新式检测仪扫描，以确保他们身上没有携带任何电子设备。我在排队时，看到几个人因为扫描结果不正常被拉出了队伍。他们不是植入了皮下微型电脑，就是在牙齿里装了微型声控电话，得去另一个房间做设备摘除手术。不过要说厉害，还数排在我前面那哥们儿。他的顶配微型西纳特拉“绿洲”主机居然藏在了睾丸里。真是牛逼。

通过几个安检点，我被人流引进了另一块测试区域。这个大厅被分成了几百个隔音小包间，我走进其中之一，接过破烂的 VR 眼镜，还有更破烂的触觉手套。这些垃圾登不上“绿洲”，可戴上它们时，我依旧感到了一丝慰藉。

在这个独立的虚拟实境里，我做了一大堆测试。他们给的问题一道比一道难，旨在衡量我所有可能用得上的知识和能力。当然了，这些测试是基于布莱斯·林奇虚构的教育背景和工作历史进行的。

对我来说，那些与“绿洲”软件、硬件和网络相关的问题并不难，能轻易得到高分。不过凡是涉及詹姆斯·哈利迪还有他彩蛋的部分，我都故意放水没能及格。我不想被送进 IOI 蛋卵研究部撞上索伦托。我不认为他能认出我来——我们没在现实里碰过面，我现在的相貌和那张学生时期的照片也相去甚远——不过凡事总得讲个万一。我冒的风险已经够大了。

几个钟头过去后，我终于完成了最后一项测试，随后链接上了一个虚拟聊天室，去面见某个契约工人事经理。那女人名叫南希，讲起话来语调呆板，让人昏昏欲睡。她对我说，由于我在测试中获得了高分，就业记录又很完美，“荣升”到了“绿洲”技术支持第二部门。我每年工资只有 28500 美元，还得扣除掉食宿、税收、医药、牙保、眼保和娱乐费用。所有这些钱，都会自动从我的工资里结算。理论上说，我最后的剩余工资（如果还有的话）将用来支付债款。只有欠债清完，我才能结束契约工的生活。到那时，根据我在职时的表现，IOI 会酌情给予我一份固定工作。

毫无疑问，这是搞笑。契约工永远赚不到足够的钱来为自己赢得自由。延误费和利息一算下来，你会发现欠下的债每个月只增不减。只要失足当了契约工，很可能这辈子都没法脱身了。不过话说回来，很多人并不在乎这点。他们只想找个铁饭碗。进了 IOI，至少不用担心流落街头活活饿死。

我的"契约合同"出现在视野中，列出的长长表单上，写满了我即将放弃的权利和所能获得的权益（就算有，也不多）。南希让我过目后签字，然后继续下一步。她说完那些话就登出了聊天室。那破玩意儿整整六百页，我可没心思一点点读下来，直接拉到底签下了"布莱斯·林奇"的名字，然后视网膜扫描再次确认。

我不知道用假名签下的合同算不算有效，也并不在乎这点。在我的计划里，这是必要的一步。

合同签订后，IOI 的人把我带进另一条走廊，开始了下一个环节。脚下的传送带一路向前，路过许多站点。第一个站点回收了我连衣裤和鞋子，把它们焚烧殆尽。接着，我好像洗车房里的汽车，经受了一系列的冲刷、抹皂、擦洗、消毒、再冲刷、风干和去虱。好不容易结束，我又领到了一套新的连衣裤加塑料拖鞋。

第二个站点是身体测试，包括了血液分析（谢天谢地，IOI 对遗传隐私法还有所顾忌，没分析我的 DNA）和多种疫苗接种。只见好多根装了针头的机械臂伸到我肩头和屁股边，然后“咔”，同时往我身体里注射了各种药剂。

一点点往前挪的过程中，我看到脑袋顶上的各个屏幕循环着一个十分钟的宣传短片：“契约工服务：从负债累累走向人生赢家的捷径！”几个过气的电视明星满面堆笑，一边赞扬着 IOI，一边宣讲契约工合同里各种微不足道的优惠条款。看过五次后，我差不多背下了里头的每句话，到第十次播放时，我连对着口形报台词都不成问题了。

“完成上岗前的流程，正式任职之后，我能得到什么？”短片的主角约翰尼问。

你能变成这家公司一辈子的奴隶，约翰尼。我心中暗想。

但我只是想想，没有说出口。屏幕上，IOI 人力资源部又一次和颜悦色地告诉约翰尼，他接下来日复一日的美好生活会是怎么个模样。

终于，我来到最后一个站点，这里的机器给我装上了脚环——锁在我踝部的金属环，能报告我当下的位置，授权以及禁止我访问 IOI 大楼不同的区域。假如我想逃跑，试着取下这玩意儿，或者惹上了不该惹的麻烦，它就会发出让人昏厥的高压电。如果必要，还能补上一剂强效镇静剂。

脚环装好后，另一台机器在我的右耳垂上打了两个洞，夹上一个小电子设备。我疼得瑟缩了一下，忍不住骂娘。宣传短片说它是OCT，“观察沟通器”，不过大多数契约工管这玩意儿叫“耳监”。它们让我想起很久以前，环保主义者在追踪濒危动物时给它们戴上的小设备。耳监里装有微型扬声器，连接着IOI人力资源部门的电脑，可以随时对我下达命令。此外，它还有个摄像头，能观察到我前方的事物。其实IOI大楼的每个房间里都装了监控探头，但他们显然觉得不够，还需要用这种方式来严密监控契约工的一举一动。

耳监装完还没两秒，我就听到了计算机单调的合成声开始不停聒噪，详述契约工守则和别的东西。那声音最初让我恼火极了，但后来渐渐习惯。毕竟，我没有太多选择。

走下传送带，电脑合成音指引我去附近一家名为自助餐厅、但看着更像老电影里监狱食堂的地方。我拿到了一托盘石灰绿色的玩意儿，包括味同嚼蜡的大豆汉堡、黏糊糊的土豆泥，再加上一团分辨不出原材料的饭后小甜品。我花了几分钟把它们咽下肚，电脑赞扬了我这份好食欲，接着跟我说，我有五分钟时间上厕所。出来以后，我又跟着它的引导走出门，来到一个没有任何按钮和楼层标识的电梯前。电梯门打开后，我看到了它内壁印刷着“契约工生活区——5区——技术支持部”的字样。

我拖着脚步离开电梯，沿铺了地毯的走廊向前走去。这里又暗又安静，唯一的光源来自地板上镶嵌的指示灯。

我产生了一种错乱的时间感，仿佛离开公寓已经是好几天前的事情了。我的腿仿佛灌了铅，很难挪动。

“你的首次工作轮班安排在七个小时之后。”电脑轻声说，“在那之前，你需要睡觉。在前面的十字路口左转，进入分配给你的宿舍。房号 42G。”

我照做了。我想我已经适应了这鬼玩意儿。

生活区给我的第一印象和陵墓差不多。经过拱形的走廊，能看到一排排胶囊居住舱。它们呈棺材形状，十个一摞，直抵天花板。居住舱的数字编号按列排序，门上则贴着从 A 到 J 的不同英文字母，A 在最底下。

终于，我找到了自己的房间，它位于第 42 列，是最上面的几个之一。舱门在我接近时嘶嘶地打开，点亮了里面淡蓝色的灯。沿着架设在相邻两列胶囊舱之间的窄梯，我向上爬去。一道平台从我的房间下方伸出，等我走进房间，又自动收回。我的身后，舱门也闭上了。

“棺材”由塑料浇铸而成，内部是蛋壳似的白色，一米宽、两米长，地板上铺着泡沫凝胶垫子，外带一个枕头。这里闻起来有一股烧焦的橡胶味，估计才刚刚出厂。

除了脑袋边上那个摄像头，我注意到舱门上方还装了另一个。它连一丁点伪装都没有，看来 IOI 就是要让契约工知道，他们的一举一动正受着监视。

舱内唯一让人感到舒适的东西是游戏控制台——墙上一块又大又平的触摸屏，它边上的小架子上搁了副无线 VR 眼镜。我点亮屏幕，开机。我的员工账户信息跳了出来：林奇，布莱斯·T.“绿洲”技术支持 2 部，IOI 员

工编号 #338645。

下面的菜单上列出了所有可以访问的娱乐项目，我只用几秒钟就读完了那少得可怜兮兮的选项。我能进入的唯一频道是 IOI-N，公司的二十四小时新闻网。它无休无止地播放着跟 IOI 有关的新闻和宣传节目。此外，它还有一个在线虚拟图书馆和影院，里头大部分的东西，都是用来帮我适应新职位的。

我试着点击一个尚未解锁的娱乐选项“经典电影”，系统立刻提示说我没有观看权限，只有在员工绩效评估里连续三次高过均值才能获得授权。接着，它问我是否要查看更多关于“员工娱乐奖励计划”的内容，我选了“否”。

所有电视剧里，我能看的只有一部《排队汤米》。它是公司投拍的情景喜剧，简介说它讲了“发生在倒霉汤米身上的各种糗事，但这个新晋的‘绿洲’技术服务契约工，凭着自己的努力，不但赢得了经济独立，还成了优秀的职人！”

我选了《排队汤米》的第一集，戴上眼镜。和预计的一样，这哪里是什么情景喜剧，根本就是企业教育片强行加上一条笑声音轨而已。我看得索然无味、昏昏欲睡。然而我知道自己正受到监视，一举一动都会被记录在案，于是让那电视剧一集接一集地自个儿放了下去，期间尽量保持清醒。

不过即使尽了最大努力，我的思绪还是飘散出去，飞到了阿尔忒密丝那里。就算不愿意承认，我心底也明白，我实行这个疯狂的计划，其实是因为她。我他妈到底怎么了？我有可能，不，我很有可能永远也逃不出这里。想到这，我不禁深深地怀疑起了自己。绝望感如雪崩般袭来。是对彩蛋和阿尔忒密丝的痴迷让我彻底发疯了吗？为了一个从没见过的人，一个连话都不愿跟我说的人，我居然甘冒这样的风险？这太他妈可笑了。

她还好吗？她想过我吗？

我不断地拷问着自己，直到终于陷入昏睡。

0030

IOI 技术支持中心占了 I 形东塔整三层，每层都是由许许多多小隔间组成的迷宫。我的隔间位于偏僻的角落，远离所有窗户。除了一张固定在地板上的可调节座椅，房间里什么都没有。附近的隔间也有不少是空的，还在等待合适的契约工入驻。

我的隔间里之所以什么东西也没有，是因为我没这个权限。当然喽，如果我工作出色，客户满意，公司会给些"荣誉点"，我能使用这些点数来买下装饰这破隔间的权力。也许可以搞个盆栽，或者贴张挂画，看看上面的萌猫来调节心情什么的。

我走进隔间，抓起墙架上公司发的眼镜和手套，戴上它们，然后倒在椅子里。座椅内置了工作电脑的电源，一屁股下去它立马自动启动。系统验证完我的工号，随即连接进了 IOI 内网。这里禁止访问"绿洲"，我能做的只有阅读工作相关的电子邮件、技术支持文档和程序守则，外加查看通话时长，再无其他。想到一切都受着监控和记录，那感觉别提有多糟心了。

我接入呼叫接听序列，正式开始新一次长达十二小时的轮班。到目前为止，我才干了八天，但已经深切体会到了什么叫度日如年。

很快，第一个电话就来了。那人的角色出现在技术支持部的虚拟聊天室里，他的名字就飘在脑袋上。哇哦，“粗又长 007”，真是威武雄壮的好名字。

这肯定又会是美好的一天。

粗又长 007 先生是个秃顶的野蛮人，穿着黑色的镶钉皮甲，胳膊和脸上满是恶魔形象的文身，扛着的大剑得有他两人高。

“早上好，粗又长 007 先生。”我嘀咕道，“欢迎呼叫技术支持。我的工号是 338645。请问要帮什么忙？”客服软件修改了我的音调和音色，在对方听来，我说出的每个字都热情洋溢。

“呃，啊……”粗又长 007 回道，“我刚刚买了这把破烂武器，可我用不了它！拿着这垃圾我什么都打不过。这玩意儿是他妈吃屎了吗？它出了啥毛病？坏了？”

“先生，明明你这傻逼的脑子才出了毛病。”我说。

熟悉的警告声传来，我的视野中出现了一行字：

不雅用词——列表：傻逼

屏蔽该词——已记录在案

IOI 这款专利软件屏蔽了脏话，客户不知道我说了什么。但我的“辱骂记录”还是被记了下来，发送到部门主管特雷弗那里，算进了两周一结的工作绩点。

“先生，你是在拍卖行里购得这把剑的吗？”

“嗯。”粗又长 007 答道，“操他妈，我还真为这垃圾掏了钱。”

“稍等，先生，我需要检查一番。”我其实已经知道了问题出在哪里，但假如不进行一番确认，回头就得挨罚。

我的食指轻轻点击，选定了这把武器。一个小窗口弹了出来，显示着它的属性。如我所料，答案明明白白地写在属性栏的第一行。这把武器只有在至少十级的玩家手里才能发挥作用，而我们的粗又长 007 先生只有七级。我把这事解释给他听。

“啥？这不公平！卖东西的人没说过这点！”

“先生，在购买物品之前，你必须先进行检查，确定自己能使用它。”

“操他妈！”他喊道，“那我他妈的该拿这玩意儿怎么办？”

“你可以把它插进菊花，假装自己是根玉米肠。”

不雅用词——回答屏蔽——已记录在案

我又试了一次，“先生，你可以把它保管起来，等十级以后再用，或者将其送回拍卖行并购买一把类似的武器。一把与你等级匹配的武器。”

“啥？”粗又长007问，“怎么个意思？”

“要么留着，要么卖了。”

“哦。”

“还需要别的帮助吗，先生？”

“没了，我不认为——”

“很好。谢谢您的呼叫，祝您有愉快的一天。”

我摁下断开连接的按钮，粗又长007从我眼前消失了。通话时长：2：07。我还没喘口气，第二个顾客马上来了，是个红皮肤的巨乳外星婊子，名字叫瓦塔克斯XX。与此同时，粗又长007对我的服务评价也跳了出来。满分是10，他给了6。操。系统善意地提示我，如果我想获得晋升，得在下次结算时获得超过8.5的均分。

在这里干活可比在自己公寓里煎熬多了。我不能边工作，边看电影、玩游戏或者听音乐，只能一个又一个地解答那些愚蠢的问题。唯一能让我分心的事，是盯着时钟，看它不断变化。（或者IOI的股票行情，那玩意儿一直挂在每个契约工的视野顶端，关都关不掉。）

每个班次里，我的休息时间只有三次，每次五分钟。吃饭时长也不过半个钟头。我一般会把托盘带到隔间里解决，因为我不想坐在餐厅里听其他技术服务人员发牢骚，或者吹牛逼又赚到了多少绩点。在我看来，那些人的档次和打电话进来的客户一个卵样。

这个轮班里，我秒睡了五次。系统每次见我失去反应，都会在耳边鸣笛把我唤醒，然后把失误归档。工作的头一周，我就因为嗜睡而得到了每天两粒的红色小药丸。

它们能帮我保持清醒。我高高兴兴地拿上了这些药，但只有在下班后才会嗑。

一熬到下班，我立刻摘下耳机跟眼镜，以最快速度返回居住舱。只有在这个时间，我才会有点干劲。我爬进塑料棺材，像昨天，还有前天那样，往垫子上一趴，用眼角的余光留意屏幕上的时间。等它变成晚上 7：07 分，马上翻身站起。

“关灯。”我轻声说。这个词从上周开始，就成了我的最爱。在我看来，它俨然已与“自由”同义。

居住舱的灯光熄灭了，狭小的室内一片黑暗。如果有人查看监控，会看到光芒一闪，然后摄像头转入夜视模式，我又重新出现在屏幕上。不过上周我在摄像头和耳监上搞了点小破坏，让它们不再按命令精准地执行任务，所以现在，我总算获得了一点儿隐私。

也就是说，轮到爷来出招了。

我碰了碰那个兼作游戏主机的触摸屏。它亮了起来，显示出我头天晚上就见过的几个破烂选项：观看一堆轮班教程、进行工作模拟，以及播放《排队汤米》的全套剧集。

如果有人查看我的主机使用日志，会发现我每晚都在看《排队汤米》。等那十六集连续剧放完一轮，就从头开始，直到睡觉。日志还会显示我总是在差不多的时间（但不会完全一致）入睡，然后跟死猪一样趴到第二天早上被闹钟唤醒。

当然了，我怎么可能每晚去看那垃圾玩意儿。实际上，拜那两颗小药丸所赐，我连觉都不怎么睡。从上周开始，我就渐渐养成了习惯，每天晚上只休息两个钟头。

灯熄灭的瞬间，我的疲惫感总是一扫而光，能马上生龙活虎地跳起，照着记忆在主机控制界面上操作一番，手指在屏幕上不停翻飞。

七个月前，我从 L33t Hax0rz Warezhaus——就是那个帮我注册假身份信息的数据黑市——买下了 IOI 内网的通行密码。那个网站我常常光顾，因为永远也说不好突然会有什么有趣的玩意儿在上面贩售。像是“绿洲”服务器漏洞、自动提款机破解软件、盗摄的明星做爱录像等等，真叫一个五花八门。那一次我浏览着销售列表，突然被“IOI 内网密码、后门和系统漏洞”的标题抓住了眼球。卖家说他能提供关于 IOI 内网架构的专门资料，一系列管理员密码和能“让使用者在内网通行无阻”的系统漏洞。

要不是出现在这样一家备受尊敬的暗网网站上，我肯定会认为这些东西是假的。那个匿名卖家说他是 IOI 的前任合约程序员，编写公司内网的首席架构师之一。毫无疑问，他背叛了 IOI，在设计系统的时候故意放进后门和安全漏洞，还把这些数据拿到黑市上去卖。这么做不但让他收入翻番，也减少了为 IOI 这种邪恶的跨国公司卖命带来的负罪感。

问题是，除非你能够接入 IOI 内网，否则这些数据一点儿用处也没有。IOI 的内网是个保护严密的独立网络，与“绿洲”没有直接连接。想访问他们的内网，你只有当上正式工（不但困难，还得耗掉大量时间），要不就干脆加入日渐壮大的契约工奴隶群体。

总之，我认为这些东西没准哪天能派上用场，于是决定投标。由于没人能验证它们的真实性，竞价并不激烈。最后我只花了一千“绿洲”点买下它。拍卖结束后没两分钟，相关数据就发进了我的邮箱。解码检查之后，我觉得确实像那么回事，就把它们封存起来，抛到了脑后——直到半年后，六佬控制了安诺拉城堡。见到那力场时，我脑子里蹦出的第一个念头就是IOI内网通行密码。这个念头始终在我脑海里徘徊不去，最终发育成了这样一个荒唐的计划：

我可以改变布莱斯·林奇的财务状况，让IOI来把我抓走充当契约工。这样我就能绕过公司的防火墙，从内部进行渗透，找出办法关闭笼罩在安诺拉城堡外的力场。

我想没人会预料到我的决定。因为这实在太过疯狂。

当上契约工的第二天晚上，我开始测试密码。摁下那些字母时，我的心都提到了嗓子眼。假如我买到的数据是假的，没有一个后门靠谱，那就准备当一辈子奴隶吧。

我扭过头，让耳监摄像头对着别处，一边拉出游戏控制台的设置菜单。用户可以在这里设置屏幕的音频和视频参数，包括音量、均衡、亮度和色彩。我把所有调节条拖到顶，然后连敲屏幕底端的“应用”三次，又把音量和亮度条拉到最低。一个小窗口出现在了屏幕中央，提示我输入技术维护员的账户和密码。我飞快地敲下记忆中的数列，摁下确认。系统似乎卡死了很久，但最后屏幕上跳出一行字，让我大大地松了口气：

维护控制面板——登录成功

到目前为止，我获取的权限依然不多。维修人员所用的账户也就能调试调试游戏主机的各个模块，寻找和修复部分错误的程序段而已，对内网的访问依旧受到了许多限制。不过，这只是一个开始。按照买来的资料，我找出了一个程序漏洞，接着按图索骥添加了管理员账户。而它一经建立，内网对我就不再有任何限制了。

我做的第一件事，是获得一些隐私空间。

我快速地浏览了几十个子菜单，找到了监视系统的控制台。输入我的员工编号后，我看到布莱斯·林奇的资料跳到了屏幕上，包括入职时拍的一张大头照。下方的列表列出了我的账户余额、薪酬水平、血型和目前的绩效评估——真他妈巨细靡遗。在我账户信息的右上角有两个监视窗口，一个是耳监拍摄的画面，另一个来自居住舱顶的摄像头。我的耳监正对着墙壁，而在居住舱摄像头的画面中，我的脑袋完全遮挡住了屏幕中央的控制台。

我同时选定两个监控画面，进入配置设置。通过黑市卖家提供的教程，我用入职第一晚摄像头拍下的录像替换掉了即时影像。从现在起，不论谁查看监控，都会看到我关灯后趴着睡大觉，而不是整夜坐着，兴致勃勃地入侵他们公司的内网。接着，我又把录像的替换时间设置成了我关灯的瞬间，这样一来，摄像头在日—夜模式间的切换，会掩盖掉画面短暂的跳帧。

我很担心有人发现我的行为，或者封上了系统的漏洞，但始终无事。六个夜晚过去了，我在防火墙内，朝IOI的网络越挖越深。这有点像老监狱片里常有的桥段——犯人回到牢房，趁着夜色降临，拿茶匙一点点地挖穿石墙。

昨天晚上，就在精力消耗一空之前，我终于找对路径，穿过迷宫似的防火墙，联通了蛋卵研究部的主数据库。那是六佬的隐私文档，内网最大的宝库。而今晚，我将在里面一探究竟。

我知道等逃离此地时，我需要带上六佬的一些数据文件，所以这周早些时候用管理员账户提交了一份硬件申请单，让他们把一个十ZB[211]的闪存盘送到距离我居住舱没几排远的地方，山姆·洛厄里的居住舱里。当然，这个山姆·洛厄里也是我编造出来的。在确保脑袋扭向一边，耳监拍摄不到的情况下，我闪进那个舱室，取走闪存盘，返回了自己的住所。那天晚上关了灯，我打开主机的机箱，把闪存盘安装在多余硬件扩展槽里。而现在，总算是时候往里头下载资料了。

211. ZB：泽字节。硬盘大小单位。1ZB等于1024TB。

我坐在垫子上，戴起眼镜和手套，伸出双手。六佬的数据库文件以三维模式在我眼前展开。我翻看着它们，一路寻找想要的内容。绝大多数数据是对哈利迪的分析。那些研究甚是惊人。相比之下，我的圣杯日记还不如小学生日记。他们有好多我听都没听说过、更别说见过的资料。比如哈利迪的大学成绩单、青少年时代拍下的电影，还有写给粉丝们的信。这些东西我没工夫细看，不过我把那些真正有意思的部分拷到了闪存盘里，留待以后研究（如果有机会的话）。

我的时间主要花在了完成首要目标上：找到与安诺拉城堡相关的资料，特别是六佬在那里的布防数据。我把他们的武器、载具、舰船、兵团等信息统统拷贝了一遍。在同一个地方，还有奥斯瓦德之球——就是那个生成力场，六佬用来封锁整个城堡的神器——的详细说明，包括它被安在哪里，具体由哪个编号的六佬法师操纵。

接着，我摸到了大奖。在一个文件夹里，我找到了许多录像，其中有几百个小时是六佬如何找到和尝试开启第三扇门的。正如每个人所想，只有拿着水晶的玩家才能打开城堡大门，而第三扇门就在门后。发现索伦托是哈利迪死后第一个踏进城堡内部的人，我恶心得想吐。

进入大门沿路走去，你会来到一个墙壁、地板和天花板全都金光闪闪的房间，而这个房间的北墙上，镶着一扇巨大的水晶门。在它的中央，有个小小的钥匙孔。

看到它的第一眼，我就敢肯定那是第三扇门。

我草草地浏览了他们新近拍下的几个视频。发现六佬还没有找到开门的方法。很明显，单单把钥匙插进去是没有用的。他们的整支团队在此琢磨了好几天，不过还是没一点进展。

我开始复制这些文件，一边继续走向数据库的深处，最后发现了一个叫作“明星会所”的加密文档。整个数据库里，只有这个文档我不能直接进去，还得动用管理员权限，先创建一个测试账户，再授予超级用户的权限才行。这个加密文档大体上分成两个部分，“任务进展”和“威胁评估”。我打开了“威胁评估”，看到里面的内容时，脸上顿时血色全无。那是五个小文件夹，分别叫作“帕西法尔”“阿尔忒密丝”“埃奇”“短刀”和“长刀”。长刀的文件夹上，打了一个大大的红叉。

我先打开了“帕西法尔”，里面有一张详细的档案，记录了这些日子以来六佬收集到的关于我的一切信息。比如我的出生证明、我的学校成绩单。档案的底部有个链接，点开后播放起了索伦托和我的对话录像，就是那场以炸弹夷平我姨妈家告终的谈判。不过，我在他们眼皮底下躲藏起来之后，他们就再也没有获得过什么重要资料了。过去一年来，尽管他们收集了上千张与我有关的截图，对法尔科也进行了详尽的分析，不过始终没能定位我在现实中的住址。我的“当前位置”那一栏上，写着“不明”。

我关闭窗口，深吸一口气，打开了阿尔忒密丝的档案。

最上边那张学校照片里，一个年轻姑娘羞涩地笑着。出乎我的意料，她长得和游戏角色几乎一模一样。那黑发，那褐眼，还有那张我早已熟悉的脸——只有一个地方和角色不太一样。她左脸的大半部分，被紫红色的胎记覆盖了。我后来了解到，这种胎记有时候又被叫作鲜红斑痣。照片里，她放下了左额的头发，想尽量盖住那些与生俱来的印记。

阿尔忒密丝想说服我，现实中的她是个丑八怪，但现在我已经知道了真相。在我眼里，那些胎记丝毫没有减损她的美。非要说点什么的话，我认为她的照片比“绿洲”角色更美，因为这是真实的。

照片下面的资料说她真名叫萨曼莎・埃弗林・库克，加拿大公民，二十岁，身高五点七英尺，体重一百六十八磅，住在不列颠哥伦比亚省温哥华市绿叶路 2206 号。此外，表里还列出了她的血型和从幼儿园开始的成绩清单。

她的档案底部也有视频链接，我点开看到了一栋被监视的郊区小别墅。几秒钟后，我反应过来，那是阿尔忒密丝的家。

我进一步阅读文档，得知 IOI 已经监视了她整整五个月有余。他们还在她家里装了窃听器，因为我找到了她登录“绿洲”时长达几百个小时的录音。她说出的每一个单词都被记录下来，保存成了文本。

我接着翻开短刀的资料，发现他的真名和住址也已经被六佬获悉了。唐津昭秀住在日本大阪的一幢公寓楼里，从附带的学校照片上来看，他是个瘦削、严肃的少年，头发剃得很短。与长刀类似，他的真人与游戏角色完全不同。

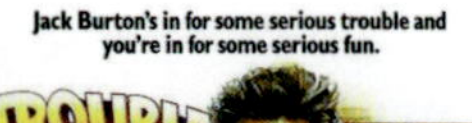

212.《妖魔大闹唐人街》：1986 年上映的电影。融杂了大量东方元素的动作 / 喜剧电影。导演约翰・卡朋特。杰克・伯顿是电影主角。

五强之中，埃奇似乎是六佬了解得最少的一个。他的资料里没填几行字，也没有照片——只有一张他游戏角色的面部截图。他真名的那一栏写着“亨利・斯旺森”，但我知道那是《妖魔大闹唐人街》[212] 里杰克・伯顿用过的化名，肯定是编的。他的地址那栏注着“行踪不定”，下面的链接则写着“最近登录地点”。我进去看了看，发现他出现在好多地方：波士顿、华盛顿、纽约、费城，最近则是在匹兹堡。

我开始明白六佬是怎么找到阿尔忒密丝和短刀的了。通过控股世界各地数以百计的本地电信服务公司，IOI成了全球最大的互联网服务商。只要你上网，就很难不使用IOI或者它旗下公司所提供的网络。比赛开始后，IOI一直在非法监视这些庞大的流量数据，试图以这种方式找出那几个威胁到他们的猎手。他们之所以后来定位不了我，是因为我过于偏执，非要住在光纤直连“绿洲”的公寓里不可。

我关上埃奇的档案，打开最后那个标着“长刀”的。打开之前，我就大概明白自己会看到什么。与我们几个一样，他的真名藤原俊郎和住址都标在资料里，档案最底下的链接指向两篇说他“自杀”的新闻报道，此外还有一段没加标题、拍摄于他死亡当日的视频。在晃动的手持式摄像机影像里，三个蒙着黑色滑雪面罩的大汉（其中之一是拍摄者）在廊道里悄悄等待着。突然间，他们收到了无线耳机里发来的命令，用门卡刷开了一间小公寓的门。我惊恐地看着他们冲进去把长刀拖离触觉椅，从阳台上扔下。

这帮畜生甚至把摄像头对准楼下，拍摄了长刀坠地的死相。可能是索伦托让他们这么做的。

强忍泛起的胃酸，我把五份档案拷进闪存盘，然后打开“任务进展”文件夹。这似乎是蛋卵研究部的最新进展报告，只有 IOI 的最高层才有权阅读。报告按日期排列，最新的那一则放最前边。我点开它阅读了一番，发现它是一份备忘录，由诺兰·索伦托发送给 IOI 董事会。索伦托在备忘录里建议绑架阿尔忒密丝和短刀，逼迫他们帮助 IOI 寻找第三扇门。而一旦彩蛋到手，他们就会“得到处理”。

我震惊地说不出话来，默默地重读了一遍备忘录，心中既害怕又愤怒。

看时间戳，索伦托发出备忘录时刚过晚上八点，也就是不到五个小时之前，他的上司很可能还没有看到。等他们看到了，也得开会讨论一下这个建议。如此说来，如果他们要对短刀和阿尔忒密丝下黑手，至少得等到明天某个时候。

我还来得及警告他们。但这么做，就得彻底改变我的出逃计划。

在自投罗网前，我设定了一大笔资金的自动转账业务。届时会有足够的钱打进我的 IOI 账户来帮忙还债，让我重获自由身。但资金到账还需要五天，到那时，六佬可能已经把阿尔忒密丝和短刀关在哪间密不透风的小屋子里了。

我不能按照计划，在这周剩下的时间里继续捣鼓六佬的数据库了。我必须尽可能多地下载数据，然后逃跑。

在破晓之前。

0031

我疯狂地工作了四个小时。绝大多数时间是在六佬的数据库里翻捡，填饱我的闪存盘。完事后，我又按照六佬指挥官申请武器和装备的格式，用管理员账户向蛋卵研究部后勤保障分部提交了一份申请。我选择了一件非常特殊的物品，让它在两天后的中午送出。

当一切安排妥当，已经是早上六点半了。九十分钟后，新一轮排班就要开始，附近居住舱里的人不久就要起床。我已经没有时间了。

我拉出自己的契约工档案，进入债务列表，清零——反正我本来就不欠 IOI 钱。接着，我从“契约工观察与沟通”的子菜单里解锁我的耳监和脚环。这件事，我已经渴望了整整一周。

耳监从软骨上松脱时，我感到一阵剧痛。那破玩意儿掉在我肩头，又落到了我腿上。与此同时，脚踝上的金属环也打开了，露出一圈红肿的皮肤。

好吧。没有回头路了。耳监的画面不止 IOI 安全技术人员观看，契约工保护部的人也用它来查看和记录奴隶们日间的活动，以确保不出差错。我卸掉的这两个玩意儿不会继续发送电讯号了，他们发现异样不过是个时间问题。假如 IOI 的保安在我离开前半道杀出，发现了全是公司绝密犯罪文件的闪存盘，我就玩完了。从此人间蒸发、杳无音信。

安排完逃生行动的最后几个准备步骤，我登出 IOI 内网，脱下眼镜和手套，打开游戏主机旁的检修口。在主机硬件下面，居住舱的两块预制板中间，有一小块空间。我从里面掏出一件叠得整整齐齐的轻薄衣物。那是真空包装的 IOI 维修技工服，包括帽子和 ID 卡（和闪存盘一样，我在内网提交申请，让人把它们送到了我这层一个空居住舱里）。接着，我脱下连衣裤，擦拭掉耳朵和脖子上的血迹，又从床垫下摸出两片邦迪创可贴贴在耳垂上。穿好技工服后，我小心地从扩展槽里取下闪存盘藏进口袋，对着耳监轻轻地说了句“我要上厕所”。

舱门在我脚下打开。走廊里黑漆漆的，空无一人。我把耳监和契约工连衣裤塞到床垫下，又把脚环揣进新衣服的口袋，提醒了自己要保持冷静后，沿梯子爬下。

去电梯的路上，我见到了几个契约工，但他们和往日一样，不敢正眼看人，这让我长舒了一口气。要是有人发现这个穿着技工服的人不对劲，那就麻烦了。走到电梯门口，我深深地吸了一口气，让系统扫描技工 ID 卡。仿佛过了无尽的时间，电梯门才慢慢敞开。

“早上好，塔特尔先生。”我走进去时，电梯说道，“第几层？”

“大厅。”我哑着嗓子说。电梯开始下降。

“亨利·塔特尔”几个字就印在ID卡上。我编造了这个姓名，授予他出入整栋建筑的权限，然后重写了脚环的程序。技工们在工作时都会佩戴一个电子手环以供识别，它的本质与脚环并无不同。电梯正是在扫描到了我带着的脚环，确认了通行证无误后才开的门，而不是给我上千伏的高压，让我撅着腚趴地上不省人事，等着保安来拖。

我沉默地站在电梯里，不想抬头去看门上的摄像头。不过这时候，我想起它拍下的视频会在我走后被反复审查，索伦托本人，甚至他的上司都会看到，就忍不住对着镜头笑了起来，正对着它比了个中指。

电梯下到大厅，门朝两侧滑开。我总觉得外面会有一整队保安拿枪指着我的脸，但只有一群IOI中层白领在等候。我面无表情地望了他们一眼，离开电梯。那感觉就像跨越边境，进入了另一个国家。

大厅里有好多带着黑眼圈，一看就是靠咖啡熬夜工作的人不断地进出电梯。他们都是普通员工，而非契约工。他们下班后有家可回，甚至还能主动辞职。我有点想了解，他们明知道还有数千个奴隶也在这栋楼里工作，而且和他们只隔了几层楼，心中到底是怎样的想法。

看到前台坐着两个保安，我混进与我反方向前进的上班人群，慢慢穿过宽敞的大厅，走向前方那排玻璃自动门。我知道，门外就是自由。我逼自己稳住脚步，不要跑起来。你不过是一个维修技工，我对自己说，重启了一晚上路由器，现在正准备回家睡大觉。就是这样。什么偷了公司10ZB机密数据、正在逃亡的契约工，我从来没听说过，更别说见过了。

走到半路上，我突然意识到脚下声音不太对。该死，我还穿着契约工的塑料拖鞋。我每迈出一步，它们踩在光滑的大理石地板上，发出尖锐的嘎吱声，与附近其他人的胶底鞋截然不同。我仿佛听到有人在喊：嘿！看！那边有个穿着塑料拖鞋的家伙！

但这只是幻觉。我继续朝前走去，离门越来越近。但就在距离自由咫尺之遥的地方，突然有人把手放上了我肩头。我僵住了。“这位先生？”有人说道。是个女人。

我险些往前狂奔，冲出门外，但对方似乎没有敌意。我扭过头，见到了一张关切的脸。那个女人四十多岁，个子挺高，穿着灰蓝色的正装。“先生，你的耳朵在流血。”她皱起眉，“伤得不轻。”

我抬手一摸。鲜血马上染红了我的手。不知道什么时候，创可贴掉了。

我愣了有一秒钟，不知该怎么反应。我想编个借口，可是脑袋里一片茫然。我只能简单地点点头，嘀咕了句“谢谢”，然后转过身，尽可能冷静地迈出了大门。

冬日的晨风异常凛冽，吹得我险些打了个趔趄，但等到平衡恢复，我三步并两步，飞也似的冲下磨损的台阶，只有在路过垃圾堆，把脚环抛进去时才停了片刻。那钢铁沉底的咣当响声真是悦耳动听。

来到大街上，我折向北方，以最快的速度向前奔去。作为大街上唯一一个没裹外套的人，我的样子有点儿显眼。另外，我的脚快冻麻了，IOI 没有好心到给每个契约工配袜子的地步。

跑进 IOI 广场四个街区之外的一间自动邮件收发室，总算感觉到了一丝温暖时，我已经抖得跟筛糠似的了。被捕前那周，我在这里匿名租了个邮箱，又发了个顶配的便携式“绿洲”主机过来。这里的服务是全自动化的，我不担心碰到邮政员工，更棒的是，大厅里也没有其他客人。我找到自己的邮箱，输入密码，拿出包裹，然后一屁股坐在地上，拆开箱子掏出了主机。接着，我搓搓冻僵的手指，戴上手套和眼镜，登进“绿洲”。GSS 离这里不到一英里，我能连上他们的免费无线网，不用通过 IOI 提供的节点。

登录游戏时，我的心脏怦怦狂跳。我已经整整八天没上过线了——创造了新的个人记录。随着帕西法尔在堡垒瞭望台上逐渐显形，我低头望着自己虚拟的身体，就像在欣赏一件虽然喜欢、但许久没穿的衣裳。与此同时，视野中弹出窗口，提示说埃奇和短刀给我发了好多条信息。让我惊喜的是，就连阿尔忒密丝也发了一条过来。他们全都想知道我去了哪儿，到底发生了什么事。

我先回复了阿尔忒密丝。我告诉她，六佬知道她是谁、住在哪里，并且一直在监视她。还有，他们正在计划绑架她。作为证据，我把相关资料从闪存盘里复制下来发送了过去。然后，我礼貌地建议她离家，能逃多远逃多远。

*不要收拾行李。*我写道，*不要跟人道别。现在就离开家，去安全的地方。确保自己没有被跟踪。然后，找到一条不经过 IOI 的线路登录“绿洲”。我会尽快在埃奇的地下室里和你碰面。别担心——我这里有几条好消息。*

在这段话的底下，我加上一条简短的附注：PS——*我觉得你在现实中比游戏里漂亮。*

我给短刀和埃奇也发去类似的信（当然，没有那条附注），也添加了他们在六佬那儿的资料作为附件。完事后，我试着登录美联邦公民注册资料库。谢天谢地，半年前买来的密码还能使用，我成功地修改了布莱斯·林奇的档案。里头多了一张我契约工入职时的照片，脸上还带上了“通缉”的钢印。看来 IOI 已经上报警方，把林奇先生列入在逃名单了。

彻底抹掉布莱斯·林奇的档案，把指纹和视网膜识别图移植回我原始的档案并没有花多少时间。等到几分钟后我退出数据库时，布莱斯·林奇这个人已经完全不存在了。我又变回了韦德·沃兹。

我在邮件收发室外面等候，拦下了一辆本地公司经营的无人出租车，而不是“超级出租”这家 IOI 控股公司的车。

我走进车内，屏住呼吸，让扫描仪确认我的指纹。触摸屏变成了绿色，系统显示我的名字是韦德·沃兹，而不是逃犯布莱斯·林奇。

“早上好，沃兹先生。”车载电脑说道，“你要去哪里？”

我给了它高地街一家服装店的地址，那里离俄亥俄州立大学不远。那家店名叫“新装束”，专营“高科技潮流服饰”。我在店里买了条牛仔裤和一件毛衣。它们都是“编合”的，换言之，能提升客户的“绿洲”体验。它们没有体感系统，但能和我的便携沉浸式游戏机连线，识别出我身体、手臂和腿脚的动作，比只用手套操作要方便。另外，我买了几包袜子、内裤，一件仿皮夹克、一双靴子，还有一顶黑色针织毛毡帽，让它盖住我长了点发茬出来、但依旧冷得要死的头皮。

离开店铺时，我已经换上了新装。冷风袭来，我拉上新夹克的拉链，戴上毛毡帽。啊，好多了。我把维修技工服和契约工塑料鞋丢进垃圾箱，沿高地街朝前走去，一路低着头，不跟那些满面晦色的大学生有什么眼神交流，一边偷偷观察着路旁的店面。

走过几个街区，我终于闪进了一家特卖店。店里有好多排自动售货机，几乎什么商品都卖。我找到一台名为“防御”的机器，它出售各种各样的自卫武装：轻量级防弹衣、化学喷雾剂，还有各类手枪。我碰了碰机器前的触摸屏浏览目录，短暂地思考了一阵，决定购买防弹背心、格洛克 47C 手枪和三板弹夹，再加上一小罐喷雾器。付账方式倒是简单，你只要把手放在掌纹扫描仪上就好。只见机器确认了我的身份，又检查了一番我的犯罪记录。

姓名：韦德·沃兹

特权：无

信用评级：优

购物限制：无

交易完成！

多谢惠顾！

随着“咣当”一声重响，我买下的东西滑入了和我膝盖齐高的金属槽里。我拿起喷雾剂罐子，把防弹衣穿到衬衫下，然后撕去塑料泡沫，把格洛克握在手中。我这辈子还没摸过真枪，但手感很熟悉。毕竟，我在“绿洲”里可是打掉了成千上万发子弹的人。我开启了掌纹验证，握紧枪柄，先是右手，再换到左手。武器发出嘀嘀的响声，告诉我它已经保存了掌纹。现在，我成了世界上唯一一个能扣下它扳机的人。手枪内置了计时器，只有等上十二个小时才能使用（有个术语叫“冷静期”），但我依然感到了一些慰藉。

我继续往前走了几个街区，来到一家名叫“插销”的“绿洲”专营网吧。它黯淡的霓虹灯组成了一张笑脸，后面写着：“光速‘绿洲’接入！低价租机！独立沉浸式包间！24-7-365开门营业！”我在线上看到过好多次“插销”的植入广告，他们的价格高昂、设备陈旧，但是拥有非常高速、稳定，而且不会卡顿的网络。但对我来说，它的最大卖点是，它是少数几家与IOI无关的“绿洲”连锁店之一。

我走进店门，运动检测器“哔”了一声。我的右手边有一小块等候区，但现在没有人。那里的地毯沾着污渍，有些磨损，整个地方弥漫着一股工业消毒水的味道。防弹树脂玻璃后面的网管抬起头，茫然地看了我一眼。他二十岁出头，梳着莫西干头，脸上打了几十个穿孔。他戴着的眼镜是透光型的，在“绿洲”里游戏的同时，也能看得到现实。“欢迎来到‘插销’。”他面无表情地说。我看到他的牙齿全部整成了獠牙状。“有几个空的包间，不用排队。费用看这里。”他指了指我面前柜台上的屏幕，然后重新把注意力放回了“绿洲”。

我看了看自己有哪些选择。十多台沉浸式主机，配置和价格各不相同。经济型、标准型、豪华型。我阅读了它们的详细计费方式。你可以按分钟计费，也能以小时为单位。手套和眼镜包括在了租借费里，但体感服另算。租赁合同里还写明了因用户行为导致设备损坏的补偿标准，以及“插销”不会对用户在“绿洲”里的行为负责，特别是那些违法的行为。

“最高级的。租半天。”我说。

店员拉起眼镜，“先交押金，你明白吧？”

我点点头，“我还要租用大量带宽。我得上传点东西。”

“上传费用另计。文件多大？”

“10ZB。”

“我操。”他嘀咕了一声，“你要上传啥？国会图书馆？”

我无视了他的问题。“我还要安装莫顿升级包。”我说。

“当然。”店员有些迟疑地回答，“费用总计一万一。把你的手指摁上来，这事儿就算搞定了。”

看到我真的买了单，他有些惊讶，随后耸耸肩，递给我一张门卡、一副眼镜和手套。“十四号包间，你右手边最后那间。厕所在大厅尽头。如果你在房间里留下任何垃圾，我是说，像是呕吐物、撒尿、精液之类的玩意儿，押金就别想全拿回去了。而且，负责清理的倒霉蛋是我。所以帮帮忙，给我留点面子，嗯？”

“没问题。”

“好好玩儿。”

“谢了。”

十四号包间十乘十大小，隔音，中央是台型号有些过时的体感套装。我反锁房门，跳进触觉椅，发现屁股下的黑胶有不少破损。接着，我把带来的移动硬盘插入主机前端，锁死。

“麦克斯？”登录之后，我朝着空气问了一嗓子。虽然在公寓删掉了硬盘上的版本，但我在“绿洲”账户里保存了他的备份。

麦克斯那张笑脸出现在指挥中心所有的监视屏里。“在—在—在呢，头儿！”他结结巴巴地说，“什—什—什么事？”

“一切顺利，伙计。做好准备，我们有一大堆活儿要干了。”

我打开“绿洲”账户控制台，开始上传闪存盘里的数据。我给 GSS 月供了一笔钱，换来了据说是无限制的在线文件存储空间，现在是时候看看他们能不能说到做到了。我发现，就算“插销”以高速光纤出了名，把那些文件全部上传也要三个小时，所以我改了一下优先级，先传输马上派得上用场的那些。一旦它们上传完毕，我就能在“绿洲”里快速访问它，也能即时传给其他用户。

接着，我给各大新闻网站发了信，详细说明了IOI对我那场失败的谋杀、长刀之死，以及他们对阿尔忒密丝和短刀的图谋。我附上了从六佬数据库里盗来的一段影像——就是长刀遭杀害那段。索伦托建议董事会绑架阿尔忒密丝和短刀的那则备忘录也一并发了出去。最后，我附上了我和索伦托的对话录像，不过在提到我的真名和出示学校照片那里做了模糊处理。还没到向世界展示真相的时候呢，未删改版的录像等我的计划完全实现后再放出也不迟。到那时，就算全世界都知道我就是帕西法尔也没有丝毫关系了。

完事后，我用了十五分钟给所有“绿洲”用户写了一封公开信。等到高高兴兴地敲下最后一个字符，我把它储存在了草稿箱内，然后登进埃奇的地下室。

在聊天室门口显形时，我看到埃奇、阿尔忒密丝和短刀已经在等我了。

0032

“Z！”看到我出现，埃奇嚷嚷道，“怎么回事，哥们儿？你干吗去了？我找了你有他妈一整个礼拜！”

“我也是。”短刀说，“你去哪儿了？怎么从六佬数据库里把这些东西搞到手的？”

“说来话长。重中之重是，”我望向短刀和阿尔忒密丝，“你们离开家了吧？”

他们点点头。

“登录地点安全吗？”

“嗯。”短刀说，“我在一家漫画咖啡馆里。”

“我在温哥华。”阿尔忒密丝说。这是几个月来我头一次听到她的声音。“机场的一个破公用‘绿洲’包间里。我往背包里塞了两件衣服就逃出了家门，所以你最好告诉我那些六佬数据靠谱。”

“当然 。”我说，“相信我。”

“你这么肯定？”

“因为那是我亲手从六佬数据库里盗来的。”

他们全都静静地瞪着我。还是埃奇先扬了扬眉毛，“你怎么做到的，Z？”

“我建了个假身份，伪装成契约工混进了IOI总部。过去八天来，我一直在那里，这才刚刚逃出来。”

“天啊！”短刀低声道，“真的？”

我点点头。

“哥们儿，你胆子真他妈大到能包天了。”埃奇说，“屌。”

“谢了。”

“假设你话里有那么几分是真的，”阿尔忒密丝说，“一个低级契约工怎么能获得绝密的六佬资料？”

我转向她，“契约工能通过他们蜗居里的娱乐设备访问公司内网，虽然功能有限，但已经绕过了防火墙。我从那里开始，靠着编写内网的程序员留下来的一系列后门和程序漏洞，一点点挖掘，黑进了六佬的私人数据库。”

短刀满脸敬畏，“你真做到了？独自一人？”

“没错，老兄。”

“你没被人逮住生吞活剥简直是个奇迹。”阿尔忒密丝说，“干吗冒这种风险？”

“你觉得我去干吗？当然是想办法通过他们的力场，接触第三道门。”我耸耸肩，“时间有限，我只能想出这样简单粗暴的办法。”

“Z，”埃奇露齿而笑，“你他妈是个神经病，”他走过来和我高高击掌，“但我简直爱死你了，哥们儿！”

阿尔忒密丝瞪了我一眼，“发现我们每个人都有秘密档案以后，你就控制不住自己，非要打开看一眼了，是吧？”

“我必须看啊！”我说，“我得了解他们到底掌握了多少情报！你也会这么做的。”

她指着我，“不，我才不会。我懂得什么是尊重个人隐私！”

“阿尔忒密丝，冷静！”埃奇插话道，“他很可能才救了你一命。你知道的。”

她犹豫了一下。“好吧。”她说，“我不提这个了。”但我看得出，她还是耿耿于怀。

我不知道该怎么安抚她，就继续说了下去。

“我正在给你们发从六佬地方搞到的所有数据，共10ZB。你们应该去看看。”我等着他们检查了一下各自的邮箱，“跟哈利迪有关的资料多到不可思议。他的一生都放在了里面。他们甚至采访了每一个哈利迪认得的人。想把资料全部过一遍，你至少得花上几个月时间。”

我等了几分钟，让他们泛泛浏览那些资料。

“哇哦。”短刀说，“不可思议。”他抬起头，“你怎么带着这些东西从IOI逃走的？”

“靠十二万分的小心潜逃出来的。”

“埃奇说得没错。”阿尔忒密丝摇摇头，“你就是个神经病。”她犹豫一阵，补充了一句，“谢谢你的警告，Z。我欠你一条命。”

我张开嘴想说“不客气”，但结果一个字也没蹦出来。

“是啊。”短刀说，“我也欠你。谢谢。”

“别在意这件事了，伙计们。”我好不容易憋出一句话。

“那么，”埃奇说，“我准备好继续听坏消息了。六佬离通关第三扇门还多远？”

“说到这个，”我咧嘴一笑，“他们还没打开门呢。”

阿尔忒密丝和短刀一脸怀疑地望着我，埃奇则嘴角咧到了耳朵根，他手舞足蹈起来，好像听到了什么天籁之音。“好极了！好极了！”他唱道。

“你在开玩笑，是吧？”短刀问。

我摇摇头。

“真的不是开玩笑？”阿尔忒密丝说，“这怎么可能？索伦托有水晶钥匙，也知道门在哪里。他只要走过去打开那破玩意儿，不就能进去了？”

“头两扇门是这样。”我说，“但第三扇门有点不同。”我在身旁打开一个视频播放窗口，“自己看。这是六佬拍下的视频，那时他们刚刚找到门。”

我摁下播放按钮。视频从索伦托的角色站在安诺城堡外开始。那扇多年不曾启用的大门，在他接近时自动敞开，倒像是超市入口的自动门。“城堡大门会为水晶钥匙的持有者开放。”我解释道，“如果玩家没有钥匙，那么就算门打开了也迈不过门槛。”

我们看着索伦托穿过大门，走进一个金碧辉煌的大厅。他踩着光亮的地板，来到了北墙边一扇水晶质地的大门前。晶莹剔透的大门正中央是个小小的钥匙孔，上方蚀刻了三个字：**爱、望、信**。

索伦托走上前去，摸出水晶钥匙。他把钥匙插进锁孔，转动。什么也没发生。

他看了眼门上的三个字。“爱、望、信。”他大声地读了一遍，再次转动钥匙。还是什么变化也没有。

他拔出钥匙，先报了那三字一遍，然后重新开门。当然，他又失败了。

我注视着埃奇、阿尔忒密丝和短刀。他们的兴奋与好奇之情逐渐变成了对谜题的思考。这时候我暂停了视频。“别忘了，索伦托身后可是有一整支顾问团队和研究人员。”我说，“在有些视频里，你还能听到他们和他语音，提供了很多建议。不过迄今为止，依旧没有进展，看……”

新的视频里，索伦托正在再次尝试开门。他干了和以前一样的事，只是有一点不同：这次，他是按逆时针转动钥匙的。

“这群蠢货在尝试他们能想到的每一种办法。”我说，“索伦托试过用拉丁语、精灵语甚至克林贡语报那几个字。后来，他们开始在门前复读哥林多前书的十三章十三节，就是提到了‘爱、望、信’的《圣经》段落。‘爱、望、信’也是三个基督圣徒的名字，六佬从这个点入手，钻研了好几天。”

“一群白痴。”埃奇说，“哈利迪是无神论者。”

“这算是狗急跳墙吧。”我说，“索伦托什么办法都用上了，屁用不顶，就差用自己的小兄弟去杵那锁眼子了。”

“这已经写进他的试验日程表了也不一定。”短刀坏笑起来。

“爱、望、信。”阿尔忒密丝慢慢重复着这几个字，接着转向我，“我怎么觉得在哪里听到过？”

“对。”埃奇说，“很耳熟。”

“我也想了好一会儿。”我说。

他们望着我，眼神充满期待。

“按着相反的顺序来读，”我说，“如果能唱的话更好。”

阿尔忒密丝眯起眼，“信、望、爱。信、望、爱。”她重复了好几遍，露出豁然开朗的神情，然后唱道：“信和望和爱……”

埃奇接了下一句：“心和脑和身……”

“把三给你……它是个神奇的数字！”短刀唱完了那段词的最后一句。

“《摇滚校园！》！”他们异口同声地喊道。

“瞧，”我说，“我就知道你们能明白。一群机灵鬼。”

“‘三是个神奇的数字’。”阿尔忒密丝的脑袋里好像有本词典，“鲍勃·多洛[213]，1973年。”

我冲她微笑起来，“我有个想法，哈利迪也许在以这种方式告诉我们，打开第三扇门需要几把钥匙。”

她唱了起来，“它是三。”

“不多，也不少。”短刀继续道。

“你不需要猜。”埃奇补上。

“三，”我结束了这段歌词，“是个神奇的数字。”随后，我掏出水晶钥匙，把它高高举起，另外几人也做了同样的事。“我们有四把钥匙，只要其中三把到了门前，就能打

213. 鲍勃·多洛(1923–)，美国爵士歌手，作曲家，擅钢琴。

开它。”

“然后呢？”埃奇问，“我们要一起进门？”

“如果门开之后，只有一个人能进去呢？”阿尔忒密丝说。

“我怀疑哈利迪不会这么搞。”我说。

“谁知道那个疯老头怎么想的？”阿尔忒密丝说，“他已经逗了我们一路，现在不过是耍了个新花招。他为什么一定要我们凑齐三把钥匙，才肯打开最后的大门？”

“也许是想让我们彼此协作？”我推测道。

“也可能只是想让比赛结束得激动人心，富有戏剧性。”埃奇说，“想象一下，如果三个玩家同时进入第三扇门，那就是场通关第三扇门、赢得彩蛋的终极大赛。”

“不愧是个又疯又邪的老头。”阿尔忒密丝说。

“嗯。”埃奇点点头，“你说得很对。”

“换个角度来看，”短刀说，“如果哈利迪不是这么个设计……六佬可能已经把彩蛋拿到手了。”

“但六佬里有好几十个角色拿着水晶钥匙。”埃奇说，“只要他们有点儿脑子，现在就能把门打开。”

“那群半吊子，”阿尔忒密丝说，“要怪，只能怪他们自己没把《摇滚校园！》的歌词记在心里。这帮垃圾凭什么走到今天这一步的啊？”

“凭作弊呗。”我说，“想起来了？”

“喔，没错。我都忘记了。”她对着我露出微笑。我两腿一软，差点儿跪倒。

“他们现在没摸对门路，不代表永远找不到。”短刀说。

我点点头，“短刀是对的。他们迟早会把大门和《摇滚校园！》联系到一起，我们绝不能浪费时间。”

“好啊，那我们还在等什么？”短刀兴奋地说，“我们知道门在哪里，也知道怎么打开它！我们上吧！胜利属于真正的猎手！”

“你忘了一些事情，短刀桑。”埃奇说，“帕西法尔还没告诉我们怎么才能穿过力场，一路干翻六佬的大军冲进城堡呢。”他转向我，“你已经有主意了。我没说错吧，Z？”

“当然。”我说，“正要说这个呢。”我右手一拂，三维的安诺拉城堡全景图便出现在了空气中。半透明的蓝色半球从上到下笼罩着城堡，那就是奥斯瓦德之球了。我指着球体，“星期一中午，力场会自行关闭。从现在算起，还有三十六个钟头。到那时候，我们就从城堡正门进去。”

“力场会关闭？还是自个儿关闭？”阿尔忒密丝重复道，“猎手公会朝着那玩意儿砸了两周的核弹，连点刮痕都没留下，你凭什么说它会‘自行关闭’？”

“我已经安排好了。”我说，“你们相信我就行。”

“我相信你，Z。”埃奇说，“但护盾就算关掉了。也还有一支大军挡在我们和城堡中间。”他指了指全息图上龟缩在力场内的六佬军队，“这帮蠢货呢？还有他们的坦克外加炮艇怎么办呢？”

“这个，我们就需要人来帮一点儿小忙了。”我说。

“这忙恐怕有点儿大。”阿尔忒密丝纠正道。

“这可是跟六佬整支军队对着干啊。你想让谁来帮这个忙？”

“谁？所有人。”我说，“‘绿洲’里的每一个猎手。”我打开了另一个窗口，把那封来地下室前写的公开信展示给他们看。“今晚上我要把信发给‘绿洲’的每一个用户。”

猎手同胞们：

这是最黑暗的时代。多年的巧取豪夺之后，六佬终于靠着作弊和贿赂，赶到了第三扇门前。

正如你们所知，IOI在城堡外设下了屏障，不让任何人接近彩蛋。我们甚至发现，他们在使用犯罪手段查找猎手的真实身份，然后设法绑架和谋杀他们。

如果没有人站出来阻止，六佬就会夺走彩蛋，赢下比赛。到那时，“绿洲”将永远落入他们的黑手。

是时候了，猎手们，团结起来！明日正午，我们将向六佬发起最致命的一击。

来吧，加入我们！

真诚的，

埃奇、阿尔忒密丝、帕西法尔和短刀

“‘巧取豪夺’？”读完后，阿尔忒密丝说道，“你还会用这么文绉绉的词啊？”

“我只是想让这封信，你知道，更加，嗯，正式一点。”

“我喜欢这信。”埃奇说，“看得人热血沸腾。”

“谢了。埃奇。”

“这就是你的计划？”阿尔忒密丝说，“把垃圾邮件发往全‘绿洲’，寻求玩家的支援？”

“至少它是个计划。”

“你真相信每个人都会站出来帮我们对抗六佬吗？”她说，“就为了你说的这些个理由？”

“是的。”我说，“我相信。”

埃奇点点头，“Z 是对的。没人希望六佬赢得比赛，更别说让 IOI 控制‘绿洲’了。墙倒众人推，他们会来帮忙的。再说了，哪个猎手愿意错过这样一场史诗般的决战？”

“但是，那些猎手公会不会认为我们只是在利用他们，为自己进入城堡创造机会吗？”

“当然了。”我说，“但他们中的绝大多数其实已经放弃了。他们都知道，无论结局如何，自己注定和彩蛋无缘。既然如此，你觉得他们更希望我们赢下比赛，还是把胜利拱手送给六佬？”

阿尔忒密丝沉思了一会儿，“你是对的。这封信可能管用。”

“Z，”埃奇拍拍我的背，“你他妈的真是奸诈、天才！这信发出去，媒体绝逼炸开锅！到明天这个时候，‘绿洲’里的每个角色都会冲向克索尼亚。”

“但愿如此。”我说。

“好吧，他们会来的。”阿尔忒密丝说，“不过见到我们的敌人后，他们中又有几个会真的投入战斗？他们中的大多数可能只是坐在草地上吃着爆米花，看我们怎么挨揍。”

“是有这个可能。”我说，“但猎手公会会站在我们这边，反正比赛结束以后，他们就没有存在的意义了。再说了，我们不用彻底歼灭六佬大军，只要撕破防线，进入城堡，找到大门就行。”

“我们中必须有三个人冲到门口。”埃奇说，“哪怕少一个，我们都完了。”

“对。”我说，“所以我们必须尽全力保证自己不被击杀。”

阿尔忒密丝和埃奇有些紧张地笑了起来，短刀摇了摇头。“即使冲到了门边，大门本身也是个挑战。”他说，“它一定比前两扇更难。”

“这个以后再担心吧。”我说，“我们连碰都还没碰到呢。”

“嗯。”短刀说，“事情一样一样来。”

“附议。”埃奇说。

“这么说，你们真要这么干了？”阿尔忒密丝说。

“你有更好的主意么，这位小姐？”埃奇问。

她耸耸肩，“没有。暂时想不出。”

“那么，”埃奇说，“就这样了。”

我关闭草稿箱。“我会把信发给你们。”我说，“今天晚上，我们就把邮件发送至联系列表里的所有人，博客上也发，还有 POV 频道。我们有三十六个小时把这些文字散播开去。我想，这时间应该足够让人们武装起来，向克索尼亚进发。”

“六佬马上会听到风声，开始防御的。”阿尔忒密丝说，“他们肯定会做好万全准备。”

“也可能觉得力场牢不可破，认为我们的威胁微不足道。”我说。

“它确实牢不可破。”阿尔忒密丝说，“你说它会自动关闭，我希望不是瞎扯。”

“别担心。”

“我有什么好担心的？”她气鼓鼓地回答，“你可能忘记了，我现在蹲在机场的破终端里，连家都不能回，每分钟都要付带宽钱！这破延迟，我没法参与战斗，也不可能去通关第三扇门。最麻烦的是，我没其他地方可去。”

短刀点点头，“我也不能一直待在这里。我在大阪一家咖啡馆里租了包间，这里不够隐秘，而且六佬通过代理商查找的话，有可能摸过来。”

阿尔忒密丝望着我，“你有什么建议？”

“我不想打破你们的幻想，可我现在也是个无家可归的流浪汉，在网吧上线。”我说，“我都躲了六佬一年了。还记得吧？”

“我倒是有辆房车。”埃奇说，“让你们住进来也无妨。但三十六个小时之内，无论哥伦布、温哥华还是日本，我都不可能赶到。”

“我想我可以帮你们这个忙。”突然间，身后响起了深沉的声音。

我们全都被吓了一跳，转过身去，刚好看到一个灰发的高大男性角色凭空出现。那是传奇大法师，奥格。奥格登·莫罗扮演的角色。他并不像其他玩家那样慢慢现形，而是就那么硬生生地冒出来，就好像他一直在那里，只是突然决定解除隐形而已。

“你们以前来过俄勒冈没？”他说，“现在是它一年中最漂亮的时候。”

0033

我们全都一脸震惊地看着奥格登。

“你怎么进来的？”埃奇好不容易缓过了劲，“这是私人聊天室。”

“是的，我知道。”莫罗有些尴尬，“我承认，我偷听聊天有一会儿了。不好意思，侵犯了你们四个的隐私，希望你们能接受我诚挚的道歉。我是带着好意来的。真的。”

“尊敬的先生，”阿尔忒密丝说，“你还没回答他的问题呢。你是怎么未经邀请进入这间聊天室的？为什么我们根本不知道你在这里？”

“对不起。”他说，“我能理解你们的顾虑，不过别担心，这是因为我的角色拥有一些特殊的能力，其中包括未经邀请就闯进别人的聊天室。”说着，他走到埃奇的一堆书旁，随手翻看几本老式角色扮演游戏模组手册，“‘绿洲’还没公测那会儿，吉米和我就建了角色，赋予了自己超级用户的权限。我们不但无敌，而且想去哪儿就去哪儿，想做什么就做什么。现在安诺拉已经不在了，所以我成了拥有超级能力的最后一人。”他转向我们，“没有别人能像我这样溜进来窃听，六佬也不行。相信我，‘绿洲’聊天室的加密协议可是很严实的。”他轻轻笑了起来，“虽然对我是个例外。”

“就是他撞翻了那堆漫画！”我对埃奇说，“还记得吗？我们第一次在这里会面之后！我告诉过你，那不是系统漏洞。”

奥格愧疚地耸耸肩，“是我没错。我有时候动作笨得很。”

又一阵沉默，我终于鼓起勇气，“莫罗先——”

“不如，”莫罗举手打断道，“叫我奥格吧。”

“好吧。”我紧张地笑了笑。真是难以置信，我居然会在这种情况下碰上奥格登·莫罗。“奥格，你介意告诉我们为什么要偷听对话吗？”

“因为我想帮忙。”他说，“而且从我刚刚听到的内容来看，你们需要我的帮助。”我们不安地对视了一眼。奥格发现我们在怀疑他，连忙说道：“请别误会，我不是来透露情报帮你们抢彩蛋的。如果那么做，就没意思了，是吧？”他走向我们，语调郑重起来，“吉米死前，我答应他会尽我所能地维护比赛不变味。我今天来也是这个原因。”

“但，先生——奥格，”我说，“你在自传中说，你和詹姆斯·哈利迪超过十年没说话了。”

莫罗朝我挤挤眼。“孩子，”他说，“尽信书不如无书。”他笑了，“怎么说呢，书里写的几乎都是真的。我和吉米确实十多年没联系了，直到他死前几个礼拜，这种情况才发生改变。”他顿了顿，似乎陷入了回忆，“那时候我甚至不知道他已经病入膏肓了。他突然联系我，于是我们在私人聊天室里见了面，那间聊天室和这间很像。吉米把他的病情、比赛，还有他的打算跟我说了一通。他担心门里存在程序漏洞，还有比赛可能会偏离他的预想。”

“比方说六佬？”短刀问道。

“完全正确。”奥格回答，“比方说六佬。吉姆希望我能监督整场比赛，如果有必要的话，甚至亲自介入。”他捋捋胡子，“说实话，我一点儿也不想负起这个责任，可那是我老朋友的临终遗愿，所以我接受了。六年来，我一直在旁观。六佬为了对付你们，什么勾当都干出来了，你们却坚持到了现在。令人钦佩。但看你们眼下的处境，我想，是时候采取行动，保证比赛的正常进行了。”

阿尔忒密丝、短刀、埃奇和我面面相觑，好像想确认这不是一场白日梦。

“来俄勒冈吧，把我家当作临时的避难所。”奥格说，“你们可以在这里安全地执行计划，攻略目标，不用担心六佬一脚踢开房门。我可以给你们提供最先进的沉浸式主机，直连‘绿洲’的光纤，还有其他的一切。”

又一阵沉默。“谢谢，先生！”我终于脱口而出，一边抵制着跪地谢恩的冲动。

“这是我应该做的。”

“这实在是帮了我们大忙，莫罗先生。”短刀说，“但我住在日本。”

“我知道，短刀。”奥格说，“我已经为你租了架私人飞机，它正在大阪机场等候。如果你把目前的地址告诉我，我立刻叫包车把你接过去。”

短刀目瞪口呆了一秒钟，随后深深鞠躬，“万分感谢，莫罗先生。”

“别放在心上，孩子。”莫罗转向阿尔忒密丝，“这位小姐，你现在在温哥华机场对吧？我给你安排了航班，司机在行李区，举着一块写有‘本纳塔’字样的牌子，他会把你带上我租的飞机。”

有那么一会儿，我觉得阿尔忒密丝也会鞠躬，但她冲到莫罗身旁，给了他一个大大的拥抱。“谢谢！奥格！”她喊道，“谢谢，谢谢，谢谢！”

“不用谢，亲爱的。”莫罗尴尬地笑了笑，等她放开了手，转向我和埃奇，“埃奇，我知道你有辆车子，你现在在匹兹堡附近吗？”埃奇点点头。“如果不介意的话，去趟哥伦布，把你哥们儿帕西法尔带上，我会在哥伦布机场租架飞机的。怎么样，两个小伙子，介意同行吗？”

“完全不介意，这太好了。”埃奇说着瞥了我一眼，“谢谢，奥格。”

“是的。谢谢。”我重复道，“你救了我的命。”

“但愿如此。”莫罗朝我笑笑，转而对着众人，“各位的行程都很安全，我们很快会碰面的。”话音刚落，他就消失了，和出现时一样突然。

“好吧，算我倒霉。”我看着埃奇，“阿尔忒密丝和短刀都有豪华包车，而我呢，却得和这个丑八怪一道坐车去机场。你开的什么？拉粪车？”

“可惜不是拉粪的。”埃奇笑了起来，“欢迎坐我的出租，白痴。”

“有意思。”我偷瞄了一眼阿尔忒密丝，“咱们四个终于要见面了。”

“这是一桩幸事，”短刀说，“我十分期待。”

“是啊。”阿尔忒密丝注视着我，“我都等不及了。”

短刀和阿尔忒密丝登出了聊天室，我则把自己的所在地告诉了埃奇。“这里有家连锁的‘插销’网吧。你到了就联系我，我们正门见。”

“好的。”他说，“还有，我得先给你提个醒，我和自己的角色一点儿也不像。”

“哦？那又如何？我也没这么高，肌肉也没这么发达。我真人的鼻子更大一点……”

“就只是提个醒儿。见面以后……你可能会有点惊讶。”

“好吧。你干吗不现在就告诉我你长什么样？”

“我上路了。”他没理睬我的问题，“几个钟头后见，明白了？”

“明白了。一轮顺风，伙计。”

别看嘴上说得风轻云淡，想到我和埃奇认识了几年，这还是第一次见面，我就紧张得不行。不过相比去俄勒冈见阿尔忒密丝，这只能算是个小小的试炼。一想象那场面，我就既恐惧又兴奋。她到底是个怎样的人？我看到的照片会不会是假的？我和她还有机会吗？

我费了九牛二虎之力，才暂时把阿尔忒密丝放到一边，把注意力集中在了即将到来的大战上。

一离开埃奇的地下室，我就把那封“征召信”发向了全“绿洲”用户的邮箱。当然了，绝大多数玩家的邮箱都开启了过滤功能，不会提醒收到了这封新邮件。所以我在每一个猎手论坛里发出了同样的内容，还录下了我朗读这段文章的短视频，放进私人 POV 不断循环。

这条消息传播得很快。不到一个小时，我们进攻安诺拉城堡的计划就登上各大新闻网站的头条，起了“猎手与六佬战争全面爆发”“顶级猎手控诉 IOI 犯下绑架与谋杀的罪行”和“哈利迪彩蛋比赛即将迎来终结？”之类的标题。

我匿名发给他们的长刀死亡录像，还有索伦托的备忘录，也成了人们热议的话题。到目前为止，IOI 尚未就此事发表评论。索伦托应该已经知道是谁，又是怎么闯进数据库的了。我真想看看他得知此事时的表情——整整一周，我就在离他办公室仅仅几层楼的地方。

接下来的几个钟头，我一边整备帕西法尔的装备，一边调节自己的情绪。后来，我眼皮止不住打架，决定在埃奇来前小睡一会儿。我关闭了游戏的自动离线系统，躺倒在触觉椅里，盖上新买的衣服，一手握住早先买的枪，不知不觉陷入了睡眠。

我一觉睡到被埃奇吵醒，他说他到了。我爬下触觉椅，收拾好自己的东西，到前台还了租用的设备。走出门外，我才意识到夜幕已经降临。寒风夹裹着我，像把我丢进了冰水。

埃奇的小房车就停在几码开外的人行道旁。那是辆咖啡色的“日行者”，二十英尺长，看上去至少有二十年了。它的顶盖和车体覆盖着一块块太阳能板，没盖住的地方全是斑斑的铁锈。车窗是黑的，我不知道里头什么景象。

我深吸一口气，穿过覆着烂泥的人行道向它走去。快到近旁时，车子中心偏右侧的车门自动打开，一截短短的梯子降到了地面。等我进入车内，车门又在身后自动阖上。我站在一间狭窄的厨房里，除了铺在地板上的指引灯，没有别的光源。我左手边的后方，汽车电瓶上面点的地方，有间小小的卧室。我转身慢慢穿过黑漆漆的厨房，拨开隔出驾驶室的珠帘。

一个胖胖的非裔女孩坐在驾驶座上，双手攥在方向盘上，呆滞地盯着前方。她和我差不多年纪，留着短卷发，巧克力色皮肤。汽车仪表盘的彩色灯光打在她身上，不停地变幻。她穿着印有“匆促 2112”的文化衫，那几个数字因为高高隆起的胸部而变了形。往下看则是褪色的黑牛仔裤、镶钉的长靴。虽然车里又暖和又舒适，她却控制不住地打着战。

我站到一边，等着她有所表示。终于，她扭过头对我笑了笑。我马上认出了那副柴郡猫似的笑。这张笑脸背后的人，在“绿洲”里和我度过了无数个日夜，一道看了不知道多少部邪典电影，开了数不清的恶俗玩笑。其实，让我熟悉的还不只那笑容。她的眼、她的脸，都似曾相识。这个坐在我面前的年轻姑娘，就是我的好哥们儿，埃奇。

思绪如潮水般席卷来。先是震惊，而后是被欺骗的感觉。他——应该说是她——怎么能骗了我这么多年？想到自己跟埃奇聊了那么多青春期的私事，我感觉血全涌到了脸上。我这么信任的“他”，我自以为认识的“他”，原来只是场幻觉。

我什么也说不出来，而她低下头，盯着自己的靴子。我一屁股坐倒在副驾驶位置上，还是不知道该怎么开口。她则时不时地偷瞟我两眼，颤抖得更厉害了。

刚才感到的受骗的愤怒，突然间烟消云散。

我忍不住哈哈大笑起来。笑声里没有恶意，她一定感觉到了，因为她肩膀放松下来，吁了一口气。然后，她也开始放声大笑，虽然还带了点哭腔。

“嘿，埃奇。”等心情平复下来，我问道，“感觉如何？”

“好极了，Z。”她说，“雨过天晴，阳光和彩虹。”还是我熟悉的语调，只是没有“绿洲”里来得低沉。也就是说，她一直在使用变声器软件。

“得，”我说，“看看咱俩，总算见到了。”

“嗯。”她说，“见到了。”

接下来是令人尴尬的沉默。我犹豫着不知如何是好，最后决定服从本能，凑过去给了她一个拥抱。“见到你真好，老朋友。”我说，“谢谢你来带我。”

她也抱了抱我。“彼此彼此。”她说。听得出来，她是真心的。

我放开手，往后退了一步。“老天哪，埃奇。”我微笑起来，“我知道你在遮掩什么，可我一点也没料到……”

“什么？”她有些抵触地问道，“你没料到什么？”

“大名鼎鼎的埃奇，天下闻名的猎手，‘绿洲’死亡竞技场里令人闻风丧胆的斗士，在现实里，居然是……”

“黑肥婆？”

“我要说的是‘一个年轻的非裔姑娘’。”

她的神情黯淡了下去，“我一直没告诉你真相，其实是有理由的。”

“我相信这个理由很正当。”我说，“但是没关系，我不在乎。”

“你不在乎？”

“当然了。你是我最好的朋友，埃奇。非要这么说的话，我唯一的朋友。”

“好吧。可我还是想解释一下。”

“行。不过等到上了飞机再说怎么样？”我说，“我们还有很长的路要赶，而且离开这座城市会让我感觉更加安全。”

“这就上路，伙计。”她说着，挂上了排挡。

照着奥格的指示，埃奇把车开到了哥伦布机场附近的一间私人机库，这里已经有一架小巧的豪华型飞机在等着我们了。停车准备登机时，埃奇很是紧张，这可以理解。她以车为家了好多年，现在就像要她把家抛弃一样。

这架小飞机让我们惊叹不已。当然，我见过飞机在天上飞，但这么近距离接触还是头一遭。只有那些顶顶有钱的人才会乘坐飞机旅行。而奥格眼睛都没眨一下，就在全球各地安排了三架不同的飞机来接我们，这足以看出他到底有钱到了什么份上。

飞机是全自动的，没有任何机组成员，只有两个乘客。登上弦梯时，自动驾驶系统的合成电子音平静地欢迎了我们，嘱咐我们就座系好安全带，几分钟后就起飞。

我跟埃奇都没坐过飞机。航程的第一个钟头，我们扒着窗户往外看，被壮观的景色深深震撼。飞机升上了一万英尺的高空，朝着西边的俄勒冈飞去。等到新鲜感终于褪去了一点，我告诉埃奇，我准备好听她的故事了。

"好了，埃奇。"我说，"讲讲发生在你身上的事吧。"

一抹标志性的柴郡猫笑容掠过她的脸，伴着深深的呼吸。"都是我妈的主意。"她说。接着，她简述了自己迄今为止的一生。

按埃奇的说法，她的真名是海伦·哈里斯，只比我大几个月。她出生在亚特兰大，由母亲一人拉扯大。她连襁褓都还没离开，父亲就客死在了阿富汗。埃奇的妈妈玛丽在一家线上数据处理中心上班，工作足不出户。玛丽认为"绿洲"的诞生是妇女和有色人种从未遇到过的幸运事，为了获得更好的待遇和工作机会，她专门建了个白人男性角色来接受各种业务。

头一回登录"绿洲"时，埃奇遵照妈妈的叮嘱，也参照自己的面部特征，建了一个男性白人作为角色。至于名字，她用了“H”。那是玛丽在她婴儿时起的小名[214]。几年后她去“绿洲”在线学校读书，到了注册学生信息的那一步，她妈妈又谎报了女儿的种族和性别，连必须递交的照片也做了伪装，用的是埃奇的游戏角色面部截图，加上逼真的渲染。

埃奇说她十八岁生日那天离家出走，从此再没跟她妈妈联系过。当时，埃奇因为性取向的问题，和她彻底闹掰了。一开始，玛丽不相信女儿是同性恋，然后海伦坦白，说她已经和一个网上认识的女孩约会了快一年。

看得出来，埃奇一边说着这些，一边打量着我的反应。其实吧，我对此一点也不惊讶。这些年来，埃奇跟我讨论过好多次我们喜欢的女星。我甚至感到了一些安慰。你看，埃奇也不是彻底骗了我嘛，至少在这个话题上不是。

“听说你找了个女朋友以后，你妈什么反应？”

“呃，触底了。”埃奇说，“看来我妈对此有很深的偏见。她把我踢出家门，说再也不想见到我。我流浪了一段时间，在好多贫民窟待过，后来靠着在竞技场比赛赚到的‘绿洲’点买下了那部房车，从那时起，我把它当作了新家。只有需要充电了，我才会到哪个地方停一段时间。”

随着聊天继续，我意识到线下和线上没什么区别，我和埃奇早就熟悉对方了。我们认识多年，关系亲密到了心有灵犀的地步。“绿洲”里，我理解她、相信她，也把她当作最好的朋友。现实中同样也是这样。她的性别、她的肤色，还有她的性取向根本不构成障碍。

214. H：H的读音近似埃奇。

215.《雷神之锤》：史上第一款 3D 实时演算的第一人称射击游戏，发售于 1996 年。游戏史上里程碑式的作品。

剩下的航程似乎一眨眼就结束了。埃奇和我没花多久便找到了过去的感觉，我们像是回到了地下室里，扯着关于《雷神之锤》[215] 和《鸟蛋之争》的废话。飞机抵达俄勒冈奥格的私人跑道时，我已经完全不担心现实会破坏游戏里建立起来的友谊了。

我们一路向西，横跨了整个美利坚。飞机降落时，夜晚尚未过去，离日出还有几个钟头。我和埃奇下了舷梯，冻得瑟瑟发抖，一边环视周遭的景色。尽管月光朦胧，我们还是惊叹于自己的所见：瓦洛厄山脉黑色高塔似的剪影笼罩了四野。蓝色的跑道灯在我们身后向着群山伸展，勾勒出了奥格私人机场的形状。我们的正前方跑道的尽头，一道陡峭的卵石阶梯往上抬升，直抵山脚一座被泛光灯点亮的豪宅。那就是莫罗宅邸了。它后方的山峰上，还有几道瀑布隐约可见。

"瑞文戴尔。"埃奇抢走了我的台词。

216. 瑞文戴尔：在托尔金的史诗奇幻小说《魔戒》中，这个山谷位于迷雾山脉，景色优美，是中土最大的精灵据点。

我点点头。"简直就是《魔戒》里的瑞文戴尔[216] 的翻版。"我一边说，一边贪婪地欣赏着美景，"记得吧？奥格的妻子是托尔金的书迷。他是为她建起这个地方的。"

背后传来机器的嗡嗡声，那是飞机在收回楼梯，关闭舱口。它重启发动机，调转方向，准备再次起航。我们目送着它加速、起飞、返回灿烂的星空，这才朝前进发。登上石阶顶，我看到莫罗正在等候。

"欢迎光临，朋友们！"莫罗高兴地张开双手。他穿着格子条纹的浴袍和兔子纹案的拖鞋。"欢迎来我家！"

"非常感谢，先生。"埃奇说，"能把我们邀来这里。"

“啊，你一定是埃奇。”莫罗和埃奇握了握手。就算他对她的性别感到了惊讶，也掩盖得很好，让人看不出一丝破绽。“我认得你的声音。”他对埃奇挤挤眼，拥抱了她一下。接着，他转身也给了我一个拥抱，“而你，一定是韦德——我是说，帕西法尔！见到你们两个真是我的荣幸！”

“感到荣幸的应该是我们。”我说，“你帮了这么大的忙，真是怎么感谢都不为过。”

“我倒是觉得你们谢得够多的了，所以别再提这事了！”他说着转过身，带我们穿过开阔的草地，走向他那栋大得惊人的宅邸。“能有人来拜访，我别提有多开心了。说起来有些尴尬，凯拉去世后，我一直孤零零地住。”他沉默了一会儿，突然笑出了声，“当然了，我的厨师、仆人和园丁除外。但他们都住在这里，不能算来拜访的外人。”

我和埃奇不知道要怎么接过话茬，只能不停微笑，适时点头。

最后，我终于鼓起了勇气，“其他人呢？他们到了吗？我是说短刀和阿尔忒密丝。”

我说出“阿尔忒密丝”几个字的时候一定有什么不对，因为莫罗嘿嘿直乐，接着，我意识到埃奇也在笑我。

“怎么了？”我说，“有什么好笑的？”

“那个，”奥格笑着回答，“阿尔忒密丝几个钟头前抵达，短刀在你们之前半小时进了我家。”

“我们现在要去见他们吗？”我尽了全力去掩饰声音里的颤抖，但收效甚微。

奥格摇摇头，“阿尔忒密丝认为现在和你见面为时尚早，会干扰她的心绪。她想等到那个‘大事件’过去以后。短刀同意她的看法。”他瞅了我一会儿，“这可能是最好的选择，你应该也明白。对你来说，明天可是个大日子。”

我点点头。这种感觉很奇怪：既失望，又松了口气。

“那他们现在在哪儿？”埃奇问。

奥格抬手握拳，在空气中挥了挥。“他们已经上线，正在做攻击六佬的准备！”他的大嗓门回荡在豪宅高耸的石墙之间，“跟我来，时间不多了！”

奥格的激情把我拉回了现实，想到即将爆发的战役，我紧张得肚子抽搐了几下。跟着这位穿着浴袍的恩人，我们穿过了洒着月光的宽广庭院。走向主屋时，我们从一个小巧的带拱门花园旁路过，里面开满了花。花园的位置很奇怪，我想象不出设计它的目的，但后来看到了它中央的墓碑。这里一定是凯拉·莫罗的安葬之所。不过即使月光皎洁，我还是看不清墓碑上的题字。

奥格带着我们迈进豪宅大门。大厅里没有光，但莫罗并没有点灯，而是从墙架上拿下了一支手电筒照路。电筒照明范围有限，可看到那些一晃而过的巨幅挂毯、各种奇幻艺术品，还有陈列在走廊两侧的石像鬼石雕和铠甲，我还是被深深地震撼了。

跟着奥格走到半路，我又一次鼓起了跟他说话的勇气。“先生，我知道现在不是时候，”我说，“可我一直是你的死忠粉丝。我是玩着翡翠鸟互动娱乐的教育游戏长大的，它教会了我怎么阅读、怎么写作、怎么算数、怎么解谜。”我们一路走，我一路报菜名那样数着那些我喜欢的翡翠鸟项目。回想起来，这简直是要逼奥格尴尬癌发作。

埃奇一定觉得我拍马屁的段位太低，一直在边上偷笑，但奥格非常淡定。“听到这些真让人高兴。”他似乎真的很开心，“我妻子和我一直为这些游戏感到自豪，很高兴得知它们也给了你愉快的回忆。”

转过一个墙角，埃奇和我顿时呆住了。从一道门里看进去，你能见到一排又一排、似乎无穷无尽的旧街机。这肯定是詹姆斯·哈利迪留给莫罗的游戏遗产。奥格往前走了两步，发现我们没有跟上，连忙返回。

“我保证等兴奋劲过去以后，你们可以再来逛逛。”奥格的呼吸有些急促。对他这个年纪和体型的人来说，刚刚小跑的那两步路应该挺累的。他带着我们沿螺旋形的石梯往下进了电梯间，又乘电梯到了更深处的地下室。相比楼上，这里的装修风格要现代得多。我们跟着奥格在铺了地毯的迷宫般的走廊里穿行，来到了一圈呈环形排列的门前，每扇门上都有相应的数字编号。

“我们到了！”莫罗用手指了指，“这些全是我的‘绿洲’套装房间，里头是最新的哈伯希尔体感套装——OIR-9400型。”

“9400？没开玩笑？”埃奇低低地吹了声口哨，“厉害了。”

“其他人呢？”我左顾右盼。

“阿尔忒密丝和短刀在二、三号房间里。”奥格说，“一号房是我的，剩下随你们挑。”

我看着二号和三号房，想知道阿尔忒密丝到底在哪扇门后面。

奥格指向走廊底，“你们可以去那边拿体感服，什么型号的都有。现在，快去把自己武装起来！”

几分钟后，我和埃奇从更衣室出来。奥格露出满面笑容。

“好极了！”他望着穿了新式体感服、戴着手套的我俩，“现在找个房间登录‘绿洲’，时间不等人！”

埃奇看了我一眼，想说点什么，但一个字也没出口。几秒钟后，她伸出戴着手套的手，和我握了握。

“好运，埃奇。”我说。

“好运，Z。”说完，她转向奥格，“谢谢，奥格。”

不等奥格回答，她踮起脚尖在他脸颊上亲了一口，接着走进四号房。房门在她身后嘶嘶关上了。

奥格微笑着目送她进去，转向了我，“现在全世界都指望着你们四个了，可别让他们失望啊。”

“我们会尽己所能。”

“我知道你们会的。”

我向着身旁的“绿洲”房间踏出一步，又转了回来。“奥格，我能问你一个问题吗？”我说。

他扬起一条眉毛。“如果你想让我泄密第三扇门里有什么，我无可奉告。”他说，“就算我知道也不会说。你应该明白……”

我摇摇头，“不，我要问的不是这个。我想了解你和哈利迪的友谊怎么会中断。我对此做了不少研究，但始终没有答案。到底怎么回事？”

莫罗盯着我看了一会儿。这个问题，他以前在采访中被问过许多次，但始终避而不谈。我不知道他为什么决定要告诉我。也许他等了这么多年，早就想找个合适的人谈谈了。

“是因为凯拉，我的妻子。”他顿了顿，清清喉咙说了下去，“跟我一样，吉米从高中开始就喜欢上她了。不过他始终没有鼓起勇气表白，所以凯拉对此一直不知情。其实我也不知道。直到他死前，我们最后一次谈话，吉米才跟我袒露了实情。但就算到了那个时候，和他对话也很困难。吉米跟人交流有障碍，不懂得怎么表达自己的情绪。”

我安静地点点头，等着他继续往下说。

“凯拉和我走到一起后，吉米还多少抱有幻想，希望能从我身旁偷走她，但后来我们结了婚，他便死了这条心。他告诉我，他因为妒火中烧，所以才不再跟我说话。凯拉是他唯一爱过的人。”莫罗有些哽咽，“我理解吉米。凯拉非常特别，没人会不喜欢她。”他对我笑了笑，“你知道遇到这种人是什么感觉，对吧？”

“嗯。”说完，我意识到这个话题可以到此为止了，“谢谢你，莫罗先生。感谢你告诉我这些事。”

“太客气了。”莫罗说完走向他的房间，房门在和他有一段距离的时候自动打开，我看到里面的体感设备被改装过，附加了许多奇怪的组件，“绿洲”主机也被改成了复古的科莫多64型电脑模样。他回头看了我一眼，“祝运气眷顾你，帕西法尔。你很快就需要它了。”

“那你呢？”我问，“我们在战斗的时候，你打算干什么？”

“当然是坐下来看戏了！这恐怕是电子游戏史上最壮阔的战争，怎么能错过？”他对我最后微笑了一次，走进门内，留我一人在昏暗的走廊中。

我花了几分钟思考莫罗对我说的话，随后走进自己的房间，坐进游戏套装。

这是个小小的球形房间，一台锃亮的触觉椅悬挂在连接着天花板的液压柱上，底下没有全方位跑步机，因为房间本身就提供了这个功能。在这里登上“绿洲”，你可以朝任意方向跑跳，整个球形的房间会随之转动，永远不用担心一头撞在墙上。怎么说呢，就像是一个特大号的仓鼠笼。

我爬上椅子，它自动调整，适应了我的体型。一根机械臂从椅子上探出，把新型的奥库雷特眼镜罩到我脸上。眼镜自动调节，和我的面颊贴合得天衣无缝。我的视网膜通过了扫描，系统提示后，我报出了新的密码：驯鹿小队，塞泰克天文学[217]。

我深深吸气，进入了另一个世界。

217. 驯鹿小队，塞泰克天文学：分别引用自两部电影。“驯鹿小队”来源于电影《创》。“塞泰克天文学”则是电影《潜行者》（1992）里“太多秘密”的单词重构。

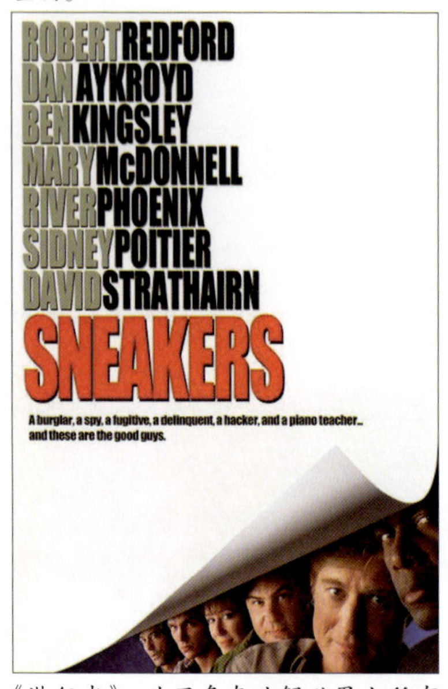

《潜行者》：为了争夺破解世界上所有密码的解码器，有不良前科的电脑黑客与各方势力斗智斗勇的故事。

0034

我准备好摇滚了。

我全副武装，往装备栏里塞进了尽可能多的弹药和魔法物品。

一切都各就其位，我们的计划正有条不紊地进行着。是时候行动起来了。

我走进堡垒机库，摁下墙上的按钮，敞开发射门。它们滑开以后，露出了通向法尔科地表的发射井。我走到跑道尽头，途经 X 翼和“冯内古特”。今天，我要驾驶的不是它们。它们都是好船，火力惊人，机动优秀，防御出众，但在克索尼亚即将迎来的疾风暴雨中，即使是它们也难以幸免。好在，我有了新的载具。

我从背包里掏出那个十二英寸的小烈帕顿机器人，轻轻放在发射井井底。在被囚于 IOI 之前，我花了点时间研究这个玩具。和预计的一样，它实际上是个威力强大的魔法物品。我没用多久就找出了激活它的办法。东映原版《蜘蛛侠》连续剧里，你只要高声呼喊它的名字，就能唤来这个机器人。“绿洲”里也是同样的操作。而这，正是我现在要做的。我走到一旁，留出安全的距离，大喊一声：“烈帕顿！”

拉伸金属的刺耳嘎吱声响起。一秒过后，刚刚那个玩具大小的机器人变成了百米高的巨物，脑袋顶几乎蹭到了发射井顶上的装甲门。

我抬头望着巨大的机器人，又一次感叹起了哈利迪对细节的执着。看看那把发着寒光的巨剑，还有带蛛网浮雕的盾牌吧，原版特摄连续剧里这台机甲的每个细节都得到了一丝不苟的重现。烈帕顿巨大的左脚下有个通道门，在我接近时自动打开，露出里面小巧的电梯。我搭着它穿过机器人的腿脚和腰腹，抵达位于左胸的驾驶舱。落座之后，我从墙上取下银色的控制手镯，套上手腕。原作里，这件道具能让蜘蛛侠在离开烈帕顿的时候，通过语音命令对它进行操作。

我面前的控制面板上有一排标着日语的按钮，我摁下了启动键。引擎咆哮，机器人双足下的火箭助推器被点燃，带着我向上飞去，离开堡垒，进入法尔科满是繁星的天空。

除了原始的配置之外，我注意到哈利迪还在驾驶盘上装了一个八轨磁带[218]播放器，我右肩膀边上也多了个放满八轨磁带的架子。我抓起其中一盒，塞进播放器。AC/DC 顿时嘶吼起来，这首《下流坯子》[219]通过烈帕顿

218. 八轨磁带：早期磁带，后被紧致型磁带取代。

219.《下流坯子》：*Dirty Deeds Done Dirt Cheap*，澳洲摇滚乐队 AC/DC 于 1976 年发行的专辑。AC/DC 一般被认为是将硬式摇滚和重金属结合起来的创始乐队。

内置扩音器播放，音量大得连驾驶座都在震动。

等到机器人彻底冲出发射井，我对着控制手镯大喊：“惊奇者，变形！”（你只有对着手镯大喊，它才会接受命令。）只见机器的腿、脚、胳膊还有脑袋收缩变形，固定到了新的位置，瞬间变成了“惊奇者”，一艘飞船。接着，我离开法尔科的轨道，飞向最近的星门。

从第十区星门冒出来的瞬间，机载雷达屏幕亮成了圣诞树。我的身旁，上千艘造型不同、大小迥异的飞船密密麻麻，遮天蔽日。从小型的单座飞艇到月球级别的货舰，我从没在同一个地方看到如此之多的星舰。我的身后，长河般的星舰洪流正从星门里不断涌出，逐渐朝各个方向扩散，又像一支大篷车队那样，向着同一颗遥远的棕蓝色小行星进发。我知道阿尔忒密丝说得对——很有可能大多数玩家只是去那里看戏，而不是冒着生命危险去对抗六佬——但心情还是一阵激荡。

说到阿尔忒密丝，她终于到了我的身边，离我仅仅几英尺远。战斗一结束，我们就可以相见。这个念头本该吓我一跳，但事实截然相反，我感到的居然是一股禅意的宁静：无论克索尼亚之役的结局如何，我所做的一切都值了。

我下令惊奇者变回机器人模式，加入了这支飞船大游行。在各色载具中间，烈帕顿特别显眼，因为它是唯一的超级机器人。许多小船蜂拥着靠了过来，好奇地上下打量。私聊我，问我到底是谁，还有从哪儿搞来这大家伙的人实在太多，我不得不关闭了对外私聊频道。

220. 伍德斯托克：1969 年在伍德斯托克举办的摇滚音乐节，吸引了超过 50 万人与会。

221.《魔神 Z》：1972 年的 TV 动画，是日本动画史上搭乘式巨大机器人类型作品的始祖。

《魔神 Z》剧照。《魔神 Z》对业界的影响极为深远，它的标志性武器“火箭飞拳”得到过无数后辈的致敬。《环太平洋》里也有致敬的场面，但是被误翻成了“天马流星拳”。

222. 高达的历史地位无须多言，可以说没有它，日本的机器人动画就会与今日大不相同。这张图表现的是 RX-78-2 在一年战争的尾声，阿·巴瓦·库要塞的最后一战。

随着视野中的克索尼亚逐渐放大，我身旁船只的密度也开始呈指数级增长。进入大气层、向着地表下降的过程中，我觉得自己像是混在了金属蜂群里。而到了安诺拉城堡，我已经没法相信自己的眼睛了：有那么多星舰和玩家拥堵在天空和地面上，简直是异世界的伍德斯托克[220]。

无论朝哪个方向看，玩家都摩肩接踵，直抵地平线。数以千计的人飘浮在空中，躲避着不断涌入的船只。这片狂乱景象的中心是安诺拉城堡，被玛瑙色的半透明护盾所笼罩。每隔几秒就会有倒霉的玩家和舰船不小心撞上去，不幸蒸发，如同扑火的飞蛾。

靠得更近了一些，我看到城堡前方，就在力场外面一点的地方，空着一块地。三个巨大的身影站在空地中央。周围的人群如浪潮一般，靠近它们又后撤，就这样周而往返，与几台天神般的超级机器人保持着距离。毫无疑问，那是埃奇、阿尔忒密丝和短刀。

这还是我第一看到埃奇、阿尔忒密丝和短刀通关第二扇门后各选了哪个机器人作为奖励。阿尔忒密丝驾驶的机体我花了点时间才认出。那台黑铬两色的机器人头饰如同精雕的回旋镖，而胸口对称的 V 型赤色胸板，让它像是女性版本的魔神 Z。过了一会儿，我反应过来，这就是女版的魔神 Z，初版《魔神 Z》[221] 系列动画里神秘角色驾驶的超级机器人，米涅瓦 X。

埃奇选择的 RX-78-2[222] 高达出自“高达”系列的第一部作品，这部传奇动画是他一直以来的最爱。（虽然我知道埃奇现实里是女的，但既然他的角色是男的，我决定还是继续叫“他”。）

短刀的机体比他们还要高出两头。那是一台红蓝相间的机器人，驾驶舱位于头部。我一眼就看出它出自70年代中期的动画《勇者莱汀》。这个机器人一手握着它标志性的金弓，另一只手举着盾牌，盾牌上巨大的钉刺令人生畏。

我低空掠过力场，飞到他们上空，引发了人群的阵阵欢呼。我调整姿势，让烈帕顿直立悬空，然后减速引擎，开始降落。在地面的晃动中，烈帕顿单膝跪地着陆。当我重新站起时，围观者已经山呼海啸似地高喊起了我的名字。帕—西—法尔！帕—西—法尔！

等到呼喊声渐熄，我望向同伴们。

“登场挺花的呀。”阿尔忒密丝在我们几人的私聊频道里说，“你是故意晚来的？”

“不是我的锅，”我想表现得酷一点，“星门人多得排长队。”

埃奇的高达点了点头，“从昨晚开始，通往这个星球的所有传送站就都人满为患了。”他抬起机甲的巨手，指向我们周围，“难以置信。我从没见过那么多人和船挤在一起。”

“我也没。”阿尔忒密丝说，“那么多人在一个分区活动，居然没有一点延迟，GSS的服务器真是强得不像话。”

我看了眼周围的人山人海，把注意力放在了城堡上。护盾力场外盘旋着上千个玩家和舰船，时不时地朝着力场打出子弹，发射激光、导弹，或者发动其他类似的远程攻击。当然了，这样做一点用也没有。力场内，全副武装的六佬彻底包围了城堡，他们维持着阵列，一动不动。在他们中间，散落着许多坦克和炮艇。换作别的场合，这支六佬大军令人胆寒，甚至算得上不可战胜。但和围在城堡外的杂乱人群一比，他们就显得有点儿底虚了。

“那么，帕西法尔，”短刀的机器人朝我看来，“表演时候到了。如果力场没能如约撤销，恐怕会很尴尬。”

“汉索罗会解决掉护盾的。”埃奇引用了《星球大战》的台词，“多给他点时间！”

我笑着让烈帕顿的右手轻拍左腕，提醒他注意时间，“听埃奇的。还有六分钟才到正午呢。”

我的话音未落，人群便传来了一阵惊呼。只见我们正前方的力场内，安诺拉城堡大门徐徐敞开，一个六佬站了出来。

索伦托。

在一片嘘声和倒彩声中，索伦托冷笑着对保卫正门的士兵们挥挥手。他们立刻退开，给他留出了好大一片空间。索伦托迈步向前，走到力场边缘几十码处。另有十个六佬从城堡里冒出，站在索伦托身后，他们每个都相距甚远。

“我有种不祥的预感。”阿尔忒密丝在频道里嘀咕。

“嗯。”埃奇低语，“我也是。”

索伦托看了眼周围，对我们笑了起来，然后他开始讲话。他的话语通过安装在坦克和炮艇上的大功率扩音器，传遍了附近。既然现场有这么多媒体记者在进行报道，全世界都听见他说了什么。

“欢迎到安诺拉城堡来。”索伦托说，“我们一直在等待你们的大驾光临。”他抬起手，向团团围住力场的玩家们示意，“我得承认，来了这么多人，我们多少有点吃惊。不过事情应该很明显，就算你们当中最无知的家伙，也该明白没有东西能够穿透这护盾。”

他的发言引来了排山倒海的咆哮和花样百出的辱骂。我等了一会儿，抬起烈帕顿的双手，要求人们安静。接着，我接入公共聊天频道。为了不被嘈杂的话语声干扰，我把耳机的音量调到了最低，这才开始发言：“你错了，索伦托。我们会进来的，我们所有人。时间就在中午。”

猎手们爆发出浪潮似的喝彩声。索伦托没有等人们停歇，“你们尽管试试。”他面上的阴笑不减。只见他从装备栏里拿出一个物品，放在脚下。我镜头拉近一看，顿时浑身肌肉僵硬。那是一个玩具机器人。准确来说，一头钢筋铁骨、肩膀上架着两门加农炮的金属恐龙。我在世纪之交的好几部日本怪兽电影里，见识过它的威力。

机械哥斯拉[223]。

“机龙！”索伦托被扩音器放大的声音响彻天际。在他的命令下，那个小玩具瞬间变得如同安诺拉城堡一般高大，比埃奇、短刀、阿尔忒密丝和我的“超级”机器人高了整整一倍，铁脑袋险些碰到了力场顶端。见到这怪物，周围一片安静。成千上万的猎手害怕得说不出话来。他们认得它的尊容，知道这怪物几乎坚不可摧。

223. 机械哥斯拉：最早出自1974年的怪兽电影《哥斯拉对机械哥斯拉》，编号MFS系列，是仿哥斯拉设计的反怪兽机甲。从肩部造型和上文提及的“出现在世纪之交”来看，应当指该系列2002年的作品《哥斯拉大战机械哥斯拉》。

224.《百兽王》：首播于1981年的动画，五个驾驶员分别驾驶黑、赤、青、黄、绿五头机器狮，合体后能成为超级机器人“百兽王”。其美版由《百兽王》与另一部动画《机甲战舰》混剪而成，引起大论后被称为《战神金刚》。

225.《太空堡垒》：1985年，美国公司金和声公司将三部日本动画作品《超时空要塞》《超时空骑团》《机甲创世记》混剪而成的85集长篇电视动画，取名《太空堡垒》，后又由美方创作了续集。

索伦托从机龙的脚跟处走进机体内部，几秒后，它的眼睛放射出明黄色的光芒。接着，它甩甩脑袋，张开满是锯齿的大嘴，发出几乎能刺穿人耳膜的金属尖啸。

仿佛一声令下，站在索伦托身后的那十个六佬也拿出玩具，激活了它们。其中有五头金属狮子，它们无疑能合体成为百兽王[224]。另外五人的机体，则来自《太空堡垒》[225]和*EVA*[226]。

“操。”我听到阿尔忒密丝和埃奇异口同声地说。

“来啊！”索伦托得意地叫道。他的话在城堡周围拥堵的空间中回响。

最前排的许多猎手害怕地向后退去，有几个甚至开始逃跑。但埃奇、短刀、阿尔忒密丝和我仍旧站在原地。

我看了眼时间，只剩下不到一分钟了。我敲了下烈帕顿控制面板上的一个按钮，让这台巨大的机器人抽出它闪闪发亮的巨剑。

226. *EVA*：全名《新世纪福音战士》，1995年GAINAX制作的动画，监督庵野秀明。是一部带来广泛社会影响的现象级动画，算得上圈钱无数。

我没有亲眼见证，但我可以肯定地告诉你，到底发生了什么事：

力场启动前，六佬在安诺拉城堡后方建起了巨大的军械库。里头除了各式各样的武器和作战载具，东墙边上还有三十台补给机器人排成一列。由于设计者没什么想象力，它们的造型直接照抄自1986年的科幻电影《霹雳五号》[227]。这些机器人被六佬当作勤务工，主要负责为军械库外的部队装配设备和补给弹药。

227. 霹雳五号：一个无意间产生自我意识，拒绝充当战争工具的萌系机器人的故事。

距离正午刚好一分钟时，补给机器人中的一台，具体编号是 SD-03，自行启动，离开了充电插座。它的履带滚滚向前，驶到仓库另一边。两个机械哨兵把守着那边的入口，SD-03 向它们提交了一张物品获取申请清单——它是我两天前在 IOI 内网提交的。哨兵核实了单据，然后退到一旁，允许 SD-03 进入房间。它继续前进，经过的架子上摆满各种武装：魔法剑、魔法盾、动力装甲、等离子步枪、磁轨炮还有其他数不清的玩意儿。最后，它停了下来。SD-03 面前的架子上有五个设备，每个都跟足球一般大小。这些设备都呈八面体，其中一面上有小巧的操作面板和数字编号。SD-03 找到了清单申请的那一个，然后按照我预编程的内容，伸出爪状的机械手，在面板键盘上一通操作。完成之后，面板上的一盏小灯由绿转红。SD-3 伸出机械手将它抓起，转身离开。驶出军械库时，六佬数字化的库存里，反物质诱导炸弹的储备数量减少了一。

接下来，SD-03 爬过一系列斜坡和阶梯，登上六佬建在城堡石墙上、防止外人从空中进入城堡的护壁。它一路往前，经过了若干个安检点。机械哨兵每一次都会检查它的安全协议，每一次都会发现，这台小维护机器人拥有最高级的通行权限，想去什么鬼地方都可以。就这样，SD-03 爬到了城堡的最顶层，朝着一个大型观测平台接近。

到了这个时候，SD-03 可能已经引起了一些保卫平台的六佬精锐卫戍部队的注意。具体情形其实我也不知道。不过，就算守卫发现情况不对，对着机器人开火，他们也已经迟了。

SD-03 开到了平台中央，也就是那个拿着奥斯瓦德之球，释放护盾力场的满级六佬法师身旁。

按照我两天前输入的命令中的最后一条，SD-03 把反物质炸弹高举过顶，继而引爆。

剧烈的爆炸瞬间蒸发了这台机器人。一道遭殃的还有平台顶的其他角色，包括那个拿着法球的法师。他死亡的一瞬间，奥斯瓦德之球落下来，掉在了空空荡荡的平台上。

0035

伴随轰鸣而来的炫目光芒让我一时间什么都看不见了。闪光之后，我这才能够重新望向城堡。力场不见了。强大的六佬军团和数不清的猎手之间，只有开阔的空地和空间相隔。

有那么整整五秒钟，什么都没有发生。时钟仿佛停滞了流逝，一切都静止下来。然后，是爆发。

我独自坐在机甲驾驶舱里，在心中暗暗地欢呼。真是不敢相信，我的计划成功了。只是很可惜，我没有庆祝的时间。在我和我的目标之间，横亘着“绿洲”有史以来最恐怖的大军。

我不知道接下来会发生什么。我希望猎手中能有十分之一的人愿意对六佬展开进攻。然而，几乎每一个人都发起了冲锋。人潮从四面八方向着六佬汇聚而去，他们的决绝使我震惊。很显然，他们当中有许多人将无法活着离开这片沙场。

只见两股洪流狠狠激荡在一起，从地面到天空，无处不是战场，这混乱的场面令人窒息。要我比喻的话，就像有人拿来蜜蜂和黄蜂巢，把它们掼碎在巨大的蚁丘上。

阿尔忒密丝、埃奇、短刀和我被夹在了浪潮的中央。我们担心误伤友军，没有立刻展开行动。但索伦托可没有这个耐心。他朝这里走来，每一步都会碾死好多角色（其中包括许多不走运的六佬），在身后留下陷坑似的脚印。

“哦哟，”短刀的机甲摆出防御的姿势，“他总算来了。”他说。

他说话的同时，六佬的机甲已经受到了来自各个方向的攻击。索伦托挨的打最多。他不但是战场上最大的目标，也是最让猎手们恨得牙痒的家伙。近乎饱和的子弹、火球、魔弹、光束朝着六佬们飞去，很快便击毁了六佬其余的机甲（那几头机器狮子联合体成为百兽王的机会都没有）。然而机龙似乎毫发无伤，每一发打在它身上的子弹都以弹开而告终。几十架飞行器绕着他转，如暴雨般倾泻着火箭弹，可它们同样收效甚微。

“开打了！”埃奇在频道里大喊，“就像《赤色黎明》[228]！”他一边说，一边驾着高达对索伦托火力全开。与此同时，短刀张开了莱汀的弓，阿尔忒密丝的米涅瓦 X 胸部放出红色的光力子射线。我可被不想被他们落下，烈帕顿头部射出金色回旋镖，朝着机龙飞去。

我们的攻击全部命中，但只有阿尔忒密丝对他造成了真正的伤害。她掀飞了机龙右肩的一大块钢铁，连带着让一门加农炮哑了火。然而索伦托速度不减，继续向

228.《赤色黎明》：1984 年米高梅公司上映的动作电影。

我们冲来。只见机龙眼睛转为蓝色，它张开大嘴，喷出猛烈的能量流。那亮蓝色的光束先插在我们前方的地面上，接着向我们划来。所过之处，玩家角色纷纷蒸发，舰船也无法幸免。

我们四个连忙点燃推进器进行闪躲。我的情形最凶险，与那道光柱擦肩而过，险些丧命。一秒过后，能量流终于衰竭，但索伦托的冲锋速度没有丝毫减缓。我注意到机龙不再眼冒蓝光，由此可见，他的能量武器需要充能才能再次发射。

“我觉得咱们碰上关底 BOSS 了。”埃奇开玩笑道。我们四个分散开来，从不同方向包围了索伦托，一边保持着运动，随时准备闪避。

“他妈的，伙计们，”我说，“这玩意儿不好对付啊。”

“点评倒是挺准确的，Z。”阿尔忒密丝说，“你有什么好主意吗？”

我想了想，“我来引开他的注意力，你们仨乘机绕后冲进城堡怎么样？”

“听起来还行。”短刀说。可他非但没有转向城堡，反而直冲索伦托，几秒内就进入了白刃战的距离。

“快走！”他大喊，“这混蛋交给我了！”

埃奇从索伦托的右侧突破的同时，阿尔忒密丝绕过了左侧，而我高高跃起，从他的头顶跳过。我的身下，短刀正独自面对索伦托。但他们的体型实在太悬殊了。在巨大的机械哥斯拉面前，莱汀就像个玩具人偶。更让人吃惊的是短刀居然关闭推进器，直接落到了索伦托面前。

“快！”埃奇喊道，“城堡大门大开着！”

从高空望下去，战场局势一览无遗。六佬保卫城堡的大军正被数不清的“绿洲”玩家吞没，他们的战线出现了缺口。几百号猎手已经冲到了城堡入口前，却因为没有水晶钥匙，被一堵无形的高墙所阻。

埃奇调整方向，飞到我面前。离地还有上百英尺时，他打开驾驶舱跳了出来，同时对高达发出指令。那台巨大的机器人缩回原先的尺寸，埃奇在半空中一把抓过它，塞回背包。接着，不知道用了什么魔法道具，埃奇俯冲直下，从拥挤的猎手们头顶掠过，消失在对开的大门后。一秒钟后，阿尔忒密丝也做出差不多的举动，她从机甲里弹出，跟着埃奇飞进了城堡。

我调整烈帕顿姿势，高速俯冲，准备跟上他们。

“短刀！”我在频道里喊，“我们要进去了！你快来！”

“你们先走！”短刀回道，“我马上就来。”但他的声音听起来有些不对劲，于是我从俯冲状态拉起来，让机甲转过身去。只见短刀悬浮在索伦托的右侧上方，而那头机械哥斯拉正慢慢缓身，朝着城堡方向倒退。我这才反应过来：原来这就是机龙的弱点，它的速度不够快。虽然看似无敌，但它的移动和攻击速度都比较缓慢。

“短刀！”我喊道，“你在等什么？快过来！”

“你们先走。”他回道，“我和这婊子养的有笔账要算。”

不等我开口，他已经双手各持一剑，冲向了索伦托。出乎我的意料，莱汀真的伤到了机龙。一阵火花夹闪电后，机龙的右臂耷拉下来，几乎从肘部断为两截。

“看来你只能用左手擦屁股了，索伦托！”短刀得意地喊道。接着，他朝我飞来。但他背后的机龙转过脑袋，眼睛开始绽放蓝光。

“短刀！”我惊呼，“当心！”我的话尚未全部说出口，便被机龙的咆哮盖过了。一道蓝色的光柱刺来，直接命中了短刀的后心。只见一阵剧烈的爆炸，莱汀化作了橙色的火球。

我们几人的共用频道中传来了一声短暂的惊叫。我又喊了短刀一声，这一次，他没有回复。紧接着，视野中弹出一条信息，说短刀的名字从记分板上被抹掉了。

他死了。

我怔在半空，一时忘记了动弹。这可真是糟糕透顶，因为机龙的光线尚未停歇，它转了个弯，撕开地面，爬上城墙冲我而来。我在最后一刻才终于有了些反应，但为时已晚，烈帕顿从腰腹被撕成了两截。直到这时，机龙的攻击才算停歇。

驾驶舱里的每盏指示灯都转为了红色。我低下头，看着烈帕顿的下半身离体而去。我的机体变成了两块从天而降、冒着浓烟的废铁。

我总算还能想到扳动座椅上方的弹射手柄。驾驶舱盖“砰”地弹开，我纵身跃出，而烈帕顿砸在城堡的阶梯上，底下几十号倒霉鬼横死当场。

摔到地上的瞬间，我启动了喷射靴，同时拼命调整操控设置。你要明白，驾驶超级机器人和操作自己的角色，这是截然不同的两个概念。我好歹设法降落在了城堡前，离烈帕顿燃烧的残骸仅仅一步之遥。但就在这时，一阵阴影盖住了我。我抬头看去，原来是索伦托的机龙。巨大的身躯遮蔽了天空，它正抬起左脚，要把我碾为齑粉。

我狂奔三步，高高跃起，在半空中再次启动喷射靴。那股推力带着我飞出老远，我刚才所在的地方在钢铁脚掌的踩踏下变成了陷坑。那巨兽又发出刺耳的尖啸，接着是隆隆的笑声。索伦托的笑声。

我关闭喷射靴，落地时蜷缩成球，往前滚了几轮才重新站起，眯眼望向那只大金属蜥蜴的脑袋。它的眼睛还没亮起，我有足够的时间借着这双靴子冲进城堡。索伦托是没办法跟进来的——至少驾驶机械哥斯拉时不行。

语音里，阿尔忒密丝和埃奇呼唤着我的名字。他们已经走进城堡到了第三扇门边，正等待着我。

我要做的，不过是飞进城堡，加入他们。等索伦托杀到，我们早就迈进了大门。我敢肯定剧本会是这样。

但我没有动。相反，我掏出了贝塔魔棒，那根短短的金属棒。

索伦托想杀死我。我的姨妈，还有叠楼里的好些邻居，包括从来不曾伤害任何人的吉尔摩婆婆，都因此而死。他还谋杀了长刀。我虽然从来没有真正见过他，但长刀依旧是我的朋友。

而现在，索伦托又杀死了短刀的角色，夺走了他进入第三扇门的机会。索伦托不配拥有这份力量。他只配身败名裂，遗臭万年，只配当着全世界的面，被揍个屁滚尿流。

我高举贝塔魔棒，摁下激活钮。

炫目的闪光把天空映成一片朱红，我变身成了类人外星人，身材伟岸，皮肤红银两色，眼睛如同蛋卵，头顶长着奇怪鳍状物，胸口还安着发光警灯。从现在起的三分钟里，我就是奥特曼。

机械哥斯拉不再尖叫着对我发动攻击，它望向地面，就是刚刚我站着的那个地方。然后慢慢抬头，估量着新对手的大小，最后与我四目相交。我和索伦托面对面站着，身高大小近乎一致。

索伦托的机龙笨拙地倒退了几步，眼睛开始发光。我微微下蹲，摆出攻击的体势，同时注意到视野的一角有三分钟的倒数计时。

2：59。2：58。2：57。

计时器的下边有张小菜单，用日语列出了奥特曼拥有的各种能量攻击方式。我选定了斯派修姆光线，双手在胸前交叉成十字形。一股白色的高能射线立刻从前臂射出，轰在机龙胸口，打得它节节后退，最后一个趔趄，侧翻倒地。

混乱的战场中，我周围的人群爆发出了一阵欢呼。

机不可失，我屈膝起跳，一下蹦上半公里高的天空。接着借重力加速下落，脚跟对准了机龙弯曲的脊柱。剧烈的冲击下，机械怪物体内什么东西折断了。它的嘴里冒出浓烟，眼睛也不再发光。

我一个后跳，落在伏地的机龙身后。它仅剩的胳膊胡乱挥打，尾巴和后腿不停抽搐。索伦托似乎在拼命操作，想让这怪物重新站起。

我看了眼武器菜单，找到“八分光轮”。奥特曼的右手上，出现了高速旋转的蓝色带电能量环。我对准索伦托，抛飞盘那样把它掷了出去。能量环呼呼地划开空气，像切豆腐般轻松撕开机龙的腹部，把它斩成了两截。终于，机龙彻底爆炸，然而它的脑袋却自动分离了出去。那是驾驶舱的位置，索伦托想逃跑。但既然机龙是趴在地上的，刚弹射出的索伦托只能贴地飞行。他迅速调整，只见机龙脑袋的推进火箭点火，让脑袋开始向天空逃窜。但没等它飞多高，我再一次双手交叉，斯派修姆光线再度射击。在令人心满意足的爆炸声中，它炸成了碎片。

人群沸腾了。

我检查了记分板，确认了索伦托的员工编号不复存在。他的角色死了。可是我不能大意。他这会儿很可能已经把哪个下属踢下了触觉椅，自己换了上去。

取消变身时，计时器只剩下了十五秒。刚恢复到正常大小，我立刻转身点火喷射靴，冲进了城堡。

埃奇和阿尔忒密丝已经在那个宽敞大厅尽头的水晶门前等我了。他们身旁的石地板上，一打六佬的尸体正慢慢消失，它们身上的硝烟尚未散尽。显然，这里爆发过一场短促但剧烈的冲突，可惜我没能赶上。

“不公平。”我关闭喷射靴，落在埃奇身旁，“至少留一个给我嘛。”

阿尔忒密丝没说话，朝我比了个中指。

“恭喜你干掉了索伦托。”埃奇说，“没错，是场史诗级的战斗，可你依旧是个彻头彻尾的白痴。你有这个自知之明吧？”

“嗯。”我耸耸肩，“我知道。”

“你这自私的蠢货！”阿尔忒密丝嚷道，“你有没有想过，要是你死了怎么办？”

“但我没死，不是吗？”我说着绕过她，开始检查水晶门，“所以冷静下来，先让咱们把这东西打开。”

我摸了摸门中央的匙孔，然后望着它上方蚀刻的字。爱。望。信。

我举起自己的水晶钥匙，埃奇和阿尔忒密丝也拿出了他们的。

什么也没发生。

我们紧张地相互望了一眼。就在这时，我想到了一个点子。我清了清喉咙。“三是个神奇的数字，”我重复着《摇滚校园！》的第一句歌词。话音刚落，水晶门开始放光，另外两个钥匙孔在中央匙孔的左右两侧浮现而出。

“成了！”埃奇低声说，“我操，不敢相信。我们居然真的到了这里，站在第三扇门前。”

阿尔忒密丝点点头，“终于走到这一步了。”

我把钥匙插进中央的孔眼，埃奇和阿尔忒密丝分别选择了左右。

“顺时针？”阿尔忒密丝说，“倒数三声？”

我和埃奇点点头。阿尔忒密丝倒数三下后，我们一起转动钥匙。一阵蓝色的强光过后，钥匙和门一起消失。大门里面，一道水晶阶梯通向如旋涡般转动的群星。

“哇哦。”我听到阿尔忒密丝在我身边说，“咱们上吧。”

我们仨迈步向前，准备进入大门。但就在这时，传来一声巨响，仿佛整个宇宙被撕成了两半。

我们全都死了。

0036

当你的角色死亡后，视野并不会立刻黯淡下去转为黑色。相反，它会切换成第三人称视角，慢速重播你死亡的瞬间。

那声雷鸣般的炸响过后，我的视角发生了变化，俯瞰着还站在门前的三人。只见一道强光伴着轰鸣，吞没了一切。在我印象里，死于核爆就是这样的景象。

有那么一小会儿，我还看到我们的骨骼显现在身体轮廓中，随即生命值降到了零。

一秒之后，冲击波袭来，毁灭了它所过之处的一切。不只是我们，地板、墙壁、整个城堡，还有包围在它旁边数以千计的玩家全都化为细碎的尘埃，在空中飘荡，然后缓缓落地。

整个星球的地表被夷为平地。安诺拉城堡附近刚才还是绞肉机一样的战场，现在成了一片荒原。一切都荡然无存，只有水晶质地的第三扇门，高悬在刚刚还是城堡的巨坑中。

震惊很快转为恐惧。我终于明白发生了什么事。六佬引爆了“毁灭日”。

这是唯一的解释。只有那件威力强大到不可思议的神器才能造成这样的破坏。它不但杀死了分区里的每个玩家，连安诺拉城堡都一起毁了。直到这事发生前，这座城堡一直坚不可摧。

我飘在虚空中，望着敞开的大门，等着那条注定会出现的文字从我的视野中央冒出。我知道，这个分区里的每一个玩家，都在等待着同样的消息：游戏结束。

但最终出现的文字，却是另一条完全不同的：恭喜！你获得了另一条命！

我目瞪口呆地看着自己从数秒前死去的地方再现，离门只有数尺。但门如今飘在坑中央，离坑底足有几十米。更麻烦的是，消失的不只是城堡，我身穿的装备和我携带的一切，包括喷射靴都不见了。

我悬空了片刻，接着直直摔落，就像追逐 BB 鸟时失手的歪心狼[229]。我绝望地向着门伸出手，却只能眼睁睁地看着它离我越来越远。

229.《BB 鸟与歪心狼》：华纳公司自 1949 年起出品的系列动画短片。类似《猫和老鼠》，片中歪心狼一直想要吃掉 BB 鸟，却始终失败。

重重地摔到地上，伤了我大概三分之一的血。我慢慢起身，望向四周。我身处的这个巨坑大体上呈立方形——大概原先是安诺拉城堡的地下室和地基。周围什么也没有，安静得可怕。你既看不见城堡的瓦砾，也找不到刚刚还漫天飞舞的舰船的残骸。实际上，你找不出半点痕迹能证明这里刚刚才爆发了一场惊天大战。毁灭日真的毁灭了一切。

我低头看了看，发现自己穿着黑色T恤跟蓝色牛仔裤，这是新建立角色的默认装扮。然后，我打开了属性栏和物品背包。我的等级和能力没变，还是刚刚的满级大号，然而所有的装备和物品都被清空了——除了那枚在街机厅里玩《吃豆人》时得到的硬币。自从落进我手中，它就固定在物品栏内，我没法点选它，自然也没办法对它释放任何预言系和鉴定法术，更别说了解它的属性和作用了。这几个月来，我为了彩蛋过得焦头烂额，早把它忘到了脑后。

不过现在，我知道它到底有什么用了——它是个一次性的道具，能赋予我的角色一条新的生命。在此之前，我根本不相信游戏里还有这种东西存在。在“绿洲”的整个历史里，从来没有玩家被续过命。我试着再去拿起那枚硬币，这一次，它掉进了我的掌心。毫无疑问，它的神奇魔力已经耗尽，变成了一枚普通的硬币。

我抬起头，望着二十米之上的水晶门。它依然大敞着，我却不知道怎么才能上去。我没有喷射靴，没有飞行器，没有魔法道具，没有记忆任何法术[230]，附近也没有梯子之类的东西。它距离我咫尺之遥，却又远在天边。

突然，传来了说话的声音：“嘿，Z？听得到吗？”

是埃奇。不过她的话未经处理，还是女声。我听得一清二楚，就跟私聊频道一样。可这说不过去啊，重生后，所有私人频道都关闭了，而且埃奇的人物明明死了。

“你在哪儿？”我对着空气问。

230. 记忆法术：又是一个典型的《龙与地下城》设定。在D&D规则中，没有魔力值的概念，法术需要在休息时记忆下来，每日都有一定的施放上限。

“我死了。和别人一样。”她说，“所有人都死了，就你例外。”

“那我怎么听到你说话的？”

“奥格把你的音频和视频讯号接给了我们，”她说，“我们能见你所见、听你所听。”

“好吧。”我说。

“如果你不喜欢这样，”奥格的声音传来，“尽管说。”

我想了一会儿。“没事，我能接受。”我说，“短刀和阿尔忒密丝也在吗？”

“嗯。”短刀说，“我在。”

“对，我们都在这儿，没错。”阿尔忒密丝明显带着股怨气，“我们可是死翘翘了，连棺材板的钉子都敲好了。问题是，你怎么没死，帕西法尔？”

“对啊，Z，”埃奇说，“我们都很好奇。咋回事？”

我拿出那枚硬币，举到眼前，“我几个月前在阿吉伊德一间游戏厅里得到了这东西，它是满分通关《吃豆人》的奖励。这是个神器，虽然我一直不知道它是干吗的。现在倒是清楚了，它奖励了我一条命。”

耳机里安静了片刻，接着是埃奇的笑，“你这小贱人！新闻刚刚报道说十号分区里的每个玩家都死了，‘绿洲’人口损失了超过一半。”

“是毁灭日吧？”我问。

“肯定是。”阿尔忒密丝说，“六佬几年前在拍卖里买下了它，一直把它捏在手里，等着最佳的使用时机。”

“但这样一来六佬也会死光。”短刀说，“为什么要这么做？”

“用炸弹那时候，他们已经死得差不多了。”阿尔忒密丝说。

“他们这是狗急跳墙。”我说，“要阻止咱们，只剩下了这办法。我们已经打开了第三扇门，马上要进去了，所以他们才引爆那玩意儿……”我顿了顿，意识到了问题所在，“等等，他们怎么知道门开了？除非……”

“除非他们在看着咱们。”埃奇说，“六佬很可能在门附近安装了监视头。”

“他们看到我们怎么开的门，”阿尔忒密丝嘀咕，“就是说他们也明白开门的方法了……”

“那又怎么样？”短刀插话，“索伦托死了，其他六佬也死绝了。”

“不对。”阿尔忒密丝说，“看看记分板。帕西法尔的名字下面还有二十多个六佬。而且分数显示，他们全都拥有水晶钥匙。”

“操！”埃奇和短刀异口同声地说。

“六佬知道自己可能会动用毁灭日，”我说，“所以把一些角色安排到了第十区外边。他们大概一直待在哪个安全的地方，比方坐在舰船上待机。”

“你说得对。”埃奇说，“这二十多人大概正冲着你过来，所以你得抬抬屁股找个办法进门。想通关第三扇门，很可能就这么一次机会。”她沮丧地叹了口气，“我们出局了，只有指望你啦，哥们儿。但愿你运气好点。”

“谢了，埃奇。”

231. 祝你好运：原文为“ご幸運を祈ります。”即“祝你好运”。用语非常正式。

“祝你好运[231]。”短刀开了口，“务必尽你所能。”

“我会的。”说完，我等着阿尔忒密丝，想知道她会祝福些什么。

“祝你好运，帕西法尔。”她顿了顿，“你知道的，埃奇说得没错。你不会有重来的机会，其他猎手也不会有。”她哽咽了一下，似乎强忍着泪水。然后深深吸了一口气，“别输了。”

“不会的。”我说，“你们别担心，行吗？”

我抬起头看着飘在半空的大门。它那么远，我实在没办法触及。我又望向四周，绝望地想找出办法来飞上天。有什么东西引起了我的注意——那是陷坑另一面只有几个像素点大小的闪光。我立刻朝那里跑去。

“八成是后座备用操作杆之类的玩意儿。”埃奇说，“你他妈到底想干吗？”

“我所有的东西都被毁灭日废了，”我说，“没法直接飞进门。”

“你他妈在逗我！”埃奇叹了口气，“伙计，敌人正朝这里过来呢！”

随着距离不断缩短，那闪光逐渐清晰。原来是贝塔魔棒，它在离地几厘米的地方飘浮着，缓缓打转。看样子，毁灭日虽然毁灭了这个分区里所有它能毁灭的物品，但神器不在此例，就像第三扇门那样。

“是贝塔魔棒！”短刀喊道，“一定是被冲击波吹到这里来的。变成奥特曼就好办了！”

我点点头，把魔棒举过头顶，然后摁下激活钮。什么也没有发生。

“日！”我反应过来，“不行，它一天只能用一次。”我收好魔棒，开始搜寻附近的地面。“应该还有别的神器散落在这儿才对。”我沿着坑底边缘奔跑，“你们还带了什么东西吗？能让我飞起来的那种？或者飘浮、传送也行。”

“很遗憾。”短刀说，“我没有神器。”

“我的圣剑巴赫尔是神器级的。”埃奇说，“问题是它没有帮你抵达那扇门的功能。”

“我的查克可以。”阿尔忒密丝说。

“你的‘查克’？”

“我的鞋子。黑色的匡威查克·泰勒全明星运动鞋。能加速穿戴者的移动速度，并赋予飞行能力。”

“太棒了！好极了！”我说，“那么，我现在要做的就是把它找出来。”我继续奔跑，留意着地面。一分钟后，我把埃奇的武器收了。不过找到阿尔忒密丝的魔法鞋，是五分钟以后的事情了。它被吹到了坑的南沿。我套上鞋子，它们自动变形，完美地贴合我的双脚。“回头还你，阿忒。”我系上鞋带，“我保证。”

“你最好说到做到。”她说，“它们可是我的心头肉。”

我往前奔了三步，蹬腿一跃，凌空飞起，接着调整方向，冲着门笔直飞去。但在最后那一刻，我向右急转，又绕了回来，悬停在门前。水晶门距离我只有几码，它的造型让我想起《阴阳魔界》[232]片头出现的悬浮门。

“还等什么？”埃奇吼道，“六佬随时可能冒出来！”

“我知道。”我说，“但有些事，我得在进去前先跟你们

232.《阴阳魔界》：由乔治·米勒、乔·丹特、约翰·兰迪斯和史蒂文·斯皮尔伯格四位导演拍摄的四部奇幻短片组成。上映于1983年。

说清楚。”

“哦？”阿尔忒密丝说，“那就快说，时间可不等人，白痴。”

“行，行！我只是想说，我明白你们仨现在的心情。事情变成这样，对你们很不公平。我们应该一起进门的。所以呢，在进去前，我想让你们知道。如果我拿到了彩蛋，会把奖金平分成四分。”

一阵沉默。

“喂？”等了几秒钟后，我问道，“有人在听吗？”

“你傻了？”埃奇问道，“干吗做这种事情，Z？”

“因为我是正人君子嘛。”我说，“因为单凭自己，我永远不可能走这么远。因为我们四个应当都有权利迈过门槛，去看看里面的东西。还有，这是因为我需要你们的帮助。”

“你……把那最后那句话重复一下？”阿尔忒密丝说。

“我需要帮助。你们也说过，要闯过第三道门，我必须一次成功，不要幻想还能再来一次。六佬正在赶往这边的路上，他们一到就会立刻冲进大门。我必须赶在他们之前成功。有了你们，我的胜率才会大幅上升。所以……你们干不干？”

“我干，Z。”埃奇说，“反正我本来就打算教你这个蠢货怎么过关。”

“还有我，”短刀说，“我没什么好输的了。”

“我把话挑明吧。”阿尔忒密丝说，“如果我们帮你过门，作为回报，你同意把钱跟我们四等分？”

“不。”我说，“假如我赢了，就会把钱平分给你们，无论你们帮不帮。当然了，帮助我肯定符合你们的最大利益。”

“我猜你没时间用书面形式把这些话承诺下来吧？”阿尔忒密丝说。

我想了一会儿，打开 POV 控制菜单，选择了直播模式，这样一来每个收看我频道的人（计数器显示，观众超过了两亿）都会听到我接下来说的话。“大家好，”我说，“我是韦德·沃兹，或者用你们更熟悉的叫法，帕西法尔。我想让全世界知道，如果我获得了哈利迪的彩蛋，会把奖金平分给阿尔忒密丝、埃奇和短刀。我以猎手的尊严起誓，如果食言，愿我不得好死。或者什么拉钩上吊一百年不许变。反正就是这些话。总之，假如我反悔，我就是个下贱的六佬。”

刚结束直播，我就听见了阿尔忒密丝的话：“你傻吗，白痴？我刚才是在开玩笑！”

“哦。”我说，“知道，我知道。”

说完，我把指关节捏得噼啪响，然后飞向门内，消失在星星的旋涡中。

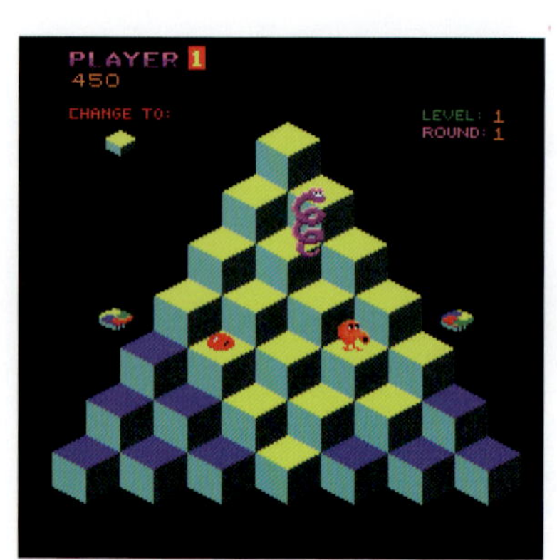

233.《Q 伯特》和《格夫》：前者是 1982 年的游戏，玩家需要操作 Q 精灵在仿 3D 的地格上躲避怪物的攻击。后者是 1981 年 Midway Mfg 发布的游戏，融合了五个彼此之间截然不同的关卡。

234.《暴风雨》的街机造型。

0037

这是一片宽广、黑暗、空寂的空间。既没有墙，也没有天花板，但肯定有地板，因为我正站在什么东西上面。我等了一会儿，不知道该怎么办。突然间，虚空中传来了电子合成音的巨响。听起来是最老式的合成语音，用在《Q 伯特》和《格夫》[233] 里的那种。“高分或死亡！”那个声音说。接着，一根光柱从上方不知哪里射了下来，打在我面前。光柱中央是台经典的投币式街机。它那角度独特的机柜，我一望便知——雅达利 1980 年发行的游戏，《暴风雨》[234]。

我闭起眼，低下头。“完蛋！”我嘀咕道，“这可不是我拿手的游戏，伙计们。”

“拜托。”阿尔忒密丝的低语传来，“你应该知道的。《暴风雨》肯定跟第三扇门有联系，这太明显了！”

“哦，真的？为什么？”

“年鉴最后那页引用的话啊。”她背诵道，“因为恐怕太不费力的获得，会使人看不起他的追求对象[235]。”

“我知道这句话，”我有些生气，“莎士比亚说的嘛。但我认为哈利迪只是在提醒我们，彩蛋比赛有多么困难。”

“也没错。”阿尔忒密丝说，“但它还包含了一条线索。它出自莎士比亚的最后一个剧本，《暴风雨》。”

“妈的！”我嘶声道，“我怎么没想到！”

“我也没把它们联系起来。”埃奇承认，“厉害呀，阿尔忒密丝。”

“《暴风雨》这款游戏还出现在匆促乐队《支线》的MV里。”她补充道，“那可是哈利迪最喜欢的歌曲之一，我觉得这条线索应该很难看漏吧。”

“哇哦。”短刀说，“她真厉害。”

“好吧好吧！”我喊道，“我承认应该很明显，咱们别再提了好吧！”

“你之前没怎么练过这游戏吧，Z？”埃奇问。

“练得不多，而且是很久以前的事情了。”我说，“技术远远不够，看看这得分多高。”我朝街机屏幕示意，上面的最高分标着728329，名字的首字母简写为JDH——詹姆斯·多诺万·哈利迪。另外，正如我担心的，屏幕下方的记币器后面，跟着的数字是“一”。

“妈的。”埃奇说，“只有一次机会，和《黑虎》一个样。”

我记起背包里还有一枚魔力耗尽的硬币，就把它拿出来塞进投币口。但它从退币口重新滚了出来。我这才发现，那边还贴了张字条：仅限代币。

235. 出自莎士比亚《暴风雨》第一幕第二场普洛斯彼罗所说的话。

“无计可施啦，”我说，“而且附近好像没有兑币机。”

“所以你只有一次机会，”埃奇说，“否则全盘皆输。”

“各位，我可是有好几年没摸过着玩意儿了。”我说，“这下完了。我不可能第一次得分就超过哈利迪。”

“谁跟你说只有一次的。”阿尔忒密丝说，“看看它的版本号。”

我盯着屏幕底端的那行字：MCMLXXX 雅达利

“1980 年的版本？”埃奇问，“这有什么用？”

“是啊，”我说，“我不明白。”

“这是《暴风雨》最原始的版本。”阿尔忒密丝解释道，“它的程序里有个漏洞。这款街机刚推出的时候，玩家们发现如果你死在某个特定的分数上，机器反而会给你许多免费的投币数。”

“呃，”我有些惭愧，“我还真不知道。”

“如果你也对这款游戏有过了解的话，肯定会知道。”

“妈的，姑娘，”埃奇说，“你懂的东西真够偏门的。”

“谢了。这说明当个不可救药的怪胎还是有好处的。”

所有人都笑了，除了我。我紧张着呢。

“那个，阿忒，”我说，“我怎么才能得到那些免费的重玩次数？”

“我正在任务日记里找呢。”她说。我听到了翻动纸页的沙沙声，她好像在读实体书。

“你把记录自己研究的本子打印出来了？”我问。

“我一直把资料记在真正的笔记本里。”她说，“这叫机智。你看，现在‘绿洲’账户里的所有东西都没了，这不正好用上了。”又是翻页的响声，“找到了！首先，你得获得十八万分，接下来，你只要在分数尾数是六、十一或者十二时死去就行。这样一来，你会多出四十个币。”

“你确定？”

“百分百确定。”

“行。”我说，“那就上吧。”

我开始热身运动：舒展身体，捏响指关节，左右摇晃脑袋。

“上帝啊，他能成吗？”埃奇说，“我都快紧张死了！”

“安静！”短刀说，“要不让他冷静一会儿？”

我呼气吐气，凝神聚力时，没有人再讲话。“这没什么大不了的。”我说，然后摁下了玩家一号的选项。

《暴风雨》的界面采用经典的矢量图形设计，画面其实就是黑色背景里的各种彩色线条，它们组成了不同的物体。在这款游戏里，你需要通过旋转拨盘来控制主角“神枪手”不断深入一条 3D 隧道，一路射击从隧道里爬出来的怪物，躲开它们的攻击，还要避开其他的障碍物。每到新的一关，隧道都会变得更加复杂，向你爬来的怪物和障碍物的数量也会急剧增多。

哈利迪把这款游戏锁死在了锦标赛模式上，所以我最高只能从九级开始。我手生的程度超乎了自己的想象，花了整整一刻钟，丢了两条命，才终于拿到了十八万分。到了 189412 分的当儿，我故意让神枪手撞在一根突刺上，送了最后一条命。接着，屏幕上跳出积分表，我在名称栏里紧张地输入了 WOW[236] 三个字母。

236. WOW：韦德·欧文·沃兹的首字母缩写。

摁下确认键后，计币器突然从零跳到了四十。

我的朋友们猛地爆发出一阵欢呼，差点儿没把我吓出心脏病来。

“阿尔忒密丝，你真个天才。”等他们都消停了，我说。

“那当然。”

我重新选择了玩家一号，开始新一盘游戏，这次把全副注意力放在超过哈利迪的得分上。我还是有些焦虑，但比之前好多了。假如我这次没能成功，还有三十九次机会呢。

一次关卡间的闲暇时，阿尔忒密丝说话了：“那么，你名字的缩写是 WOW？ O 是什么？”

“迟钝[237]。”

她笑了起来，“说真的。”

“欧文。”

“欧文。”她重复道，“韦德·欧文·沃兹。”这时候新的一波敌人袭来，于是她不再嘀咕。几分钟以后，我的第二次尝试宣告失败，得分为 219,584。还说得过去，但离目标差了十万八千里。

“不赖啊。”埃奇说。

“是啊，但也不够好。”短刀评论道。接着，他猛地反应过来我也在语音里，连忙改口，“我是说——比刚才好多了，帕西法尔。你干得很棒。”

“谢谢，你给了我信心，短刀。”

“嘿，瞧瞧这个。”阿尔忒密丝翻着她的日记，“《暴风雨》的主创大卫·特瑞尔说，这个游戏最初的灵感是他的

237. 迟钝：“迟钝”写法是“Obtuse”。

一场噩梦。梦里有许多怪物爬出地洞，追着他跑。”她发出银铃般的笑声。这样的声音，我已经太久没听到了。“是不是很酷，Z？”

“确实酷。”我说。说不上为什么，听她讲话就能让我安心。她大概也明白这点，所以才会跟我聊天。我感到浑身充满了力量，又一次按下玩家一号的选项，开始了第三次尝试。

他们静静地看着我闯关。差不多一个小时后，我损失了本轮游戏的最后一条命，这次的分数是437,977。

结束画面刚刚跳出，埃奇就说：“坏消息，哥们儿。”

“嗯？”

“咱们是对的。六佬早就派了一组人驻扎在分区边缘，毁灭日一引爆，他们就冲了进来，直奔克索尼亚。他们……”她的话只说了一半。

“他们怎么了？”

“他们刚刚进门。差不多五分钟之前吧。”阿尔忒密丝说，“你进去以后，门就关上了。但六佬用他们的钥匙重新打开了。”

“你是说，六佬已经进了门？就现在？”

“一共十八人。”埃奇说，“跟你一样，从跨进门开始，他们就进入了各自的虚拟实境，挑战哈利迪的高分，而且都利用程序漏洞获得了四十条命。他们中的大多数表现不怎么样，但其中有个人的技术真不是盖的。我们觉得，他很可能是索伦托。他刚刚开始第二关……”

“等等！”我打断道，“你怎么知道这些的？”

“因为我们能看到他们。”短刀说，“每一个绿洲用户都能看到他们。他们也看着你呢。”

“你们都他妈的胡扯些什么？”

“只要玩家进入第三扇门，他的行动就会在记分板顶上直播出来，”阿尔忒密丝说，“哈利迪显然想让最后的闯关变成众人瞩目的焦点。”

“等一下。”我说，“也就是说，全世界看着我玩了一个钟头的《暴风雨》？”

“没错。”阿尔忒密丝说，“他们不但能看到你傻站着，还能听着你跟我们叽叽呱呱呢。所以啊，你得斟酌一下自己的用词。”

“你们干吗不早跟我说？”我叫道。

“不想让你紧张。”埃奇说，“或者让你分心。”

“噢，好吧！太好了！谢谢了您呐！”我有些歇斯底里。

“冷静，帕西法尔。”阿尔忒密丝说，“把注意力放到游戏上去。比赛还在进行，你屁股后面跟着十八号六佬，必须尽全力。明白了？”

“嗯。”我放缓了呼吸。“我明白了。”我又深吸了一口气，选定了“玩家一号”。

如同往常那样，竞争能让我发挥出最佳状态。干掉盘旋者、跳跃者、超级跳跃者，避开尖刺，清掉一关又一关。我的双手如行云流水，仿佛无须思考，便做出了最佳的判断。我忘记了这场比赛背后的赌注，忘记了有亿万人注视着我，与游戏融为了一体。

过了一个多小时，我突然听到耳畔又传来一阵欢呼。

“你做到了！伙计！”短刀喊道。

我的目光扫向屏幕顶端。得分 802,488。

我本能地继续前进，想获得更高的得分。但阿尔忒密丝清了清嗓子，我这才反应过来，已经不用继续厮杀下去了。实际上，时间每多浪费一秒，六佬和我之间的距离就拉近一分。于是，我立刻自杀，看着“游戏结束”的字样出现在屏幕上。紧接着，那张积分表又跳了出来。不过这一回，我的排行比哈利迪更高。敲下自己的名字后，屏幕化作一片空白，中央显示出了一行字：

干得漂亮，帕西法尔！准备进入第二阶段！

然后，街机消失了。与它一道消失的，是我的角色。

我重新出现在雾气弥漫的山坡上。我一定正骑着马，因为视野不断颠簸，还有“得得”的马蹄声传来。前方，一座看起来很眼熟的城堡从雾气中逐渐显现。

但我低下头，却发现胯下根本不是坐骑，而是自己的两条腿。我穿着锁子甲，手伸在胸前，只是摆出了握着缰绳的架势而已，手上空空如也。

我停下脚步，马蹄声也止住了，但那是几秒钟后的事情。我转过身，看到了声音的源头。那不是马，而是另一个人举着的两瓣椰子壳。

啊，我明白了，这是《巨蟒与圣杯》[238] 的第一幕。它

238.《巨蟒与圣杯》：无厘头电影的杰出代表，在欧美的地位相当于《大话西游》在中国。

是哈利迪所钟情的电影之一，也许还是他最最喜欢的那一部。

很显然，就像第一扇门里的《战争游戏》，我身处《巨蟒与圣杯》的互动电影里。我扮演的是亚瑟王，就是格雷厄姆·查普曼饰演的角色，而拿着椰子壳的朋友，自然是我忠实的侍从帕奇，电影里由特瑞·吉列姆扮演。

见我回头，帕奇鞠了一躬，但什么也没说。

“是《巨蟒与圣杯》！”耳机里，短刀兴奋地嚷嚷。

“啧，”我忘乎所以地说道，“你当我不知道啊，短刀。”

话音刚落，视野中弹出一个窗口，写着：错误对白！紧跟着，“-100 分”的字样飘了出来。

“悠着点。”阿尔忒密丝说。

“如果要帮助，告诉我们就行，”埃奇说，“摆摆手或者什么的，我们马上告诉你一下句台词。”

我点点头，微微竖起拇指。话说回来，我觉得这次并不需要什么帮助。六年来，我看了这电影一百五十七次，早就把每个字都烂熟于胸了。

我重新望向前方的城堡，已经知道了那边会发生些什么。拿起不存在的缰绳，我“策马”奔驰，而帕奇又开始敲起了椰子壳。我们接近城堡入口时，我松开缰绳，让“马”停下。

“有谁在那儿！”我大喊。

分数上跳 100，从 -100 变回了 0。

两个士兵出现在城垛上，往外探出身，“谁在那儿？”其中一个朝我们喊道。

“是我，亚瑟，卡米洛的尤瑟·潘德拉贡之子，卡米洛城之主！不列颠之王！撒克逊人的毁灭者！全英格兰的统治者！”

分数上升了500，提示信息说其中包含了口音和语调的额外奖励。我轻松了不少，马上找到了角色扮演的乐趣。

“另一个呢？”士兵继续问道。

“我正准备介绍。”我说，“他是我忠实的侍从，帕奇。我们从远方骑行而来，想要寻找愿意加入卡米洛[239]圆桌会议的骑士。我一定要和你们的领主说话！”

239. 卡米洛：传说中亚瑟王的宫殿所在地。

又是500分。与此同时，耳畔传来了我朋友们的笑声和掌声。

“什么？”另一个士兵回道，“骑行而来？”

“对！”100分。

“你们用的明明是椰子！”

“什么？”100分。

“你们搞了两瓣椰子，还敲着它们的壳！”

“怎么？我们从雪花初现时启程，穿过了麦西亚王国[240]，还途经了……”又是500分。

240. 麦西亚：中世纪早期英国七国时代的王国之一，位于今英格兰中部。

“你们从哪儿搞来的椰子？”

……

电影就这么继续下去。每到新的一幕，我都会切换角色，成为该幕里台词最多的那个人。整场电影下来，我只有六七句话忘词，真是难以置信，而且每当碰到卡壳的时候，我只要耸耸肩，伸出手，掌心向上，埃奇、阿尔忒密丝和短刀就会立刻把正确的台词报给我。剩下的时间，他们一直静静旁观。当然了，实在憋不住的时候，也会爆发出两声大笑。其实，电影最困难的部分其实在于我怎么才能控制住自己不笑场。特别是在脓疱堡里阿尔忒密丝一字不差地背诵卡罗尔·克里夫兰的台词时，我实在是忍不住，咯咯笑了几次，因此扣了些分。除此之外，全程堪称完美。

参与这部电影何止是简单，根本简单到爆。

电影差不多演到一半，我刚刚对付了尼骑士[241]，在视野中打开了一个文档窗口，输入：六佬的情况？

241. 在电影《巨蟒与圣杯》中拦住亚瑟王去路的一伙骑士。这伙人往往大声呼喊"尼"这个音节，以恐吓对手。

"十五人还在《暴风雨》里挣扎。"埃奇回答道，"但有三人超过哈利迪的得分，开始了《巨蟒与圣杯》。"她暂停了一下，"他们当中表现最好的那个——我们推测是索伦托——进度只比你慢九分钟。"

"迄今为止，他还没说错过一句台词。"短刀补充道。

我差点儿骂出口，但最后只是在笔记本上写下了一个大大的"操！"

"说得没错。"阿尔忒密丝评论道。

我深吸一口气，把注意力放在电影的下一章（兰斯洛特爵士的故事）上。每次问起六佬详情时，埃奇都会立刻把对方的进度报给我。

到了终章（进攻法兰西城堡），想到还不清楚接下来的挑战会是什么样，我又焦躁了起来。第一扇门要求我参演互动电影《战争游戏》，第二扇门则是游戏挑战《黑虎》，第三扇门则包含了这两个科目。我敢打赌，接下来会有第三阶段。那是什么类型的挑战，我心里一点数也没有。

但几分钟以后，我就知道了答案。刚刚结束《巨蟒与圣杯》的最后一幕，视野便黯淡下来，电影的搞怪配乐还继续了几分钟。等到乐曲结束，我的眼前冒出了几行字：

恭喜！

你到达最后！

玩家一号，准备就绪！

这些字慢慢消失，而我站在了一间铺设橡木板、大小接近仓库的房间里。我四顾一番，发现天花板拱顶很高，硬木地板打了蜡，周围没有窗户，唯一的出入口是墙上一扇巨大的双开门。一台陈旧的高级“绿洲”体感设备立在房间的正中央。以它为中心，周围的上百张玻璃桌摆成一个巨大的椭圆形。每张桌子上都放着一台经典的老式家用电脑或者游戏机，它们边上的分层小架子上塞满了各自的外设、软件和游戏。所有东西都布置得井井有条，像是进了博物馆。绕着走了一圈，我意识到它们是按照发售年份摆放的。包括了 PDP-1、雅达利 8800、IMSAI 8080、苹果 I 型，苹果 II 型、雅达利 2600、科莫多 PET、Intellivision、几台不同型号的 TRS-80、雅达利 400 和 800、ColecoVision、TI-99/4、辛克莱 ZX80、科莫多 64 型、不同型号的 PS 系列主机和 Xbox 系列主机。最后，在这个圆圈的中央，也是房间的最中间，是那台连着体感设备的“绿洲”主机。

我突然反应过来，这一定是哈利迪的办公室。他生命的最后十五年基本上是在这儿度过的。在这个地方，哈利迪创造了他最后也是最好的游戏。这款我正陷身其中的游戏。

网上从来没有任何哈利迪办公室的照片流出。但他去世后，负责搬走他遗产的搬运工曾详细地描述过一番。

我低下头，发现自己不再身穿铠甲，又变回了帕西法尔。

我开始在哈利迪的办公室里摸索。首先，我试着推了推大门。它纹丝不动。

我退到一旁，重新审视房间里由旧电脑和游戏机构筑起的座座丰碑。

接着，我突然意识到，它们排成的那个椭圆，形状与蛋卵相同。

我的脑海中，哈利迪放在"安诺拉之邀"里的第一道谜题自动浮现：

三把密钥对应三扇密门
美德将于此地遭受考验
唯有乘风破浪，克服重重困难者
方是到达最后，获得累累财富人

我已经到达了最后。换言之，哈利迪的彩蛋一定藏在这房间的某处。

0038

“喂，你们看到没？”我轻声说。

没有回答。

“喂？埃奇？阿尔忒密丝？短刀？你们还在吗？”

依旧没有回答。如果不是奥格切断了他们和我之间的连接，就是哈利迪在编程的时候，彻底断绝了用户和外界的一切联系。我很确定是后者。

我默默地站了一会儿，不知如何是好。接着，我按照直觉，走到雅达利 2600 前。它连着一台 1977 年产的真力时彩电。我打开电视开关，什么也没有发生。我又开机电脑，还是一样。虽然它们的电源线都连着地面的插座，但没有通电。

我试了试边上桌子的苹果 II 型。它也没能打开。

找了一会儿后，我发现唯一能运行的那台电脑是老古董 IMSAI 8080[242]，和马修·布罗德里克在《战争游戏》里拥有的个人电脑一个型号。

242. IMSAI 8080：世界上最古老的个人电脑。

启动过后，它的屏幕依旧是空白的，只除了一个词。

登录：

我在键盘上输入“安诺拉”，敲下回车。

无法识别——连接中断

电脑自动关机。我重启它，返回了“登录”的那个界面。

我键入“哈利迪”。还是不行。

《战争游戏》里，进入WOPR的后门密码是“约书亚”，WOPR创始人弗兰肯博士儿子的名字。那是他在世界上最爱的人。

我敲下了“奥格”。不行。“奥格登”同样不起作用。

我试了试“凯拉”，摁下回车。

无法识别——连接中断

我又试了哈利迪爸妈的名字，然后是“赞福德”[243]和“提比略”，他宠物金鱼和宠物貂的名字。

243. 赞福德：出自《银河系漫游指南》，两个头、三条胳膊的银河大盗，前银河帝国总统。

没用。

我看了眼时间。从进入这个房间到现在，已经过去了十多分钟。就是说索伦托已经赶上我，进入了另一个独立的办公室模拟。凭着那身改造过的行头，他那帮子哈利迪学者兴许正在他耳边献计献策呢。这批人大概已经列出了一张表单，上面满满地列着可能当作密码的词，而索伦托正在一个一个地尝试它们。

没有时间了。

我沮丧地咬着牙，感到束手无策。

但就在这时，我想起了奥格登·莫罗在他自传里写下的内容：跟异性相处总是让吉米极度紧张，凯拉是唯

——一个能让他好好说话的。但就算是跟凯拉，他也得在玩角色扮演，化身成安诺拉的时候才行。吉米管凯拉叫露科希娅，那是她跑团的角色名。

我重启电脑，当登录提示出现后，键入了“露科希娅”，随后敲下回车。

突然间，房间里的每个电子系统都自动启动了。硬盘转动的嗡嗡声，系统自检的滴嘟声，还有其他各种开机的声音此起彼伏。

我跑回雅达利 2600 旁，在边上那个按字母排序的游戏架上寻找，很快拿到了我要的游戏:《冒险》。我把卡带插进游戏机，启动操作系统，然后摁下复位键，开始游戏。

我只花几分钟就找到了密室。

我在地图上捡起一把剑，用它砍死了三头龙，然后找到黑钥匙，打开黑城堡大门，闯进了堡内的迷宫。那个灰点果然还在老位置。我拾起它，在八比特的像素王国里穿行，通过魔法屏障，找到密室。和雅达利的原版游戏不同，房间里并没有游戏开发者沃伦·罗宾奈特的大名，取代它的，是屏幕正中央银白色的椭圆形像素。它代表了一颗蛋。

那颗蛋。

我目瞪口呆地望着屏幕，然后才想起把摇杆向右拨动，操纵我的小人穿过闪着光的屏幕。放下小灰点，拿起彩蛋的瞬间，电视单声道扬声器发出了“哔哔”的电子音。紧接着，我被一阵强光吞没。当它褪去后，我发现手中的游戏手柄不见了。现在，我手捧着的，是一颗巨大的银蛋。它光滑如镜，我能看到自己的倒影。

等目光终于从它上边移开，我发现房间对面的双开木门不知何时已经变成了水晶质地的大门，它通向安诺拉城堡的前厅。看样子，城堡完全复原了，虽然离理论上的服务器重置时间还有好几个钟头。

最后望了一眼哈利迪的办公室，我捧着彩蛋穿过房间，走到门外。

穿门而过后，我扭过头，看到水晶门化作了嵌在城堡石墙上的普通木门。

我试着推了推。门开了。我的眼前是条螺旋向上的楼梯，通往城堡最高的尖塔。我拾级而上，走进了安诺拉的研究室。只见一排排书架陈列室内，放满了古老的卷轴和蒙尘的魔法书。

走到窗边，我望着外面令人震撼的美景。废土消失了。毁灭日似乎从来不曾在这片土地上引爆过，克索尼亚的其他部分和城堡一起得到了恢复 。

我的视线转回室内，看到那熟悉的黑龙图案下方有个华丽的水晶台座，台座上的金杯镶满了各种宝石，杯口直径与我手中的银蛋十分吻合。

我把彩蛋放进圣杯，它们完美地贴合在一起。

远方传来了嘹亮的号角声，彩蛋开始发光。

“你赢了。”有个声音说。我转过身，发现安诺拉站在我身后，他那件色泽如黑曜石般的长袍仿佛吞没了照进屋里的大部分阳光。“恭喜。”他向我伸出手。

我犹豫着，不确定这是否是另一个陷阱。或许，这才是最后的测试？

“游戏结束了。”安诺拉仿佛读出了我的想法，“是时候拿起你的奖品了。”

我看着那几根细长的手指，又短暂地犹豫了一下，然后握住了它们。

蓝色的电光在我们之间爆发，像蛛网一样把我们包围起来，就好像他的力量正在以这种方式传输给我。等到闪电过去，我发现安诺拉的黑袍消失了。实际上，他连长相都发生了变化。他变得更矮、更瘦，帅气程度也削弱了一些。现在，他看起来就是皮肤苍白，人到中年的哈利迪，还穿着牛仔裤和褪了色的“小蜜蜂”T 恤。

我低下头，发现安诺拉的法袍如今穿在了我身上。接着，我注意到视野边缘发生了一些变化。我不但所有数值都超过了上限，掌握了一切的法术和技能，还能调出任意的魔法物品。

我的等级、我的血量后面，跟着无限大的符号。

至于我的“绿洲”点，它如今长达十二位。我现在是个亿万富翁了。

“‘绿洲’就托付给你了，帕西法尔。”哈利迪说，“你的角色获得了不朽的神力，只要愿意，可以得到任何想得到的东西。听上去棒极了，对吧？”他向我走近，压低了声音，“帮我个小忙。把你的力量用在正道上，尽量做到这一点，行吗？”

“好的。”我的声音低得几乎连自己都听不见。

哈利迪露出了微笑，他指向周围，“现在，这座城堡是你的了。这座房间的代码只允许你进来。我这么做，是为了确保你有一个独处的空间。”他走到墙边书架旁，捏住一本书的书脊往外拉。书架在隆隆声中滑开，露出墙上一块方形的金属板。板子中央有个夸张的红色按钮，上面写着：关闭。

“我管这个叫‘大红钮’。”哈利迪说，“如果你摁下它，整个‘绿洲’就会关闭，存储在 GSS 服务器里的一切内容，都会被蠕虫病毒吞噬，包括‘绿洲’的源代码。那样一来，‘绿洲’就永远消失了。除非真的别无选择，否则别去动这玩意儿，行吧？”他对我露出怪笑，“但我相信你的判断。”

说完，哈利迪把书架移回原位，盖住那个按钮，然后走过来搂住了我的肩膀。说实话，我吓得不轻。“听我说，”听他的语气，我们仿佛是无话不谈的好友，“我走前还得跟你说个事。我发现得太晚，追悔莫及的事。”他带着我到了窗前，指向外面的风光，“我创造‘绿洲’，是因为现实从来没有带给我家的感觉。我一直害怕在现实中跟人交往，直到最后的最后才有所改变。那时候我总算领悟到了，虽然很可怕、很痛苦，但现实才是你能找到真正快乐的地方。因为那才是真的。你明白吗？”

“嗯。”我说，“我想我明白。”

“那就好。”他对着我挤挤眼，“可别重复我犯过的错。不要永远躲在这里。”

他微笑着退开几步，“好了。该说的都说完了，是时候退场了。”

他对我道别，渐渐消失。

“祝你好运。”他最后说，“还有，谢谢你玩我的游戏。”

就这样，哈利迪消散于无形。

“你们在吗？”几分钟后，我对着空气问道。

“在呢！”埃奇兴奋地答道，“你能听到我们吗？”

“现在可以了。刚刚发生了什么事？”

“你走进哈利迪办公室以后，系统切断了语音链接，所以我们没法跟你对话。”

“还好，你不用我们帮忙。”短刀说，“干得漂亮，伙计。”

“恭喜，韦德。”阿尔忒密丝说。听得出，她是真心的。

“谢了。但没有你们，我可走不到这一步。”

“没错。”她说，“在新闻媒体面前吹嘘的时候，别忘了这么讲。奥格说有好几百号记者正疯狂赶往这里。”

我扭头看了眼藏着大红钮的书架，“哈利迪在消失前跟我说的话，你们听到没？”

“没有。”她回答，“我们就看到他说‘把你的力量用在正道上。’视频到那里就中断了。后来又发生了什么？”

“没什么大事。”我说，“回头再告诉你们。”

“哥们儿，”埃奇说道，“你得看眼记分板。”

我在新的网页窗口里打开记分板。实际上，记分板已经不见了，它变成了一副循环动画：我穿着安诺拉法袍，手捧银蛋，边上标着一行字：帕西法尔获胜！

“六佬呢？”我问，“那几个还在门里的？”

“不确定。”埃奇说，“记分板变化的瞬间，他们的直播就断了。”

“也许是死了，”短刀说，“也许……”

“只是单纯地被踢出了大门。”我说。

我点开克索尼亚的地图，发现自己能瞬移到“绿洲”的任何一个角落，只要选定坐标就行。我在地图上放大安诺拉城堡，点击正门外边一点的地方。转眼之间，我就站到了那里。

我是对的。通关第三扇门的瞬间，还在门里的六佬被统统丢到了门外。他们见我换了身打扮，猛地出现在面前，全部露出了困惑的表情。几秒的沉默后才抬枪举剑，向我扑来。因为全长得一个样，我也说不出来哪个才是索伦托。不过，谁在乎呢。

我操作着全新的超级用户界面，手一挥，选定所有的六佬。视野中，他们外轮廓发着红光。接着，我点击了技能栏上骷髅头图标。只见所有十八个六佬瞬间倒毙，他们的尸体渐渐消失，只在地上留下了一小堆包括武器在内的遗物。

“见鬼！”短刀在语音里喊道，“你怎么办到的？”

“哈利迪说过，”埃奇提醒他，“他无敌了。”

“嗯。”我说，“看来他没骗人。”

“哈利迪还说你可以得到任何想得到的东西呢。”埃奇说，“你最想得到的是什么？”

我想了一小会儿，点开视野边缘新的控制栏图标，说道：“复活埃奇、阿尔忒密丝和短刀。”

一个对话窗口弹出，让我确认这几个玩家的角色名。

完成后，系统又追问我是否要恢复他们的装备。我选了“确定”。一条信息从视野中央冒了出来：复活完成，角色重置。

“嘿，伙计们，”我说，“你们可能会想重新上线看看。”

“用你说！”埃奇嚷道。

几秒后，短刀上了线，他在不远处显形，就是他几个钟头前战死的那地方。他向我跑来，开心得不得了。“谢谢，帕西法尔桑。”他微微鞠躬。

我还了礼，和他拥抱了一下。“欢迎回来。”我说。又过了一会儿，埃奇在城堡门口出现，加入了我们。

“还真是好端端地活了过来。”他打量着自己，“谢了，Z。”

“没什么。”我又看了眼城堡打开的大门，“阿尔忒密丝呢？她应该在你边上重生的。”

“她还没上。”埃奇回道，“她说要出去呼吸点新鲜空气。”

“你见着她了？她……”我搜肠刮肚，想找出合适的词来，“她看起来怎么样？”

两人都对我露出了会心的笑容。埃奇还特地拍了拍我肩膀，“她说会在外面等你。你慢慢准备，好了就去见她吧。”

我点点头，正要下线，埃奇突然举起了她的——他的——手。“等等！我先给你看点东西。”他在我面前打开一个窗口，“最新消息。法院刚刚派人冲进IOI总部，把索伦托从体感椅上拖了下来！”

那段视频是联邦特工用手持式摄像机拍下的。我看到一队特工穿过IOI总部大厅直奔索伦托办公室，把他从椅子上拖下。他依旧穿着体感服，有个穿着制服的灰发男子——我估计是他的律师——还想去遮挡镜头。对自己的遭遇，索伦托看起来仅仅是恼火而已，就好像摊在他身上的不算什么大事。这个网页的底下，粗体字写着"IOI高管索伦托涉嫌谋杀"。

"新闻放了一整天你和索伦托的会面录像，"埃奇暂停了视频，"特别是他威胁你，后来炸掉你姨妈拖车的那一段。"

说完，他点击了一下，视频继续。我看到联邦特工带着索伦托穿过大厅，大厅里满满当当，数不清的记者正发疯似的往前挤，一边大声提问。有个记者冲到前面，几乎把话筒杵在索伦托脸上。"下令谋杀韦德·沃兹，是你授意的吗？"他高喊，"得知自己输掉了比赛，你有什么感想？"

索伦托微笑着，没有答话。他的律师走到摄像机前，对记者说："这些针对我客户的不实指控荒谬得可笑，网上流传的那个视频很显然是伪造的。对此，我们目前不予置评。"

索伦托点点头，离开大楼时，他面上一直挂着那副笑容。

"这畜生没准真能全身而退。"我说，"IOI雇得起世界上最好的律师。"

"是啊，他们雇得起。"埃奇说着，又露出了那副柴郡猫似的笑，"不过，我们也雇得起了。"

0039

走出体感房，我看到奥格正在门口等我。“干得漂亮，韦德！”他用力拥抱了我。“太漂亮了！”

“谢谢，奥格。”我有些头晕眼花，脚下不稳。

“你还没下线呢，几个 GSS 高管就赶到了这儿。”奥格说，“他们带来了吉米的每一个法律顾问。这些人现在就在楼上等着呢。你可以想象得出他们有多急着见你。”

“一定要马上去见他们吗？”

“不不，当然不了！”他笑了起来，“还记得吗？他们现在得叫你老板。老板就要拿出老板的派头来！”他倾过身，“我的律师也到了。这个老好人在业务上猛得像只斗牛犬，他会保证没人敢在合同上糊弄你的，哪怕一点点也没门。”

“谢谢，奥格。”我说，“我欠你太多了。”

“胡扯！”他说，“该说谢谢的人是我。我几十年没这么高兴过了！你干了件好事，孩子。”

我惴惴不安地看了看四周。埃奇和短刀正在各自的“绿洲”房间里举行即兴的新闻发布会，但阿尔忒密丝的房间是空的。我转向奥格。

“你知道阿尔忒密丝去哪里了吗？”

奥格笑着给我指路，“楼上的第一道门出去，”他说，“她在我的树篱迷宫里。迷宫简单得很，你用不了多久就能找到她。”

我顺着路走到了门外。艳阳当空，没有云彩，晒得我浑身暖洋洋的。

多好的天气啊。

树篱迷宫在奥格的宅子后面，占地数英亩。它的入口看着像座城堡大门，迈进门内，就是迷宫。迷宫的树长得又高又密，就算你爬上迷宫中散落的长凳，再踮起脚，也没法作弊。

我在迷宫里困惑地游荡了一会儿，不知该怎么着，后来才反应过来，它的布局和《冒险》里的迷宫一样。

明白了这一层，找到迷宫的中心不过是轻车熟路。那边立着一座喷泉，泉水中立着《冒险》里那三只看上去更像鸭子的龙。不过，游戏里龙喷的是烈焰，而从石雕嘴里吐出的，是清澈的泉水。

她就在那儿。

她背对着我坐在石椅上，垂首望着喷泉，黑色的长发从她右肩披下。我可以看到，她的双手正放在大腿上轻轻绞弄。

我不敢走得太近，连说那声“嗨”都先鼓了半天的劲。

听到声音，她抬起了头，但并没有转过来。

“你好。”我听到她说。

这是她的声音。阿尔忒密丝的声音。在我耳畔回荡过无数次的声音。这熟悉的嗓音鼓起了我的勇气，让我迈步向前。

我绕着泉水，走到她正对面。阿尔忒密丝听着我的脚步，扭过头，想避开我的视线。

但我已经看到了她。

和照片一样，她有着鲁本斯式丰满而婀娜的身材，白净、带着雀斑的脸，以及淡褐色的双眸和漆黑的头发。她的侧颜，她的赤色胎记，也是同样。和照片不同的地方在于，她这次并没有去遮挡胎记，而是把秀发拨到了脑后。

我静静地等了会儿，可她始终没有正眼看我。

“你长得和我想象的一样。”我说，“很漂亮。”

“真的？”她轻声说，终于稍微抬起了一点头，望着我的脚，然后逐渐往上，直到我的脸。视线终于相交时，她紧张地笑了笑，“那个，你知道吗？你长得也跟我一直以来想象的一样，”她说，“丑得要命。”

我们一起笑了起来，刚才的紧张气氛瞬间烟消云散。接着，我们对望了很久很久。我突然意识到，这才是我们真正的初见。

“我们还没正式介绍过自己呢。”她说，“我是萨曼莎。”

“你好，萨曼莎。我是韦德。”

“很高兴和你见面，韦德。”

她拍拍身旁的石椅，示意我坐下。

又过了很久，她说："那么，现在该做点什么呢？"

我微笑着回答："我们可以拿刚刚赢来的钞票为全世界的人做点好事，让这颗星球更美好，对吧？"

她咧开了嘴，"可你不是要造条星际飞船，装满游戏、垃圾食品和舒服的沙发，溜之大吉吗？"

"这个嘛，"我说，"如果你愿意陪我，那倒也不差。"

她羞涩地笑笑，"慢慢来吧，"她说，"我们才刚认识呢。"

"我爱你。"

她的下唇开始颤抖，"你确定？"

"那当然了，千真万确。"

她强颜欢笑，然而两行清泪滚落面颊。"对不起，我那时甩了你，"她说，"毁了你的生活。我只是……"

"没事的。"我说，"我理解。"

"真的？"

我点点头，"你做得对。"

"你真这么想？"

"从结果来看，我们赢了不是吗？"

我们相视一笑。

"那个，"我说，"我们可以按照你喜欢的节奏慢慢来。等熟悉了，你就知道我是个多好的人了。不骗人。"

她笑着抹去泪水，但没有多说什么。

"我该不该提醒你，我现在是个款爷了？"我说，"当然了，你也是个富婆喽。这么说的话，我其实也没什么好吹的。"

“你不用再证明什么了，韦德。”她说，“你是我最好的朋友，我最喜欢的人。”仿佛为了让这话多几分可信，她直视着我的双眼，“知道吗？我……真的很想你。”

我心头一热，不知哪来的勇气，抓过她的手，和她十指相握，就这么静静地坐着，体会着肌肤相触的奇特感觉。

过了很久，她倚过身，亲吻了我。这个吻的滋味跟那些诗与歌里描绘的一模一样。它是如此美妙，我感到一阵电击般的战栗。

我突然想到，这是我平生头一次有了这样的感觉：我一点儿也不急着返回“绿洲”了。